Sławomir Mrożek

Der Botschafter

und andere Stücke

Aus dem Polnischen von M.C.A. Molnar und Christa Vogel

Diogenes

Originaltitel: ›Ambasador‹, ›Letní dzień, ›Alfa‹,
›Kontrakt‹, ›Portret‹, ›Wdowy‹
Umschlagillustration:
René Magritte, ›Meditation‹,
1937, (Ausschnitt)

20/93/8/1
ISBN 3 257 01944 0

Inhalt

Der Botschafter

Personen

Der Botschafter
Amelie, seine Frau
Der Sonderbeauftragte
Der Flüchtling
Othello, Erster Botschaftssekretär

Zeit:
Heute

Bühnenbild

Das Arbeitszimmer des Botschafters.

Wände, Fenster, Türen und Decke gibt es nicht, man soll sie sich vorstellen. Die Ausstattung des Raumes jedoch ist real. Im Hintergrund Mitte der Schreibtisch des Botschafters mit einem Stuhl dahinter, links zwei Sessel und ein kleiner niedriger Tisch, ein anderes Tischchen auf der rechten Seite.

Die Möbel gehören irgendeiner Stilepoche vor 1900 an, einer Zeit also, in der man die Begriffe »Avantgarde« oder »Moderne Form« noch nicht kannte. Der Schreibtisch ist kein aus Kuben zusammengesetztes klobiges Ding, vielmehr ein großer Tisch mit ornamentalem Schmuck. »Schreibtisch« sagt man nur, weil er eben als solcher benutzt wird. Auch die Sessel dürfen keine Klötze sein, nicht etwa massige Clubsessel oder ähnliches. Wohl sind sie gepolstert und bequem, aber sie haben Beine. Das ist wichtig. Die Bühne darf nicht mit einem Mobiliar von schweren Brocken vollgestellt sein, sondern muß transparent bleiben.

Die Einrichtung sollte als gut komponiertes Ensemble wirken, als wenn die Möbel nicht nur aus derselben Zeit, sondern auch aus derselben Werkstatt stammten – echte Möbel, denen man ansieht, daß sie ziemlich wertvoll sind. Nichts steht zufällig hier, nichts ist billig.

Auf dem Tisch des Botschafters Lampe, Telefon, Schreibzeug. Auf dem Tischchen links alles, was Raucher benötigen, auf dem rechten Gläser und Flaschen, die üblichen Whiskys, Gins, Sherrys, Martinis, Kognaks usw.

Der Boden ist gänzlich von einem Teppich bedeckt, oder er ist völlig blank, wenn es möglich ist, daß er wie kostbares, gepflegtes, strahlendes Parkett wirkt.

Über dem Schreibtisch an der Rückwand ein Relief – bei einer Arenabühne schwebt über der Bühnenmitte eine Skulptur –, eine Art Wappenschild oder Emblem, das mit keinem bestehenden Emblem eines Staates etwas zu tun hat, sondern frei erfunden ist. Wir können zwischen Löwen, Adlern, Einhörnern, Greifen, gekreuzten Schwertern und Lanzen, Fahnen, Gewehrläufen in jeglicher Kombination wählen, zwischen Ornamenten aus Stahl, Gold, Silber, Kupfer, Messing, Emaille in Weiß, Schwarz, Blau, Purpur. Das Emblem sollte imponierend sein, vielleicht barock, sogar ein wenig pompös, es könnte etwas Beunruhigendes, wenn nicht gar Bedrohliches haben, keinesfalls aber darf es lächerlich oder grotesk wirken.

»Links« und »rechts« vom Zuschauer.

Regieanweisungen hier für die Guckkastenbühne, das Stück kann aber ohne weiteres auf jeder Art von Bühne gespielt werden.

Erster Akt

Erste Szene

Licht zunächst nur auf das Emblem. Der Boden liegt im Dunklen. Dann wird auch er erkennbar. Wir sehen einen großen, stattlichen Mann zwischen fünfzig und fünfundfünfzig mit Hornbrille und sehr korrekt gekleidet darauf herumkriechen und angestrengt nach etwas suchen.

Es ist der Botschafter.

Nach einer Weile kommt von links ein zweiter Mann, schwarzhaarig, dunkelhäutig, mit kurzem Bart. Kein Afrikaner, eher ein Kreole oder dergleichen. Er trägt einen auffälligen gelblich-cremefarbenen Sommeranzug, ein blau-purpurrot gestreiftes Hemd, Krawatte, glänzend schwarze Schuhe mit hohen Absätzen, ein goldenes Armband. Einen Aktendeckel hält er unterm Arm. Es ist Othello, der Erste Botschaftssekretär.

Othello bleibt nicht weit von der Eingangstür stehen. Er beobachtet den herumkriechenden Botschafter, der jedoch bemerkt ihn nicht.

OTHELLO Exzellenz?

Der Botschafter springt auf, als sei er bei etwas ertappt worden. Er ist peinlich berührt, nimmt die Brille ab und glättet sein Jackett, das gar nicht geglättet zu werden braucht, da es hervorragend gearbeitet und aus feinstem Material ist – eine Verlegenheitsgeste also.

BOTSCHAFTER Wann erwarte ich ihn?

OTHELLO Um zwölf. Hatte ich Ihnen das nicht gesagt, Exzellenz?

BOTSCHAFTER *schaut auf die Uhr.* Das haben Sie. Der Termin ist also bestätigt.

OTHELLO Sollte ich in der Tat meine Pflichten als Erster Botschaftssekretär so weit vernachlässigt haben, daß ich – nachdem ich den von der hiesigen Regierung geäußerten Wunsch, Exzellenz möge einen Sonderbeauftragten empfangen, übermittelt und Euer Exzellenz zustimmende Antwort erhalten hatte –, daß ich vergessen hätte, Euer Exzellenz zu fragen, welcher Tag und welche Stunde für einen solchen Empfang angenehm seien?

BOTSCHAFTER Nein, in der Tat nicht.

OTHELLO Oder sollte meine Unachtsamkeit so weit gegangen sein, daß ich vergessen hätte, Exzellenz an Tag und Stunde zu erinnern...

BOTSCHAFTER Das ist's! *Er geht ein paar Schritte und hebt einen kleinen Gegenstand vom Boden auf, holt die Brille hervor und prüft ihn.* Nein, das ist es nicht. *Er betrachtet das Objekt genauer.* Das ist etwas anderes. Othello!

OTHELLO Exzellenz?

BOTSCHAFTER Was ist das?

OTHELLO *geht zum Botschafter, nimmt den Gegenstand.* Ein Mikrofon, natürlich.

BOTSCHAFTER Ein Mikrofon auf dem Boden?

OTHELLO Schuld der Putzfrau, Exzellenz. Putzfrauen heute putzen alle nicht mehr, wie sie putzen sollten. *Er will das Mikrofon dem Botschafter zurückgeben.*

BOTSCHAFTER Behalten Sie es bitte. Sie haben schon eine hübsche Sammlung, höre ich.

OTHELLO Kein sehr interessantes Objekt. Nur ein gewöhnliches Mikro. Aber ich würde es gern meinem Neffen nach Hause schicken, wenn Sie nichts dagegen haben.

BOTSCHAFTER Ich habe nichts dagegen.

OTHELLO Danke sehr. *Er steckt das Mikrofon in die Tasche.* Ihm wird das gefallen. Ein Souvenir aus der großen Welt. Denken Sie, Exzellenz, mein Neffe träumt von einer Diplomatenkarriere.

BOTSCHAFTER Warum nicht?

OTHELLO Es liegt nicht so auf der Hand, Exzellenz. Für meine Familie sind Karrieren dieser Art noch ziemlich ungewohnt, wie Sie ja zufällig wissen werden. Aber hatten Sie nicht nach irgend etwas gesucht? Auf dem Boden, darf ich annehmen?

BOTSCHAFTER Ganz recht – auf dem Boden.

OTHELLO Kann ich irgendwie behilflich sein?

BOTSCHAFTER Sehr freundlich von Ihnen. Wenn Sie meine Frau finden und sie bitten könnten ... um diese Zeit ist sie gewöhnlich im Garten.

OTHELLO Was soll ich bestellen?

BOTSCHAFTER Sie möchte zu mir kommen.

OTHELLO Darf ich daran erinnern, daß um zwölf ...

BOTSCHAFTER Ja, ja, ich weiß. *Schaut auf die Uhr.* Es ist erst zwanzig vor zwölf. Zeit genug, um ...

Pause.

Ich habe den Eindruck, Sie denken sich etwas dabei.

Othello schweigt.

Ich kann Ihnen auch sagen, warum ich meine Frau jetzt sprechen muß...

OTHELLO Aber nein, Exzellenz, das ist wirklich nicht nötig.

BOTSCHAFTER Trotzdem. Wenn ich meine Frau jetzt sprechen will, so... also kurz und gut, es ist eine Sache von öffentlichem Interesse.

OTHELLO Exzellenz?

BOTSCHAFTER Von außerordentlichem nationalem Interesse...

OTHELLO Exzellenz!

BOTSCHAFTER Sie scheinen mir nicht zu glauben.

OTHELLO Exzellenz, ich würde niemals wagen, Ihnen nicht zu glauben.

BOTSCHAFTER Ich möchte bemerken, daß Ihre ständige Ironie ständig fehl am Platze ist.

OTHELLO Meine Ironie? Was für eine Ironie, Exzellenz?

BOTSCHAFTER Durchaus fehl am Platz. Nebenbei ist sie bedauerlicherweise nicht von der besten Sorte.

OTHELLO Das kommt daher, daß mir die beste nicht zur Verfügung steht, Exzellenz. Kein Wunder, wenn Sie meinen familiären Hintergrund bedenken. Und die Tatsache, daß wir nicht an derselben Universität studiert haben.

BOTSCHAFTER Bitte fangen Sie nicht schon wieder mit diesem Unsinn an. Ach, was heißt anfangen, das haben Sie schon vor allzu langer Zeit getan.

OTHELLO Wie immer Sie das auszudrücken belieben, Exzellenz. Sie sind der Chef.

BOTSCHAFTER Sehr vernünftig, daß Sie's zugeben. Nachdem wenigstens dies zwischen uns geklärt ist, lassen Sie uns bitte keine Zeit mehr verlieren.

OTHELLO *verbeugt sich.* Gehorsamster Diener, Exzellenz. *Er geht nach links.*

BOTSCHAFTER Othello.

Othello bleibt stehen und wendet sich um.

Sie haben verdammt recht. Ich bin der Chef.

OTHELLO Exzellenz?

BOTSCHAFTER Und einen gewissen Respekt erwarte ich von Ihnen. Sie stehen im Dienst unseres Landes.

OTHELLO Exzellenz?

BOTSCHAFTER Ich meine, Ihres Landes.

OTHELLO Welches denn also?

BOTSCHAFTER Jedenfalls – das Land, in dessen Dienst Sie stehen, repräsentiere *ich.*

Othello klappt leicht parodistisch die Hacken zusammen, dreht sich um und geht links ab.

Zweite Szene

Der Botschafter schaut ihm eine Weile nach, dann geht er hinter den Schreibtisch, setzt sich, nimmt den Telefonhörer und drückt einen Knopf.

BOTSCHAFTER *ins Telefon* Unser Auswärtiges Amt, bitte.
STIMME AUS DEM TELEFON Ich versuche es, Exzellenz.

Der Botschafter wartet. Plötzlich das ohrenbetäubende charakteristische Geräusch eines Störsenders. Der Botschafter hält sofort den Hörer weit weg vom Ohr, das Geräusch tut weh. Er haut mehrmals mit der Faust auf den Apparat. Das Geräusch bricht ab.

STIMME AUS DEM TELEFON Exzellenz?
BOTSCHAFTER *in den Hörer* Ich hatte keinen Anschluß.
STIMME AUS DEM TELEFON Das tut mir leid, Exzellenz. Soll ich's noch mal versuchen?
BOTSCHAFTER Was denn sonst. *Der Botschafter wartet. Dann hört er Tino Rossi und Orchester mit »Mamma«. Der Botschafter haut auf den Apparat. Tino Rossi und seine Musik verstummen.*
STIMME AUS DEM TELEFON Ja bitte?
BOTSCHAFTER Kein Anschluß.
STIMME AUS DEM TELEFON Das stimmt.

Pause. Der Botschafter wartet. Endlich hört man lautes Hühnergackern. Er haut auf den Apparat. Das Hühnergackern hört auf.

BOTSCHAFTER *ins Telefon mit kalter Wut* Ich hatte unmißverständlich gebeten, mit unserem Auswärtigen Amt verbunden zu werden.

STIMME AUS DEM TELEFON Das war das Auswärtige Amt, Exzellenz.

Der Botschafter legt den Hörer auf. Er verbirgt das Gesicht in den Händen, bleibt so sitzen, die Ellbogen auf den Tisch gestützt.

Dritte Szene

Von rechts kommt Amelie, die Frau des Botschafters, herein, eine attraktive Mittvierzigerin, eine von jenen schönen und alterslosen Frauen, die durch Wohlhabenheit und heutige medizinische Erkenntnisse, unterstützt durch die Eleganz der Aufmachung, vor der unmittelbaren Brutalität der Zeit geschützt sind. Sie kommt aus dem Garten und ist entsprechend angezogen: Blue jeans, die durch raffinierte Kombination mit irgend etwas von Gucci und Pucci in den Rang der Haute Couture erhoben sind. Strohhut, einen Strauß von frischgeschnittenen Rosen in der Hand. Der Botschafter sieht sie nicht kommen, er hat die Augen mit den Händen bedeckt. Schließlich beginnt Amelie zu sprechen.

AMELIE Exzellenz …

Der Botschafter rührt sich, nimmt sie wahr.

BOTSCHAFTER Amelie. *Er steht auf, geht zu ihr.* Gottlob, daß du hier bist. Schau nur. *Er zeigt seinen linken Arm, der Manschettenknopf fehlt.*

AMELIE Habe ich die Ehre, mit Seiner Exzellenz dem Botschafter...

Der Botschafter bleibt verblüfft stehen.

Sie fährt fort... dem Repräsentanten meines Landes in dieser gottverlassenen Fremde...

BOTSCHAFTER Was soll das...

AMELIE Habe ich wirklich die Ehre, ich, nichts als eine Bürgerin, eine einfache Wählerin und Steuerzahlerin...

BOTSCHAFTER Komm, komm, das ist ein hübscher Scherz, wirklich sehr komisch, aber dazu ist jetzt keine Zeit.

AMELIE Um die Wahrheit zu sagen, Exzellenz, ich finde die Vertraulichkeit Ihrer Ausdrucksweise unangemessen.

BOTSCHAFTER Großer Gott, worauf willst du hinaus?

AMELIE Dürfte ich wenigstens Platz nehmen? Ich hätte nicht gedacht, daß Exzellenz seine Mitbürger so schnöde behandelt. Nicht einmal einen Stuhl anzubieten, das ist wirklich nicht nett. Ich gestehe, mir wird einiges klar. Oder sollten Exzellenz diese Art von Manieren nur Frauen gegenüber an den Tag legen?

Der Botschafter deutet – völlig verwirrt – mit der Hand auf einen der Sessel, eine mechanische Geste. Sein Gehirn versucht unterdessen, das Benehmen seiner Frau zu enträtseln.

Sie setzt sich. Vielen Dank. *Sie schaut sich um.* Dies ist also das Arbeitszimmer Eurer Exzellenz. Sehr hübsch. Wirklich.

BOTSCHAFTER Amelie, bitte, es ist dringend. Ich habe dich hierher gebeten, weil...

AMELIE Sie kennen meinen Namen?

BOTSCHAFTER Möchtest du, daß ich ihn vergesse?

AMELIE Einen Augenblick – mit wem glauben Exzellenz denn zu reden?

BOTSCHAFTER Mit meiner Frau.

AMELIE Dann ist das ein Mißverständnis. Diesmal bin ich nicht als Frau des Botschafters gekommen, sondern als eine einfache...

BOTSCHAFTER Aber ich spreche als dein Mann zu dir. Könntest du bitte mit diesem blödsinnigen Spiel, was immer es bedeuten mag, für einen Augenblick aufhören?

AMELIE Gut, aber nur für einen Augenblick. Was gibt es?

BOTSCHAFTER Schau... *Er zeigt ihr die linke Manschette ohne Manschettenknopf.*

AMELIE Ah ja. Das hatte ich schon von der Tür aus gesehen. Du hast deinen Manschettenknopf verloren.

BOTSCHAFTER Keine Ahnung, wie das passiert ist.

AMELIE Hast du gesucht? Überall nachgesehen?

BOTSCHAFTER Natürlich. Aber gefunden hab ich ihn nicht. Eine Katastrophe. In fünfzehn Minuten... *Er schaut auf die Uhr.* Nicht einmal... in zehn Minuten muß ich ein großes Tier von der Regierung empfangen. Ein Treffen, das Weltpolitik machen könnte. So kann ich mich unmöglich sehen lassen...

AMELIE Es interessiert mich nicht, wen du warum empfangen mußt. Du wolltest als mein Mann mit mir reden. Jetzt redest du in offizieller Eigenschaft, als Botschafter.

BOTSCHAFTER Wie bitte?

AMELIE Du mußt dich entscheiden. Bist du der Botschafter, oder bist du mein Mann?

BOTSCHAFTER Großer Gott, beides!

AMELIE Das geht nicht.

BOTSCHAFTER Du willst nicht meine Frau sein?

AMELIE Ich will nicht gleichzeitig deine Frau und die Frau des Botschafters sein.

BOTSCHAFTER Was für ein komisches Problem ist das? In zwanzig Ehejahren ist es doch nie eines gewesen.

AMELIE *steht auf.* Aber jetzt. Und es ist höchste Zeit, daß es eines geworden ist, meinst du nicht? Zwanzig Jahre lang bin ich immer nur eine Randverzierung deiner Karriere gewesen. Treues Schoßhündchen eines Politikers im Pyjama. Immer nur anhören, was du zu erzählen hattest, all deine vertraulichen Mitteilungen. Du hast aus mir eine Art Aktenordner gemacht, etwas, wo du deine kostbaren Staatsgeheimnisse einheften und ablegen kannst. Mein Bett gehört dem Auswärtigen Amt, mir hat es nie gehört. Ich habe das satt.

BOTSCHAFTER Aber ...

AMELIE Wunderst du dich? Ja, natürlich. Du wärst nie darauf gekommen. Du hast nie genug Phantasie gehabt. Also muß ich dir's endlich sagen.

BOTSCHAFTER Wir werden darüber reden, ich verspreche es dir. Aber jetzt ... *Er zeigt wieder seine Manschette.* Könntest du da was machen?

AMELIE Nein.

BOTSCHAFTER In acht Minuten …

AMELIE Bitte nicht wieder eines deiner Berufsprobleme. Deine Manschettenknöpfe und deine Diplomatie, großer Gott! Ich kann mir das eine anhören oder das andere, aber nicht mehr beides zu gleicher Zeit. Niemand in der ganzen Welt muß wissen, welche Art Socken der Herr Botschafter trägt, von welcher Farbe die Unterwäsche sein muß und ob er Hosenträger oder Gürtel bevorzugt. Nur ich, ich kann dem nicht entgehen. Soll ich's sagen? Du trägst in diesem Augenblick Socken aus fil d'écosse, himmelblaue Wäsche und einen Gürtel.

BOTSCHAFTER Nicht so laut, bitte. Überall können Mikrofone sein.

AMELIE Ich muß Bescheid wissen über deine Unterwäsche und über die streng vertraulichen Kabinettsordres, über die großen Leute der kleinen Politik und umgekehrt. Ich kenne historische Ereignisse, bevor sie eintreten, und die Pannen, die es gegeben hat. Ich weiß, was passiert wäre, wenn etwas anderes nicht passiert wäre, und weiß, warum etwas passiert ist, was nicht hätte passieren sollen. Nur eines weiß ich nicht, nämlich was ich davon habe.

BOTSCHAFTER Genau das. Denk doch an all die Frauen, die davon träumen, an deiner Stelle zu sein. Millionen Frauen!

AMELIE Ich würde mit Vergnügen tauschen. Ich möchte wieder eine normale, durchschnittliche, gewöhnliche Frau sein.

BOTSCHAFTER Was ist das?

AMELIE Du weißt also nicht einmal, was das ist: eine Frau.

BOTSCHAFTER Eine Frau... eine Frau. Das ist ja auch nicht so einfach.

AMELIE Ein Mensch! Verstehst du das besser? Ich möchte einfach nicht alles wissen müssen. Ich möchte an etwas glauben können.

BOTSCHAFTER An was, zum Beispiel?

AMELIE An alles, an das ich vor der Ehe geglaubt habe.

BOTSCHAFTER Ist das etwas Persönliches?

AMELIE Nicht nur. Ich möchte wieder an gute Gründe zum Handeln glauben, an den Sinn der Geschichte, an die Rechtschaffenheit der Regierung, an Ideale, an ... an alles, woran ich aufhörte zu glauben, als ich die Frau eines Politikers geworden bin.

BOTSCHAFTER Willst du damit sagen, daß ich nicht an Ideale glaube?

AMELIE Tust du's?

Pause

BOTSCHAFTER Seltsam, früher konnte ich auf diese Frage ohne Zögern antworten.

AMELIE Ich habe den Glauben verloren.

BOTSCHAFTER Das ist schlimm.

AMELIE Ich habe die Fähigkeit verloren, etwas zu fühlen.

BOTSCHAFTER Das sind zweierlei Dinge.

AMELIE O nein. Glauben heißt fühlen.

BOTSCHAFTER Wenn du es so nimmst...

AMELIE Ich weiß alles, und ich fühle nichts. Weil es nichts gibt, an das ich glaube.

BOTSCHAFTER An nichts – oder an niemanden?

AMELIE Auch an niemanden. Ich würde so gern an irgend jemanden glauben. Und wenn du es wärst, wenn du es wieder wärst, auch du, sogar du.

BOTSCHAFTER Vielen Dank.

AMELIE Ich würde gern dieselbe sein, die ich war... als ich...

BOTSCHAFTER Als du jung warst?

AMELIE Ja. Aber das hättest du nicht sagen sollen.

BOTSCHAFTER Jetzt verstehe ich.

AMELIE Nein, du verstehst gar nichts. Weder als mein Mann noch als Diplomat. In beiden Eigenschaften bist du ein hoffnungsloser Versager.

BOTSCHAFTER Das ist wahr.

AMELIE Warum hast du das gesagt, warum mußtest du das sagen...

BOTSCHAFTER Ich weiß nicht. Vielleicht, weil ich zu müde bin.

AMELIE Das ist kein Grund.

BOTSCHAFTER Nein, da hast du recht.

AMELIE Jedenfalls ist es zu spät. Nachdem du's gesagt hast...

BOTSCHAFTER Aber ich hab es nicht so gemeint, ich meine... ich hatte es gesagt, ohne etwas damit zu meinen.

AMELIE Hör auf. Du machst es nur noch schlimmer.

BOTSCHAFTER Ich hatte nur sagen wollen...

AMELIE Bitte, es hat keinen Zweck.

BOTSCHAFTER In Wirklichkeit meinte ich...

AMELIE Eh du dich völlig blamierst, gehe ich lieber.

BOTSCHAFTER Nein! Warte!

AMELIE Deinetwegen. Du tust mir leid. Und Mitleid macht uns klein – uns beide. *Amelie geht rechts ab.*

Von links kommt Othello.

BOTSCHAFTER *ruft Amelie nach* Mein Manschettenknopf!

OTHELLO Zwölf Uhr, Exzellenz.

BOTSCHAFTER *fährt herum und sieht sich Othello gegenüber. Er legt die linke Hand auf den Rücken, um die lose Manschette zu verbergen.* Ich lasse bitten.

Vierte Szene

Der Sonderbeauftragte tritt oder vielmehr bricht von links her ein – er ist fünfundvierzig, mittelblond, untersetzt und breitschultrig, ebenso korrekt und gut gekleidet wie der Botschafter. Fast so gut. Sein Anzug ist ein Schatten zu dunkel, sein Hemd eine Nuance zu hell, seine Krawatte eine Spur zu breit und nicht ganz zum Anzug passend. Othello zieht sich diskret nach links zurück. Der Sonderbeauftragte bleibt stehen und breitet die Arme aus, als wolle er einen nahen Freund oder Verwandten nach langer Trennung umarmen.

SONDERBEAUFTRAGTER *sehr herzlich, sehr zwanglos* Willkommen, lieber Kollege!

BOTSCHAFTER *verblüfft* Das wäre doch wohl an mir ... das sollte ich ...

SONDERBEAUFTRAGTER *geht lebhaft auf den Botschafter zu und umarmt ihn wirklich.* Und nun einen Kuß.

BOTSCHAFTER *befreit sich.* Muß das sein?

SONDERBEAUFTRAGTER Von mir aus nicht. Aber es ist bei uns der Brauch. Wir küssen jeden.

BOTSCHAFTER Und warum?

SONDERBEAUFTRAGTER Wir sind sehr warmherzig, wissen Sie, sehr spontan und offen, daher küssen wir gern.

BOTSCHAFTER Selbst im Dienst?

SONDERBEAUFTRAGTER Vor allem im Dienst. Offenheit und Aufrichtigkeit sind die Leitlinien unserer Politik. Wir sind aufrichtig.

BOTSCHAFTER Ah – das ist mir neu. Offensichtlich bin ich noch nicht lange genug in Ihrem Land.

SONDERBEAUFTRAGTER Nur keine Hast. Sie werden sich an uns gewöhnen.

BOTSCHAFTER Das hoffe ich. Dann also – was möchten Sie trinken? Einen Martini? Einen Sherry?

Der Botschafter kann den offiziellen Charakter des Treffens, den er hat demonstrieren wollen, nicht länger durchhalten – der Sonderbeauftragte nötigt ihm seinen eigenen ungezwungenen Stil auf.

SONDERBEAUFTRAGTER Kognak natürlich. *Er setzt sich in den Sessel. Der Botschafter geht zum Getränketisch.* Ich wollte Sie fragen …

BOTSCHAFTER Ja?

SONDERBEAUFTRAGTER Der mich da hereingebracht hat … ist das ein Bediensteter?

BOTSCHAFTER Nein, das ist der Erste Botschaftssekretär.

SONDERBEAUFTRAGTER Oje... so schwarz?

BOTSCHAFTER Nach unserer Verfassung sind alle Bürger gleich, ohne Ansehen der Hautfarbe.

SONDERBEAUFTRAGTER Aber ja, aber ja. Trotzdem ist es unangenehm. Wissen Sie was? Ich gebe Ihnen einen Tip: schminken Sie sich einen.

BOTSCHAFTER Wie meinen...

SONDERBEAUFTRAGTER Ganz einfach: Sie nehmen einen Weißen und malen ihn schwarz an. Alle denken, er ist schwarz, aber Sie wissen: Er ist und bleibt ein Weißer. Der Effekt ist derselbe, aber für Sie ist es angenehmer.

BOTSCHAFTER Originelle Idee. Vielen Dank für den Rat.

SONDERBEAUFTRAGTER Aber bitte. Übrigens – wenn Sie sonst noch Probleme haben, lassen Sie mich's wissen. Sie können jederzeit auf mich zählen.

Der Botschafter hat die Gläser gefüllt und bringt sie nun zum linken Tisch. Er hat ständig versucht, seine Manschette irgendwie vor dem Sonderbeauftragten zu verbergen. Jetzt setzt er sich und legt die linke Hand auf den Rücken.

SONDERBEAUFTRAGTER *hartnäckig* Haben Sie irgendwelchen Trouble? Sagen Sie's mir.

BOTSCHAFTER Trouble? In welchem Sinn?

SONDERBEAUFTRAGTER Trouble, ganz allgemein. Wir sind sehr hilfsbereit.

BOTSCHAFTER In solchen Fällen pflege ich mit meinen Vorgesetzten zu sprechen.

SONDERBEAUFTRAGTER Gewiß, gewiß... Und dann, helfen die Ihnen?

BOTSCHAFTER Erlauben Sie, das hat nur mich und meine Vorgesetzten zu interessieren und sonst niemanden.

SONDERBEAUFTRAGTER Ihre Hand.

BOTSCHAFTER Verzeihung?

SONDERBEAUFTRAGTER Was ist mit Ihrer Hand passiert?

BOTSCHAFTER Mit meiner Hand?

SONDERBEAUFTRAGTER Die linke. Sie verstecken sie vor mir. Warum?

BOTSCHAFTER Tu ich das? O ja, wirklich, es war mir nicht bewußt... *Der Botschafter zieht die linke Hand hinter dem Rücken hervor und läßt sie seitlich herunterhängen, so daß sie für den Sonderbeauftragten fast nicht zu sehen ist.*

SONDERBEAUFTRAGTER *beugt sich vor und berührt die Manschette.* Aha – der Manschettenknopf ist weg. Soll ich Ihnen einen Rat geben? Nehmen Sie richtige Knöpfe. Ein richtiger, solider, ordentlich angenähter Knopf, auf den kann man sich verlassen. Mehr als auf diese Luxusdinger. Das ist bewiesen.

BOTSCHAFTER Mir sind Manschettenknöpfe lieber.

SONDERBEAUFTRAGTER Da haben wir eines Ihrer Probleme. Sie fallen leicht ab, diese Manschettenknöpfe.

BOTSCHAFTER Ja, leider...

SONDERBEAUFTRAGTER Sie haben Ihren verloren, und nun sitzen Sie in der Tinte. Es ist ja keine Privatangelegenheit, Sie sind im Diplomatischen Dienst, das Ansehen des Staates steht auf dem Spiel. Ich verstehe das – o ich verstehe Sie sehr gut. Auch bei uns kommt so etwas vor, so ein Ärger, das kann ich Ihnen sagen, ganz unter uns. Da hat doch einer unserer Generäle die Hose verloren. Und wissen Sie, wann und wo? Mitten in der alleroffiziellsten, allerfeierlichsten Feier.

BOTSCHAFTER Was Sie nicht sagen.

SONDERBEAUFTRAGTER O ja, das ist passiert. Der General an der Spitze der Truppen führt die Parade an, vor den Augen der Regierung und der ausländischen Gäste, vom Volk ganz zu schweigen. Und da, mitten auf dem Platz, genau vor der Tribüne, rutscht ihm die Hose runter bis auf die Knöchel.

BOTSCHAFTER Peinlich. Entsetzlich peinlich. Und was geschah dann?

SONDERBEAUFTRAGTER Noch am selben Tag hat er sich erschossen.

BOTSCHAFTER Vor einem so profunden Ehrgefühl ziehe ich meinen Hut.

SONDERBEAUFTRAGTER Nun ja, so ganz von ihm allein kam das nicht. Wir haben ihm ein bißchen geholfen.

BOTSCHAFTER Oh ...

SONDERBEAUFTRAGTER Zurück zum Thema: Glauben Sie, Ihre Vorgesetzten können Ihnen so behilflich sein wie wir?

BOTSCHAFTER In der Art, die Sie gerade erwähnten – sicherlich nicht.

SONDERBEAUFTRAGTER Nicht in der Art. Ich meine etwas anderes. Zum Beispiel – können Ihre Vorgesetzten Ihnen helfen, den verlorenen Manschettenknopf wiederzufinden?

BOTSCHAFTER Ich habe sie nicht darum gebeten.

SONDERBEAUFTRAGTER Natürlich nicht. Das wäre auch sinnlos, denn sie würden Ihnen ja doch nicht helfen.

BOTSCHAFTER Sie haben recht. Ich glaube nicht, daß sie mir helfen könnten, meinen verlorenen Manschettenknopf wiederzufinden.

SONDERBEAUFTRAGTER Sehen Sie? Das können sie nicht. Aber ich kann es.

BOTSCHAFTER Bitte bemühen Sie sich nicht.

SONDERBEAUFTRAGTER Ich brauche mich nicht zu bemühen. Ich brauche nicht einmal von meinem Sessel aufzustehen. Ich weiß, wo er ist.

BOTSCHAFTER Kaum zu glauben.

SONDERBEAUFTRAGTER Wetten, daß ...

BOTSCHAFTER Sie meinen, Sie wissen, wo mein Manschettenknopf ist, den ich verloren habe, kurz bevor Sie eintrafen?

SONDERBEAUFTRAGTER Ich weiß es.

BOTSCHAFTER Nun, dann sagen Sie's mir.

SONDERBEAUFTRAGTER Im Papierkorb.

Pause.

Wollen Sie nicht nachsehen?

BOTSCHAFTER *steht auf, geht zum Schreibtisch, faßt in den Papierkorb und findet den Manschettenknopf.* Sie hatten recht.

SONDERBEAUFTRAGTER Natürlich. *Er kippt mit einem Schluck den Kognak herunter.*

BOTSCHAFTER *kommt vom Schreibtisch zurück.* Woher wußten Sie das?

SONDERBEAUFTRAGTER Das muß ich Ihnen ja nicht auf die Nase binden...

BOTSCHAFTER Ich verstehe. Aber... auf welche Weise?

SONDERBEAUFTRAGTER Das werde ich Ihnen natürlich nicht sagen.

BOTSCHAFTER *setzt sich.* Schade.

SONDERBEAUFTRAGTER Wir haben unsere Möglichkeiten. Alles, was ich sagen kann: Sie haben Ihren Manschettenknopf um zehn Uhr dreiundzwanzig Minuten und drei Sekunden verloren. Sie saßen hier am Schreibtisch, griffen zum Telefonhörer – und peng, ab war er und fiel in den Papierkorb, der kleine Lauser. Sie haben es nicht einmal bemerkt. Was sagen Sie nun?

BOTSCHAFTER Sehr eindrucksvoll.

SONDERBEAUFTRAGTER Nicht wahr?

BOTSCHAFTER *knöpft den Manschettenknopf ein.* Gratuliere. Und vielen Dank.

SONDERBEAUFTRAGTER Keine Ursache. Ich wollte Ihnen nur unsere Möglichkeiten vorführen. Wir können alles über Sie erfahren, wenn wir es möchten. Wie die Dinge liegen, möchten wir es, und so wissen wir alles über Sie. Umgekehrt – was können Sie über uns erfahren? Was wissen Sie? Nichts, fürchte ich.

BOTSCHAFTER Nun – einiges schon.

SONDERBEAUFTRAGTER Zum Beispiel?

BOTSCHAFTER Zum Beispiel... wir wissen, daß Sie ein ruhmreiches Land und ein großes Volk sind, daß Sie, trotz einiger Differenzen zwischen Ihnen und uns, sehr ernsthaft friedlich mit uns koexistieren wollen, des Weltfriedens und der internationalen Zusammenarbeit wegen, im Geist des gegenseitigen Verstehens und der Freundschaft zwischen Ihnen und allen anderen Völkern und Nationen der Welt.

SONDERBEAUFTRAGTER *nach einer Pause* Und... woher haben Sie das...

BOTSCHAFTER Ganz einfach, aus Ihren Reden, Ihren Sendungen, Ihrer Presse...

SONDERBEAUFTRAGTER Hm.

BOTSCHAFTER Sie werden mir nicht sagen, daß diese Informationen nicht stimmen?

SONDERBEAUFTRAGTER Natürlich nicht. Aber das ist nur das Allgemeine. Kennen Sie auch Details?

BOTSCHAFTER Zum Beispiel?

SONDERBEAUFTRAGTER Zum Beispiel... wissen Sie, was ich heute morgen gemacht habe?

BOTSCHAFTER Sich die Zähne geputzt, hoffe ich.

SONDERBEAUFTRAGTER Richtig. Aber welche Zahnpasta habe ich benutzt, welche Marke, welche Farbe? War es eine grüne Zahnpasta oder eine blaue?

BOTSCHAFTER Ich gestehe: Ich weiß es nicht.

SONDERBEAUFTRAGTER Wenn ich Ihnen sagen würde, es war eine blaue – wie würden Sie reagieren?

BOTSCHAFTER Ich würde es zur Kenntnis nehmen.

SONDERBEAUFTRAGTER Mehr als das – Sie würden mir glauben.

BOTSCHAFTER Sind Sie so sicher?

SONDERBEAUFTRAGTER Ganz sicher. Sie würden mir glauben, weil Sie glauben möchten, es ist Ihnen ein Bedürfnis, Glauben zu schenken, Sie fühlen sich erst wohl, wenn Sie glauben. Sie sind – geborene Gläubige.

BOTSCHAFTER Ich würde eher sagen: Es ist uns lieber, zu vertrauen, als nicht zu vertrauen.

SONDERBEAUFTRAGTER Nein, das ist nicht der Grund. Der Grund ist: Wenn Sie nicht etwas haben, woran Sie glauben können, sind Sie wie Kinder, die nach Schokolade gieren. Sie sind traurig. Sie sind bitter, die Tränen kommen Ihnen, wenn Sie nichts haben, woran Sie glauben können.

BOTSCHAFTER Ich kann nicht leugnen, Ihr Urteil trifft auf manchen individuellen Fall zu. Ich kenne selbst einen.

SONDERBEAUFTRAGTER Aber Sie brauchen nicht zu verzweifeln. Am Ende kriegen die Kinder doch immer ihre Schokolade.

BOTSCHAFTER Von Ihnen?

SONDERBEAUFTRAGTER Warum nicht? Wir sind sensibel, wir lieben die Kinder, wir halten es nicht aus, wenn sie traurig sind. Und was die Schokolade angeht – die gibt's bei uns haufenweise.

BOTSCHAFTER Warum erzählen Sie mir das alles?

SONDERBEAUFTRAGTER Ist es Ihnen unangenehm?

BOTSCHAFTER Sie meinen nicht, daß Sie mir damit Ihre ... wie soll ich es nennen ... Ihre Methode verraten? Mit anderen Worten, daß Sie mich warnen?

SONDERBEAUFTRAGTER Nicht im mindesten. Ihre Natur ist stärker als Ihr Verstand. Ob ich Sie warne oder nicht, Sie werden immer glauben. Ohne Glauben können Sie nicht atmen. Und mir macht das Reden Spaß. Ich bin sehr gesellig, wissen Sie.

BOTSCHAFTER Das glaube ich gern.

SONDERBEAUFTRAGTER Aufrichtigkeit, Aufrichtigkeit,

das ist unser Leitwort. Aber ich rede, und rede und dabei habe ich noch eine Mission zu erfüllen. Ich habe Ihnen ein Geschenk mitgebracht.

BOTSCHAFTER Sehr freundlich von Ihnen. Aber Geschenke darf ich nicht annehmen.

SONDERBEAUFTRAGTER Es ist nicht für Sie persönlich. Es ist ein Geschenk unserer großen Nation an Ihre große Nation.

BOTSCHAFTER *steht auf.* In diesem Fall … wenn es offiziell ist …

SONDERBEAUFTRAGTER Absolut offiziell. *Er steht auf.* Es war ein Gedanke unserer höchsten Stelle und wurde auch von ihr bestätigt und genehmigt. Meine Mission ist, Ihnen dieses Souvenir im Namen unserer Regierung für Ihre Regierung zu überreichen. Einen Augenblick.

Fünfte Szene

Der Sonderbeauftragte klatscht dreimal in die Hände. Von links kommen zwei Generäle in der Galauniform einer nicht identifizierbaren Armee. Mit Hilfe zweier paralleler Stangen – nach dem Prinzip einer Bahre – tragen sie eine riesige hellblaue Kugel von mindestens einhundertfünfzig Zentimeter Durchmesser auf einem niedrigen, rechteckigen weißen Sockel. An den Seiten des Sockels ein Relief, unter dessen Figuren auch Tauben. Sie setzen alles in der Mitte der Bühne ab, wenden sich um und grüßen den Botschafter und den Sonderbeauftragten, die neben den Sesseln auf der linken Seite der Bühne stehen, militärisch, lösen die Stangen, nehmen sie auf – alle ihre Bewegungen sind rhythmisch wie in einem Ballett – und gehen links ab.

Sechste Szene

Der Botschafter und der Sonderbeauftragte gehen auf das Ding zu.

SONDERBEAUFTRAGTER Wie gefällt es Ihnen?

BOTSCHAFTER *geht schweigend um das Ding herum; nach einer Weile* Fabelhaft.

SONDERBEAUFTRAGTER Nicht wahr?

BOTSCHAFTER Phantastisch!

SONDERBEAUFTRAGTER Finde ich auch.

BOTSCHAFTER Und was ist das?

SONDERBEAUFTRAGTER Der Globus.

BOTSCHAFTER Der Globus?

SONDERBEAUFTRAGTER Das Modell unseres Planeten Erde. Sehen Sie das nicht? Und ein sehr großes dazu.

BOTSCHAFTER Nun ja, die Form ist in Ordnung, das kann ich nicht leugnen, aber …

SONDERBEAUFTRAGTER Ist irgend etwas nicht richtig?

BOTSCHAFTER Doch, doch, nur …

SONDERBEAUFTRAGTER Sagen Sie's frei heraus, keine falsche Scham.

BOTSCHAFTER Also, wenn ich es recht verstanden habe, ist dies das Modell unseres Planeten Erde – das haben Sie doch gesagt?

SONDERBEAUFTRAGTER So ist es.

BOTSCHAFTER Dann fehlt hier etwas...

SONDERBEAUFTRAGTER Wo?

BOTSCHAFTER Überall. Oh – nichts Wichtiges. Es fehlen nur Europa, Asien, Afrika, Australien und die beiden Amerika.

SONDERBEAUFTRAGTER Das ist nicht möglich.

BOTSCHAFTER Aber ganz offenbar. Schauen Sie nur hin.

SONDERBEAUFTRAGTER *geht nahe an den Globus und starrt ihn an.*

BOTSCHAFTER Nun?

SONDERBEAUFTRAGTER Da fehlt nichts.

BOTSCHAFTER Aber die Kontinente, wo sind sie? Sehen Sie die hier auf dem Globus?

SONDERBEAUFTRAGTER Nein, die sehe ich nicht.

BOTSCHAFTER Also?

SONDERBEAUFTRAGTER Aber das heißt nicht, daß dieses Modell fehlerhaft ist.

BOTSCHAFTER Ich verstehe nicht.

SONDERBEAUFTRAGTER Dieses Modell ist so, wie es ist, von höchster Stelle genehmigt worden. Infolgedessen muß es so sein, wie es ist. Das heißt, es ist perfekt, und es mangelt an gar nichts.

BOTSCHAFTER Mit anderen Worten, die Kontinente sind nicht drauf, aber sie fehlen nicht.

SONDERBEAUFTRAGTER Genau.

BOTSCHAFTER Ich möchte Sie nicht langweilen, aber nach Informationen, die mir zugegangen sind, gibt es auf der Erde Kontinente.

SONDERBEAUFTRAGTER Das muß nachgeprüft werden. Darf ich Ihr Telefon benutzen?

BOTSCHAFTER Aber natürlich.

Der Sonderbeauftragte geht zum Schreibtisch, nimmt den Hörer auf.

STIMME AUS DEM TELEFON Zentrale?
SONDERBEAUFTRAGTER Ein Amt, bitte.

Pause.

Er wählt.

Pause

Hallo, Peter. Hier bin ich. Wie geht's? *Der Sonderbeauftragte schaut zum Botschafter, bedeckt die Hörmuschel mit der freien Hand, damit der Botschafter – und das Publikum – nicht hören können, was der Teilnehmer am anderen Apparat dem Sonderbeauftragten sagt.* Mir? Danke, sehr gut. Hör mal, hier gibt es Reklamationen ... Was? ... Nein, nein, nichts Ernstes, er ist sehr beeindruckt. Er hat nur gefragt, ob vielleicht irgendwas dran fehlt. Er sagt, Europa, Asien, Afrika, Australien und die beiden Amerika ... was? ... Aha. Europa ... aha ... Ja. Afrika auch? ... Ja, ist klar. Was ist mit Asien? ... Später? ... Gut, ich sag's ihm. Mach's gut. Tschau. *Legt den Hörer auf.* Alles in Ordnung. Keine Fehler.
BOTSCHAFTER Was ist mit den Kontinenten?
SONDERBEAUFTRAGTER Die sind im Werden.

BOTSCHAFTER Wie bitte?

SONDERBEAUFTRAGTER Die sind noch nicht soweit. Wir arbeiten noch daran. Machen Sie sich keine Sorgen, wir veröffentlichen die Resultate, wenn die Realisierung der Projekte abgeschlossen ist.

BOTSCHAFTER Aber zur Zeit, also in diesem Augenblick, sind die Kontinente nicht auf dem Planeten? Sie existieren nicht?

SONDERBEAUFTRAGTER Sie existieren, aber nur in geophysischer Hinsicht.

BOTSCHAFTER Ist das nicht genug?

SONDERBEAUFTRAGTER Nein, das ist nicht genug. Denn in politischer Hinsicht sind sie noch unbefriedigend.

BOTSCHAFTER Ihrer Ansicht nach genügt also die Wirklichkeit der Geophysik nicht, um einen Globus herzustellen?

SONDERBEAUFTRAGTER Genau.

BOTSCHAFTER Was für eine Argumentation ist das?

SONDERBEAUFTRAGTER Eine objektive.

BOTSCHAFTER Wirklich?

SONDERBEAUFTRAGTER Objektiv – das heißt, nach den Gesetzen des Historischen Materialismus, der Dialektik der Geschichte und der Geschichte der Dialektik entsprechend, Gesetze, von denen die gesamte geschichtliche Entwicklung unentrinnbar bestimmt wird.

BOTSCHAFTER Das ist Ihre Meinung?

SONDERBEAUFTRAGTER Natürlich.

BOTSCHAFTER Dann ist sie, entgegen Ihrer vorherigen Behauptung, subjektiv.

SONDERBEAUFTRAGTER Meine Meinung ist objektiv gesehen subjektiv, aber subjektiv gesehen objektiv. Ihre Meinung hingegen ist objektiv gesehen ebenfalls subjektiv, aber subjektiv gesehen nicht objektiv.

BOTSCHAFTER Wie das?

SONDERBEAUFTRAGTER Weil Ihre Meinung von der unsrigen abweicht.

BOTSCHAFTER Selbst wenn wir voraussetzen, daß der augenblickliche Zustand der Welt von Ihrem Standpunkt aus nicht befriedigend ist...

SONDERBEAUFTRAGTER Objektiv nicht befriedigend.

BOTSCHAFTER Gut. Also selbst wenn der gegenwärtige Zustand der Welt Ihrer Meinung nach nicht befriedigend ist...

SONDERBEAUFTRAGTER Nach den unumstößlichen Gesetzen der Geschichte.

BOTSCHAFTER Schön. Aber selbst in diesem Fall ist dieser Zustand die Wirklichkeit. Eine vorübergehende vielleicht, aber doch die Wirklichkeit, und als solche müßte sie auch auf dem Globus erscheinen.

SONDERBEAUFTRAGTER Muß sie nicht.

BOTSCHAFTER Warum nicht?

SONDERBEAUFTRAGTER Es gibt zwei Arten von Wirklichkeit. Die offensichtliche und die wahre. Die offensichtliche Wirklichkeit ist die Wirklichkeit, so wie sie ist. Die wahre Wirklichkeit ist die Wirklichkeit, wie sie sein sollte. Infolgedessen: Nur das, was sein sollte, ist wirklich, selbst wenn es noch nicht ist.

BOTSCHAFTER Sehr klug.

SONDERBEAUFTRAGTER Danke sehr, aber ich nehme das nicht als ein persönliches Kompliment. Es ist nicht meine Erfindung, es ist die objektive Wissenschaft der Dialektik. Ich habe sie gelernt, jetzt wende ich sie an.

BOTSCHAFTER Dennoch staune ich.

SONDERBEAUFTRAGTER Sie haben recht mit Ihrem Beifall. Das dialektische Denken ist die Quelle unserer Überlegenheit. Der Hauptunterschied zwischen Ihnen und uns ist, daß Sie wissen, wie die Welt ist, und sonst nichts, während wir wissen, wie die Welt sein sollte. Infolgedessen haben Sie keinerlei Perspektive. Sie pfuschen sich die Welt von einem Tag zum anderen zurecht, während wir ihre letzte und endgültige Gestalt vorbereiten.

BOTSCHAFTER Darf ich fragen, wie diese Welt sein wird?

SONDERBEAUFTRAGTER Es wird die beste aller denkbaren Welten sein.

BOTSCHAFTER Ich frage mich, wie Sie zu dieser Gewißheit kommen. Wie können Sie so sicher sein, daß die Welt, so wie Sie sie machen wollen, besser sein wird als die Welt, die wir heute haben?

SONDERBEAUFTRAGTER Sie wird besser sein, weil sie mit Liebe gemacht wird.

BOTSCHAFTER Wie bitte?

SONDERBEAUFTRAGTER Ja, wir tun diese ganze schwere Arbeit aus Liebe. Wir machen die Welt neu, weil wir die Menschheit lieben, nicht weil wir für uns einen persönlichen Gewinn darin sehen. Logisch, daß die Welt, die wir schaffen, die Frucht unserer Liebe zur Menschheit ist. Und da Liebe auch Güte, Wahrheit und Schönheit hervorbringt, ist es klar, daß die Welt, die wir schaffen, eine wundervolle Welt sein wird.

DIE STIMME Hilfe!

SONDERBEAUFTRAGTER Haben Sie was gesagt?

BOTSCHAFTER Nein, Sie haben das Wort.

SONDERBEAUFTRAGTER Die beste aller denkbaren Welten also. Das bedeutet zugleich, daß eine noch bessere sie nicht verdrängen kann, einfach weil keine besser sein kann als die beste. Die beste kann sich nicht in eine bessere entwickeln, also wird die Welt, wie wir sie machen, unsere Welt, für immer bestehen.

DIE STIMME Hilfe! Hilfe!

SONDERBEAUFTRAGTER Sie unterbrechen mich ja schon wieder.

BOTSCHAFTER Ich würde mir das nie herausnehmen.

DIE STIMME Hilfe! Hilfe!

BOTSCHAFTER Nicht einmal, wenn ich Bauchredner wäre.

SONDERBEAUFTRAGTER War das nicht Ihre Stimme?

Der Botschafter geht nahe an den Globus heran und hält sein Ohr daran. Er winkt den Sonderbeauftragten heran, der nun ebenfalls lauscht. Beide stehen und horchen, der Sonderbeauftragte auf der linken, der Botschafter auf der rechten Seite des Globus.

Eine ganze Weile ist nichts zu hören, und nichts geschieht. Plötzlich stößt der Kopf eines Mannes oben durch den Globus hindurch, wie ein Küken aus dem Ei – mit dem Gesicht zum Publikum. Ein Mann mittleren Alters, seit ein paar Tagen nicht rasiert, eher hell- als dunkelhaarig, das Haar ganz kurz geschoren. Er trägt eine runde, dünne Nickelbrille und eine dicke, grobe, farblos graue, gesteppte Jacke, die tägliche Arbeits- und nicht nur Arbeitskleidung von Millionen in den großen Massenquartieren unseres

Planeten. Die Hosen sind aus gleichem Zeug, dazu klobige Gummistiefel, aber beides ist im Augenblick nicht zu sehen. Er sieht aus wie ein rechtschaffener, anständiger Vorarbeiter aus der guten alten Zeit. Der Botschafter und der Sonderbeauftragte prallen zurück. Der Mann schaut zuerst nach links und sieht sich dem Sonderbeauftragten gegenüber, dann nach rechts, zum Botschafter, und so verharrt er. Der Botschafter faßt sich wieder, wendet sich, geht nach rechts, bleibt am Getränketisch stehen, nimmt ein leeres Glas, schaut wieder zum Mann im Globus und fragt ihn höflich.

BOTSCHAFTER Was darf es sein? Ein Martini? Ein Sherry?
DER MANN Asyl!
BOTSCHAFTER Was? *Er dreht sich voll zum Mann im Globus um.*
DER MANN Ich bin Flüchtling, ich bitte um Asyl.

Blackout

Zweiter Akt

Erste Szene

Der Botschafter sitzt hinter dem Schreibtisch, ihm gegenüber der Mann, etwas nach rechts gerückt im Halbprofil zum Zuschauer. Er sitzt da, gelassen und von einer gewissen Würde, die Hände auf den Knien, wie Arbeiter, Bauern, Holzfäller usw. zu sitzen pflegen.

Othello steht links am Schreibtisch.

BOTSCHAFTER Ich brauche das Präsidialamt. Den Präsidenten persönlich, bitte.

OTHELLO Ich lasse eine Verbindung herstellen, Exzellenz.

BOTSCHAFTER Machen Sie es dringend.

OTHELLO Gewiß, Exzellenz. *Er geht links ab.*

Zweite Szene

Der Botschafter setzt die Brille auf, nimmt ein Papier vom Schreibtisch, überfliegt den Schreibmaschinentext.

BOTSCHAFTER Fassen wir zusammen. Sie waren in der Staatlichen Globus-Fabrik angestellt und haben die Gelegenheit wahrgenommen, sich in einem Globus zu verbergen, von dem Sie wußten, daß er ins Ausland gehen würde, genauer noch, daß er in dieser Botschaft überreicht werden sollte. Sie erklären, dies sei für Sie die einzige Möglichkeit gewesen, auf unser Grundstück zu kommen und so ohne Wissen Ihrer Behörden und infolgedessen ungehindert unser Territorium zu erreichen und um politisches Asyl zu bitten. Ist das richtig so?

Der Mann nickt.

Der Botschafter legt das Papier hin, nimmt die Brille ab. Und jetzt müssen wir uns mit Ihren Motiven beschäftigen. Warum bitten Sie um politisches Asyl?

DER MANN Tja, Herr ... das ist doch wohl klar. Verstehen Sie das nicht?

BOTSCHAFTER Es geht nicht darum, daß ich es verstehe, sondern, daß Sie es erklären. Sie möchten Ihr Land verlassen. Warum?

DER MANN Weil ich in diesem Lande lebe.

BOTSCHAFTER Das klingt wie eine Begründung, aber sie reicht nicht. Bitte sagen Sie es genauer.

DER MANN Was kann ich denn noch sagen?

BOTSCHAFTER Versuchen wir's zusammen. Haben Sie Verwandte bei uns?

DER MANN Nein.

BOTSCHAFTER Vielleicht Freunde?

DER MANN Keine Freunde.

BOTSCHAFTER Wenigstens ein paar entfernte Bekannte?

DER MANN Keine.

BOTSCHAFTER Sehen Sie – Ihre Verwandten, Ihre Freunde, Ihre Bekannten sind hier. Aber Sie sind bereit, sie alle zu verlassen, sich von ihnen zu trennen, um Ihr Zelt in einem fremden und Ihnen völlig unbekannten Land aufzuschlagen, in dem keinerlei persönliche Bindungen die verlorenen ersetzen können. Sind Sie darauf wirklich vorbereitet?

DER MANN Natürlich.

BOTSCHAFTER Ich muß sagen, das ist schwer zu verstehen. Sind Sie nicht durch... durch ein Gefühl mit Ihren Landsleuten verbunden? Was ist mit denen?

DER MANN Die möchten auch raus. Aber sie können nicht.

BOTSCHAFTER Werden Sie nicht Heimweh haben nach der Landschaft Ihrer Kindheit?

DER MANN Ich bin kein Kind mehr.

BOTSCHAFTER Eben. Sie sind erwachsen, Sie verdienen Ihr Geld. Hier in diesem Land haben Sie eine feste Stellung, Ihre Zukunft ist gesichert. Sind Sie sich darüber klar, daß Sie es nicht leicht haben werden, wenn Sie erst einmal draußen sind? Ganz und gar nicht leicht.

DER MANN Ich brauche sehr wenig.

BOTSCHAFTER Lassen Sie uns die Sache von einer anderen Seite betrachten. Sie leben in einem Land, in dem man sich ehrgeizig zum Ziel gesetzt hat, eine neue, bessere Welt zu schaffen. Und da diese Aufgabe absolute Priorität hat, ist man damit auch gut vorangekommen. Was immer wir einzuwenden haben mögen, wir können nicht leugnen, daß dies eine sehr lobenswerte Absicht ist. Wir müssen die Achtbarkeit dieser Ideale anerkennen, selbst wenn wir für den Augenblick aus verschiedenen Gründen von einer unmittelbaren Unterstützung absehen. Wir sollten es aber würdigen oder doch wenigstens ... Was schauen Sie mich so an ... *Pause.* Also gut. Um es kurz zu machen, Sie entziehen sich der Mitarbeit am ... am ... wie heißt das bei Ihnen?

DER MANN Fundamentelegen für eine glorreiche Zukunft.

BOTSCHAFTER Gut. Daran möchten Sie nicht mitwirken?

DER MANN Nein, das möchte ich nicht.

BOTSCHAFTER Und warum nicht? Sind Sie vielleicht ein Feind der glorreichen Zukunft?

DER MANN An sich nicht.

BOTSCHAFTER Dann bin ich, offen gesagt, verwirrt. Ich komme nicht hinter Ihre Gründe. Würden Sie mir sagen, welche es sind? Worum geht es denn wirklich?

DER MANN Um die Seele.

BOTSCHAFTER Um was?

DER MANN Ich denke, jeder weiß, was die Seele ist.

Pause.

BOTSCHAFTER Weiter, bitte.

DER MANN Ich habe alles gesagt. Es geht um die Seele, um nichts anderes.

BOTSCHAFTER Aber was hat das damit zu tun? Ich sehe keinerlei Zusammenhang zwischen der Seele und Ihrem Entschluß, dieses Land zu verlassen.

DER MANN Die Seele ist hier verboten. Sie lassen nicht zu, daß du eine hast.

BOTSCHAFTER Theologie ist nicht mein Fach. Aber soweit ich weiß, kann keine Regierung dem Individuum verbieten, eine Seele zu haben, selbst wenn sie es noch so gern möchte.

DER MANN Sie kann es nicht, aber wenn du eine hast, kriegst du Prügel.

BOTSCHAFTER Wirklich? Warum?

DER MANN Eben deshalb. Weil sie nicht verbieten können, daß du eine hast, aber es gern verbieten möchten. Wenn du also zufällig eine hast, dann versuchen sie, dir die Seele aus dem Leib zu prügeln.

BOTSCHAFTER Jetzt fange ich an zu verstehen. Das also ist Ihr Fall. Sie haben eine Seele.

DER MANN Ja, Herr.

BOTSCHAFTER Aha. Aber ... können Sie die nicht für sich allein haben? Sozusagen privat? Ohne sie vorzuzeigen, einfach, um unangenehme Reaktionen zu vermeiden?

DER MANN Herr, die wissen sehr genau, wer eine hat und wer keine hat. Sie wissen alles.

BOTSCHAFTER *mit einem Seufzer* Ah ja, das ist nur allzu wahr.

DER MANN Und darum will ich weg.

BOTSCHAFTER Ich möchte Sie nicht enttäuschen, aber ich weiß nicht, ob diese Begründung mit der Seele genügt.

DER MANN Was wollen Sie damit sagen, Herr?

BOTSCHAFTER Ich will sagen, daß sie vielleicht als Rechtsgrundlage für ein politisches Asyl nicht ausreicht.

DER MANN Die Seele reicht nicht aus?

BOTSCHAFTER Sie ist als Begriff ein bißchen vage. Es hängt davon ab, ob man den Begriff der Seele als objektiv gültig akzeptiert oder nicht. Nehmen wir an, ich akzeptiere ihn. Aber meine Vorgesetzten – tun die das auch?

Die Zeit ist schlecht gewählt für Ihr Vorhaben. Sie hätten nicht gerade jetzt zu uns kommen sollen. Sehen Sie, im Augenblick ist uns sehr an freundschaftlichen Beziehungen zu Ihrem Heimatland gelegen. Unter diesen Umständen könnten meine Vorgesetzten der Existenz der Seele mit einigen Vorbehalten begegnen.

Othello kommt von links.

Dritte Szene

OTHELLO Der Präsident antwortet nicht, Exzellenz.
BOTSCHAFTER Das gibt es doch nicht.
OTHELLO Exzellenz, ist es meine Wahrheitsliebe oder meine Fähigkeit, die Sie bezweifeln?
BOTSCHAFTER Irgendeine Antwort muß es doch geben.
OTHELLO Es gibt aber keine. Überhaupt keine.
BOTSCHAFTER Präzis bitte: keine Antwort oder keine Verbindung?
OTHELLO Da niemand antwortet, ist es schwer zu sagen, ob der Anruf durchgekommen ist. Andererseits, wenn der Anruf nicht durchgekommen ist, kann er nicht beantwortet werden. Empirisch gesprochen, können wir also mit Sicherheit schließen, daß wir weder eine Antwort noch eine Verbindung haben.
BOTSCHAFTER Versuchen Sie's noch mal.
OTHELLO Exzellenz ... *Er geht links ab.*

DER MANN Darf ich fragen, ob ...

BOTSCHAFTER Mein lieber Freund, ich fürchte, in Ihrem Fall können wir nicht viel tun, jedenfalls nicht im Augenblick. Es tut mir sehr leid für Sie.

DER MANN Ich wollte Sie etwas anderes fragen. – Glauben Sie an Gott?

BOTSCHAFTER *steht auf, geht vom Schreibtisch weg, alles, um Zeit zu gewinnen. Er geht von nun an immer wieder auf und ab, bleibt mitunter stehen, geht wieder, während der Mann sitzen bleibt. Nach einer Pause* Ich möchte darauf nicht antworten.

DER MANN Glauben Sie an den Präsidenten?

BOTSCHAFTER Glauben? In welchem Sinn meinen Sie ...

DER MANN Ganz einfach. Glauben Sie an Ihren Präsidenten, an Ihre Regierung ...

BOTSCHAFTER So einfach ist das nicht. Meinen Sie, ob ich glaube, daß es den Präsidenten gibt, oder ob ich an seine Macht glaube?

DER MANN Glauben Sie, daß es ihn gibt?

BOTSCHAFTER Was für eine Frage! Natürlich gibt es ihn.

DER MANN Woher wissen Sie das?

BOTSCHAFTER Ihre Fragen werden immer seltsamer.

DER MANN Er ist nicht hier. Und auch meilenweit in der Umgebung nicht. Wohin Sie auch blicken, nirgends etwas, das Ihr Präsident sein könnte.

BOTSCHAFTER Was ist daran so ungewöhnlich? Wir sind eine Botschaft im Ausland. Es liegt auf der Hand, daß er nicht hier ist, sondern woanders.

DER MANN Wo ist er?

BOTSCHAFTER In meinem, in seinem, in unserem Land natürlich.

DER MANN Und das glauben Sie?

BOTSCHAFTER Das ist nicht Sache meines Glaubens. Es besteht eine Kommunikation zwischen uns.

DER MANN Aha. Das heißt also, Sie glauben an die Offenbarung.

BOTSCHAFTER Das sehen Sie falsch. Die Offenbarung ist zwar Kommunikation, aber nur eine einseitige, und darum verdient sie den Namen nicht. Notwendig für eine Kommunikation im Sinn des Wortes ist das Feedback. Die Offenbarung geht von Gott zu den Menschen. Aber um an die Offenbarung zu glauben, muß man zunächst an Gott glauben, was wiederum nicht möglich ist, wenn man nicht vorher an die Offenbarung glaubt, ein Circulus vitiosus. Wir haben nicht den geringsten Beweis, daß unsere Botschaften an Gott – nennen wir sie Gebete – ankommen, weil uns niemals eine Empfangsbestätigung erreicht hat. Daher haben wir also keinen Beweis der Existenz dessen, an den wir uns wenden. Soviel zu Gott. Was aber den Präsidenten angeht, so ist das ganz etwas anderes. Hier besteht die volle zweiseitige Kommunikation.

DER MANN Aber müssen Sie nicht an Ihren Präsidenten glauben...

BOTSCHAFTER Ich dachte, ich hätte Sie überzeugt, daß dies nicht eine Sache des Glaubens ist.

DER MANN Und wenn es das nun doch wäre?

BOTSCHAFTER Wie hartnäckig Sie sind. Aber gut, lassen

Sie uns annehmen, daß die Existenz meines Präsidenten eine Sache meines Glaubens oder Nichtglaubens ist. Was folgt daraus?

DER MANN Daß Sie an Ihren Präsidenten glauben müssen, wenn Sie Botschafter sein wollen. Müssen Sie das nicht?

BOTSCHAFTER Das ist klar.

DER MANN Und so muß ich an Gott glauben, wenn ich ein Mensch sein will.

Othello tritt links ein.

Fünfte Szene

BOTSCHAFTER Eine Antwort?

OTHELLO Nein.

BOTSCHAFTER Bestimmt nicht?

OTHELLO Wenn Euer Exzellenz . . .

BOTSCHAFTER Gut, gut, verschonen Sie mich. Ich dachte an technische Unzulänglichkeiten, nicht an Ihre. Meinen Sie, es ist was an unserer Anlage? Ist sie zusammengebrochen? Wurde sie überprüft?

OTHELLO Gewiß, Euer Exzellenz. Unsere Technik ist völlig in Ordnung.

BOTSCHAFTER Und warum funktioniert sie nicht?

OTHELLO Das ist es eben, Euer Exzellenz. Sie funktioniert tadellos, aber es nutzt nichts.

BOTSCHAFTER Wenn das der Fall ist . . .

Pause.

OTHELLO Euer Exzellenz?

BOTSCHAFTER Ja. Eine andere Erklärung sehe ich nicht, aber … ja, das muß es sein.

OTHELLO Was, Euer Exzellenz?

BOTSCHAFTER Bitte bestellen Sie mir doch diesen Sonderbeauftragten her, den von der Regierung hier. Ich möchte ihn sofort sprechen.

OTHELLO Das ist nicht nötig, Euer Exzellenz.

BOTSCHAFTER Wollen Sie meine Anordnung kritisieren?

OTHELLO Um keinen Preis, Euer Exzellenz. Ich meine nur, daß es überflüssig ist, den Sonderbeauftragten der Regierung hierherzuzitieren …

BOTSCHAFTER Sie wiederholen sich.

OTHELLO Weil er bereits da ist.

BOTSCHAFTER Wo?

OTHELLO Hier in der Botschaft. Er ist soeben eingetroffen und bittet dringend, empfangen zu werden.

Der Sonderbeauftragte stürmt von links herein. Der Mann steht auf.

Sechste Szene

SONDERBEAUFTRAGTER Ich protestiere …

BOTSCHAFTER *unterbricht ihn* O nein, ich bin es, der protestiert.

SONDERBEAUFTRAGTER *bemerkt die Anwesenden.* Aber ich würde es vorziehen, unter vier Augen zu protestieren.

BOTSCHAFTER *zu Othello und zum Mann* Bitte, meine Herren …

Othello und der Mann links ab.

Siebente Szene

SONDERBEAUFTRAGTER Ich protestiere gegen die gesetzwidrige Gefangennahme und gegen das Festhalten eines unserer Bürger in Ihrer Botschaft.

BOTSCHAFTER Wir halten ihn nicht fest.

SONDERBEAUFTRAGTER Das ist eine schändliche Verletzung des Menschenrechts auf Freizügigkeit der Bewegung.

BOTSCHAFTER Er will sich gar nicht bewegen. Wenigstens nicht zurück.

SONDERBEAUFTRAGTER Das wissen wir besser.

BOTSCHAFTER Wie können Sie besser über seine Absichten Bescheid wissen als er selbst?

SONDERBEAUFTRAGTER Wir können es – und wir wissen es besser. Sein Bewußtsein ist individuell, es ist lediglich Selbstbewußtsein, während das unsere kollektiv ist. Daher ist unser Bewußtsein dem seinen weit überlegen.

BOTSCHAFTER Das ist sehr fraglich.

SONDERBEAUFTRAGTER Deshalb werden Sie ihn uns unverzüglich übergeben.

BOTSCHAFTER Sie vergessen, daß Sie hier der Gast sind, nicht der Gastgeber. Dies ist mein Hoheitsgebiet. Ich werde von Ihnen keine Befehle entgegennehmen. *Pause.*

SONDERBEAUFTRAGTER Dann lassen Sie uns also reden. *Er setzt sich, ohne dazu aufgefordert zu sein, und zeigt auf einen anderen Stuhl.* Setzen Sie sich.

BOTSCHAFTER Es scheint Ihnen nicht klar zu sein: Wenn einer von uns in der Lage ist, dem anderen einen Platz anbieten zu können, dann bin ich das.

SONDERBEAUFTRAGTER Aber ich sitze schon.

BOTSCHAFTER *schreit ihn an* Dann stehen Sie auf!

Pause. Der Sonderbeauftragte steht langsam auf.

Der Botschafter wieder freundlich Und nun – nehmen Sie bitte Platz.

Der Sonderbeauftragte läßt sich langsam nieder.

Erst wenn er wieder sitzt, nimmt auch der Botschafter seinen Platz ein. Ich höre.

SONDERBEAUFTRAGTER Sie haben kein Recht, ihm Asyl zu gewähren. Dieser Mann ist ein Krimineller. Asylrecht ist auf Kriminelle nicht anwendbar.

BOTSCHAFTER Und was ist sein Verbrechen?

SONDERBEAUFTRAGTER Er hat das Gesetz der absoluten Überlegenheit unseres Systems verletzt. Dieses Gesetz ist in unserer Verfassung verankert. Indem er von unserem zu Ihrem System überwechselt, verhöhnt er dieses Gesetz, zeigt er seine gesetzwidrige Vorliebe. Infolgedessen ist seine Tat als ein Verbrechen gegen die Verfassung zu bewerten. Ich bitte lediglich, uns den Verbrecher zurückzugeben. Würden Sie dem nachkommen?

BOTSCHAFTER Nein.

SONDERBEAUFTRAGTER Auf keinen Fall?

BOTSCHAFTER Auf keinen Fall.

SONDERBEAUFTRAGTER Und warum nicht? Schließlich...

BOTSCHAFTER Verstehen Sie das nicht?

SONDERBEAUFTRAGTER Ich verstehe das Nein, aber ich verstehe die Gründe nicht. Es würde Ihnen ja nicht weh tun, ihn uns zurückzugeben.

BOTSCHAFTER Uns nicht, aber ihm, glaube ich.

SONDERBEAUFTRAGTER Das ist doch nicht Ihr Bier. Was geht das schließlich Sie an... Im Gegenteil. Wenn Sie ihn behalten – dann gibt's Ärger.

BOTSCHAFTER Was für Ärger?

SONDERBEAUFTRAGTER Fangen wir mit dem kleinen an. Volkszorn, Demonstrationen vor Ihrer Botschaft...

BOTSCHAFTER Ach, so was? Das haben wir schon gehabt, das kennen wir.

SONDERBEAUFTRAGTER Seien Sie nicht so sicher. Einige höhere Grade des Volkszorns kennen Sie vielleicht noch nicht. Übrigens – bisher haben wir den noch immer in der Gewalt gehabt. Aber es könnte sein, daß er künftig nicht mehr unter Kontrolle zu bringen ist. Garantieren kann ich für nichts.

BOTSCHAFTER Sonst noch etwas?

SONDERBEAUFTRAGTER Das nächste wiegt schon schwerer. Der Zorn unserer Staatsführung.

BOTSCHAFTER Ja?

SONDERBEAUFTRAGTER Ihre Staatsführung wird unruhig, wenn unsere Staatsführung zornig wird. Infolgedessen dürfte Ihre Staatsführung zornig werden über Sie!

BOTSCHAFTER Ich denke, daß unsere Staatsführung gute Gründe haben wird, über die Ihre zornig zu werden.

SONDERBEAUFTRAGTER Haben wird? Diese Gründe gibt es seit eh und je. Aber irgendwie wächst sich das nie zum Zorn aus.

BOTSCHAFTER Diesmal wird es das tun. Dieser letzte Streich, den Sie uns gespielt haben... was Sie jetzt gemacht haben, kann nicht auf dieselbe Weise abgetan werden wie Ihre früheren Spielchen. Diesmal kriegen Sie Ärger.

SONDERBEAUFTRAGTER Was wir getan haben... Was haben wir denn getan?

BOTSCHAFTER Das wissen Sie doch sehr gut.

SONDERBEAUFTRAGTER Ob Sie mir glauben oder nicht, ich weiß es nicht, ich habe nicht die leiseste Vorstellung, wovon Sie sprechen. Sollten wir etwas Ungewöhnliches gemacht haben, etwas, wovon ich nichts weiß? Hej, ist es möglich, daß sie etwas ohne mich gemacht haben? *Er steht auf.* Erlauben Sie, daß ich Ihr Telefon benutze...

BOTSCHAFTER Ich bitte Sie, meinen energischen Protest zur Kenntnis zu nehmen gegen die Unterbrechung der Kommunikation zwischen dieser Botschaft und unserer Regierung. Dies ist ein eklatanter Bruch des Völkerrechts und kommt fast einer Kriegserklärung gleich.

SONDERBEAUFTRAGTER Was?

BOTSCHAFTER Ich muß Sie darauf aufmerksam machen, daß die Konsequenzen, die sich aus diesem Werk Ihres Geheimdienstes ergeben, ernst und unabsehbar sein können.

SONDERBEAUFTRAGTER Unseres Geheimdienstes?

BOTSCHAFTER Angesichts dessen ist das Problem des Flüchtlings nur von zweitrangiger Bedeutung.

Pause.

SONDERBEAUFTRAGTER Einen Kognak!

BOTSCHAFTER Angesichts des Ernstes der Lage lege ich Wert darauf, daß unsere persönlichen Beziehungen sich in den Grenzen strikter Formalität halten.

Der Sonderbeauftragte geht zum Getränketisch, gießt sich ein Glas Kognak ein. Er kippt es hinunter, gießt ein zweites ein. Mit vollem Glas geht er zurück zum Sessel, scheinbar ohne die Gegenwart des Botschafters überhaupt zu bemerken, in konzentriertes Nachdenken versunken.

Ich warte auf Ihre Antwort.

Der Sonderbeauftragte trinkt das Glas halb aus. Keine weitere Reaktion.

Wollen Sie leugnen, daß unser Nachrichtenapparat außer Funktion gesetzt ist mit Hilfe Ihrer Technologie, deren hohen Standard zu bewundern ich Gelegenheit hatte, als Sie persönlich mir so glänzende Beweise lieferten?

SONDERBEAUFTRAGTER Mein lieber Kollege, sind wir in diesem Raum allein?

BOTSCHAFTER Wie Sie sehen.

SONDERBEAUFTRAGTER Was ich sehe, hat nicht viel zu bedeuten. Hört niemand ab?

BOTSCHAFTER Die Antwort kennen Sie besser als ich.

SONDERBEAUFTRAGTER Ich meine nicht unsere Mikrofone, sondern Ihre. Werden Sie nicht durch jemanden aus Ihrem Stab überwacht, etwa von Ihrem Sekretär...

BOTSCHAFTER Das ist ein Affront.

SONDERBEAUFTRAGTER Aber nein, mein lieber Kollege, das ist keine Beleidigung, nur eine berufliche Frage. Sehen Sie, was ich Ihnen jetzt zu sagen habe, sollte wirklich unter uns beiden bleiben.

BOTSCHAFTER Das wird es nicht. Was immer Sie mir sagen werden, wird an meine Vorgesetzten weitergegeben.

SONDERBEAUFTRAGTER Wie wollen Sie das machen?

BOTSCHAFTER Über besondere Kanäle.

SONDERBEAUFTRAGTER Machen Sie sich nicht lächerlich. Können Sie irgend etwas weitergeben, wenn Ihr Nachrichtensystem kaputt ist? So – und möchten Sie wissen, warum es kaputt ist?

BOTSCHAFTER Weil Sie es kaputtgemacht haben.

SONDERBEAUFTRAGTER Unsinn. Warum sollten wir? Was kommt für uns dabei heraus? Abhören, das ist etwas anderes. Aber Ihr ganzes Nachrichtensystem unterbinden, da würden wir am meisten verlieren. Da hätten wir ja nichts mehr zum Abhören.

BOTSCHAFTER Aber Ihr Eingreifen ist die einzige Erklärung.

SONDERBEAUFTRAGTER Sie bekommen keine Verbindung zu Ihrer Regierung, gut, aber nicht, weil wir eingegriffen hätten. Es liegt daran, daß es sie nicht mehr gibt, Ihre Regierung.

BOTSCHAFTER Wie meinen Sie das?

SONDERBEAUFTRAGTER Wörtlich. Ihre Regierung ist verschwunden, auseinandergefallen und hat sich aufgelöst in nichts, es gibt sie nicht mehr. Sie bekommen keine Antwort, weil niemand da ist, der Ihnen antworten könnte. Sie erhalten keine Nachricht, weil niemand mehr da ist, der Ihnen eine Nachricht senden könnte. Die Empfangsstationen sind unbesetzt. Alles, was von Ihrer Regierung übriggeblieben ist, sind Sie und Ihre Botschaft hier. Sie sind allein. Ist das jetzt klar?

Pause.

BOTSCHAFTER Revolution?

SONDERBEAUFTRAGTER Seien Sie nicht naiv, was für eine Revolution denn? In Ihrem Land gibt es keine Revolution. Nur wenn eine Regierung weder zu stark noch zu schwach ist, nur dann ist Revolution möglich. Ist die Regierung zu schwach, so ist eine Revolution unwahrscheinlich oder sogar unnötig, weil der Druck nicht ausreicht, um sie auszulösen – das ist bei Ihnen der Fall. Ist die Regierung wirklich stark, dann wird der Ausbruch von Revolutionen von vornherein unterbunden, das ist bei uns der Fall. Machen Sie sich keine Illusionen, sehen Sie den Tatsachen ins Auge. Es ist nicht eine Revolution, die Ihre Regierung zum Verschwinden gebracht hat – das wäre zu schön, zu ehrenvoll. Sie sind am Ende durch einen Prozeß der Selbstauflösung. Ihre Regierung ist ganz aus Eigenem zerfallen, ganz von selbst.

BOTSCHAFTER Wie das?

SONDERBEAUFTRAGTER Nach dem Gesetz, daß der Starke

immer stärker und der Schwache immer schwächer wird. Groß und größer können Sie bis ins Unendliche werden, aber wie lang kann man klein und kleiner werden? Nur so lange, bis man verschwindet, bis man überhaupt nicht mehr vorhanden ist. Und das ist genau Ihr Fehler: Sie dachten, Sie könnten endlos schrumpfen und dabei immer noch existieren.

BOTSCHAFTER Daß mein Land verschwindet, ist physisch unmöglich.

SONDERBEAUFTRAGTER Ihr Land ist immer noch da, aber nicht Ihr Staat. Ihr Staat ist verschwunden und hat auf diese Weise seinen Bürgern eine letzte und unwiederholbare Freude bereitet. Der Menge zu gefallen, den Wählern zu schmeicheln, das war das einzige politische Prinzip all Ihrer Präsidenten und Politiker. Auf welche Weise kann der Staat am ehesten gefallen und als angenehm empfunden werden? Sehr einfach: indem er sich selbst beschränkt, indem er Macht aufgibt und schließlich tut, als ob er gar nicht existiere. Aber dieses Spiel erfordert ein sehr delikates Gleichgewicht. Wenn man zu lange und zu gut so tut, als ob man gar nicht existierte, dann endet das damit, daß man wirklich aufhört zu existieren. Die Schwelle zwischen Existenz und Nichtexistenz ist erreicht. Da gibt es keine Rückkehr. Jetzt brauchen Sie nicht mehr so zu tun, als ob Sie nicht da wären – Sie sind tatsächlich nicht mehr da, und Sie können das nicht wiedergutmachen. Das ist die Geschichte Ihres Staates, Ihrer Regierung und Ihres Präsidenten.

BOTSCHAFTER Aber die Bürger?

SONDERBEAUFTRAGTER Es gibt auch keine Bürger mehr. Die Bürger verschwinden, wenn der Staat verschwindet, sie gehören zueinander, sie hängen voneinander ab, die Bürger sind der Staat, der Staat ist die Summe seiner Bürger. Das Volk – ja, die Einwohner, die bleiben. Was übriggeblieben ist, das ist ein Raum und seine Bevölkerung, die früheren Bürger sind eine unkenntliche Masse geworden. Es gibt auch noch die Natur, Flora und Fauna. So wie vor tausend Jahren.

BOTSCHAFTER Ich weigere mich, das zu glauben.

SONDERBEAUFTRAGTER So? Dann will ich Ihnen einige Ihrer eigenen Beobachtungen, Ihrer Zweifel und Ängste ins Gedächtnis zurückrufen. Erinnern Sie sich nicht? Ihr Schlafzimmer, Sie allein mit Ihrer Frau, vertrauliche Gespräche in der Intimität dieser Stunden. Sagen Sie mir bloß nicht, daß Sie von mir etwas absolut Neues gehört haben, was Sie nie vorhergesehen, nie gefürchtet, woran Sie nie gedacht haben. Sie haben schon eine ganze Weile geahnt, daß irgend etwas schiefgehen würde. Erinnern Sie sich, wie Sie Ihrer Frau ins Ohr geflüstert haben, was Sie besorgt machte – wie träge und langsam Vorgänge behandelt wurden oder umgekehrt, mit welcher fieberhaften, fast hysterischen Eile. Wie Sie sich über das Ausbleiben von Entscheidungen beklagten, wenn Sie die notwendig brauchten, oder über völlig idiotische, die Ihnen aufgezwungen wurden, wenn gar keine Entscheidungen zu fällen waren. Dringende Berichte wurden nicht zur Kenntnis genommen, aber man forderte detaillierte Informationen über Nichtigkeiten. Vor allem aber konnten Sie sich natürlich nicht abfinden mit der totalen Kapitulation Ihrer Regierung vor unserer Außenpolitik. War das nicht so?

Der Botschafter schweigt. Pause.

Jetzt kann ich's Ihnen ja sagen. Ich habe immer mit ihnen sympathisiert, es war eine Art Mitgefühl. Ich verstehe, wie Sie empfinden mußten. Es war für Sie nicht leicht, ein so widerwärtiges Durcheinander, ein solches Irrenhaus zu vertreten.

BOTSCHAFTER *steht auf.* Jetzt ist es genug!

SONDERBEAUFTRAGTER Regen Sie sich nicht auf, bitte. Ich weiß, Sie wollen sich aufregen, das hilft Ihnen, sich selbst zu überzeugen, daß Sie noch an etwas glauben, an das Sie nicht länger glauben können. Sie wollen um alles in der Welt immer noch an die Existenz Ihrer Staatsführung, Ihres Präsidenten, Ihrer Regierung glauben. Sie wollen an Ihr Land glauben als an eine festgefügte politische Struktur, den Staat, die Macht. Sie wollen an all das glauben gegen allen Augenschein. Es tut mir leid, aber Ihre Aufregung wird Ihnen nicht helfen. Ihr Glaube war bereits angeknackst, ich habe ihm nur den Gnadenschuß gegeben.

BOTSCHAFTER Sie irren.

SONDERBEAUFTRAGTER Ich respektiere Ihren Schmerz, aber verlangen Sie nicht von mir, daß ich bei Ihrem Selbstbetrug mitmache. Haben Sie immer noch Illusionen? Also gut, ich werde Ihnen jetzt noch etwas Allerletztes geben, ein Argument, das Sie nicht ignorieren können. *Er steht auf, geht einige Schritte in verschie-*

dene Richtungen, schaut hier und dort nach, als ob er nach unsichtbaren Spionen suchte, geht zurück zum Botschafter, schiebt seinen Sessel näher an den des Botschafters heran, setzt sich auf eine Ecke des Sitzes, beugt sich zum Botschafter vor, spricht leise Wir haben hier unter vier Augen gesprochen. Was ich jetzt sage, muß aber wirklich ganz unter uns bleiben. Hören Sie. Wenn noch irgendeine Art von Regierung, irgendeine Art von Ordnung in Ihrem Land existierte ... *Er hält ein, schaut sich wieder um, gibt dem Botschafter ein Zeichen.* Bitte, kommen Sie näher.

Der Botschafter lehnt sich vor.

Er legt eine Hand auf seine Schulter, nähert seinen Mund dem Ohr des Botschafters und flüstert Meinen Sie, dann wäre ich noch hier? Nein, das wäre ich nicht. Ich wäre der erste, der Sie um Asyl bitten würde.

Der Botschafter steht schnell auf, geht fort. Er bleibt stehen mit dem Rücken zum Sonderbeauftragten. Der sagt laut

Habe ich Sie endlich überzeugt?

BOTSCHAFTER Warum enthüllen Sie mir das alles ... erst jetzt?

SONDERBEAUFTRAGTER Enthülle ich etwas? Habe ich irgend etwas gesagt?

BOTSCHAFTER Das Verschwinden unseres Staates, die Auflösung unserer Administrationen und Exekutiven – warum haben Sie mir das nicht früher gesagt?

SONDERBEAUFTRAGTER Ah, das... *Er trinkt seinen Kognak aus.*

BOTSCHAFTER *wendet sich um und schaut den Sonderbeauftragten an.* Wenn diese Botschaft nichts als eine Fiktion ist, warum halten Sie dann diese Fiktion aufrecht? Warum behandeln Sie mich, als ob nichts passiert wäre? Warum werfen Sie mich nicht hinaus und machen hier zu, anstatt mir dieselben Ehren zu erweisen wie immer? Als wenn ich immer noch von einem Staat, einem Präsidenten, einer Armee getragen würde...

SONDERBEAUFTRAGTER Wir werden Sie weiterhin ganz genauso behandeln. Offiziell ist nichts geschehen.

BOTSCHAFTER Ich habe es von Anfang an nicht verstanden, aber nun verstehe ich es noch weniger.

SONDERBEAUFTRAGTER Anders geht es nicht, der Staatsraison wegen.

BOTSCHAFTER Jetzt begreife ich überhaupt nichts mehr. Sollten Sie nicht aus Ihrem Sieg, so zufällig er ist, etwas machen? Triumphieren, wenn Ihr Gegner endlich erledigt ist?

SONDERBEAUFTRAGTER Das wäre der schlimmste Fehler, der uns passieren könnte.

BOTSCHAFTER War denn unsere Vernichtung nicht immer Ihr letztes Ziel?

SONDERBEAUFTRAGTER Gewiß, aber einen so schnellen und vollständigen Erfolg hatten wir nicht erwartet. Eine zu perfekte Erfüllung unserer Wünsche bringt uns in die größte Verlegenheit.

BOTSCHAFTER Inwiefern?

SONDERBEAUFTRAGTER Wir haben an unser eigenes Volk zu denken.

BOTSCHAFTER Ich sehe keinen Zusammenhang.

SONDERBEAUFTRAGTER Natürlich nicht. Das können Sie auch gar nicht, weil Sie mit einer Philosophie der Machtausübung aufgewachsen sind, deren Prinzipien ich nicht anders als – verzeihen Sie –, als naiv und amateurhaft bezeichnen kann. Danach heißt ein Land regieren sich um das Wohlergehen des Volkes kümmern. Den Leuten gutes Geld geben und das, was sie sich dafür kaufen können. Für Dinge sorgen wie Schulen, Verkehr und eine unparteiische Justiz. Sie sind im Irrtum. Eine Regierung, die weiß, was notwendig ist, weiß auch, daß dies alles nicht wirklich wichtig ist.

BOTSCHAFTER Und was ist wirklich wichtig?

SONDERBEAUFTRAGTER Die Leidenschaften, vor allem anderen die Leidenschaften des Volkes. Wenn es nur Wohlstand gibt und keine Leidenschaften, ist es nicht glücklich. Die Menschen werden von ihren Leidenschaften beherrscht. Menschen regieren heißt also ihre Leidenschaften regieren. Was sind nun die stärksten, allgemeinsten und am weitesten verbreiteten Leidenschaften, die man fürs tägliche Leben braucht? Die Furcht und der Haß natürlich. Folglich: Nur eine Regierung, die weiß, wie sie diese beiden wesentlichsten Leidenschaften ihres Volkes befriedigt, ist wirklich und völlig demokratisch.

BOTSCHAFTER Eine sehr bemerkenswerte Ansicht.

SONDERBEAUFTRAGTER Was nun die Furcht angeht, so ist die Regierung in der Lage, sie dem Volk aus Eigenem zu verschaffen. Es ist sogar wünschenswert, daß sie hier auf die eigenen Quellen zurückgreift, sozusagen auf die hausgemachte Furcht, weil es für die Regierung gut ist, wenn das Volk eine gewisse Scheu vor ihr hat. Aber der Haß sollte nach außen gelenkt werden. Zu diesem Zweck brauchen wir den Feind, eine Nation, die von der unseren gehaßt werden kann unter der Anleitung unserer Regierung. Der Feind sollte stark genug sein, um unserem Volk das Gefühl einer Bedrohung einzuflößen und so seinen Haß auf ihn zu steigern. Je mehr sie den Feind hassen, desto mehr loben sie sich selbst, um so mehr brauchen und bejubeln sie ihre Regierung, das heißt uns, als den Garanten ihrer Sicherheit. Nachdem ich Ihnen das alles gesagt habe, wird Ihnen klar sein, daß Sie der beste Feind sind, den wir je finden konnten.

BOTSCHAFTER Wir waren es.

SONDERBEAUFTRAGTER Sie sind es.

BOTSCHAFTER Sie vergessen, daß wir nicht mehr existieren, wenigstens nach dem, was Sie gesagt haben.

SONDERBEAUFTRAGTER Aber wer weiß denn das hier? Nur Sie und ich. Unser Volk weiß nichts und wird es niemals wissen, wenn wir es ihm nicht erzählen. Und das werden wir nicht, weil wir das aus offenkundigen Gründen nicht wollen. Auf andere Weise aber können die Leute es nicht erfahren, weil sie dank der Perfektion unseres Systems nur soviel erfahren, wie wir ihnen sagen. So wird alles sein wie zuvor, nichts ändert sich.

BOTSCHAFTER Aber es ist nicht wahr, daß wir sind, wenn wir nicht sind.

SONDERBEAUFTRAGTER Ich dachte, ich hätte es Ihnen klar

genug gemacht. In Wirklichkeit existieren Sie nicht, aber offiziell existieren Sie. Ihr wirkliches, aber nichtoffizielles Sein bedeutet gar nichts. Nur Ihr offizielles ist wirklich.

BOTSCHAFTER Aber nicht wahr.

SONDERBEAUFTRAGTER Seien Sie nicht kindisch. Wahr oder nicht, darüber machen Sie sich keine Gedanken. Überlassen Sie das uns, wir werden uns um alles kümmern. Denken Sie nur, daß gar nichts passiert ist.

BOTSCHAFTER Und wenn ich mich weigere?

SONDERBEAUFTRAGTER Wie meinen Sie das?

BOTSCHAFTER Wenn ich die Botschaft schließe und erkläre, daß ich nicht mehr der Botschafter bin, weil der Staat, den ich repräsentiere, aufgehört hat zu existieren?

SONDERBEAUFTRAGTER Das werden Sie nicht tun.

BOTSCHAFTER Warum nicht?

SONDERBEAUFTRAGTER Es kann nur zu Ihrem Nachteil sein. Wer würden Sie denn sein, wenn Sie nicht mehr Botschafter wären? Niemand. Einfach niemand. Also, warum sollten Sie aufhören? Wir sind durchaus nicht fürs Aufhören, wir werden Sie nicht drängen, Ihren Posten zu verlassen. Im Gegenteil, fühlen Sie sich aufs herzlichste aufgefordert zu bleiben, wo Sie sind, wer Sie sind.

BOTSCHAFTER Aber das ist nicht möglich. Das ist einfach nicht möglich...

SONDERBEAUFTRAGTER Ich sehe keinerlei Probleme. Wie ich schon sagte, werden alle technischen Fragen von uns geregelt. Ihr Gehalt ebenso wie das Ihres Stabes wird genauso wie bisher gezahlt, mit dem einzigen Unterschied, daß nun wir die Zahlungen leisten, nicht Ihre aufgelöste Regierung. Dieser kleine Unterschied muß und sollte Ihrem Stab nicht bekanntwerden. Sie können sogar weiterhin Nachrichten übermitteln, so wie Sie's jetzt tun, wir werden sie auffangen und sie beantworten, wir werden Ihnen auch einige Instruktionen senden, natürlich im Namen Ihrer Regierung. Niemand wird irgend etwas argwöhnen angesichts der bisherigen Handhabung Ihrer Außenpolitik – es wird keine sichtbaren Zeichen einer Veränderung geben.

BOTSCHAFTER Auch wenn ich das annähme, wäre ich kein richtiger Botschafter mehr. Als Schein-Botschafter nach Ihrer Forderung und im Dienste Ihrer Zwecke wäre ich nichts anderes als Ihr Angestellter.

SONDERBEAUFTRAGTER Inoffiziell ja.

BOTSCHAFTER Ihr Agent.

SONDERBEAUFTRAGTER Nur geheim.

BOTSCHAFTER Das heißt, ich würde ein Verräter werden.

SONDERBEAUFTRAGTER *steht auf.* Bitte bedenken Sie dabei, daß Sie einer Sache Treue gelobt haben, die nicht mehr existiert.

Pause. Der Botschafter wendet sich um und geht weit nach rechts, so daß er dem Sonderbeauftragten nicht mehr ins Auge sieht. Von links kommt Othello herein.

Achte Szene

OTHELLO Exzellenz, vor der Botschaft wird demonstriert. Sie verlangen, daß Sie den Flüchtling herausgeben.

Pause. Der Botschafter steht so wie zuvor mit dem Rücken nach links, ohne sich zu rühren und ohne die anderen anzuschauen.

Was ordnen Sie an, Exzellenz?
SONDERBEAUFTRAGTER Ihn herausgeben, natürlich.
OTHELLO *zum Sonderbeauftragten* Gestatten Sie, ich habe meinen Botschafter um Anordnungen gebeten – nicht Sie.
SONDERBEAUFTRAGTER Wie Sie meinen. *Geht links ab.*

Blackout

Dritter Akt

Erste Szene

Nacht. Licht auf der Bühne nur von der Schreibtischlampe. Der Botschafter sitzt am Schreibtisch, vornübergebeugt, den Kopf in den Armen. Von rechts kommt Amelie im Pyjama herein. Der Botschafter merkt es nicht. Amelie bleibt vor ihm stehen, sieht ihn eine Weile schweigend an.

AMELIE *nach einiger Zeit* Ich gehe fort.

BOTSCHAFTER *nimmt die Hände vom Gesicht.* Was?

AMELIE Wir wollen uns scheiden lassen.

BOTSCHAFTER Mitten in der Nacht?

AMELIE Ich konnte nicht schlafen. Ich mußte nachdenken. Plötzlich wurde mir klar, daß ich ohne Schlaf bleiben würde, wenn ich es dir nicht sage. Hier bin ich also, und ich gehe fort.

BOTSCHAFTER Wohin?

AMELIE In ein Kloster vielleicht.

BOTSCHAFTER Im Pyjama?

AMELIE Sei bitte ernst. Ich bin es. Es muß auch nicht unbedingt ein Kloster sein.

BOTSCHAFTER Aha.

AMELIE Ich bin auf der Suche nach meiner Identität, und wo ich sie finden kann, da werde ich bleiben.

BOTSCHAFTER Eines Menschen Identität – was ist das?

AMELIE Ich konnte mir denken, daß du das nicht weißt.

BOTSCHAFTER Weißt du es, oder willst du nach etwas suchen, von dem du selbst nicht weißt, was es ist?

AMELIE Was immer es sein mag – ohne Scheidung werde ich es nicht finden.

BOTSCHAFTER *steht auf.* Und wenn ich mich weigere, mich scheiden zu lassen?

AMELIE Dann werde ich die Klage einreichen, und ich bin überzeugt, daß ich auf Anhieb recht bekomme. Ein Ehemann, der seine Frau daran hindert, ihre eigene Identität zu finden, hat verloren, bevor der Prozeß noch beginnt. Du würdest keine Chance gegen mich haben.

BOTSCHAFTER Die Klage lautet also, daß ich dich daran hindere...?

AMELIE Ja, das tust du.

BOTSCHAFTER Wodurch?

AMELIE Da ich die Frau des Botschafters bin, existiere ich nicht unabhängig für mich allein. Ich bin nur dein Schatten.

BOTSCHAFTER Und wenn ich nicht mehr Botschafter bin?

AMELIE Hast du vor, den Dienst zu quittieren?

BOTSCHAFTER Nicht ganz so, wie du es meinst, aber aufgrund unerwarteter Umstände könnte ich, dürfte ich vielleicht nicht länger Botschafter sein.

AMELIE Was für Umstände?

BOTSCHAFTER Im Augenblick kann ich dir das noch nicht sagen.

AMELIE Das ist das erste Mal, daß du etwas vor mir geheimhältst.

BOTSCHAFTER Ausnahmsweise muß ich es. Aber vielleicht kannst du mich in einer Minute als Nichtbotschafter vor dir haben. Was würdest du dann tun?

AMELIE Was würdest du werden?

BOTSCHAFTER Nichts als dein Mann.

AMELIE Nichts als … du meinst, das ist nicht viel?

BOTSCHAFTER Ich meinte, ausschließlich dein Mann.

AMELIE Ich weiß besser, was du meintest. Versuch nicht, es zu leugnen, es ist klar genug. Du findest, nur mein Ehemann zu sein ist weniger, als Botschafter zu sein, nicht wahr?

BOTSCHAFTER Es ist jetzt keine Zeit, darüber zu streiten. Sag mir nur eines: Würdest du endlich glücklich mit mir sein, wenn ich mein Amt verliere oder loswerde?

AMELIE Nicht glücklicher als jetzt.

BOTSCHAFTER Warum nicht?

AMELIE Weil ich nicht weiß, wer du wirklich bist.

BOTSCHAFTER Das ist alles, was du nach zwanzig Jahren Ehe zu sagen hast?

AMELIE Tut mir leid, ich wünschte, ich könnte mehr sagen. Aber alles, was ich von dir weiß, ist, daß du der Botschafter bist, weil deine Vorgesetzten dich dazu ernannt haben. Und auch, daß du mein Mann bist, weil ich dich geheiratet habe. Wer aber bist du ohne die Botschaft und ohne mich? Wer bist du ganz für dich allein genommen?

Pause.

BOTSCHAFTER *setzt sich in den Sessel.* Das wüßte ich selber gern.

AMELIE Eben.

BOTSCHAFTER Aber ist es denn wirklich so wichtig?

AMELIE Was für eine Frage. Ich kann nicht mit jemandem leben, ohne zu wissen, wer er ist. Das gibt mir...

BOTSCHAFTER Was?

AMELIE Ach – nichts.

BOTSCHAFTER Ich wüßte gern, was du eben sagen wolltest und nicht gesagt hast.

Pause.

AMELIE *setzt sich in den anderen Sessel gegenüber dem Botschafter.* Ich wollte sagen, daß – weil ich trotz zwanzig Ehejahren keine Ahnung habe, wer du bist –, daß ich den Verdacht nicht loswerde, du existierst überhaupt nicht.

BOTSCHAFTER Bin ich denn unsichtbar?

AMELIE Nein, du hast nur überhaupt kein eigenes Wesen, hast es nie gehabt. Der Mann, der Botschafter – das ist alles nur äußerlich. Beide sind nur Ergebnisse von Umständen. Du wurdest zum Ehemann und zum Botschafter gemacht, die anderen machten dich dazu, du verdankst diese Art von Existenz anderen, nicht dir selbst. Das wirkliche Wesen sollte aus sich selbst entstehen.

BOTSCHAFTER Ist dir je in den Sinn gekommen, daß ich einfach ein Mensch bin?

AMELIE Das konnte es nicht.

BOTSCHAFTER Warum nicht?

AMELIE Die Grundbedingung des Menschseins ist, an etwas zu glauben. Und du glaubst nicht.

BOTSCHAFTER Warte ... wer hat mir das schon mal gesagt ... oder irre ich mich?

AMELIE Wer immer es gewesen sein mag, gewiß war es nicht deine innere Stimme, nicht dein Gewissen. Ganz bestimmt nicht.

BOTSCHAFTER Du hast recht, ich habe es von einem Fremden gehört, von einem, der anders ist als wir. Er hat mir dasselbe gesagt wie du.

AMELIE Diese Wahrheit ist so allgemein, daß du sie von jedem hören kannst.

BOTSCHAFTER Es war nicht jeder.

AMELIE Es kommt auch nicht darauf an. Nur auf die Wahrheit kommt es an. Wer dir's gesagt hat, ist gleichgültig.

BOTSCHAFTER Ich sage nur, es war nicht jeder, es war jemand.

AMELIE Wirklich?

BOTSCHAFTER Wirklich.

AMELIE Und?

BOTSCHAFTER Er hat es dich gelehrt, nicht wahr?

AMELIE Wer hat mich was gelehrt?

BOTSCHAFTER Soll ich dir's sagen?

AMELIE Ich bin sehr gespannt.

BOTSCHAFTER Unser lieber Gast, der Flüchtling. Dieser flammende Missionar, dieser Seelenexperte. Du hast ihn gesprochen, nicht wahr? Hat er dich bekehrt?

AMELIE Ich brauchte keine Bekehrung. Manche dieser Gedanken sind auch die meinen, sie waren es immer.

BOTSCHAFTER Er hat Seele, nicht wahr? Und Frauen sind für Seelen empfänglich … und für diejenigen, die eine haben. Ich habe keine, natürlich, keine Spur einer Seele in mir. Aber was Wunder, ich bin nur ein stumpfer, seelenloser Politiker, ein geistloser, fühlloser Bürokrat, nicht wahr? War es nicht so?

AMELIE Wenn du's unbedingt wissen willst …

BOTSCHAFTER Das will ich.

AMELIE Dann bekenne ich: Ja, er hat mir geholfen, meine eigenen Gedanken besser zu artikulieren. Das hat er getan.

BOTSCHAFTER Ah so.

AMELIE Aber wenn du wirklich alles wissen möchtest …

BOTSCHAFTER Ja, das möchte ich wirklich. Alles.

AMELIE Dann muß ich dir sagen, daß meiner Meinung nach – obwohl es wahr ist, daß man, um ein wirklicher Mensch zu sein, an etwas glauben muß –, daß dieses Etwas nicht unbedingt Gott sein muß.

BOTSCHAFTER O mein Gott!

AMELIE Der Glaube an irgend etwas anderes ist genausoviel wert. Vorausgesetzt, das, woran wir glauben, ist größer als wir selbst, geht über uns hinaus … Was hast du?

BOTSCHAFTER Nichts.

AMELIE Ich hatte den Eindruck, du hörst mir nicht zu.

BOTSCHAFTER Doch, ich höre.

AMELIE Wir sollten an etwas glauben, das über das individuelle Wesen hinausgeht, an etwas, das jenseits der Vereinzelung des Ichs ist, ich meine, des Ichs von jedem von uns. Etwas, das umfassender ist als die einzelne Einheit in jeder individuellen Existenz. Etwas, das immer dagewesen ist, bevor wir geboren wurden, und das immer da sein wird, wenn wir gestorben sind. Etwas, das weit in die Zukunft hineinragt...

BOTSCHAFTER *zu sich selbst* Schwein.

AMELIE Was?

BOTSCHAFTER Nichts.

AMELIE Ich dachte, du hättest was gesagt.

BOTSCHAFTER Nein. Weiter.

AMELIE Das Objekt unseres Glaubens sollte nicht nur unserer individuellen Erfahrung entsprechen. Es sollte darüber sein und allumfassend. Wenn wir wirkliche Menschen sein wollen, müssen wir an etwas glauben, das transzendental ist.

Lange Pause.

Ich bin am Ende.

BOTSCHAFTER *völlig abwesend* Ah ja.

AMELIE Ich sagte, ich bin am Ende. Wenn du mir nicht zugehört hast, solltest du immerhin jetzt so tun, als ob du's hättest, wenigstens aus Höflichkeit.

BOTSCHAFTER Ich muß nicht so tun, als ob. Ich habe jedes Wort gehört.

AMELIE Warum antwortest du dann nicht? Sag etwas, irgend etwas, was auch immer, nur um zu beweisen, daß du verstanden hast, worüber ich gesprochen habe.

BOTSCHAFTER Na gut. Darüber hinausgehen, jenseits, darüber, allumfassend, in die Zukunft weisend und transzendental. O ja, ich habe es gehört, und ich weiß es, und ich habe es satt. Warum? Weil ich all das schon vorher gehört habe, von jemand anderem, auch von einem Fremden, wenn auch nicht von demselben, über den wir gesprochen haben. Und jetzt höre ich es wieder von dir, und nun ist es genug.

AMELIE Wirklich?

BOTSCHAFTER Ja. Und mehr als genug. Ich weiß es auswendig, vorwärts und rückwärts, rauf und runter, ich kann dir den Schlüssel geben, wenn du mich nach den letzten Folgerungen fragst, soll ich? Gut, hier ist er. Wir sollen an die Menschheit und ihre glorreiche Zukunft glauben, die durch die Neuerschaffung der Welt entsteht. Wir sollen an Fortschritt glauben und an das ganze allgemeine Halleluja dieser Art. Daran möchtest du glauben, nicht wahr?

AMELIE Nicht unbedingt.

BOTSCHAFTER Nein? Aber was, was sonst ist es denn, an was du glauben kannst und glauben willst, sag es mir doch, was ist es?

AMELIE Es gibt noch ein paar andere Dinge, an die man glauben kann.

BOTSCHAFTER Zum Beispiel? Nenne sie mir. Los.

AMELIE Liebe.

Pause.

BOTSCHAFTER Die ist nicht größer, als wir sind.

AMELIE Ist das deine Meinung? *Sie steht auf.* Danke, jetzt bin ich ganz sicher, daß ich gehen will.

BOTSCHAFTER Aber ich will nicht, daß du gehst, und daran solltest du auch denken. Du meinst, daß du mich nicht brauchst, oder sogar, daß ich dir im Wege bin. Ich kann das verstehen. Aber vielleicht meinst du das nur, weil du dir nicht genügend darüber klar bist, wie sehr ich dich brauche, wie sehr ich dich jetzt brauche.

Das Licht geht aus.

Was ist los? Warte.

Nach ein paar Sekunden hat der Botschafter ein Streichholz angezündet. Amelie ist nicht da, der Botschafter steht auf und geht nach rechts, um nach ihr zu sehen, aber sie hat den Raum schon verlassen.

Amelie!

Othello kommt von links mit einem Leuchter voller brennender Kerzen.

Zweite Szene

OTHELLO Exzellenz …
BOTSCHAFTER Etwas Neues?
OTHELLO Wir haben kein Licht mehr. Sie haben den Strom gesperrt.

Zuckender roter Schein überflutet die Bühne.

BOTSCHAFTER Und das? Was ist das?

OTHELLO Der Mob hinter dem Tor verbrennt Fahnen.
BOTSCHAFTER Machen Sie bitte die Vorhänge zu.
OTHELLO Sie wollen den Flüchtling haben.
BOTSCHAFTER Ziehen Sie zu.
OTHELLO *stellt den Leuchter auf den Schreibtisch und schließt dann – da es keine wirklichen Fenster gibt, in einer Art Pantomime – die Vorhänge.*

Der rote Schein verschwindet, die Bühne ist jetzt nur von den Kerzen erhellt.

Exzellenz, ich habe nichts zu entscheiden, aber würden Sie mir wohl sagen, was wir mit ihm machen werden?
BOTSCHAFTER Schicken Sie ihn zu mir.

Othello geht links ab.

Dritte Szene

Der Botschafter nimmt den Leuchter vom Schreibtisch und stellt ihn auf den kleinen Tisch rechts. Von links kommt der Mann herein.

Vierte Szene

Der Mann bleibt nahe dem Eingang stehen.

BOTSCHAFTER Bitte, nehmen Sie Platz.

Der Mann setzt sich, ebenso der Botschafter.

Sie glauben also an Gott, nicht wahr?

DER MANN Das steht schon im Protokoll.

BOTSCHAFTER Diesmal soll's kein offizielles Gespräch sein. Ganz im Gegenteil. Nehmen Sie mich bitte nicht als offizielle Amtsperson. Ich spreche privat zu Ihnen und möchte Ihren persönlichen Rat einholen.

DER MANN Herr, wenn eine offizielle Amtsperson mir sagt, sie wolle das Offizielle vergessen und mit mir privat reden – dann läuft's mir kalt den Rücken runter.

BOTSCHAFTER Hier ist meine Frage: Würden Sie mir sagen, wie Sie es fertiggebracht haben.

DER MANN Was?

BOTSCHAFTER Zu glauben. Wie sind Sie ein gläubiger Mensch geworden? Wie wird man das, auf welche Weise, durch welche Mittel, was ist zu tun?

DER MANN Ich weiß es nicht, Herr.

BOTSCHAFTER Aber Sie glauben doch. Ich kann mir nicht vorstellen, daß Sie nicht wissen, wie Sie das machen.

DER MANN Nicht zu glauben ist sehr einfach, Herr. Alles, was Sie brauchen, um nicht zu glauben, sind ungenügende Beweise.

BOTSCHAFTER Ich habe Sie nicht gefragt, wie man nicht glaubt. Das weiß ich sehr gut. Ich frage Sie, wie man glaubt.

DER MANN Ehrlich, Herr, ich habe keine Ahnung. Da muß ich nachdenken. Ja, so: Wenn Sie etwas glauben wollen, dürfen Sie keine Beweise haben.

BOTSCHAFTER Sie wollten doch sicherlich sagen, wenn

man glauben will, muß man absolute Beweise haben. Nicht wahr?

DER MANN Nein, Herr. Wenn Sie absolute Beweise haben, dann ist es Sache der Gewißheit, nicht des Glaubens. Gewißheit ist nicht Glauben.

BOTSCHAFTER Soll ich das so verstehen, daß Sie keine Gewißheit über die Existenz Gottes haben, an den Sie glauben?

DER MANN Keine, Herr.

BOTSCHAFTER Das überrascht mich.

DER MANN Warum, Herr? Ich habe keine Gewißheit, daß es Gott gibt, und gerade deshalb habe ich den Glauben und nichts sonst als den Glauben, umfassend und rein. Der Glaube ist das Höchste, und mir scheint, daß Sie dem zustimmen. Ich habe etwas sehr Wichtiges, und ich habe es ganz und gar.

BOTSCHAFTER Haben Sie nie versucht, Beweise zu bekommen?

DER MANN Gott behüte! Die Existenz Gottes beweisen zu wollen ist Sünde.

BOTSCHAFTER Ihre Haltung sieht nach Häresie aus. Sind Sie ein Häretiker?

DER MANN Nein, nur ein Mensch, der selber denkt. Alles, was ich weiß, das weiß ich durch mich selbst, und darum weiß ich das dann auch ganz sicher. Und so bin ich sicher, die Existenz Gottes beweisen zu wollen ist eine Versuchung des Teufels.

BOTSCHAFTER Und warum?

DER MANN Beweise machen den Glauben schwach.

BOTSCHAFTER Und was ist der Teufel?

DER MANN Der Teufel, das ist die Gewißheit. Alles, was bewiesen werden kann, ist teuflisch.

BOTSCHAFTER Mit anderen Worten: Alles, was wir als Gewißheit ansehen, kommt vom Teufel.

DER MANN Richtig. Der Teufel – das ist das Gegenteil vom Glauben.

BOTSCHAFTER Und wie ist es mit der Gewißheit der Nichtexistenz?

DER MANN Die Gewißheit der Nichtexistenz ist die Gewißheit von nichts. Und daher ist sie selber nichts. Die Gewißheit kann nur die Gewißheit von etwas sein.

BOTSCHAFTER Als wir uns das letzte Mal sahen, meinten Sie, daß ich, um Botschafter sein zu können, an den Präsidenten glauben müßte.

DER MANN Stimmt.

BOTSCHAFTER Nach Ihrer Definition des Glaubens – wenn ich Sie recht verstanden habe – konnte ich damals nicht an meinen Präsidenten glauben, weil ich die Gewißheit von der Existenz des Präsidenten hatte.

DER MANN Und die haben Sie jetzt nicht?

BOTSCHAFTER Verzeihung?

DER MANN Sind Sie nicht länger sicher, daß Ihr Präsident existiert?

BOTSCHAFTER Das habe ich nicht gesagt.

DER MANN Aber Sie sagten, ich hatte die Gewißheit. Das heißt, Sie haben sie jetzt nicht mehr.

BOTSCHAFTER Gut, wir wollen das zugeben. Nur als eine Art Annahme natürlich. Kann ich demnach jetzt glauben, wenn ich nicht länger sicher bin, daß mein Präsident existiert? Kann ich dann an seine Existenz glauben, habe ich das Recht dazu? Darf ich die Gnade des Glaubens haben? Darf ich endlich den Segen des vollen, unbedingten, unbegrenzten Glaubens genießen?

DER MANN Nur wenn Sie keinen Zweifel daran haben, daß die Beweise seines Verschwindens stimmen.

BOTSCHAFTER Dann gibt es für mich keine Hoffnung. Die Beweise vom Verschwinden meines Präsidenten sind sehr überzeugend, aber sie kommen aus unzuverlässiger Quelle.

DER MANN Schade. Das heißt, daß Sie sowohl seine Existenz als seine Nichtexistenz halb glauben und halb bezweifeln.

BOTSCHAFTER Ja, das ist meine schreckliche Situation.

DER MANN Sie ist schrecklich. Ich habe viel Mitgefühl mit Ihnen. Ihr Problem ist, Sie müssen an etwas glauben, aber Sie haben nichts, an das Sie glauben können. Ist das nicht so?

BOTSCHAFTER Ihre Vermutung ist richtig.

Der Botschafter steht auf und geht zum Fenster. Er zieht die Vorhänge auf. Wieder überflutet der zuckende rote Schein die Bühne.

DER MANN Herr...

BOTSCHAFTER *schaut durchs Fenster.* Ja?

DER MANN Sie werden mich nicht ausliefern, nicht wahr?

Der Botschafter antwortet nicht. Lange Pause.

Herr, ich denke, Sie wissen, was die mit mir tun werden,

wenn die mich kriegen. Wenn Sie zulassen, daß die mich zurückholen.

Der Botschafter antwortet nicht.

Herr, ich habe Angst.

BOTSCHAFTER Ich auch.

DER MANN *steht auf, geht einige Schritte auf den Botschafter zu und bleibt stehen.* Herr, ich kann Ihnen helfen.

BOTSCHAFTER Sie – mir helfen?

DER MANN Ja, warten Sie nicht auch auf Hilfe?

BOTSCHAFTER In gewisser Weise schon.

DER MANN Ich weiß, wie man Ihnen Glauben geben kann.

BOTSCHAFTER Wirklich?

DER MANN Ja. Jetzt weiß ich es ganz sicher.

Der Botschafter schließt die Vorhänge. Der rote Schein verschwindet. Wieder ist die Bühne nur vom Licht der Kerzen erhellt. Der Botschafter geht zum Mann.

BOTSCHAFTER Sagen Sie mir's.

DER MANN Geben Sie mir Ihr Wort, daß Sie mich nicht ausliefern werden.

BOTSCHAFTER *bleibt stehen.* Was?

DER MANN Schwören Sie, mich zu verteidigen, mich zu retten. Schwören Sie bei Ihrer Ehre.

BOTSCHAFTER Ihre Forderung ist ungeheuerlich, um nicht zu sagen, eine Zumutung.

DER MANN Ich fordere es Ihretwegen. Sie brauchen es genauso wie ich, vielleicht sogar mehr.

BOTSCHAFTER In welcher Hinsicht...

DER MANN Sie brauchen etwas, woran Sie glauben, nicht wahr?

BOTSCHAFTER Ja – und?

DER MANN Wenn Sie mir Ihr Wort geben, können Sie nicht sicher sein, absolut nicht sicher sein, daß Sie es halten werden. Sie können lediglich glauben, daß Sie es halten werden. Auf diese Weise haben Sie endlich etwas, woran Sie glauben können.

BOTSCHAFTER Ich soll an mein eigenes Wort glauben?

DER MANN Was ist daran so ungewöhnlich?

BOTSCHAFTER Das heißt, ich soll an meine eigene Anständigkeit glauben... darauf sind Sie aus?

DER MANN Ja, es wird der denkbar reinste Glaube sein.

BOTSCHAFTER Sie wollen damit sagen, ich soll an meine Integrität glauben?

DER MANN Das ist es.

BOTSCHAFTER An meine Redlichkeit?

DER MANN Ja.

BOTSCHAFTER An meine persönliche Verantwortlichkeit?

DER MANN Ja.

BOTSCHAFTER Alles in allem – ich soll an die Ehre glauben?

DER MANN Wenn Sie an nichts anderes glauben können...

Pause.

BOTSCHAFTER Ich will darüber nachdenken. Würden Sie mich jetzt entschuldigen, ich habe einige Anordnungen zu treffen.

DER MANN Und was ist mit mir?

BOTSCHAFTER Vorläufig können Sie bleiben.

DER MANN Gott schütze Sie, Herr.

BOTSCHAFTER Amen. Aber das wird schwierig werden für ihn.

Der Mann wendet sich und geht links ab.

Fünfte Szene

Tageslicht. Die Kerzen auf dem Schreibtisch sind zu Stummeln heruntergebrannt. Der Botschafter, in einem schweren Pelzmantel, sitzt und schreibt. Vom Schreibtisch und dem Stuhl des Botschafters abgesehen, ist nur noch ein einziges Möbelstück geblieben: ein Sessel links. Die beiden kleinen Tische und der andere Sessel sind verschwunden. Anstelle des rechten Tischchens steht jetzt ein zylinderförmiger eiserner Ofen dort, ein sogenannter Kanonenofen, von dem ein langes Rohr zur Wand führt. Von links kommt Othello herein. Er trägt einen Kamelhaarmantel und hat einen langen, sehr gelben Schal um den Hals gewickelt. Othello bringt einen Armvoll Papier, das Archiv der Botschaft. Er geht über die ganze Bühne und legt seine Ladung auf dem Boden beim Ofen ab. Er kniet sich hin, öffnet den Ofen, holt eine Schachtel Streichhölzer aus der Manteltasche und legt sie auf den Boden. Er schaut verstohlen zum Botschafter hinüber. Da dieser immer noch beim Schreiben ist, nimmt er einen Stoß Papier auf. Im Augenblick, als Othello dieses Papier in den Ofen stecken will, hört der Botschafter mit Schreiben auf, setzt die Brille ab, steht auf und geht zu Othello. Er nimmt ihm die Papiere aus der Hand, setzt die Brille auf, schaut die Papiere an. Othello kniet immer noch am Boden und schaut erwartungsvoll zum Botschafter auf.

BOTSCHAFTER Solange wir die Botschaft sind, werden diese Papiere nicht verbrannt.

OTHELLO Aber...

BOTSCHAFTER Als Erster Botschaftssekretär müßten Sie das wissen. Wir haben eine Menge anderes Papier, das überflüssig ist.

OTHELLO Nein, Exzellenz, haben wir nicht.

BOTSCHAFTER Wieso nicht?

OTHELLO Ich heize diesen Ofen. Sie können sich nicht vorstellen, wieviel wir verbrennen müssen, um wenigstens halbwegs warm zu haben. Solange die Möbel noch da waren, kam ich ziemlich hin. Holz gibt ein paar Kalorien. Papier nicht. Wir haben keinen Vorrat mehr.

BOTSCHAFTER Trotzdem untersage ich, daß diese Papiere vernichtet werden.

OTHELLO Exzellenz, meine alten Pflichten als Sekretär und meine neuen als Heizer stehen in scharfem Gegensatz zueinander. Ich kann der eine oder der andere sein, aber nicht beide zu gleicher Zeit.

BOTSCHAFTER Sie müssen unsere Situation verstehen.

OTHELLO Verstehen, Exzellenz? Niemand hier kann sie verstehen, außer Ihnen selbst natürlich. Wieso hat man uns Heizung, Wasser und Elektrizität gesperrt? Werden wir belagert?

BOTSCHAFTER Gewissermaßen.

OTHELLO Warum kommt unsere Regierung uns nicht zu Hilfe? Warum beantwortet sie nicht einmal unsere Anrufe? Warum unternimmt sie nichts?

BOTSCHAFTER Im Augenblick nichts ...

OTHELLO Im Augenblick, Exzellenz? Dieser Augenblick ist schon sehr lang.

BOTSCHAFTER Unsere Regierung wird bald intervenieren, die nötigen Maßnahmen ergreifen und uns befreien.

OTHELLO Exzellenz, glauben Sie das denn selbst?

Der Botschafter antwortet nicht. Pause.

Danke, Exzellenz. Ihr Schweigen sagt die Wahrheit. Gestatten Sie mir also die Frage, in wessen Namen wir weitermachen. Warum harren wir aus, warum erdulden wir das, warum geben wir nicht auf?

BOTSCHAFTER Weil wir die Botschaft sind.

OTHELLO Exzellenz, Sie wissen sehr gut, was ich meine. Gewiß, wir sind noch die Botschaft. Aber der einzige Grund hierfür ist Ihr persönlicher Beschluß. Ansonsten hat die Botschaft jede Bedeutung verloren.

BOTSCHAFTER Was wissen Sie darüber?

OTHELLO Mehr, als Sie annehmen.

BOTSCHAFTER Und woher wissen Sie das? Wer hat es Ihnen gesagt?

OTHELLO Ich frage, warum Sie so entschlossen sind? Warum wollen Sie ausharren, obwohl Sie nicht länger an unsere Regierung glauben noch irgendeine Hoffnung auf Befreiung haben?

BOTSCHAFTER Können Sie sich das nicht selber denken?

OTHELLO Nein.

BOTSCHAFTER Wenn Sie dazu nicht in der Lage sind, dann werden Sie auch meine Erklärung nicht verstehen.

OTHELLO Auf diese Weise wollen Sie mir sagen, daß ich nicht fähig bin, Ihnen zu folgen.

BOTSCHAFTER Verzeihen Sie mir, wenn ich Sie beleidigt habe.

OTHELLO Jetzt sehe ich, daß Sie mich zweimal beleidigt haben.

BOTSCHAFTER Einmal – zugegeben. Aber zweimal?

OTHELLO Weil ich jetzt das Motiv Ihres Entschlusses sehe, das Motiv, das zu erfassen ich nach Ihrem Urteil nicht fähig bin. Ihr geringschätziges Urteil über mich ist ein Hinweis, Ihre Verachtung bringt mich auf die Spur. Jetzt begreife ich, warum ich – immer nach Ihrem Urteil – nicht fähig sein sollte zu verstehen, selbst wenn Sie es mir erklären würden.

BOTSCHAFTER Was begreifen Sie?

OTHELLO Sie sind überzeugt, daß der Begriff der Ehre meinen Horizont übersteigen muß, da er zu sublim ist für eine so dumme und elende Kreatur, wie ich es bin.

BOTSCHAFTER Aber ...

OTHELLO Ja, das ist es. Sie sind völlig überzeugt, daß ich nicht in der Lage bin, den hohen geistigen Genuß der Treue zur verlorenen Sache, des heroischen Selbstopfers, die ganze exquisite Selbstlosigkeit zu verstehen, die Sie Ihrer eigenen Klasse vorbehalten.

BOTSCHAFTER Welcher Klasse?

OTHELLO Der Klasse Ihrer Leute, der Gruppe, des Clans.

Des exklusiven Clubs Ihrer Herkunft und Ihrer Tradition. All das, was Ihnen zusteht und nicht mir, nicht wahr?

BOTSCHAFTER Ganz so ist das nicht, aber wenn Sie darauf bestehen...

OTHELLO Exzellenz, ich bin sehr befriedigt, die Bestätigung unserer gegenseitigen Antipathie erhalten zu haben.

BOTSCHAFTER Dann lassen Sie mich diese Befriedigung mit Ihnen teilen.

OTHELLO Also können wir endlich aufrichtig sein. Ein angenehmes Gefühl, nicht wahr?

BOTSCHAFTER Eine gewisse Erleichterung, das finde ich auch.

OTHELLO Und nun, nachdem wir so frei miteinander reden, will ich Ihnen sagen, was ich über Ihre ganze Ehre denke.

BOTSCHAFTER Da müssen wir zunächst voraussetzen, daß ich an Ihrer Meinung interessiert bin.

OTHELLO Natürlich sind Sie das nicht, weil Sie ein Mann von Ehre sind. Das heißt, daß nichts und niemand Sie interessiert außer der Ehre. Keine Umstände und keine Menschen bedeuten für den Mann von Ehre irgend etwas, weil er nur mit dem einen und ausschließlichen Wert beschäftigt ist: mit seiner Ehre. Die Ehre – das ist die zum höchsten Grad entwickelte Form von Selbstsucht.

BOTSCHAFTER Das ist Ihre Definition.

OTHELLO Sie geben vor, den Idealen zu dienen, während es doch die Ideale sind, die Ihnen dienen. Unter dem

Vorwand der Ehre erklären Sie Ihr Ich als den höchsten Wert, Sie identifizieren sich selbst mit der Ehre, und das ist ein sehr kluger Schachzug. Wenn die Ehre alles ist, dann ist Ihr Ich alles, der Fokus, der zentrale Bezugspunkt. Die Ehre ist nichts anderes als Ihr Dünkel und Ihre Überheblichkeit. Sie nennen es Ehre, aber ich nenne es den Inbegriff von Egozentrik.

BOTSCHAFTER Darf ich annehmen, daß Sie ein Altruist sind?

OTHELLO Exzellenz, ich sehe, daß Sie versuchen, mich zum dritten Mal zu beleidigen, indem Sie subtil andeuten, die Ehre sei mir etwas Fremdes. Geben Sie sich keine Mühe, ich bin völlig unempfindlich für diese Art von Unterstellung. Und wissen Sie, warum? Weil Sie recht haben. Ich bin kein Mann von Ehre.

BOTSCHAFTER Meinen Glückwunsch, falls Sie den annehmen.

OTHELLO Nicht, weil ich es nicht sein könnte, sondern weil ich es nicht sein will. Sie haben die Ehre erfunden, um diejenigen zu demütigen, von denen Sie glauben, daß sie nicht fähig sind, sie zu empfinden. Das heißt – jene, die nicht zu Ihrer Kaste gehören. Sie können natürlich auch nicht zugeben, daß der Begriff der Ehre mir zugänglich sei, denn dies zuzugeben, wäre gegen die Regeln Ihres Spieles. Noch weniger konnten Sie voraussehen, daß ich bewußt den Begriff der Ehre wegwerfen würde. Ich will Ihr Spiel nicht mitmachen, selbst wenn Sie mich dazu einladen. Nein, mein Herr, das ist zu freundlich, das ist zu viel Güte für einen einfachen Mann, für einen simplen Untertan, wie ich es bin. Soll ich Ihnen sagen, in welchen Körperteil Sie Ihre ganze Ehre stecken können?

BOTSCHAFTER Warum regen Sie sich so auf?

OTHELLO Ich rege mich nicht auf.

BOTSCHAFTER Doch, das tun Sie. Sie schreien.

OTHELLO *schreiend* Ich schreie nicht.

BOTSCHAFTER Wenn Ihnen die Vorstellungen von Ehre wirklich so gleichgültig sind, wie Sie behaupten – warum sind Sie dann so wütend geworden über meine Andeutung, daß Sie nicht ehrenhaft seien? Warum waren Sie so verletzt? Das ist doch nicht sehr logisch.

OTHELLO Ihr ehrenhaftes Verhalten ist auch nicht sehr logisch. Sich darauf zu versteifen, etwas zu tun, was ohne jeden Sinn ist, nur weil Sie sich dazu entschlossen haben, das ist Blödsinn.

BOTSCHAFTER Es ist Ihr unbestreitbares Recht, die Motive meines Verhaltens zu mißbilligen. Aber darf ich Sie fragen, was die Motive Ihres Verhaltens in einem gewissen Punkt waren, den wir beide kennen?

OTHELLO In was für einem Punkt?

BOTSCHAFTER Tun Sie nicht so naiv!

OTHELLO Ich weiß nicht, wovon Sie sprechen.

BOTSCHAFTER Ich spreche von einem Vorschlag, der Ihnen von einer Person gemacht wurde, die wir beide kennen. Wenn wir über meine Motive sprechen, dann wäre ich neugierig zu wissen, welche die Ihren waren, und vor allem, warum Sie diesen Vorschlag nicht angenommen haben.

OTHELLO Welchen Vorschlag?

BOTSCHAFTER Einige Zeit lang hatte ich es nur vermutet,

heute haben Sie es unabsichtlich bestätigt. Ich hatte vermutet, daß der Agent des gegnerischen Dienstes Sie zur geheimen Mitarbeit aufgefordert hatte.

OTHELLO Exzellenz!

BOTSCHAFTER Außerdem hatte ich vermutet, daß Sie natürlich nicht angenommen haben. Ist das richtig?

OTHELLO Exzellenz, Sie haben keinen Grund...

BOTSCHAFTER An Ihrer Loyalität zu zweifeln? *Pause.* Oder nicht an ihr zu zweifeln? *Pause.* Es tut mir sehr leid, das sagen zu müssen, aber jetzt muß ich wohl daran zweifeln. Ich habe keinen Grund mehr, daran zu zweifeln, daß Sie den Vorschlag angenommen haben.

OTHELLO Mißtrauen Sie mir?

BOTSCHAFTER Bis jetzt nicht. Ich habe an Ihre Loyalität geglaubt, das heißt – an Ihre Ehre. Aber jetzt, da Sie den Begriff der Ehre so vehement ablehnen, jetzt, da ich Sie versichern höre, daß die Ideale der Ehre völlig bedeutungslos für Sie sind... da muß ich wählen: Entweder soll ich an Ihre Loyalität glauben, also an Ihre Ehre – dann kann ich nicht an Ihre Erklärung über die Nichtigkeit der Ehre glauben. Oder ich soll an diese Erklärung glauben – dann kann ich nicht an Ihre Loyalität glauben. Sie sehen, Sie bringen mich in eine schwierige Lage. Bitte helfen Sie mir, mich zu entscheiden.

OTHELLO Würde es Ihnen genügen, wenn ich Ihnen mein Wort gäbe?

BOTSCHAFTER Das Wort eines Mannes, der die Ideale der Ehre zurückweist? Nein, das würde mir nicht genügen. Wenn wir so eine Kleinigkeit wie die Ehre vergessen, dann gibt es keinen Grund, daß Sie weiterhin loyal mir gegenüber sind. Alle Vernunft spricht dagegen. Ihre mögliche Illoyalität würde völlig verständlich sein, ja mehr als das, sie wäre nur ratsam. Unter den gegenwärtigen Umständen müßten Sie illoyal sein, wenn Sie vernünftig sein wollen. Da man Ihnen sicherlich gesagt hat, daß wir verloren und verdammt sind, warum sollten Sie sich nicht auf vernünftige Weise der Situation entsprechend verhalten? Wir brauchen es nicht einmal Verrat zu nennen – immer vom rationalen Standpunkt aus –, es ist nur die reine Logik.

OTHELLO Sie sind also überzeugt, daß ich ein Verräter bin, nicht wahr?

BOTSCHAFTER Sie haben doch Ihr Bestes getan, um mich davon zu überzeugen. Aufgrund Ihrer eigenen Argumente muß ich davon überzeugt sein, es sei denn…

OTHELLO Sparen Sie sich die Mühe, es gibt keinen einzigen Grund mehr, daran zu zweifeln, daß ich einer bin.

BOTSCHAFTER Doch, einen. Ich muß glauben, daß Sie mich verraten haben, es sei denn, ich glaubte nicht daran, daß Ihr Protest gegen die Ehre ernst gemeint war.

OTHELLO Und welchen Grund sollten Sie haben, daran zu zweifeln?

BOTSCHAFTER Vielleicht war es nur Ihre Animosität mir gegenüber, die Sie so handeln ließ, und nicht Ihre wirkliche Überzeugung in der Sache. Nur Ihr Wunsch, mir zu widersprechen, mir entgegenzutreten, zu opponieren. Nichts anderes als der Wunsch, gegen mich zu revoltieren, oder etwas noch Stärkeres: die unwiderstehliche Notwendigkeit der Selbstbestätigung, ja der Selbstbehauptung. Der Zwang, Ihre völlige Unabhängigkeit von dem, was ich repräsentiere, was ich bin, zu manifestieren. Ist es nicht das allein und nichts anderes?

OTHELLO Exzellenz, hiermit erkläre ich meinen Rücktritt von meinem Posten in dieser Botschaft.

BOTSCHAFTER Das ist keine Antwort auf meine Frage.

OTHELLO Doch, das ist eine.

BOTSCHAFTER Nein, denn damit ist nichts erklärt.

OTHELLO In meiner gegenwärtigen Lage ist es die einzige Antwort, die ich mir erlauben kann.

BOTSCHAFTER Ah so. Sie entsagen nicht dem Posten, sondern einer Antwort. Ihr Verzicht auf Ihren Job ist Ihre Art, eine Antwort zu verweigern.

OTHELLO Exzellenz, lassen Sie mich gehen.

BOTSCHAFTER Wäre das einfach nur weggehen und der Antwort ausweichen? Oder wäre es ... desertieren?

OTHELLO Sie können es nennen, wie Sie wollen.

BOTSCHAFTER Wenn Sie mich jetzt verlassen, ohne es mir selbst zu sagen, bleibe ich mit einem Rätsel zurück.

OTHELLO Es tut mir leid, Exzellenz, aber ich werde Ihnen nicht helfen, es zu lösen.

BOTSCHAFTER Dann muß ich es selbst tun, ohne Ihre Hilfe. Schade. Da besteht ein beträchtliches Risiko, daß ich zu einer falschen Lösung komme. Dennoch muß ich es versuchen. *Pause.* Ihr Rücktritt ist angenommen.

OTHELLO Exzellenz. *Er dreht sich um und geht nach links.*

BOTSCHAFTER Othello!

OTHELLO *bleibt stehen, wendet sich zurück, steht dem Botschafter gegenüber.* Exzellenz.

BOTSCHAFTER Sie haben mir wirklich nichts zu sagen?

OTHELLO Nur eines, Exzellenz.

BOTSCHAFTER Dann – bitte …

OTHELLO Alles, was ich Ihnen sagen kann, ist, daß es eines Tages anders sein wird. Am Tag der Befreiung. Ich werde endlich frei sein.

BOTSCHAFTER Frei – wovon?

OTHELLO Von dieser Scheißidee der Ehre. *Er geht links ab.*

Blackout

Sechste Szene

Der Botschafter sitzt im Pelz am Schreibtisch und schreibt. Die Papiere liegen in Stößen auf dem Boden neben dem Ofen. Links tritt der Sonderbeauftragte ein in einem Mantel mit Biberkragen und mit einer Pelzmütze. Er trägt ein Paket in rosa Papier, darum ein blaues Band mit Schleife.

SONDERBEAUFTRAGTER Störe ich?

Der Botschafter setzt die Brille ab, steht auf und geht vom Schreibtisch fort.

Kalt ist es hier … Wie soll ich sagen … ein Hauch von Armut? Nun ja, alles ändert sich. Ich für meinen Teil, ich würde unter solchen Umständen nicht arbeiten wollen. Ich wundere mich, daß Sie es tun.

BOTSCHAFTER Vielleicht bin ich anders. Darf ich Ihnen aus dem Mantel helfen?

SONDERBEAUFTRAGTER O nein, danke. Ich behalte ihn lieber an. Ich hoffe, Sie haben nichts dagegen. Sie können ja nicht leugnen, daß es hier eisig ist. Ich frage mich, wie Sie das aushalten. Haben Sie sich noch nicht erkältet?

BOTSCHAFTER Leider muß ich Sie enttäuschen. Noch nicht.

SONDERBEAUFTRAGTER Im Gegenteil, mein lieber Kollege. Ich bin glücklich, Sie bei guter Gesundheit anzutreffen. Wir rechnen immer noch mit Ihnen.

BOTSCHAFTER Das sollten Sie nicht tun.

SONDERBEAUFTRAGTER *schaut sich um.* Lieber Himmel, was für ein Elend! Es bricht mir das Herz. Kann ich irgend etwas zu trinken haben? Nur zum Vorbeugen gegen die Grippe.

BOTSCHAFTER Es tut mir leid, ich kann Ihnen nichts anbieten.

SONDERBEAUFTRAGTER Genauso hab ich mir's gedacht. Dürftig, dürftig ... Unsere guten alten Vorräte sind hin, nicht wahr? Eine bedrückende Situation. Sehr bedauerlich. Aber keine Sorge, ich habe Ihnen was mitgebracht. *Er legt das Paket auf den Schreibtisch, löst das Band, wickelt es aus und öffnet es. Er nennt jeden Gegenstand, den er herausnimmt, beim Namen und zeigt ihn.* Kognak ... Aspirin, falls Sie sich doch erkälten sollten ... Sardinen ... Orangen ... Schokolade ... *Wenn er einen Gegenstand gezeigt hat, legt er ihn zurück ins Paket und holt den nächsten heraus.* Und jetzt eine große Überraschung. *Er nimmt eine große handgestrickte wollene Unterhose heraus und breitet sie aus.*

BOTSCHAFTER Was ist denn das?

SONDERBEAUFTRAGTER Ein Geschenk vom Obersten Staatsrat.

BOTSCHAFTER Wie rührend.

SONDERBEAUFTRAGTER *wirft die Unterhose auf den Schreibtisch.* Was dachten Sie denn! Wir alle mögen Sie, Sie tun uns leid, wir machen uns Sorgen ... wir würden Ihnen gern helfen ... Aber Sie erkennen das nicht an. Sie sind undankbar. Das ist nicht schön von Ihnen. Überhaupt nicht schön.

BOTSCHAFTER Soll ich mich entschuldigen?

SONDERBEAUFTRAGTER Und wozu das alles? Diese Sturheit, diese Hartnäckigkeit ... Haben Sie denn nicht Mitleid mit sich selbst?

BOTSCHAFTER Warum sollte ich? Mir geht es ja sehr gut so.

SONDERBEAUFTRAGTER Aber wir, wir haben Mitleid mit Ihnen. Es ist ja wirklich zum Heulen, wenn man sieht, was Sie sich da antun. Ein so begabter Mann, mit solchen Möglichkeiten, mit so viel Witz, so brillant und so voller Zukunft ... mitansehen zu müssen, wie das vor die Hunde geht. Und nur durch eigene Schuld.

BOTSCHAFTER Sie haben völlig recht, ich bin für alles selbst verantwortlich. Und genau aus diesem Grunde fühle ich mich so wohl.

SONDERBEAUFTRAGTER Ich weiß, ich weiß, die Ehre und so weiter ... Ich habe das alles gehört. Ach, diese romantischen Illusionen!

BOTSCHAFTER Haben Sie mir sonst noch was zu sagen?

SONDERBEAUFTRAGTER Sonst noch ... Was für eine Einsamkeit... Wie verlassen dieses Haus ist... Niemand im Büro des Sekretärs, niemand im Schlafzimmer... Sie sind allein... von allen verlassen... außer von uns. Wir stehen Ihnen zur Seite, wir sind getreu. Sie können sicher sein, daß wir uns immer um Sie kümmern. Wir sind immer für Sie da.

BOTSCHAFTER Vielen Dank. Um was geht es?

SONDERBEAUFTRAGTER Denn dieser Flüchtling ist ja nicht einmal erwähnenswert, als Gesellschaft für Sie kommt er doch gar nicht in Frage. Er paßt nicht zu Ihnen, er hat nicht Ihr Niveau, er ist in keiner Hinsicht der richtige Umgang für Sie. Übrigens, wie sind Ihre Pläne für ihn?

BOTSCHAFTER Unverändert.

SONDERBEAUFTRAGTER *mit einem tiefen Seufzer* Das hatte ich befürchtet. Nun, auf irgendeine Weise müssen wir das regeln.

BOTSCHAFTER Meine Haltung bleibt, wie sie war. Ich werde ihn nicht an Sie ausliefern.

SONDERBEAUFTRAGTER Täuschen Sie sich nicht. Ich werde auf Ihr Handeln oder Nichthandeln keine Rücksicht mehr nehmen. Bis jetzt habe ich das getan. Ich habe Sie gebeten, etwas zu tun, ich habe Sie ersucht, ich habe Sie angefleht. Aber Sie haben sich taub gestellt. Wie lange soll ich noch vergeblich in Sie dringen? Unsere Geduld ist erschöpft. Wenn ich sage, daß wir die Sache endlich regeln müssen, meine ich damit nicht Ihre aktive Mitwirkung. Ich meine, daß wir sie selbst regeln müssen, mit oder ohne Ihre Einwilligung, ganz gleich, welche Haltung Sie einnehmen.

BOTSCHAFTER Würden Sie ihn mit Gewalt herausholen?

Der Sonderbeauftragte breitet seine Arme in einer Geste der Demut und Hilflosigkeit aus.

Eine Entführung wäre ein Bruch des Völkerrechts, das die Exterritorialität dieser Botschaft garantiert.

SONDERBEAUFTRAGTER Sollen wir uns damit aufhalten, nochmals zu wiederholen, was wir über die Botschaft und den Hintergrund dieser ganzen Situation wissen? Das wäre doch sehr langweilig für uns beide.

BOTSCHAFTER Gut. Wir wollen also annehmen, daß von seiten meiner Regierung keine Reaktion erfolgt.

SONDERBEAUFTRAGTER Ihre Regierung? Kommen Sie, bleiben wir ernsthaft.

BOTSCHAFTER Also schön, nehmen wir an, es gibt so etwas wie meine Regierung nicht mehr. Aber eben das wollen Sie ja verheimlichen. Ihre Politik ist, Ihr Volk an die fortdauernde Existenz seines präsumtiven Feindes glauben zu lassen, das heißt also an mein Land und an meine Regierung. Wenn Sie den Flüchtling entführen und wenn keine Vergeltung für diese schamlose Verletzung unserer Souveränität erfolgt, dann würde die Wahrheit für alle ans Licht kommen. Was Sie verbergen wollten, würde offenbar.

SONDERBEAUFTRAGTER Sie haben leider recht. Aber von zwei Übeln müssen wir das kleinere wählen.

BOTSCHAFTER Warum sind Sie denn so versessen darauf, den Flüchtling zurückzubekommen? Warum lassen Sie ihn nicht laufen? Ist er so überaus gefährlich für Sie?

SONDERBEAUFTRAGTER *nimmt im Sessel Platz.* Lieber Kollege, lassen Sie uns rekapitulieren. Zunächst – Sie haben meinen Vorschlag abgelehnt. Sie versteifen sich darauf, Ihr Amt weiterzuführen, aber ohne Abhängigkeit von uns, als ob nichts in der Welt geschehen sei. Infolgedessen haben Sie allerlei Ungemach zu erdulden. Trotzdem bleiben Sie bei Ihrer Weigerung. Wir bedauern Ihren Entschluß, aber wir lassen Sie gewähren und halten uns daran. Schließlich ist das Ihre Entscheidung, wenn Sie es so haben wollen, wenn es Ihnen Vergnügen macht, bei Hunger und Kälte den eingebildeten Botschafter zu spielen. Wir könnten das sogar als eine ständige Lösung ansehen, so beklagenswert wir sie auch finden. Wenn man bedenkt, wie unendlich viel leichter die Dinge sowohl für Sie als auch für uns wären, wenn Sie sich darauf einlassen würden, unter unserer Protektion und Kontrolle zu amtieren! Nichtsdestotrotz haben wir, was wir brauchen, die Botschaft ist noch hier, und wir sind relativ zufrieden. Um es zu wiederholen – wir könnten Ihre Marotte tolerieren. Können Sie mir folgen?

BOTSCHAFTER Durchaus.

SONDERBEAUFTRAGTER Nun aber kommt die Katastrophe. Zu Ihrem eigenen Nachteil wie zu unserem belasten Sie sich mit diesem Flüchtling. Sie gewähren ihm politisches Asyl, Sie weigern sich, ihn uns zurückzugeben. Ich sage Katastrophe, weil wir das nicht tolerieren können, überhaupt nicht und in gar keinem Fall.

BOTSCHAFTER Und warum nicht, ganz genau?

SONDERBEAUFTRAGTER Schauen Sie, in einem System, das sich auf einen religiösen Glauben stützt, wird der Sünder nach dem Tode bestraft. Er kommt in die Hölle, um seine Sünden abzubüßen. Die Bestrafung wird sozusagen verzögert. Aber wie Sie wissen, stützt sich unser System auf ein anderes Prinzip, das irdisch und menschlich ist, nicht göttlich. In unserem System muß der Sünder noch vor seinem Tode bestraft werden. Hier und jetzt.

BOTSCHAFTER Muß er überhaupt bestraft werden?

SONDERBEAUFTRAGTER Eine erstaunliche Frage. Selbst Gott der Allmächtige kann den Sünder nicht retten, wenn der nicht bereut, wenn ihm seine Sünden nicht leid tun. Selbst Gott der Allmächtige hat keine andere Möglichkeit, als ihn zu bestrafen. Eine einzige Ausnahme von dieser Regel würde das ganze System zusammenbrechen lassen. Sie verlangen von uns etwas, das selbst Gott der Allmächtige sich nicht leisten kann.

BOTSCHAFTER Sind Sie sicher, daß eine einzige Ausnahme Ihnen so sehr schaden könnte?

SONDERBEAUFTRAGTER Hören Sie, manche nennen unser System totalitär, und sie meinen das herabsetzend. Ich persönlich frage mich, warum. Was ist gegen das totale Glück des Volkes einzuwenden? Was sollte an der totalen Zufriedenheit der Massen schlecht sein? Aber das totale Glück ist nur unter einer Bedingung möglich: nämlich daß es total ist. Das Prinzip der Totalität ist, daß selbst das kleinste Partikel genauso ist wie das Ganze. Daher können wir nicht die kleinste Änderung zulassen, wenn wir nicht das ganze System ändern wollen. Ist das klar?

BOTSCHAFTER Völlig.

SONDERBEAUFTRAGTER Na endlich. Jetzt verstehen Sie,

warum wir tun müssen, was wir tun werden, wenn Sie nicht einwilligen, uns den Flüchtling zurückzugeben. Es wird uns leid tun, aber getan werden muß es.

BOTSCHAFTER Sie haben Ihre Gründe, ich habe die meinen. Aus diesen Gründen werde ich nicht einwilligen.

SONDERBEAUFTRAGTER Sie müssen ihn nicht direkt ausliefern. Wir werden kommen und ihn holen. Sie werden nur dastehen und in eine andere Richtung schauen. Das ist alles, was wir von Ihnen verlangen. Ausliefern ist nicht nötig. Nicht hinsehen – das genügt schon.

BOTSCHAFTER Sie werden tun, was Sie müssen. Ich werde tun, was ich muß.

SONDERBEAUFTRAGTER Sie müssen gar nichts tun. Sie sind nicht dazu verpflichtet, wie wir.

BOTSCHAFTER Doch, das bin ich. Auch ich stehe unter der Drohung, daß mein System zusammenbricht.

SONDERBEAUFTRAGTER Was für ein System, wo?

BOTSCHAFTER *zeigt auf seine Stirn.* Hier.

SONDERBEAUFTRAGTER Selbst wenn die Sache hoffnungslos ist?

BOTSCHAFTER Dann um so mehr.

SONDERBEAUFTRAGTER Sind Sie sich darüber klar, daß Sie, wenn wir's erst getan haben, für uns völlig überflüssig geworden sind? Daß wir mit Ihnen das gleiche machen werden wie mit ihm?

BOTSCHAFTER Darauf war ich noch nicht gekommen. Aber nachdem Sie mich darauf aufmerksam machen …

SONDERBEAUFTRAGTER Ich bin froh, daß ich es getan habe. Und da Sie nun diese Seite des Problems erkannt haben, sollten Sie darüber nachdenken. Ich kann Ihnen noch ein wenig Zeit geben, wenn auch nicht sehr viel. Mein letztes Wort: Wenn Sie nicht zu einer angemessenen Schlußfolgerung kommen bis ... *Er schaut auf seine Uhr.* ... sagen wir, bis morgen mittag um zwölf ...

BOTSCHAFTER Um zwölf?

SONDERBEAUFTRAGTER Pünktlich, auf die Sekunde. *Er wendet sich und geht nach links.*

BOTSCHAFTER Ein Wort noch, bitte.

SONDERBEAUFTRAGTER *bleibt stehen.* Ja?

BOTSCHAFTER Bevor wir uns trennen, möchte ich Sie noch etwas fragen.

SONDERBEAUFTRAGTER Ich höre.

BOTSCHAFTER Ganz persönlich. Sie haben mich mehrmals um ein persönliches Gespräch gebeten, erinnern Sie sich?

SONDERBEAUFTRAGTER Ja – und?

BOTSCHAFTER Jetzt bin ich dran. Sagen Sie mir ... woran glauben Sie?

SONDERBEAUFTRAGTER Das wissen Sie nicht?

BOTSCHAFTER Ach kommen Sie, lassen Sie das. Sie wissen, daß ich weiß, was Ihr offizielles Glaubensbekenntnis wert ist. Dieses hypokritische Blabla. Irgendwann haben Sie mir einmal gestanden ...

SONDERBEAUFTRAGTER *unterbricht ihn* Kommen Sie zur Sache.

BOTSCHAFTER Ich wüßte gern, woran Sie wirklich glauben. Nur aus persönlicher Neugier. Ich wüßte gern, was Ihre wirkliche und eigene Überzeugung ist.

SONDERBEAUFTRAGTER Ich glaube, daß, was ist – ist. Ich

glaube an das, was hier sicher ist und nicht woanders – vielleicht.

BOTSCHAFTER Sie meinen, was jenseits allen Zweifels ist.

SONDERBEAUFTRAGTER Natürlich, was denn sonst. Ich glaube, daß das, was sein muß, wirklich sein muß – und weiter nichts.

BOTSCHAFTER Mit anderen Worten: Sie glauben an das, was greifbar ist.

SONDERBEAUFTRAGTER Wie Sie wollen.

BOTSCHAFTER Würden Sie sagen: an das Notwendige?

SONDERBEAUFTRAGTER Ich sagte: wie Sie wollen. Es ist ganz gleich.

BOTSCHAFTER Von zwei ungleichen Kräften gewinnt die stärkere. Die größere schlägt die kleinere. Ist es nicht das?

SONDERBEAUFTRAGTER Ich denke, das ist das Leben.

BOTSCHAFTER Sie meinen, das ist offenkundig... unvermeidbar wie ein Naturgesetz. Aber wir sind Menschen, nicht wahr? Und wenn wir Menschen sind, sind wir dann ganz wie die Natur oder sind wir vielleicht noch etwas anderes, etwas, was die Natur nicht ist? Was meinen Sie?

Pause.

SONDERBEAUFTRAGTER Sie haben nur noch bis morgen mittag Zeit.

BOTSCHAFTER Ich verstehe. Am Ende glauben Sie also nur an die stärkere Kraft. Nur daran und an nichts anderes. Die Macht ist Ihr einziger Gott.

Pause. Der Sonderbeauftragte rührt sich nicht. Er steht dem Botschafter gegenüber und schaut ihn mit seinen tödlich starren Augen an.

Danke, ich habe keine Fragen mehr.

Der Sonderbeauftragte geht nach links.

Sie haben etwas vergessen.

Der Sonderbeauftragte bleibt stehen, der Botschafter geht zum Schreibtisch, er legt die Unterhose in die Schachtel, nimmt das Paket und geht zum Sonderbeauftragten, um es ihm zu geben. Er hält es in seinen beiden ausgestreckten Händen und wartet, daß der Sonderbeauftragte es nimmt. Nach einem Augenblick reißt der Sonderbeauftragte das Paket dem Botschafter aus den Händen und geht mit schnellen, entschlossenen Schritten nach links ab.

Blackout

Siebente Szene

Am nächsten Vormittag. Der Botschafter sitzt am Schreibtisch, wie immer im Pelzmantel, und schreibt. Der Mann sitzt im Sessel links mit einer alten Militärdecke um die Schultern und beobachtet den Botschafter.

DER MANN Herr?

BOTSCHAFTER Hm?

DER MANN Was schreiben Sie?

BOTSCHAFTER *hält ein, nimmt die Brille ab, sieht den Mann an.* Memoiren. Jeder ehemalige Botschafter muß irgendwann seine Memoiren schreiben.

DER MANN Aber Sie sind noch nicht »ehemalig«.

BOTSCHAFTER Es könnte sein, daß ich später keine Zeit habe. Ich tu's lieber schon jetzt.

DER MANN Ach so. Sie möchten lieber damit fertig sein und es vergessen.

BOTSCHAFTER Genau das. *Er setzt seine Brille wieder auf und beginnt aufs neue zu schreiben.*

DER MANN Es gibt ein Sprichwort: Was du heute kannst besorgen …

BOTSCHAFTER Ich weiß, ich weiß …

DER MANN *gibt nicht auf. Offensichtlich möchte er unbedingt sprechen und angesprochen werden, braucht den Austausch und hat Angst vor dem Alleinsein …* das verschiebe nicht auf morgen. Aber eigentlich, glaube ich, hat das nicht viel Sinn.

BOTSCHAFTER Warum nicht?

DER MANN Heute ist heute, und morgen ist auch eine Art von heute, aber morgen. Eine Art von heute im Morgen.

BOTSCHAFTER *nimmt seine Brille ab, schaut ihn an.* Da ist was dran an dem, was Sie sagen. Kennen Sie noch andere Sprichwörter?

DER MANN Schon, aber ich möchte sie jetzt nicht hersagen. Das lohnt nicht. Wenn man genau hinguckt, sind sie alle blöd.

BOTSCHAFTER Dann lassen Sie's lieber. *Er setzt die Brille auf, schreibt weiter.*

Pause.

DER MANN Ich wüßte wirklich gern, was Sie in diesen Memoiren schreiben.

BOTSCHAFTER *schreibt.* Tja...

DER MANN Ich denke mir, in Memoiren geht's um die Vergangenheit. Ich kann mir nicht vorstellen, wie Sie das fertigkriegen, heute über etwas zu schreiben, das passiert ist, wenn es noch gar nicht passiert ist. Sicher können Sie doch heute nicht wissen, was morgen passiert.

BOTSCHAFTER *nimmt die Brille ab.* Sie haben recht.

DER MANN Ich denke mir das nur so.

BOTSCHAFTER Aber manchmal kann man die Zukunft auch voraussagen. Wenn man die entsprechenden Informationen hat.

DER MANN Das kann man, aber möglicherweise ist's ein Riesenschwindel.

BOTSCHAFTER Wieso?

DER MANN Ihre fabelhaften Informationen. Alles Quatsch. Irgend jemand erzählt Ihnen was, Sic glauben daran, aber später kommen Sie dahinter, daß es Schwindel war. Die Wahrheit war ganz anders. Sie entdecken, daß es nicht so war, wie Sie gedacht hatten, sondern ganz anders.

BOTSCHAFTER Aber was, wenn etwas eher so ist und nicht anders?

DER MANN Wenn etwas eher so ist, dann ist es nicht ganz vollständig so. Eher so, aber nicht ganz.

BOTSCHAFTER Ich verstehe ...

DER MANN Es ist so, aber nicht ganz so. Ich meine, es kann auch anders sein. Wenn auch nur ein wenig, aber es kann.

BOTSCHAFTER Richtig. *Er steht auf, geht vom Schreibtisch fort.* Manchmal scheint es mir, als ob alles nicht ganz so ist.

DER MANN Da übertreiben Sie aber.

BOTSCHAFTER *geht auf und ab.* Manchmal kommt es mir vor, als ob alles nur Bluff sei. Alles und jedes. Nicht einfach dies oder das. Als ob alles, was wir leben, was wir sind, auf eine Art Vorhang gemalt wäre, aber wir wissen nicht, daß es gemalt ist, und wir nehmen es für wirklich. Wir sind überzeugt, daß wir in drei Dimensionen sehen, in Perspektive. Aber dann kommt ein Augenblick, plötzlich, wir können nicht voraussehen, wann, da geht der Vorhang auf. Dann sehen wir die Wahrheit. Wir sehen Dinge und die Verbindung dieser Dinge untereinander und vielleicht auch noch anderes und mehr, etwas, wovon wir nicht einmal träumen. Wir sehen, was wir schon zuvor gesehen haben, das heißt, wir sehen jetzt dasselbe, aber in Wahrheit. So, wie's wirklich ist. Und auf einmal merken wir, daß alles bis zu diesem Augenblick nur ein schlechter Scherz war. Daß es nichts war, nur ein enormer, ungeheuerlicher Bluff. Dann werden wir in Gelächter ausbrechen. Bravo! Gut so! Wir werden schreien und jubeln und applaudieren, aber wir werden uns hüten zu rufen: da capo! Später wird jeder jedem die Hände schütteln, und dann werden wir weggehen, jeder seinen eigenen Weg, gutgelaunt und friedlich für immer. Was halten Sie davon?

DER MANN Das könnte so sein.

BOTSCHAFTER Hübsch, nicht wahr? Sehen Sie, wenn der Glaube weg ist, dann ist auch die Hoffnung weg. Und Leben ohne Hoffnung ist schwierig. Dann ist die einzige Hoffnung, die man noch hat, die, daß alles ein Bluff ist. Mit anderen Worten: Ich muß hoffen, daß ich beschwindelt worden bin. Ich hoffe es. Paradox, nicht wahr?

DER MANN Das ist es. Aber es könnte schlimmer sein.

Der Botschafter schaut auf seine Uhr, geht zum Mann, bleibt vor ihm stehen. Der Mann steht respektvoll auf, sie stehen einander gegenüber, der Mann im ungewissen, was der Botschafter vorhat. Es ist ihm unbehaglich zumute. Nach einer Weile

BOTSCHAFTER Ich möchte den Sessel woanders haben.

DER MANN Wo?

BOTSCHAFTER *zeigt nach rechts.* Würden Sie mir helfen? *Sie stellen den Sessel weit nach rechts. Der Botschafter dreht ihn so um, daß derjenige, der darin sitzt, zur linken Tür schaut.* Und nun setzen Sie sich.

Der Mann will im Sessel Platz nehmen.

Da nicht.

DER MANN Wo sonst?

BOTSCHAFTER Lassen Sie mich nachdenken. Auf dieser Seite nicht. Dort. Daneben. *Er zeigt auf den Boden, neben den Sessel.*

DER MANN Sie meinen, auf dem Boden?

BOTSCHAFTER Ja.

DER MANN Aber warum?

BOTSCHAFTER Bitte stellen Sie keine Fragen. Tun Sie, was ich Ihnen sage.

Der Mann setzt sich auf den Boden, lehnt sich gegen den Rücken des Sessels und schaut zur Tür rechts. Der Botschafter tritt zurück, um sich das Arrangement von weitem anzusehen, und ist befriedigt.

Gut so.

Der Botschafter zieht seinen Pelz aus. Wir sehen ihn wieder in seinem korrekten Anzug, demselben, den er zu Beginn des Stückes trug. Er wirft den Pelz irgendwohin, wo er nicht sichtbar ist, der Zuschauer soll ihn vergessen. Daher muß die Stelle, wo er hingetan wird, sorgfältig bedacht werden, weder rechts noch links vom Sessel und nicht zwischen Sessel und Zuschauerraum. Der Botschafter nimmt im Sessel Platz, gegenüber der Tür links. Der Mann sitzt hinter ihm auf dem Boden, an den Rücken des Sessels gelehnt, mit dem Gesicht zur rechten Tür. Beide bilden eine kompakte Einheit. Der Botschafter sitzt aufrecht, die Knie aneinandergedrückt, die Hände auf den Armlehnen. Der Mann hat die Knie hochgezogen, über den Schultern liegt die alte Militärdecke.

Schließen Sie die Augen.

DER MANN Warum?

BOTSCHAFTER *dreht den Oberkörper dem Mann zu, schreit fast* Fragen Sie nicht!

Kurze Pause. Der Mann schließt die Augen.

Augen zu?

DER MANN Ja, Herr.

BOTSCHAFTER Bestimmt?

DER MANN Sie sind zu, Herr.

BOTSCHAFTER Gut, dann bleiben Sie so. Machen Sie sie nicht wieder auf.

DER MANN Ja, Herr.

Der Botschafter nimmt die frühere Stellung wieder ein. Er zieht unter dem Jackett einen Revolver hervor, nicht eine Pistole, sondern einen großkalibrigen Trommelrevolver. Der visuelle Eindruck muß überraschend und stark sein. Der Botschafter entsichert ihn und lehnt sich vor. Die Knie sind jetzt geöffnet, er stützt den rechten Ellenbogen auf das rechte Knie und legt den linken Unterarm unter das rechte Handgelenk. In dieser Haltung eines erfahrenen Schützen bleibt er bis zum Ende des Stückes, lauschend, auf den Überfall konzentriert, den Revolverlauf auf die linke Tür gerichtet.

BOTSCHAFTER Stellen Sie sich jetzt etwas Schönes vor. Denken Sie an angenehme Dinge.

DER MANN An was für welche?

BOTSCHAFTER Irgend etwas, was Sie gern haben. Etwas, was Ihnen guttut. Erinnerungen vielleicht...

Pause. Der Mann hat sich, seit er die Augen geschlossen hat, nicht mehr bewegt. Er bleibt so unbeweglich mit geschlossenen Augen bis zum Ende des Stückes.

Nun, denken Sie schon an etwas?

DER MANN Ja, Herr.

BOTSCHAFTER Woran?

DER MANN Ich denke daran, wie schön es sein wird, wenn ich hier weg kann und gehe. Ich werde weit fort gehen, sehr weit fort von hier. Ich denke, was für ein gutes Gefühl es sein wird, wenn man alles ganz neu anfängt. Ein neues Leben an einem neuen Ort.

BOTSCHAFTER Ich hasse Sie.

DER MANN Warum, Herr?

BOTSCHAFTER Keine Fragen!

Pause.

Gut. Ich will Ihnen sagen, warum. Weil ich Ihretwegen nicht mehr glauben darf, daß alles ein Bluff ist. Ihretwegen darf ich jetzt nicht mehr, muß ich jetzt nicht mehr glauben, daß alles nur ein enormer kosmischer Beschiß ist. Verstehen Sie? Ihretwegen. Wegen meiner verdammten blöden sinnlosen Verantwortlichkeit für Sie.

Pause.

DER MANN Wie spät ist es?

BOTSCHAFTER *braucht nicht einmal auf die Uhr zu schauen. Das linke Handgelenk mit der Uhr ist genau vor seinen Augen.* Eine Minute vor zwölf.

Langsam geht das Licht aus. Zuerst wird der Boden immer undeutlicher, dann sind der Botschafter und der Mann nur noch als Profile gegen den Hintergrund der Bühne zu sehen, später verschwinden sie völlig in der wachsenden Dunkelheit. Das große Emblem in der Höhe bleibt im Licht, nach einiger Zeit verschwindet es auch.

Ende

Deutsch von M.C.A. Molnar

Die polnische Uraufführung des Stückes erfolgte 1981 in Warschau.

Ein Sommertag

Personen

Wohl, etwa vierzig Jahre
Wehe, etwa dreißig Jahre
Die Dame, etwa dreißig Jahre

Ort:

Erster Akt:
Eine Bank unter einem Baum
Zweiter Akt:
Ein Tisch mit drei Stühlen
in einem Gartencafé
Dritter Akt:
Zwei Liegestühle, ein Sonnenschirm
am Strand

Zeit:

Heute (oder früher)

Erster Akt

Erste Szene

Eine Bank unter einem Baum. Wehe, ein etwa dreißigjähriger, unauffälliger Mann in alten Hosen und einem geschmacklosen Hemd mit kurzen Ärmeln, steht an einem Ende auf der Bank. Von einem Ast hängt ein Strick herunter. Wehe zieht mehrmals daran, um zu sehen, ob er hält.

Zweite Szene

Wohl, ein etwa vierzigjähriger Mann von gewinnendem Äußeren in leichtem, cremefarbenem Sommeranzug und passendem Hut, einen leichten Spazierstock in der Hand, kommt von rechts und setzt sich am anderen Ende auf die Bank. Er schaut geradeaus, ins Publikum und nimmt keine Notiz von Wehe.

Wehe schaut einen Augenblick auf Wohl, dann knüpft er eine Schlinge und legt sie sich um den Hals. So steht er nun da und schaut wieder zu Wohl hinab, der ihn immer noch nicht beachtet. Schließlich fängt Wehe an zu reden.

WEHE Sagen Sie gar nichts?

Pause.

Es interessiert Sie nicht, wie?

Pause.

Ihnen ist das wurscht.

Pause.

Sie sehen, was ich hier vorhabe, aber das rührt Sie nicht im geringsten. Jeder hat das Recht zu machen, was er will, nicht?

Pause.

Und ganz besonders an einem öffentlichen Ort, nicht wahr? Sie denken vermutlich: »Ich lasse ihn in Ruhe – warum läßt er mich nicht in Ruhe?« Ich nehme an, Sie ärgern sich über mich. Sie finden, ich dränge mich auf, ich bin taktlos, weil ich Sie störe, wo Sie doch so taktvoll sind, sich nicht darum zu kümmern, was ich tue. Aber das will ich eben wissen: Wieso kümmern Sie sich nicht darum? Weshalb stören Sie mich nicht? Warum reden Sie nicht einmal mit mir? Warum lassen Sie mich ...

Wohl steht auf und geht nach rechts.

Nein, gehen Sie nicht weg!

Wohl bleibt stehen.

Es stimmt ja, ich bin Ihnen lästig geworden. Aber Sie müssen doch verstehen, in meiner Situation …

Pause.

Bleiben Sie. Ich verspreche Ihnen, ich nehme mich zusammen. Ich bleibe ganz ruhig und rede kein lautes Wort. Nur gehen Sie bitte nicht weg …

Pause.

Ich werde gar nichts sagen.

Wohl kehrt zur Bank zurück und setzt sich. Pause.

Also – gar nichts sagen, das kann ich nicht. Aber keine Sorge – ich rede nur ganz allgemein. Das verspreche ich. Nichts Persönliches, nichts über mein Privatleben. Über ganz allgemeine Themen können Sie doch mit mir reden, oder?

Pause.

So ein schöner Tag heute.

Pause.

Aber vielleicht regnet es doch noch.

Pause.

Nein? Sie haben recht. Eine Unterhaltung über allgemeine Themen ist mir nicht möglich. Es gelingt mir nicht. Und wissen Sie, warum nicht? *Er nimmt sich die Schlinge vom Hals, steigt von der Bank hinunter, setzt sich neben Wohl, beugt sich zu ihm und sagt vertraulich* Ich bin nicht dazu geschaffen. Nein, nein, das ist nicht abzustreiten. Ich bin ein Versager. Selbst in einer gewöhnlichen, freundschaftlichen Unterhaltung über ganz allgemeine Themen bin ich ein völliger Versager. *Nicht mehr zu Wohl, sondern zu sich selbst* Mir gelingt überhaupt nichts. Dieses Aufhängen zum Beispiel. Ich denke mir, es ist Zeit, ein für allemal Schluß zu machen. Und als ich soweit bin, genau da – was passiert? Da kommen Sie vorbei, ein Wort gibt das andere – und nun lebe ich immer noch. Ich hab eben kein Glück. Sogar mein Selbstmord geht daneben. Und so ist alles bei mir. Wenn ich Ihnen mein Leben erzählen würde . . . soll ich?

Pause.

Sie haben nichts dagegen, nicht? Haben Sie was gesagt?

Pause.

Nein, Sie haben nichts gesagt. Aber ich weiß, was Sie denken. Sie denken: Was geht denn mich sein Leben an. Und selbst, wenn Sie nett zu mir hätten sein wollen und was sagen, dann wäre auch nichts weiter rausgekommen als: Ja, natürlich, ich hör mir gern Ihre Lebensgeschichte an, aber ein andermal, irgendwo anders. Das hätten Sie gesagt. Und wissen Sie, woher ich weiß, was Sie gesagt hätten, wenn Sie was gesagt hätten? Aus Erfahrung. Ich kenn das alles schon. In- und auswendig. Es ist immer dasselbe: ein andermal. Und Sie wissen, was das heißt? Ein andermal, das heißt – nie.

Pause.

Das heißt es. Nie. Alles, was ich will, alles, was ich mir wünsche – nie krieg ich das so einfach, nie kommt irgendwas gleich, sondern – na, raten Sie mal ... Wann?

Pause.

Richtig. Sie haben es erraten. Überhaupt nicht. Ganz einfach: nie. Wenn ich versuche, irgend etwas zu erreichen oder irgend etwas zu bekommen, es endet immer so. Das heißt, es endet überhaupt nicht, denn ununterbrochen, immerzu, versuche ich etwas, wünsche ich etwas, und das Resultat ist immer dasselbe: kein Resultat. Fragen Sie mich nicht, warum. Das weiß ich selber nicht. Es ist eben so. Schicksal. Oder so was Ähnliches. Können Sie schwimmen?

Pause.

Natürlich können Sie schwimmen, das sieht man Ihnen ja an. Sie sind ein fabelhafter Schwimmer. Ich nicht.

Keinen Meter kann ich schwimmen. Nicht, daß ich's nicht hätte lernen wollen. Und wie ich es gewollt habe. Meine ganze Jugend hab ich damit verbracht. Ich hab allen möglichen Schwimmunterricht genommen, ich war ganz verrückt drauf, es zu lernen. Und ich hab es nie geschafft. Einen Augenblick halt ich mich im Wasser, und dann geh ich unter. Warum ist das so? Das weiß Gott allein. Ich bin normal gebaut, bin völlig bei Kräften, mach die richtigen Bewegungen – alles umsonst. Es muß irgendwas innerlich sein, ganz tief drinnen. Irgendein Defekt, oder es fehlt irgendwas – meinen Sie nicht?

Pause.

Das Schwimmen hab ich nur erwähnt, um Ihnen ein Beispiel zu geben. Es wäre ja nicht der Rede wert, wenn das Schwimmen ein Einzelfall wäre – aber es ist eben mit allem so. Auch mit Frauen. Vor allem mit Frauen. Sehen Sie mich doch mal an. Hab ich einen Buckel? Schiele ich? Das können Sie doch nicht sagen. Na ja, so gut wie Sie seh ich natürlich nicht aus. Aber abgesehen davon ist doch alles normal bei mir. Und was passiert? Nichts. Ich will nicht sagen, daß mich keine Frau ansieht. Das wäre ja schon was Ungewöhnliches, eine Ausnahme sozusagen. Nein, ab und zu guckt mich schon eine an – aber es ist immer, als ginge ihr Blick durch mich hindurch. Wie wenn sie durch mich hindurch nach jemandem Ausschau hielten, der in der Ferne auftauchen könnte. Ich kann nicht mal behaupten, ich sei nie mit einer Frau gegangen, wie man so sagt.

Ich bin. Aber ich hatte immer das Gefühl, daß ich irgendwie abseits war, wenn Sie wissen, was ich meine. So, als wenn sie ging und ich versuchte, Schritt zu halten. Nie umgekehrt. Ich verlange ja gar nicht, daß es umgekehrt sein sollte. Nur eben, daß man zusammengeht, Seite an Seite... zusammen. Aber selbst das hat nie lange gedauert. Sie sind einfach weggegangen, als wäre das selbstverständlich. Ohne Krach, ohne Anlaß. Erst waren sie da, und dann waren sie plötzlich nicht mehr da, ganz ohne Grund. Nicht, daß sie mich etwa ohne ein Wort verlassen hätten, o nein. Wenn sie mich verlassen hätten, ohne was zu sagen, dann wär das doch immerhin etwas, wenn Sie wissen, was ich meine. Da könnte ich mich dran halten, mich festklammern. Ein sichtbares Unglück, wie eine Krankheit. Aber nein. Gesagt haben sie schon was. Aber das war alles so banal, daß ich mich nicht mal erinnern kann, was es war. Sie hatten keine Wut auf mich, sie hatten keine Rachegefühle, sie hatten nicht mal Mitleid. Ja, selbst Mitleid wäre noch besser gewesen als dieses... dieses Garnichts, sozusagen. Ich bin noch nicht mal ein Mitleid wert, oder so.

Pause.

Ich kann nicht mal sagen, daß da was Tragisches dran wäre. Gar nicht. Keine Spur von Tragik. Alles kommt nur daher, daß ich immer irgend etwas möchte, irgend etwas versuche, und dann kommt nichts dabei raus. Das einzige, was mir bleibt, ist die Hoffnung, immer nur ununterbrochen die Hoffnung. Ich hoffe, daß ich es fertigbringe, mich aufzuhängen – wenigstens das.

WOHL Ich beneide Sie.

WEHE Was sagen Sie?

WOHL Ich sagte, ich beneide Sie.

WEHE Sie? Sie beneiden mich?

WOHL Ja.

WEHE Sie haben mich nicht verstanden, nicht wahr? Sie haben nicht hingehört. Dann muß ich es eben noch einmal sagen. Aber diesmal hören Sie bitte zu. Aufmerksam. Ich habe Ihnen also gesagt, daß ich nie...

WOHL Nicht nötig. Ich habe alles gehört und alles richtig verstanden. Sie sind ein glücklicher Mensch.

WEHE Wollen Sie mich auf den Arm nehmen?

WOHL Nein. Sie sind glücklich, nur Sie wissen es nicht. Und wenn wir uns nicht kennengelernt hätten, würden Sie es niemals erfahren haben.

WEHE Aber ich habe gar nichts erfahren. Ich bin glücklich, haben Sie gesagt? Ich?

WOHL Sie, ja. Sie haben doch Hoffnung, nicht wahr?

WEHE Immer, unaufhörlich... Das ist alles, was ich habe.

WOHL Also, Sie haben Hoffnung und Sie haben sie unaufhörlich. Da sind Sie doch reich. Unermeßlich reich.

WEHE Aber nie ist mir irgend etwas gelungen!

WOHL Na und? Gerade deshalb haben Sie doch Hoffnung. Wenn sich je etwas erfüllt hätte von dem, was Sie sich wünschten, dann wäre es aus mit der Hoffnung. Aber so haben Sie doch ein Ziel im Leben.

WEHE Aber ich erreiche es nie!

WOHL Wenn Sie es erreichen würden, hätten Sie keines

mehr. Und ein Leben ohne Ziel – das ist das Schlimmste für einen Menschen.

WEHE Gibt es denn etwas schlimmeres als mein Schicksal?

WOHL Ja. Meines. Verglichen mit meinem Schicksal ist Ihres eine Kette von Glücksfällen. Denn in meinem Leben ist alles genau umgekehrt wie in Ihrem. Mir gelingt alles. Und zwar immer.

WEHE Das hatte ich mir so gedacht.

WOHL Was ich auch will, was ich mir auch wünsche – ich bekomme es sofort. Unverzüglich. Ich kann nicht einmal darauf warten, denn alles, was ich wollte, passiert unmittelbar darauf. Ich habe alles, was ich mir nur irgend wünschen kann.

WEHE Ist das so schlimm?

WOHL Es ist das Allerschlimmste. Wenn nichts mehr ist, was man noch erreichen kann, weil alles schon erreicht ist, dann bleibt doch nur noch die Frage: Wozu das alles?

WEHE Das verstehe ich nicht.

WOHL Natürlich verstehen Sie das nicht, Sie glücklicher Mensch. Sie können nicht verstehen, was es heißt, zu so einer Frage zu kommen, und eben darin liegt Ihr Glück. Denn in dieser Frage sind alle anderen enthalten – und es gibt keine Antwort darauf. Es ist die Frage nach dem Sinn des Lebens überhaupt.

WEHE Was für ein Problem!

WOHL Für Sie nicht, aber deshalb doch nicht weniger essentiell. Das heißt – für Sie hat alles einen Sinn, für mich – nichts. Sie können an der kleinsten Kleinigkeit Freude haben, ich an nichts. Nicht mal am Schwimmen.

WEHE Aber ich kann nicht schwimmen!

WOHL Ja, aber Sie sagen sich: Wenn ich schwimmen könnte – dann wäre ich glücklich. Und Sie werden nie dahinterkommen, daß es nicht stimmt. Ich bin ein sehr guter Schwimmer und ich kann Ihnen sagen: Glücklich bin ich dadurch nicht. Wenn ich schwimme, denke ich: Was soll das, dieses Schwimmen? Warum bin ich in diesem Wasser, warum bin ich dieses Ich, warum ist dieses Wasser dieses Wasser?

WEHE Das glaube ich Ihnen nicht. Wenn ich bloß schwimmen könnte! Nur ein einziges Mal!

WOHL Wie kann ich Sie nur überzeugen? Sie sind im Irrtum – in einem glücklichen Irrtum. Vielleicht sollte ich Ihnen sagen, daß auch ich ... daß auch ich die Absicht habe, mich umzubringen.

WEHE Sie?

WOHL Ich – mehr als irgend jemand sonst. Ich habe mehr Recht und mehr Grund, mich umzubringen, als Sie. Ihnen gefällt nur Ihr Leben nicht. Aber was mir nicht gefällt, das ist das Leben überhaupt. Und das ist ein großer Unterschied. Schauen Sie. *Er zieht einen Revolver aus der Tasche.* Ich bin mit derselben Absicht hierhergekommen wie Sie. Und vielleicht verstehen Sie jetzt, warum ich Ihr Verhalten nicht außergewöhnlich fand. Ich habe dasselbe vor wie Sie.

WEHE Sie wollen sich erschießen? Wirklich?

WOHL Nur deshalb bin ich hierhergekommen. Das ist ein sehr geeigneter Ort dafür: abgelegen ... wir stimmen offenbar darin überein, daß man Selbstmord nur in der Einsamkeit verüben soll. Sie hatten recht mit der Bemerkung, daß ich nicht sehr erfreut war, Sie hier anzutreffen. Mir war dieser Fleck hier wie mein persönliches Eigentum vorgekommen, und das hatten Sie mir nun weggenommen.

WEHE Entschuldigung. Das wußte ich nicht.

WOHL Wie sollten Sie auch. Sie mußten denken, daß ich ein normaler Spaziergänger bin. Zumal ich mich ja trotz meiner Enttäuschung beherrscht und Ihnen keine Vorwürfe gemacht, sondern einfach nur gewartet habe, daß Sie sich friedlich erhängen.

WEHE Sehr freundlich von Ihnen.

WOHL Ich lasse Ihnen den Vortritt, obwohl es keine Frage ist, wer von uns sich schon länger umbringen wollte.

WEHE Sie denken schon seit langem daran?

WOHL Seit mir klar geworden ist, daß es keinen anderen Ausweg gibt.

WEHE Und es wird Ihnen gelingen?

WOHL Wie meinen...?

WEHE Der Selbstmord.

WOHL Mir gelingt alles. Es gibt nicht den geringsten Zweifel.

WEHE Also – ich würde das nicht tun. Ich meine, wenn ich an Ihrer Stelle wäre.

WOHL Aber das sind Sie nicht. Sie sind nicht an meiner Stelle, und ich bin nicht an Ihrer. Jeder ist an seiner Stelle. Übrigens, auch wenn wir die Plätze wechselten, wäre das Resultat dasselbe: Wir beide würden uns umbringen. Nur sie würden es aus meinen Gründen tun, die dann die Ihren wären, und umgekehrt. Wo ist da ein Unterschied?

WEHE Nirgends, wahrscheinlich. Aber ich würde so gern ein einziges Mal in der Haut von einem stecken, der alles hat, was er will. Einmal nur erleben, wie das ist. Aber was nicht geht, das geht nicht. Sie haben recht. Es hat keinen Sinn, darüber zu reden. Nochmals Entschuldigung, daß ich Sie belästigt habe. Wenn Sie es als erster machen wollen – bitte. Ich warte.

WOHL Oh, das ist nicht nötig. Ein paar Minuten früher oder später, das ändert nichts an der Sache.

WEHE Nein, nein – mir wäre es lieber, wenn Sie als erster gingen.

WOHL So? Warum?

WEHE Ach, wissen Sie... ich hoffe, Sie fassen das jetzt nicht falsch auf– ich würde so gern sehen, wie jemand, der nur Glück gehabt hat in seinem Leben, ebenfalls tragisch enden kann. Das wäre ein Trost für mich. Sie sind mir jetzt nicht böse?

WOHL Nein, warum... überhaupt nicht.

WEHE Denn, ich meine... Ihnen ist das schließlich gleich, das haben Sie selbst gesagt. Aber für mich wärs doch eine kleine Genugtuung.

WOHL Wirklich?

WEHE Ja, wirklich. Und eigentlich... nein, das wär zu viel.

WOHL Was?

WEHE Nein, nein, nichts... das war nur so eine Idee... Nein, da würden Sie wirklich gekränkt sein...

WOHL Aber nein – bestimmt nicht.

WEHE Wie wäre das denn, wenn Sie mich das machen ließen?

WOHL Was machen?

WEHE Sie erschießen. Anstatt daß Sie sich selbst erschießen. Ich könnte Ihnen doch die Mühe sparen, wenn Sie mir das erlauben? Für Sie ist das doch egal, ob Sie selber schießen, oder ob das ein anderer für Sie macht. Und für mich wäre es eine Erleichterung. Es wäre mir sogar angenehmer, Sie zu töten als nur so mitanzusehen wie Sie sich selbst töten. Sehr viel angenehmer. Es wäre eine kleine Entschädigung für mein verpfuschtes Leben.

WOHL Sie irren sich.

WEHE So? Inwiefern?

WOHL Weil es viel schwieriger ist, sich selbst umzubringen als umgebracht zu werden. Wenn Sie es für mich tun, erweisen Sie mir einen Dienst. Und das würde wiederum bestätigen, daß mir alles, was ich unternehme, gelingt, daß sich alles von allein erledigt, ganz nach Wunsch, ohne die geringste Anstrengung. Und wo wäre da die Entschädigung für Sie? Denken Sie doch mal nach. Weder eine Entschädigung noch eine Befriedigung. Im Gegenteil.

WEHE Meinen Sie?

WOHL Das ist doch ganz klar. Sie müssen nur ein wenig logisch denken.

WEHE Aber ich kann doch nicht sicher sein, daß Sie sich erschießen!

WOHL Ich habe Ihnen doch gesagt, daß ich alles erreiche, was ich will. Keine Sorge, ich erschieße mich in jedem Fall.

WEHE Aber bei meinem Pech ...

WOHL Glauben Sie mir nicht?

WEHE Oh doch – aber was ich glaube, hat sich noch nie erfüllt.

WOHL Wie kann ich Sie nur überzeugen?

WEHE Es gibt einen Weg.

WOHL Nämlich?

WEHE Ganz einfach: Erschießen Sie sich.

WOHL Jetzt sofort?

WEHE Jetzt sofort. Es ist die einzige Möglichkeit, mich zu überzeugen.

Pause.

WOHL Ja. Sie haben vermutlich recht.

WEHE Vielleicht haben Sie Ihre Meinung geändert.

WOHL Nein, wieso …

WEHE Na, dann ist das ja kein Problem, nicht wahr?

Pause.

WOHL Nein. Im Prinzip nicht.

WEHE Sie erschießen sich hier und jetzt, vor meinen Augen, und das war's dann.

WOHL Ja. Das war's dann.

Pause.

WEHE Worauf warten Sie denn noch?

Wohl entsichert seinen Revolver.

Haben Sie noch irgendwelche Zweifel?

WOHL Nein. Habe ich nicht.

WEHE Na, dann ... was hindert Sie noch?

WOHL Nur eines. Ich weiß nicht, ob ich ins Herz oder in den Kopf schießen soll.

WEHE Ich würde sagen – in den Kopf.

WOHL Warum?

WEHE Im Kopf spielt sich alles ab, und alles kommt aus dem Kopf. Der Kopf ist für alles verantwortlich. Das Herz ist unschuldig.

WOHL Meinen Sie?

WEHE Sie kennen doch das Leben so gut wie ich. Nur unter einem anderen Aspekt.

WOHL Sie haben recht. Also in den Kopf.

Pause.

WEHE Nun?

Wohl drückt den Revolver an die Schläfe.

Ich werde bis drei zählen. Wenn ich »drei« sage, drükken Sie ab. Eins ...

Pause.

Zwei ...

Dritte Szene

Eine etwa dreißigjährige attraktive Frau kommt von links. Wohl steckt den Revolver in die Tasche. Sie geht über die Bühne. Kurz bevor sie rechts abgeht, verliert sie ihr Halstuch.

Vierte Szene

WEHE Donnerwetter.
WOHL Bitte?
WEHE Tolle Frau. In meinem ganzen Leben habe ich keine so schöne Frau gesehen. Sie?
WOHL Oft.
WEHE *steht auf und geht nach rechts, um das Tuch aufzuheben.* Sie hat ihr Tuch verloren.
WOHL Sie hat es nicht verloren. Sie hat es absichtlich fallen lassen.
WEHE Woher wissen Sie...
WOHL Ich kenne das.
WEHE Verstehe ich nicht. Warum sollte sie ihr Tuch absichtlich verlieren?
WOHL Damit einer von uns es aufhebt, ihr nachgeht und sagt: »Sie haben Ihr Tuch verloren. Hier ist es. Wollten Sie ein wenig spazierengehen? Was für ein seltsamer Zufall: ich auch. Vielleicht könnten wir das gemeinsam tun? Was haben Sie heute abend vor?«
WEHE Sind Sie sicher?
WOHL Das ist so sicher wie das Amen in der Kirche.

WEHE Ich geh ihr nach. *Er geht nach rechts, bleibt stehen.* Nein. Ich trau mich nicht.

WOHL Was muß man sich da trauen? Seien Sie nicht kindisch. Das ist doch eine klare Sache.

WEHE Für Sie – vielleicht. Für mich nicht. Bei meinem Pech …

WOHL Das hier hat nichts zu tun mit Glück oder Pech. Nur mit Berechnung. Bei ihr, nicht bei Ihnen. Sie rechnet mit Ihnen, Sie rechnen nicht mit ihr. Alles, was Sie zu tun haben, ist, ihrer Aufforderung zu folgen.

WEHE Ja, ja, aber …

WOHL Warum zögern Sie noch? Gehen Sie ihr nach – los. Jetzt gleich.

WEHE Aber schließlich wissen wir nicht, wen von uns beiden sie auffordern wollte.

WOHL Das stimmt … aber da kann man niemals sicher sein.

WEHE Denn wenn sie nicht mich gemeint hat, dann mach ich mich zum Idioten.

WOHL Das ist ein Risiko, das wir immer auf uns nehmen müssen, wir Männer.

WEHE Denn wenn sie ihr Tuch nicht meinetwegen hat fallen lassen, sondern Ihretwegen … und es ist ja klar, daß es nicht meinetwegen war … Frauen machen sich nichts aus mir.

WOHL Ich sage Ihnen ja: Man kann nie sicher sein, ob ihnen und warum ihnen jemand gefällt. Also – nicht verzagen.

WEHE Und – was soll ich tun?

WOHL Es versuchen. Das ist die einzige Möglichkeit.

WEHE Sie meinen – ihr nachgehen?

WOHL Wenn sie Ihnen gefällt...

WEHE Und wie! Ich glaube, ich bin verliebt. Andererseits...

WOHL Wenn Sie verliebt sind, gibt es kein Andererseits.

WEHE O doch. Was ist, wenn ich ihr nicht gefalle? Ich hab eine Idee. Gehen wir doch zusammen.

WOHL Aber warum denn das?

WEHE Nur so auf alle Fälle. Da merken wir dann, wen von uns beiden sie gemeint hat, und ich riskier nichts dabei.

WOHL Und wenn nun wirklich Sie derjenige sind? Dann wäre meine Anwesenheit doch höchst deplaziert, oder?

WEHE Aber nein – Sie riskieren doch auch nichts. Wenn Sie mit mir mitkommen, verschaffen Sie sich ein Alibi, so wie ich mir, wenn ich mit Ihnen mitgehe. Sie haben ja selbst gesagt, sicher sein kann man nie, also muß man Vorkehrungen treffen. Wen von uns hat sie gemeint? Mir will scheinen, daß Sie es sind, aber ich hoffe, daß ich es bin. Meine Erfahrung sagt mir, daß ich es nicht sein kann, daß Sie es sein müssen, aber die Hoffnung... Die Hoffnung sagt, was sie möchte. Lassen Sie uns zusammen gehen. Dann wird es sich herausstellen, und wenn die Hoffnung mich wieder zum Narren gehalten hat, dann steh ich doch nicht ganz so blöd da. Gehen wir.

WOHL Sie haben wohl vergessen, daß ich hier etwas ziemlich Wichtiges zu tun habe.

WEHE Später, später.

WOHL Was heißt hier – später? Dies sollte mein letzter Augenblick sein.

WEHE Ihr letzter Augenblick kann es auch später sein, und inzwischen haben Sie mir einen großen Gefallen getan.
WOHL Sie bestehen also darauf?
WEHE Ich bitte Sie sehr darum.

Pause.

WOHL Also gut, dann will ich es für Sie tun.
WEHE Gehen wir, gehen wir! *Er geht nach rechts. Wohl folgt ihm. Beide rechts ab.*

Blackout

Zweiter Akt

Erste Szene

Gartencafé. Ein Tisch mit drei Stühlen, alles weiß lackiert. Die Dame, Wohl und Wehe sitzen am Tisch, die Dame dahinter mit dem Gesicht zum Publikum, Wehe zu ihrer Rechten, Wohl zu ihrer Linken. Jeder hat ein Glas Limonade mit einem Strohhalm vor sich stehen.

WEHE Schönes Wetter heute.

Pause.

Aber vielleicht regnet es doch noch.

Pause.

Oder vielleicht auch nicht.

DAME *zu Wohl* Ihr Freund ist nicht sehr entschieden.

WOHL Im Gegenteil, sehr entschieden. Er entscheidet sich für alles auf einmal.

DAME *zu Wehe* Stimmt das?

WEHE Nein, das stimmt nicht. Ich wollte nur…

WOHL Das ist es: Er wollte. Er liebt das Leben, und das heißt, er hat viele und ganz bestimmte Wünsche. Und gleichzeitig fürchtet er ständig, daß diese Wünsche nicht erfüllt werden.

DAME Das kann ich sehr gut verstehen.

WOHL Häufig widersprechen sich seine Wünsche. Daher seine scheinbare Unentschiedenheit.

DAME Und wie ist es mit Ihnen? Haben Sie auch Wünsche?

WOHL Nein.

DAME Warum nicht?

WOHL Weil ich keine Notwendigkeit für irgend etwas sehe.

DAME Heißt das, Sie haben gar keine Wünsche, überhaupt keine? Nicht einmal im Hinblick auf das Wetter?

WOHL Nein.

DAME Eine schreckliche Situation. Keiner von Ihnen will mir in meinem Dilemma helfen, aber jeder aus einem anderen Grund. *Zu Wehe* Könnten Sie sich nicht zu einer klaren Aussage entschließen: Werden wir Regen oder Sonne haben?

WEHE Sonne.

DAME Dann gehen wir zum Strand.

WEHE Schwimmen?

DAME Natürlich. Was tut man denn sonst am Meer, wenn das Wetter schön ist?

WEHE Trotzdem – wahrscheinlich regnet es doch noch.

DAME Sie enttäuschen mich.

WOHL Sie müssen ihm verzeihen. Es fällt meinem Freund schwer, zu sagen, was er vorzieht. Da er das Leben und seine Schönheit liebt, zieht er natürlich Sonnenschein vor. Aber aus bestimmten persönlichen Gründen vermeidet er Wassersport, besonders in Gegenwart von Damen, vor denen er sich nicht kompromittieren will. Das ist einer seiner Widersprüche. Er möchte Sonne, aber er will nicht zum Strand. Darum sagt er Regen voraus.

WEHE Nein, deshalb nicht.

DAME *zu Wohl* Ich frage Sie nicht nach Ihrer Meinung, weil ich weiß, daß Sie hierüber keine haben. Aber haben Sie wenigstens einen Vorschlag, wie wir den Nachmittag verbringen sollen, wenn es regnet?

WOHL Wir könnten ins Theater gehen.

DAME In dieser Sommerfrische gibts kein Theater.

WOHL Ich habe gesehen, wie Plakate geklebt wurden. Ein Tourneetheater kommt mit zwei berühmten Schauspielern. Ein Komiker und ein tragischer Held.

DAME Dann könnten wir uns ja den Komiker ansehen. Komödien sind mir lieber. *Zu Wehe* Und Sie?

WEHE Mir ist es egal.

DAME Ist das alles? Oder würden Sie gern hingehn?

WEHE Ich würde gern hingehen.

DAME Na, immerhin. So, dann ist das entschieden. Wir sehen uns die Komödie an.

WOHL Das ist nicht sicher.

DAME Wieso nicht? Ziehen Sie Tragödien vor? Wir waren doch darüber klar, daß für Sie alles ein und dasselbe ist?

WOHL Ich wollte nur sagen, daß Sie gar keine Wahl haben. Die beiden treten im selben Stück auf.

DAME Zusammen?

WOHL Ja, eben. Der Komiker ist komisch, weil er dauernd versucht, irgend etwas zustande zu bringen, und es nie erreicht. Dem tragischen Helden dagegen gelingt alles, was der andere nie fertigbekommt.

DAME Und was ist daran tragisch?

WOHL Das Ende. Denn es stellt sich heraus, daß alle diese vollbrachten Taten nichts wert sind, weil er sie gar nicht gewollt hat. Die Ergebnisse sind etwas völlig anderes als die Absichten.

DAME Wenn ich das richtig verstehe, dann ist der Komiker derjenige, der tragisch ist und unser Mitleid verdient. Wollen, sich anstrengen und nichts zu vollbringen, das ist gar nicht komisch. Das ist sehr traurig.

WEHE Da haben Sie verdammt recht.

WOHL Traurig – ja, aber nur aus seiner Sicht. Aus der des Publikums ist es wahnsinnig komisch. Es lacht sich krank.

DAME Auch die Frauen?

WOHL Die Leute eben. Alle.

DAME Ich lache nicht darüber.

WEHE Das ist gut.

WOHL Kann ich daraus schließen, daß es der tragische Held ist, der Sie zum Lachen bringt?

DAME Natürlich, wenn er komisch ist.

WOHL Wie kann er denn komisch sein?

DAME Wenn er sich selbst für tragisch hält.

WOHL Ich kenne ihn und ich kann Ihnen sagen, daß er ein wunderbarer Schauspieler ist. Das Publikum betet ihn an. Wo immer er auftritt, ist das Theater ausverkauft.

Wehe steht auf.

WEHE Dann gehe ich gleich.

DAME Wohin?

WEHE Karten kaufen. Vielleicht gibt es noch welche.

WOHL Gute Idee...

DAME Nein. Bleiben Sie hier.

WEHE Nachher ist es vielleicht zu spät.

WOHL Mein Freund hat recht. Halten Sie ihn nicht auf, sonst kommen wir vielleicht wirklich nicht mehr hinein.

DAME *zu Wohl* Dann gehen Sie und besorgen die Karten.

WOHL Ich?

DAME Ja, Sie.

WOHL Aber mein Freund hatte schon den Wunsch geäußert, es... Ich wollte ihm nicht die Initiative rauben.

DAME *zu Wehe* Sie haben nichts dagegen, wenn Ihr Freund für Sie geht?

WEHE Nein... aber ich wollte es für Sie tun.

DAME Das ist sehr nett von Ihnen. Aber es wäre noch netter, wenn Sie jetzt hierblieben bei mir. *Zu Wohl* Inzwischen könnten Sie gehen und die Karten besorgen. Wollen Sie das tun – für mich?

WOHL Wenn Sie es wünschen... *Er steht auf, verbeugt sich und geht rechts ab.*

Zweite Szene

DAME Was stehen Sie da so? Setzen Sie sich.

Wehe setzt sich auf seinen Stuhl.

WEHE Ich glaube, er war nicht sehr begeistert.

DAME Wie lange kennen Sie sich schon?

WEHE Eine Ewigkeit.

DAME Von Kindheit an?

WEHE Nein. Aber ich habe immer an ihn gedacht. Noch bevor wir uns begegnet sind. Ich wollte immer sein wie er.

DAME Und denken Sie jetzt auch an ihn?

WEHE Nein. Jetzt denke ich nur an Sie.

DAME Erzählen Sie mir etwas.

WEHE Worüber?

DAME Über Ihren Freund.

WEHE Dann denken Sie also an ihn?

DAME Was für eine Frage! Ich bin nur neugierig. Nur um etwas zu reden, um die Zeit totzuschlagen, das ist alles.

WEHE Vielleicht sollte ich doch lieber gehen. *Er steht auf.*

DAME Bitte setzen Sie sich. Wie oft soll ich Sie noch bitten?

Wehe setzt sich wieder.

Sie sind ja ein schrecklicher Mensch. Wirklich.

WEHE Sie haben recht. Ich tauge zu nichts.

DAME Wenn Sie nur an mich denken, wie Sie doch gerade gesagt haben, warum denken Sie dann so sehr an sich?

WEHE Ich denke nur, daß ich das gar nicht wert bin ... Sie ... hier ... Obwohl ... Nein, das will ich gar nicht laut sagen.

DAME Sagen Sie es ruhig.

WEHE Es kam mir nur der Gedanke ... so wenig tauge ich

vielleicht doch nicht, wenn Sie hier mit mir zusammensein wollen. Wenn...

DAME Wenn? Aber ich habe Sie doch gebeten, hierzubleiben. Oder haben Sie das nicht bemerkt?

WEHE Das meine ich ja. Wenn eine so schöne und so intelligente Frau wie Sie von mir nicht abgestoßen ist, dann könnte das doch bedeuten, daß ich so übel doch nicht bin.

DAME Das sagt nicht viel. Ich an Ihrer Stelle wäre nicht so bescheiden. Vergessen Sie nicht, je höher Sie sich selbst einschätzen, desto größeren Wert haben auch Ihre Komplimente.

WEHE Das heißt also, wenn eine so außergewöhnlich schöne Frau, die schönste und intelligenteste Frau der Welt, wünscht, daß ich bei ihr bleibe, dann bin ich nicht nur gar nicht so übel, dann bin ich vielleicht sogar... ganz in Ordnung. Nein, das kann ich nicht glauben!

DAME Und warum nicht?

WEHE Weil mir das zum ersten Mal in meinem Leben passiert.

DAME Das ist doch nicht weiter erstaunlich. Wir treffen uns doch zum ersten Mal.

WEHE Ja, eben. Warum habe ich Sie nicht früher getroffen? Mein Leben wäre ganz anders geworden.

DAME Besser, hoffe ich.

WEHE Besser? Liebe gnädige Frau, das war überhaupt kein Leben. Jetzt, jetzt erst fange ich zu leben an.

DAME Das hört sich hübsch an, selbst wenn es eine Übertreibung ist.

WEHE Das ist keine Übertreibung, glauben Sie mir. Wenn

ich Ihnen meine Lebensgeschichte erzählen würde... soll ich?

DAME Ich würde sie gern hören, aber... haben wir denn Zeit genug? Ist es eine lange Geschichte?

WEHE Sie läßt sich in einem Satz erzählen: Sie haben mich gerettet.

DAME Wirklich?

WEHE Ganz gewiß. Wenn Sie nicht wären, würde ich nicht mehr leben. Sie kamen genau in dem Augenblick, als ich mich umbringen wollte.

DAME Und ich habe Sie daran gehindert?

WEHE Als ich Sie sah, wollte ich wieder leben. Ich dachte: Leben – das ist sie. Und so bin ich Ihnen gefolgt.

DAME Aber nicht von allein.

WEHE Es hat sich so ergeben – ich war in Begleitung. Reiner Zufall. Aber er wollte durchaus nicht mitkommen.

DAME Nein?

WEHE Er ist am Ende. Den hat sein Erfolg fertiggemacht. Nichts interessiert ihn mehr. Soll ich Ihnen sagen, wonach er sucht?

DAME Nun?

WEHE Nach einer metaphysischen Lösung für das Rätsel des Seins.

DAME Stellen Sie sich vor...

WEHE Ja, eben. Denn abgesehen von einer metaphysischen Lösung für das Rätsel des Seins hat er alles gehabt. Er hat alles ausprobiert und ist von allem gelangweilt. Er ist vom Schicksal verwöhnt, und jetzt interessiert ihn nichts mehr außer diesem einen.

DAME Nichts und niemand?

WEHE Absolut nichts und absolut niemand. Er wollte Sie gar nicht kennenlernen.

DAME Aber dann tat er's doch, nicht wahr?

WEHE Nur, weil ich ihn überredet habe. Er hat es nur für mich getan.

DAME Sie haben ihn überredet? Aber warum denn?

WEHE Weil, weil ich nicht den Mut hatte, es allein zu tun.

DAME Und den haben Sie immer noch nicht, wie? Sie haben nicht einmal den Mut, mir das nicht zu sagen. Sie halten sich immer bedeckt. Sie betteln immer nur. Was wollen Sie von mir. Mitleid?

WEHE Bitte... ich weiß, ich bin ein Feigling. Ich habe einen Minderwertigkeitskomplex, und der irritiert Sie. Aber wenigstens bin ich offen.

DAME Das ist wahr.

WEHE Ich verberge nichts. Wenn ich zugebe, daß ich ein Feigling bin, dann ist das so. Und wenn ich sage, ich liebe Sie, dann ist das auch so.

DAME Sie lieben mich?

WEHE Ja. Vom ersten Augenblick an und für immer. Es ist die Liebe eines Feiglings und, wie Sie sagen, eines Bettlers. Nun gut. Aber es ist Liebe.

DAME Wirkliche Liebe?

WEHE Sie werden keine finden, die wirklicher ist als meine. Jemand, der so offen gesteht, daß er ein Feigling und ein Bettler ist, obwohl das nicht sehr schmeichelhaft für ihn ist, dem kann man auch glauben, wenn er gesteht, daß er liebt. Deshalb braucht er sich ja nicht zu schämen, nicht wahr?

DAME Nein, gewiß nicht. Aber er braucht Mut.

WEHE Mut? Um zu gestehen, daß man liebt?

DAME Ja. Großen Mut, wenn es ein echtes Gefühl ist.

WEHE Für mich ist da nichts Mutiges dran. Es ist eine Notwendigkeit. Und eine große Freude.

DAME Sie sind ein ungewöhnlicher Mann.

WEHE Ich?

DAME Ja, ein ungewöhnlicher und sehr tapferer Mann. Ich habe noch nie jemanden wie Sie getroffen.

WEHE Was meinen Sie damit? Hat Ihnen noch nie ein Mann gesagt, daß er Sie liebt?

DAME Das haben mir viele gesagt. Aber alle wollten dafür etwas haben. »Ich liebe Sie, also schulden Sie mir etwas. Ich verdiene, daß ich dafür etwas bekomme.« Wie eine Art Verpflichtung, die ich nie eingegangen war, die ich nie gewollt hatte. Eine Schuld.

WEHE Was meinen Sie damit? Ich bin in Ihrer Schuld. Ich schulde Ihnen Dankbarkeit. Mehr als Dankbarkeit, ich schulde Ihnen alles. Alles für dieses einzigartige und außergewöhnliche Gefühl, das ich durch Sie empfinde.

DAME Und Sie wollen nichts von mir?

WEHE Nur, daß Sie sich lieben lassen. Und sei es nur von weitem.

DAME Und Sie wollen mich zu nichts verpflichten? Sic erwarten nichts von mir? Sie verlangen nichts?

WEHE Wie könnte ich? Sie können von mir verlangen. Verlangen Sie alles. Ich möchte Sie sogar bitten, es von mir zu verlangen. Sie anflehen. Weil ich es bin, der Sie liebt, nicht umgekehrt.

DAME Und das sagen Sie so einfach?

WEHE Wie soll ich es anders sagen?

DAME Und haben Sie keine Angst?

WEHE Wovor?

DAME Vor den Konsequenzen.

WEHE Konsequenzen wünschte ich mir sehnlichst.

DAME Ich hatte also recht. Sie sind ein ungewöhnlicher Mann.

WEHE Sie meinen das nicht im Ernst.

DAME Ernster könnte es gar nicht sein. Sie haben mich sehr beeindruckt.

WEHE Aber ich wollte doch nicht...

DAME Mehr noch. Ich bin sehr angerührt.

WEHE *springt auf.* Wissen Sie... ich weiß nicht, wie ich es sagen soll... aber dies ist... dies ist... dies ist der schönste Tag in meinem Leben... es ist der erste Tag meines Lebens... Und es wird ganz bestimmt Sonne geben!

Die Dame streckt ihre Hand aus, er nimmt sie in beide Hände und küßt sie. Wohl kommt von rechts und beobachtet diese Szene.

Dritte Szene

Wehe läßt die Hand der Dame los. Wohl geht zu ihnen und setzt sich. Er nimmt eine Zigarre aus der Tasche und zündet sie an. Er stößt eine Wolke Rauch aus. Pause.

DAME Nun? Was gibt es Neues?

WOHL Wie Sie es wünschten, habe ich Karten für das Theater besorgt.

DAME Sehr schön.

WOHL Unglücklicherweise sind sie für die Abendvorstellung.

DAME Das macht nichts.

WOHL Und ebenso unglücklicherweise sind es nur zwei.

DAME Warum?

WOHL Weil es die beiden letzten waren. Wie ich schon sagte, die Aufführung hat großen Erfolg wegen des wirklich hervorragenden Schauspielers.

DAME Das macht auch nichts.

WOHL Das macht nichts? Ich dachte, Sie würden sich freuen? Es lohnt sich wirklich, die Vorstellung zu sehen.

DAME Ich wollte sagen, es macht nichts, daß es nur zwei Karten gibt.

WOHL Das hoffe ich.

DAME Zwei sind immer noch besser als gar nichts. Ich wäre enttäuscht gewesen, wenn Sie überhaupt keine bekommen hätten.

WOHL Ich auch.

Wehe, der die ganze Zeit bewegungslos dagestanden hat, setzt sich entschlossen hin und sagt ebenso entschlossen

WEHE Ich auch.

Die Dame und Wohl sehen ihn an.

Er legt ein Bein über das andere und kreuzt mit ostentativem Selbstbewußtsein die Hände über der Brust.

Pause.

DAME Übrigens weiß ich noch nicht, ob ich Lust habe, ins Theater zu gehen.

Wehe ändert sofort seine Haltung: Er ist überrascht, verwirrt und sehr unsicher.

WEHE Wie meinen Sie das?

Wohl stößt eine Wolke Rauch aus.

DAME Ich werde noch darüber nachdenken. Wenn ich meine Meinung ändere, haben Sie ja nichts verloren, meine Herren, im Gegenteil, nur gewonnen. Denn dann können Sie beide ins Theater gehen. Zusammen.

Wohl und Wehe stehen gleichzeitig auf und schauen die Dame an.

Aber warum so eilig? Die Vorstellung ist ja erst abends, und ich habe mich noch nicht entschieden. Wir haben noch den ganzen Nachmittag. Und es wird bestimmt ein sonniger Nachmittag sein. Denn inzwischen hat er erklärt, daß wir Sonne haben werden. *Zu Wehe* Nicht wahr?

Wehe nickt.

Sie steht auf und geht nach links. Dann wollen wir uns also am Strand treffen. *Sie winkt ihnen zu und geht links ab.*

Wohl und Wehe setzen sich gleichzeitig langsam hin. Pause.

Vierte Szene

WOHL Tja, und nun?
WEHE Wollen wir uns duzen?

Wohl stößt eine Wolke Rauch aus.

Blackout

Dritter Akt

Erste Szene

Blauer Himmel und Meer. Geräusch der Wellen, Möwenschreie. Zwei Liegestühle, ein Sonnenschirm. Auf einem der Liegestühle Wohl, im dunkelblauen Bademantel. Er liest Zeitung. Neben ihm eine Badetasche. Der zweite Liegestuhl ist zusammengeklappt.

Zweite Szene

Wehe kommt von links, er trägt dieselben Sachen wie vorher. Unter den Arm hat er einen zusammengerollten Badeanzug. Wohl schaut von seiner Zeitung auf.

WOHL Ich dachte schon, Sie kämen nicht mehr.
WEHE Wieso – wär dir das lieber gewesen?
WOHL Mir ist das gleich, aber nach dem, was Sie erzählt haben ... was du von dir erzählt hast ... *Er steht auf und geht auf Wehe zu, faltet dabei die Zeitung zusammen.* Du kannst nicht schwimmen.
WEHE Ein bißchen schon.
WOHL So wie ich verstanden hatte, hältst du dich einen Augenblick über Wasser, und dann gehst du unter.

WEHE Das war vorher.

WOHL Wovor?

WEHE Bevor ich sie kannte.

WOHL Was hat sich geändert?

WEHE Ich habe Vertrauen zu mir selbst.

WOHL Aber schwimmen gelernt hast du dadurch nicht.

WEHE Das stimmt. Aber ich glaube jetzt, daß ich nicht weniger begabt bin als andere. Der Mangel an Zutrauen in meine Fähigkeiten – das war der Grund, daß ich nicht schwimmen gelernt habe, nicht umgekehrt. Ich war überzeugt, ich würde nicht schwimmen lernen, weil mir die Begabung dazu fehlte – also hörte ich auf zu glauben, daß ich es könnte. Aber jetzt sehe ich, alles, alle meine Niederlagen, kamen nur daher, daß ich nicht an mich glaubte. Ich nahm von vornherein an, ich würde es nicht schaffen – und so schaffte ich es nicht.

WOHL Das ist alles Theorie.

WEHE Nicht nur. Der praktische Anfang ist schon gemacht.

WOHL Was für ein praktischer Anfang?

WEHE Es sieht so aus, als ob ich bei ihr eine Chance hätte.

WOHL Wirklich?

WEHE Ja. Ich brauchte nur ein wenig an mich selbst zu glauben, da ging alles gleich viel leichter, als ich dachte. Und schon glaube ich noch mehr an mich selbst, und dadurch wird alles immer besser. Wenn das so weitergeht, bin ich heute abend ein glücklicher Mensch.

WOHL Neue Hoffnung?

WEHE Nein, diesmal Gewißheit. Fast.

WOHL Ah, so. Fast.

WEHE Ich liebe – das ist gewiß.

WOHL Aber das genügt nicht.

WEHE Nein. Aber ich habe Grund zu glauben, daß meine Liebe nicht unerwidert bleibt.

WOHL Dann gratuliere ich und wünsche viel Erfolg. Aber um aufs Schwimmen zurückzukommen …

WEHE Wo ist sie?

WOHL Unsere Freundin? Sie ist noch nicht hier.

WEHE Sie wird sich's doch nicht anders überlegt haben?

WOHL Was soll ich darauf antworten!

WEHE Sie wird schon kommen, nicht wahr?

WOHL Nach dem, was du gerade über dich selbst gesagt hast, dürftest du daran nicht zweifeln. Schließlich hat sie sich mit dir am Strand verabredet, nicht wahr?

WEHE Ja … also gut, ich geh mich umziehen. *Er geht nach links.* Falls sie inzwischen kommt, sag ihr, ich bin gleich wieder da.

WOHL Ich werde es bestellen.

Wehe geht links ab.

Dritte Szene

Wohl faltet sorgfältig seine Zeitung und fächert sich damit. Dann legt er sie beiseite und beginnt mit Gymnastikübungen: Arm- und Rumpfbeugen und -strecken usw. Er macht das langsam, geschickt, ohne jeden komischen Effekt. Im Gegenteil – diese Gymnastik soll ästhetisch wirken.

Vierte Szene

Von rechts kommt, in einem anderen Kleid und mit einer Badetasche, die Dame. Sie betrachtet ein Weilchen mit offensichtlichem Vergnügen Wohl.

DAME Bravo.

Wohl hält ein. Er verbeugt sich wie ein Akrobat, der für Applaus dankt.

Bravo. Ausgezeichnet. Besonders für einen tragischen Helden.

WOHL Das war nicht für Publikum gedacht. *Er bückt sich, hebt den zusammengelegten Liegestuhl hoch und stellt ihn auf.*

Die Dame geht zu ihm.

Haben Sie sich schon entschieden?

DAME Nein, noch nicht.

WOHL Es wird Zeit.

DAME Bis zum Abend ist's noch lang hin. Übrigens wüßte ich gern ein wenig mehr, bevor ich mich entscheide. Wollen Sie mir helfen?

WOHL Gern.

DAME Falls wir ins Theater gehen sollten – können Sie mir etwas über die Aufführung sagen, von der Sie sprachen?

WOHL Gewiß, gnädige Frau. *Er zeigt auf den Liegestuhl, den er gerade aufgestellt hat.*

Die Dame nimmt Platz, streckt sich aus.

DAME Vor allem – das sagte ich schon –, ich mag keine Tragödien. Darauf sprachen Sie von einem komischen Typ in dem Stück, eine Art Clown, der die Leute zum Lachen brächte, weil alles, was er unternimmt, mißlingt. Aber gerade darüber kann ich nicht lachen. Im Gegenteil – es macht mich traurig. Daher meine erste Frage: Wissen Sie genau, daß ihm niemals irgend etwas gelingt?

WOHL Ich gestehe, daß ich nicht weiß, wie es ausgeht.

DAME Wieso? Sie sagten doch, Sie wüßten es?

WOHL Ich sagte nur, ich wüßte, wie es für die tragische Figur ausgeht.

DAME Also, ich zweifle, daß hier überhaupt von Tragik die Rede sein kann. Ich sagte schon, über jemanden, der sich selbst zu tragisch nimmt, muß ich lachen. Also, wenn ich heut wirklich ins Theater gehe, besteht eine Chance, daß ich lache und nicht weine, selbst wenn dieser komische Kerl, der Clown, mich traurig macht. Aber Sie behaupteten ja, der Darsteller der tragischen Rolle spiele diese so brillant, daß man sie nicht anders als tragisch empfinden kann und daß man daher weinen muß. Bleiben Sie dabei?

Wohl hat sich währenddessen auf dem anderen Liegestuhl ausgestreckt.

WOHL Leider ja. Er ist ein großer Schauspieler.

DAME Schade. Dann bleibt also nur die Hoffnung, daß der

Clown mich nicht zu traurig macht. Vielleicht erlebt er auch noch etwas anderes als nur Unglück.

WOHL Dann müßte er aufhören, ein Clown zu sein.

DAME Aber vielleicht gelingt ihm am Ende doch irgend etwas. Was meinen Sie?

WOHL Das hängt nicht von mir ab.

DAME Dann besteht also doch eine kleine Chance, daß mir die Vorstellung gefällt, nicht wahr?

Pause.

Nehmen wir also an, ich gehe heute ins Theater. Aber wir haben nur zwei Karten. Einer von Ihnen müßte also verzichten. Würden Sie verzichten?

WOHL Wenn Sie es wünschen …

DAME Wir sprechen nicht von meinen Wünschen, sondern von Ihren. Ah, ich vergaß, Sie haben ja keine.

Pause.

Aber vielleicht haben Sie in dieser Hinsicht einen, nur in diesem Fall, ausnahmsweise …

Pause.

Oder ist es Ihnen ganz gleich?

Pause.

Sie antworten nicht?

WOHL Ich habe nicht zu entscheiden.

DAME Also weder ja noch nein. Gut. Dann wollen wir über Ihren Freund reden. Würde er verzichten?

WOHL Für ihn kann ich nicht antworten.

DAME Aber was denken Sie?

WOHL Nein, er würde nicht verzichten.

DAME Warum nicht?

WOHL Weil er sich in Sie verliebt hat.

DAME Oh.

WOHL Darum meine ich, Sie sollten mit ihm gehen, nicht mit mir.

DAME Immerhin äußern Sie nun doch eine Meinung.

WOHL Aber nur über etwas, das mich nicht selbst betrifft.

DAME Eine imponierende Objektivität.

WOHL Weder er noch ich können Sie ohne Ihre Einwilligung begleiten. Also müssen Sie einen von uns wählen.

DAME Ich muß nicht. Ich kann.

WOHL Immerhin …

DAME Die Freiheit der Wahl ist mein Privileg.

WOHL Ich meine, es ist Ihre Pflicht, ihn zu wählen und nicht mich.

DAME Meine Pflicht? Was für eine Pflicht?

WOHL Ihre gesellschaftliche Pflicht. Verglichen mit mir ist er von Natur aus benachteiligt, schicksalhaft. Die Natur ist blind und kennt keine Gerechtigkeit. Aber wir, als Gesellschaft, wir richten uns nach diesem Prinzip. Daher sollten Sie, als Mitglied dieser Gesellschaft, das Unrecht wiedergutmachen, das die Natur ihm angetan hat, und ihn wählen, nicht mich. Ein elementares Gerechtigkeitsgefühl verlangt das von Ihnen. Ungleichheit auszugleichen – das ist eine Pflicht, der Sie sich nicht entziehen können.

DAME Wirklich? Kann ich das nicht?

WOHL Wenn Sie mich wählten, verstießen Sie gegen alle Gesetze der Menschlichkeit.

Pause.

DAME Sie haben recht.

WOHL Im Hinblick auf die soziale Gerechtigkeit gibt es keine Alternative.

DAME Ich bin völlig Ihrer Meinung, vor allem da ich, wenn ich Sie wählte, nicht nur das Unrecht noch größer machte, das ihm das Schicksal angetan hat, sondern auch Ihnen einen Bärendienst erwiese.

WOHL Mir? Inwiefern?

DAME Weil ich Ihre metaphysische Verlegenheit vergrößern würde. Ihnen gelingt alles im Leben. Wenn das auch diesmal so wäre, stünden Sie wiederum vor der Frage nach dem transzendentalen Sinn der Existenz. Eine Frage, die offenbar Ihr Hauptproblem ist, da Sie sonst keine Sorgen haben. Ein weiterer Erfolg würde Sie nur noch tiefer in das transzendentale Elend stürzen. Dazu werde ich meine Hand nicht reichen.

WOHL Wir wollen doch nicht übertreiben.

DAME Selbst wenn ich große Lust dazu hätte.

WOHL Auch dann nicht?

Die Dame steht auf, geht hinter Wohls Liegestuhl, legt ihm die Hand auf die Schulter.

DAME Vor allem ... *Sie berührt seine Wange mit den Fingerspitzen.* ... dann nicht.

Wohl streckt den Arm aus, um sie an sich zu ziehen. Die Dame entzieht sich heftig, wendet sich ab und entfernt sich. Wohl steht vom Liegestuhl auf. Die Dame steht mit dem Rücken zu ihm. Pause.

WOHL Bitte, stürzen Sie mich ins transzendentale Elend.
DAME Als Folge von ...
WOHL Ja.
DAME Und das würde sich für Sie lohnen?

Wohl macht ein paar Schritte auf sie zu.

WOHL Ich bitte Sie darum.
DAME Das würde ich gern noch einmal hören.
WOHL Ich bitte Sie darum.
DAME Lauter.
WOHL Ich bitte Sie darum.

Die Dame wendet sich ihm zu.

DAME Und ich bitte Sie, mich ganz genau anzusehen.
WOHL Das habe ich schon getan.
DAME Und Sie sehen, wie ich ausschaue?
WOHL Seit dem ersten Augenblick. Auch wenn Sie nicht da sind.
DAME Gut. Dann sagen Sie mir: Schaue ich aus wie Karl Marx?

WOHL Wie wer?

DAME Karl Marx. Oder Robin Hood, wenn Sie wollen.

WOHL Nein. Ganz gewiß nicht.

DAME Eben. Und die Wiedergutmachung sozialer Ungerechtigkeiten interessiert mich so wenig wie andere Caritas-Aktivitäten. Und auch Ihre transzendentalen Probleme kümmern mich nicht. Nicht im geringsten. Und wenn ich irgend etwas wähle, oder irgend jemanden, dann einzig und allein wann und wie es mir gefällt.

WOHL »Wie«? Und das »wer« ist Ihnen gleich?

DAME Eins hängt vom anderen ab. Sie gefallen mir sehr, und wenn es nur um das »wer« ginge, dann würde ich ohne Zögern Sie wählen. Aber es kommt ja auch auf das »wie« an.

WOHL Oder auf das »sehr«.

DAME »Wie« ist nicht eine Frage von »sehr«, von »viel«, »ein bißchen«, »mehr« oder »weniger«. »Wie« heißt auch: Wie sehe ich bei alledem aus? Was ist mein Gefühl? Was habe ich zu erwarten, wenn ich – dich wähle? Was kann ich von dir erwarten? Was würde ich für dich sein? Eine weitere Bagatelle, eine weitere erfolgreiche Begegnung, ein weiteres erfreuliches Ereignis. Aber das ist auch alles. Und ich möchte etwas mehr sein. Ich bin schon mehr.

WOHL Für ihn?

DAME Ja, für ihn. Ich bedeute so viel für ihn, daß dies nun auch für mich eine Menge bedeutet. Jedenfalls so viel, wie ich brauche. Das verdanke ich ihm. Er wird alles, was ich ihm geben kann, zurückgeben – und noch mehr. Hundertmal mehr, als du es je könntest.

WOHL Du wählst also ihn?

DAME Nein. Ich wähle mich. Mein Ich. Das Selbst, das ich am liebsten habe, das mir am meisten gibt. »du«, »er« – das ist alles Unsinn. Du denkst: er. Und er denkt: du. Er, du, so denkt ihr immer. Aber ich denke: Ich.

WOHL Das heißt also – sie.

DAME Ja, sie. Aber keiner von euch versteht das.

WOHL Ich schon.

DAME Alles, was du verstehst, ist, daß du verloren hast.

WOHL In dieser Situation ist das genug.

DAME Da du die Situation erwähnst: Ich hoffe, du benimmst dich vernünftig, wenn wir mit ihm zusammen sind.

WOHL Du kannst dich auf mich verlassen.

Pause.

DAME Du bist mir nicht böse?

WOHL Überhaupt nicht.

DAME Es tut mir leid.

WOHL Aber ich bitte dich.

DAME Du verzeihst mir, nicht wahr?

WOHL Du sollst wissen, daß ich viel Freundschaft für dich empfinde. Und großen Respekt.

DAME Respekt?

WOHL Und aufrichtige Bewunderung.

DAME Das ist alles?

WOHL Nein. Ich möchte auch meine Dankbarkeit zum Ausdruck bringen für dieses außerordentlich faszinierende Gespräch.

DAME Gut, gut. Aber wir sollten nicht übertreiben. Wir sehen uns gleich. Ich geh mich nur umziehen.
WOHL Bis dann.

Die Dame geht rechts ab.

Fünfte Szene

Wohl klappt den Liegestuhl der Dame zusammen und streckt sich auf seinem aus. Er schließt die Augen. Möwenschreie, Wellengeräusch. Wehe kommt von links.

Sechste Szene

Wehe trägt einen altmodischen, geringelten Badeanzug, der Knie und Ellenbogen bedeckt, er sieht aus wie ein Vaudeville-Komiker.

WEHE Ist sie gekommen?
WOHL Nein.
WEHE Sie ist noch nicht hier?
WOHL Wenn sie nicht gekommen ist…
WEHE Ich verstehe nicht, was da passiert sein könnte.
WOHL Sie kommt zu spät. Das ist normal.

Wehe läuft ungeduldig am Strand entlang.

Er beobachtet ihn. Für dich ist es besser so.

WEHE Besser? Inwiefern?

WOHL So hast du die Möglichkeit, deine Schwimmkünste auszuprobieren, bevor sie kommt.

WEHE Wozu?

WOHL Du willst dich doch nicht vor ihren Augen lächerlich machen?

WEHE Soll ich zweimal ins Wasser?

WOHL Ich an deiner Stelle würde vorher ein bißchen üben. Wann hast du's denn das letzte Mal versucht?

WEHE Schwimmen? Vor zwanzig Jahren.

WOHL Und seither nie wieder?

WEHE Nie.

WOHL Und dann willst du es in ihrer Gegenwart riskieren, ohne jede Vorbereitung?

WEHE Ich riskiere gar nichts. Ihre Gegenwart gibt mir Kraft. Wenn sie da ist, kann ich einfach alles. Es ist ein Wunder.

WOHL Vielleicht ein Wunder, aber keine Technik.

WEHE Was verstehst denn du davon!

WOHL Von Wundern nichts. Aber eine Menge von Technik. Ich war Trainer.

WEHE Schwimmtrainer?

WOHL Und Rettungsschwimmer. Und dann habe ich die Meisterschaft im 200-Meter-Freistil-Schwimmen gewonnen.

WEHE Eine Meisterschaft?

WOHL Mehrere Meisterschaften. Ich hab allerlei Pokale und Medaillen.

Pause.

Ist was?

WEHE Nichts.

WOHL Du siehst auf einmal ganz traurig aus. Als du kamst, hattest du so gute Laune.

Wehe steht am Rand des Wassers und schaut ins Weite.
Pause.

WOHL Ich bin auch beim Kunstspringen gestartet.

WEHE Und?

WOHL Was – und?

WEHE Hast du …?

WOHL Nein. Ich wurde Zweiter.

WEHE Nur Zweiter?

WOHL Ja. Bei den nationalen Meisterschaften.

WEHE Ah ja.

WOHL Und zwar, weil ich die meisten Punkte für meinen Stil bekam. Nicht der Rede wert.

Pause.

WEHE Vielleicht sollte ich's doch mal versuchen.

WOHL Was?

WEHE Na – ein bißchen üben.

WOHL Nein. Wenn ich so darüber nachdenke, finde ich – lieber nicht.

WEHE Warum nicht?

WOHL Weil du den Mut verlieren könntest – und gleich

hättest du wieder den alten Komplex. Mit der Technik ist das so eine Sache, man weiß nie genau – und schon gar nicht nach einer so langen Pause. Wunder hingegen können immer passieren. Besonders bei dir. Jedenfalls solltest du darauf warten. Ich meine: auf dein Wunder.

WEHE Trotzdem möchte ich's mal versuchen.

WOHL Wie du willst. Mir kann es gleich sein. *Er schlägt seine Zeitung auf und beginnt zu lesen, ohne Wehe weiter zu beachten.*

Wehe macht mit den Armen Schwimmbewegungen.

WEHE Ich glaube, so macht man das, nicht wahr?

Wohl liest weiter.

Könntest du mal hersehen?

Wohl reißt sich von seiner Lektüre los und schaut auf Wehe.

WOHL Gar nicht schlecht.

WEHE Nein? Also, dann geh ich jetzt ins Wasser. *Er geht ins Wasser, das heißt, er steigt im Hintergrund hinab. Er ist bis zu den Knien im Wasser.* Brr … kalt.

WOHL Weil du nicht daran gewöhnt bist. Kein Wunder: Zwanzig Jahre.

Wehe bückt sich und sprengt ein bißchen Wasser aufs Gesicht.

WEHE Ich glaube sogar, es sind einundzwanzig.
WOHL Einundzwanzig?
WEHE Ja, ich glaube.
WOHL Du sagtest zwanzig.
WEHE Ich habe mich geirrt.
WOHL Dann darfst du keine Zeit verlieren. *Er steht auf und schaut nach rechts in die Kulissen.*

Wehe geht weiter ins Wasser hinein.

WEHE Oh – das ist aber nicht sehr angenehm. Überhaupt nicht.

Wohl geht zum Wasser.

WOHL Beeil dich!

Von Wehe ist nur noch der Oberkörper zu sehen. Er bleibt stehen und dreht sich zu Wohl um.

WEHE Darf ich dich um was bitten?
WOHL Nämlich?
WEHE Wenn mir was passiert – würdest du mich retten?
WOHL Mach dir keine Sorgen.
WEHE Ich möchte jetzt nicht sterben.
WOHL Natürlich nicht.
WEHE Jetzt, nachdem ich sie getroffen habe. Das verstehst du doch, nicht wahr?
WOHL Du brauchst es mir nicht zu erklären.
WEHE Ich möchte leben.

WOHL Weil du verliebt bist.

WEHE Ja. *Er geht tiefer und tiefer, bis er nicht mehr zu sehen ist.*

Siebente Szene

Wohl steht am Wasser, den Rücken zum Publikum, sieht aufs Meer hinaus, Wehe nach. Das rhythmische Geräusch der Wellen ist noch stärker als vorher zu hören. Wohl legt die Hände auf den Rücken. So steht er da, und das Brausen des Meeres und die Schreie der Möwen werden immer lauter. Dies dauert sehr lange. Endlich, wenn die Erwartung und der Stillstand unerträglich werden, wendet sich Wohl vom Meer ab, geht zu dem zusammengeklappten Liegestuhl und stellt ihn auf. Dann holt er eine Zigarrenschachtel aus seiner Badetasche und entnimmt ihr eine Zigarre. Er zündet sie an und pafft eine Wolke Rauch in die Luft. Er legt sich in seinen Liegestuhl und raucht.

Achte Szene

Die Dame kommt rechts herein. Sie trägt einen ähnlichen Bademantel wie Wohl, aber in Weiß. Wenn er sie sieht, drückt Wohl seine Zigarre aus und steht auf.

DAME Ist er noch nicht hier?

WOHL Nein.

DAME Sonderbar.

WOHL Ein wenig schon, das finde ich auch.

DAME Wir hatten verabredet, uns alle drei am Strand zu treffen.

WOHL Ich hatte sogar den Eindruck, daß ihm dieses Treffen sehr wichtig war.

Die Dame stellt ihre Badetasche neben den zweiten Liegestuhl, geht zum Wasser und schaut, mit dem Rücken zum Publikum, aufs Meer hinaus.

Ich kann mich natürlich auch getäuscht haben.

Die Dame kommt zurück und nimmt im Liegestuhl Platz.

DAME *zu sich selbst* Ich bin gespannt, was für eine Entschuldigung er vorbringt.

WOHL Ich auch.

DAME Sie haben gar kein Recht, sich hierüber zu äußern.

WOHL Dann wollen wir das Thema wechseln.

Pause.

DAME Ich habe über Ihre Transzendenzideen nachgedacht.

WOHL Und?

DAME Alles Unsinn. Ich glaube an keines Ihrer sogenannten Leiden.

WOHL Schade.

DAME Sie haben sich das alles ausgedacht, um sich interessant zu machen.

WOHL Ohne rechten Erfolg, wie ich sehe.

DAME Und selbst wenn etwas daran wäre – Sie haben sich jetzt allzusehr darauf festgelegt.

WOHL Auf was?

DAME Auf das transzendentale Elend, das Sie sich ausgedacht haben.

WOHL Wie kommen Sie darauf?

DAME Weichen Sie nicht aus – ich habe recht. Um nichts in der Welt würden Sie zulassen, daß man Sie davon befreit. Das heißt – es ist ein erfundenes Elend.

WOHL Was denn nun: erfunden, oder ist was dran?

DAME Beides. Zuerst haben Sie sich's zurechtgelegt, und dann haben Sie daran geglaubt. Wahre Leiden erkennt man daran, daß der Mensch sie schnell loswerden will. Aber erfundene, die will er um jeden Preis behalten.

Pause.

WOHL Und ich glaube nicht an Ihre Gefühle.

DAME Gefühle für Sie? Ich habe keine.

WOHL Ich spreche nicht von mir, ich spreche von ihm. Was immer Sie für ihn fühlen mögen – es ist ebenfalls ausgedacht.

DAME Sie haben kein Recht...

WOHL Ich habe das Recht zu antworten. Sie machen sich über meine Leiden lustig, dann kann ich Ihnen auch sagen, was ich über Ihre Gefühle denke. Ich denke, Sie haben sie ebenfalls erfunden.

DAME Ich verbitte mir das.

WOHL Zu spät. Ich werde Ihnen jetzt sagen, was ich zu

sagen habe. Ihre Gefühle haben Sie erfunden, weil Sie sie brauchten. Wenn meine Leiden nicht echt sind, dann sind es Ihre Gefühle auch nicht. Echte Gefühle erkennt man daran, daß sie einfach aus sich heraus und unabhängig von unserem Willen existieren, ob wir sie nun brauchen oder nicht. Und am ehesten sind diejenigen echt, die wir überhaupt nicht brauchen, die wir nicht wollen, gegen die wir kämpfen...

DAME Ich glaube nicht, daß ich noch länger in Ihrer Gesellschaft bleiben möchte.

WOHL Gut. Ich werde mich zurückziehen. *Er steht auf.*

DAME Nein. Ich ziehe mich zurück. *Sie steht auf.*

WOHL Wollen Sie nicht mehr auf ihn warten?

DAME Nein. Wenn er mich sehen will, weiß er, wo er mich findet.

WOHL Im Theater.

Die Dame nimmt ihre Badetasche und geht nach rechts.

Darf ich einen Vorschlag machen?

Die Dame bleibt stehen.

Wenn Sie sich zurückziehen wollen und wenn ich mich zurückziehe – warum tun wir's dann nicht zusammen?

Pause.

DAME Das wäre blöd.

WOHL Aber logisch.

DAME Nun gut... aber nur, weil sich das so ergeben hat. Aus keinem anderen Grund.

WOHL Natürlich. Was für einen Grund könnte es sonst geben? *Er klappt beide Liegestühle zusammen.*

Pause.

DAME Trotzdem gefällt mir das nicht.

WOHL Warum nicht? Es ist doch nur eine Frage der Logik, weiter nichts.

DAME Ich meinte nicht uns. Ich möchte wissen, warum er noch nicht hier ist.

WOHL Ah – das. Auch darüber brauchen Sie sich keine Sorgen zu machen. Es ist so sicher hier, so friedlich... ein kleines Seebad, ein schöner Sommertag...

DAME Er hat mir gebeichtet, daß er sich hat umbringen wollen, bevor er mich getroffen hat.

WOHL Möglich. Aber eben bevor er Sie getroffen hat.

DAME Hat er Ihnen davon nichts gesagt?

WOHL Doch, natürlich. Aber das ist lange her. *Er hat die Stühle zusammengelegt. Er schließt jetzt den Sonnenschirm, nimmt seine Badetasche und geht zur Dame.*

Sie gehen zusammen nach rechts.

DAME Und du... hast du je an Selbstmord gedacht?

WOHL Oh ja. Ich war nahe daran.

DAME Und was hat dich zurückgehalten?

WOHL Mir ist klar geworden, daß dafür noch immer Zeit ist.

DAME Immer?

WOHL Ja. Man kann sich noch eine halbe Stunde vor seinem Tod umbringen.

DAME Ich würde gern zum Friseur gehen, wenn noch Zeit ist.

WOHL Sogar noch fünf Minuten davor.

Sie sind jetzt ganz rechts.

Ja. Das ist ein beruhigender Gedanke.

Sie gehen ab.

Deutsch von M.C.A. Molnar

Die Uraufführung des Stückes erfolgte 1984 in Stockholm.

Alpha

Personen

Alpha, groß, stämmig, stark, 35–40 Jahre
Beta, etwas älter als Alpha
Gamma, etwas älter als Alpha
Pi, attraktiv, 45–50 Jahre
Eta, blond, sexy, sehr hübsch, 25 Jahre
Lambda, groß, 50–55 Jahre,
Kappa, dünn, 37–43 Jahre

Bühnenbild

Der Autor stellt dem Bühnenbildner eine undankbare Aufgabe: Wie kann er die Dekoration – selbst auf einer flachen Bühne – so bauen, daß der Auftritt auf unsichtbaren Treppen für die Schauspieler bequem genug ist? Das heißt, daß ihre Auf- und Abtritte auf diesen Treppen realistisch und natürlich ausfallen.

Wie bringt er den Horizont, den Park und den Balkon so unter, daß für den szenischen Raum genügend Platz hinten bleibt, das heißt vom Proszenium bis zur Wand geradeaus (der Wand mit dem Balkon).

Das Trapez als Bühnenboden ist ein leicht zu beschreibendes Schema und ist deshalb im Text verwendet. In der Praxis mag ein Halbrund oder eine andere Variante, die vom Bühnenbildner vorgeschlagen wird, eine effektivere Lösung sein.

Die Autoren des Liedes »In the Mood for Love« sind: McHugh/Fields. Die Partitur, die Aufnahme, das Copyright sind bei den entsprechenden Agenturen.

Im Hintergrund führen drei Türbogen auf eine Terrasse, eine Galerie oder einen Balkon. Die Szene stellt also eine klassische Loggia von innen gesehen dar mit dem Unterschied, daß in einer Loggia die Arkaden von Säulen getra-

gen werden, während es hier Mauern von beträchtlicher Breite sind. Zwischen den einzelnen Bögen besteht also ein ziemlicher Abstand. Vor allem aber, eine Loggia wird normalerweise nicht bewohnt, hier aber stellt die Szene eine Art Salon in einer Sommerresidenz dar.

Der mittlere Türbogen ist höher, breiter und auch anders in der Form und in den Ornamenten als die beiden seitlichen. Er führt, genau wie dieser, auf die Terrasse, aber auch unmittelbar auf eine Treppe zum Park hinunter, die von der Bühne und vom Zuschauerraum aus unsichtbar ist.

Die steinerne Balustrade der Terrasse kann man durch die beiden seitlichen Bögen sehen, sie öffnet sich in der Mitte an der Treppe, der Abschluß rechts und links wird durch Statuen – etwa Löwen oder Greifen – oder Steingefäße mit Blumen betont.

Die Verlängerung der Mittelachse hinter der unsichtbaren Treppe zeigt eine Allee, die in der Verjüngung bis an den Horizont oder beinahe bis dahin führt. Die Perspektive ist nicht völlig realistisch wie in manchen klassischen Parks, wo der Wechsel von Abhängen und Ebenen einen solchen Eindruck vermittelt. Obwohl das Innere in einem kaum erhöhten Erdgeschoß liegt, sieht man also den Horizont, zu dem die Allee hinführt, höher, als es normalerweise der Geometrie im Raum entspräche.

Durch die beiden seitlichen Bögen sieht man hinter der Balustrade ganz nahe ein Dickicht von großen alten Bäumen. Es ist Sommeranfang, das Wetter ist sehr schön. Der Himmel klar, hellblau – es wird bis zum Ende des Stückes so bleiben. Der Zuschauer schaut nach Nordwest: Der

Westen ist links, der Norden rechts von der Mittelachse. (Rechts und links vom Zuschauer.)

Die Wände rechts und links stoßen im stumpfen Winkel auf die Hintergrundswand mit den drei Türbogen. Der Boden hat also eine Trapezform mit der Rampe als Basis. In einiger Entfernung von der Rampe haben die Wände einen Knick und führen von da an schräg weiter. Dadurch werden an jeder Seite zwei Ausgänge in die Kulissen ermöglicht.

In der rechten und in der linken Wand zwei große, ganz gleiche Flügeltüren. In der linken öffnet sich nur der rechte Flügel, in der rechten Tür nur der linke – also jeweils derjenige, der dem Zuschauer nahe ist. Sie öffnen sich nach innen, selbst wenn sie also offen sind, bleibt derjenige, der dahinter ist, für das Publikum unsichtbar. Bei der linken Tür muß dafür gesorgt werden, daß sie nicht die ganze Dekoration erzittern läßt, wenn sie in einem bestimmten Augenblick krachend zugeschlagen wird.

Die Möbel im neoklassizistischen Stil, ein großer ovaler Tisch, zwei kleine Tische, Stühle, zwei Sessel und ein Sofa. Rechts und links vom Mittelbogen zwei gleich große Bilder, von denen eines eine nackte Frau zeigt. Es kann die Kopie eines bekannten Gemäldes sein, von Cranach bis zur Zeit vor dem Impressionismus, zum Beispiel Ingres' »La baigneuse dite Valpinçon« aus dem Louvre – ganz gleich, solange die Weiblichkeit und die Nacktheit noch von den Zuschauern in den letzten Reihen wahrgenommen werden können.

Das zweite Bild soll ebenfalls vorimpressionistisch sein – also vielleicht ein holländisches Stilleben oder eine Land-

schaft, zum Beispiel die »Römischen Ruinen« von Caracalla – nur kein Portrait. Beide Bilder haben schwere Rahmen.

Der große ovale Tisch ist mit weißem Tischtuch, Porzellan und Silbersachen gedeckt. Verschiedene Wurst- und Fleischwaren, Kuchen und Obst (darunter auch Äpfel). Ein silberner Sektkühler neben dem Tisch.

Auf einem der kleinen Tische liegt eine Gerätetasche, wie sie die Berufsfotografen oder die Film- und Fernsehtechniker benutzen, auf dem anderen steht eine Stereoanlage. Außerdem gibt es noch eine fahrbare gläserne Bar mit einem Dutzend Flaschen und Gläsern verschiedener Größe.

Erste Szene

Alpha, in einem alten Pullover, sitzt am gedeckten Tisch. Beta, im hellen Flanellanzug mit Weste und Krawatte, steht neben ihm, eine Flasche Champagner in der Hand. Wenn der Vorhang hochgeht, öffnet er sie und gießt Alpha ein.

BETA *beim Eingießen* Haben Sie irgendwelche Wünsche? Auf irgend etwas Lust?

Alpha sitzt unbeweglich und starrt geradeaus, an Beta vorbei. Beta hingegen schaut Alpha intensiv an. Pause.

Vielleicht gibt es irgend etwas, was Sie besonders gern hätten?

Alpha steht auf und geht durch den mittleren Bogen hinaus zur Terrasse. Im Augenblick, in dem er sie betritt, hört man einen Schuß und dann das Pfeifen einer Kugel. Durch den Park hallt das Echo. Alpha kommt zurück, setzt sich und verharrt weiter unbeweglich.

Das ist leider verboten. Aber das ist auch das einzige. Sonst, sofern Sie nicht versuchen zu fliehen, sind wir bereit, alles für Sie zu tun, wirklich alles.

Alpha greift nach dem Sektglas, nimmt einen kleinen Schluck, schaut das Glas in seiner Hand einen Augenblick an, stellt es dann wieder hin und starrt weiter unbeweglich ins Leere.

Was ist? Konveniert der Jahrgang nicht? *Besieht sich das Etikett.* Nein, genau den hatte ich bestellt. In dieser Hinsicht können Sie sich auf mich verlassen: Den trinke ich selbst. Natürlich nicht im Dienst.

Pause.

Vielleicht ist er nicht richtig temperiert? *Er geht zur Bar, nimmt ein Glas, gießt sich einen Fingerhut voll Champagner ein, probiert ihn mit geschlossenen Augen.* Für mein Empfinden ist es gut so. *Er geht wieder zum Tisch und stellt die Flasche in den Sektkübel.*

ALPHA Ich hätte lieber ein Bier.
BETA Was für eines?
ALPHA Ein ganz normales helles.
BETA Ich lasse es sofort kommen. *Er geht zur Tür rechts.*
ALPHA Herr Oberst...

Beta bleibt stehen. Pause.

Setzen Sie sich.

Beta setzt sich etwas entfernt auf einen Stuhl.

Ist Rauchen gestattet?

BETA Selbstverständlich! Was für eine Frage...

ALPHA Ich bin hier nicht zu Hause.

BETA Aber sie sind unser Gast. Erlauben Sie? *Er zieht ein goldenes Zigarettenetui aus der Tasche, öffnet es und bietet an.*

Alpha übersieht das und holt aus der Tasche seiner alten, in den Knien ausgebeulten Hose ein Holzkästchen mit Tabak und Zigarettenpapier, aus der anderen Tasche Streichhölzer. Er legt alles vor sich hin und fängt an, sich eine Zigarette zu drehen. Beta steckt sein Etui weg.

Wir freuen uns sehr, Sie bei uns zu haben.

Alpha hält ein, hebt seine Arme, kreuzt sie an den Handgelenken und hält sie einen Augenblick demonstrativ Beta vors Gesicht.

Ja, traurig. Aber was sollten wir machen.

Alpha senkt die Arme und wendet sich wieder seiner Zigarette zu.

Wir wollten gern mit Ihnen reden...

ALPHA Das haben Sie ja schon getan – mehr als einmal.

BETA Aber immer unter ungünstigen Bedingungen. Gestatten Sie... *Er steht auf und geht zur Gerätetasche, öffnet sie und entnimmt ihr eine Kassette. Dann geht er zur Stereoanlage, legt die Kassette ein und stellt an.*

Man hört das Geräusch einer vieltausendköpfigen Menge, Schreie, die in Wellen aufbranden, Autogeräusche, Fabrik- und Polizeisirenen, darüber einige individuelle Stimmen, deren Worte jedoch unverständlich bleiben. Alle sehr laut. Inzwischen hat Alpha die Zigarette angezündet.

Er dreht den Ton leiser. Erkennen Sie das wieder?

Alpha nickt.

Und das? *Er stoppt, läßt das Band vorlaufen und schaltet wieder ein.*

Alphas Stimme über dem Geräusch der Menge.

ALPHAS STIMME *vom Band* Zum ersten Mal können wir die Wahrheit sagen. Die einfache, wirkliche Wahrheit. Die können sie uns jetzt nicht mehr verbieten, selbst wenn sie es wollten. Denn jetzt sind sie es, die Angst vor uns haben, nicht wir vor ihnen. Liebe Landsleute, liebe Freunde, ihr kennt diese Wahrheit!

VIELTAUSEND STIMMEN Jaaaaaaaaaa!

BETA *stoppt das Band, nimmt die Kassette heraus und steckt sie in die Jackettasche.* Sehen Sie. Und so ist es immer gewesen. Selbst wenn Sie zu mir in mein Büro kamen, waren Sie immer von Menschenmassen umgeben. Und genauso auf der Straße, in der ganzen Stadt.

ALPHA Überall.

BETA Überall. Und Massen sind unberechenbar. Konnten wir unter solchen Umständen miteinander reden?

ALPHA Mich hat es nicht gestört.

BETA Uns schon. Staatliche Autorität kann nicht unter dem Druck der Masse handeln und reden. Ein wirklicher Dialog zwischen Ihnen und mir wäre nicht möglich gewesen, erst jetzt kann ich mich mit Ihnen in Ruhe unterhalten, hier. Da Sie nun endlich allein sind.

ALPHA Bin ich wirklich allein, Oberst? Selbst hier?

BETA Was soll die Rhetorik! Denken Sie immer noch, das Volk stehe hinter Ihnen?

ALPHA Hinter wem steht es sonst?

BETA Das ist die entscheidende Frage. Über die Antwort müssen wir gemeinsam nachdenken. Zu unser aller Wohl. Jedenfalls hat sich alles geändert, darüber müssen Sie sich klar sein. Alles hat sich radikal geändert.

ALPHA *streckt den Zeigefinger aus und tut, als drücke er ab.* Peng-peng!

BETA Es hat verhältnismäßig wenig Opfer gegeben. Wir haben nur getan, was unbedingt nötig war. Leider mußten wir so handeln. Eine andere Möglichkeit gab es nicht.

ALPHA Für wen?

BETA Also gut – für uns. Aber für Sie auch nicht. Sie haben die Situation nicht richtig eingeschätzt. Unsere Polizei und unsere Armee waren auf unserer Seite und werden es immer sein.

ALPHA Ihre Polizei? Ihre Armee?

BETA So sieht es doch in Wirklichkeit aus. Sie haben jeden Versuch des Widerstandes niedergeschlagen. Jetzt herrscht Ruhe im Land.

ALPHA Sind Sie sich da so sicher?

BETA Die Situation hat sich radikal geändert. Zu unseren Gunsten.

ALPHA Worüber wäre also zu reden?

BETA Über die Zukunft. Jetzt zählt nur noch die Zukunft. Was gewesen ist, ist gewesen, jetzt muß man darüber nachdenken, was kommen wird.

ALPHA Dasselbe wie immer.

BETA Ich sage Ihnen doch, das ist alles längst vorbei.

Pause.

Glauben Sie mir nicht?

ALPHA Nein.

BETA Was soll ich tun, um Sie zu überzeugen?

ALPHA Mich hier rauslassen. Wenn es wahr ist, was Sie sagen, wenn alles zu Ende ist, dann ist es egal, ob ich im Gefängnis sitze oder zu Hause. Wenn die Leute sich von mir abgewendet haben, wie Sie sagen, da riskieren Sie doch nichts, oder?

BETA Ein paar Unerschrockene bleiben immer übrig.

ALPHA Ach?

BETA Eine Handvoll unheilbarer Fanatiker.

ALPHA Ach.

BETA Und abgesehen davon – ich will offen mit Ihnen sein –, wenn das Volk sich von Ihnen abgewendet hat, heißt das noch nicht, daß es sich uns zugewendet hat.

ALPHA Ja so was!

BETA So ist es. Wir sind Realisten, im Gegensatz zu Ihnen und Ihren Freunden – lauter Idealisten oder, besser gesagt, Illusionisten, voll von Phantasien und Utopien.

Darum haben die Leute Sie geliebt, und besonders Sie persönlich. Nicht uns, wer liebt schon die harte Realität! Und sie lieben uns immer noch nicht, selbst wenn sie von Ihnen enttäuscht sind.

ALPHA Seit wann sind die Leute enttäuscht?

BETA Schon eine ganze Weile.

ALPHA Sie haben ihnen ja gar nicht die Zeit gelassen, enttäuscht zu sein. Sie haben ohne Vorwarnung auf sie geschossen.

BETA Ohne Vorwarnung! Das zeigt, wie naiv Ihre Politik war. Wie blind. Eine dilettantische Politik, die völlig realitätsfern, nur auf Illusionen gegründet war. Daß wir schießen würden, hatten Sie nicht vorausgesehen. Und genau deshalb haben die Leute das Vertrauen zu Ihnen verloren.

ALPHA Aber sie haben nicht angefangen, Sie zu lieben.

BETA Unser Realismus ist nicht sehr attraktiv.

ALPHA Vor allem nicht für die Erschossenen.

BETA Ich sagte Ihnen ja, es war eine traurige Notwendigkeit. Darüber haben wir schon gesprochen, und ich möchte nicht mehr darauf zurückkommen.

ALPHA So, das möchten Sie nicht.

BETA Wir haben die Macht, aber wir haben keine Ausstrahlung. Wir sind uns darüber völlig klar, gerade weil wir Realisten sind.

ALPHA Jeder hat seine Probleme, nicht wahr?

BETA Nun ja. Sie haben Ihre Probleme und wir die unseren. Aber wir könnten einander helfen.

ALPHA Was erwarten Sie von mir?

BETA Daß Sie zum Volk sprechen.

ALPHA Das habe ich schon getan.

BETA Anders als früher.

ALPHA Und zwar wie?

BETA Ich will natürlich nicht, daß Sie dem widersprechen, was Sie früher gesagt haben – das können wir von Ihnen nicht verlangen, und das würde Ihnen auch niemand glauben. Nein. Sie sollen ganz unparteiisch reden.

ALPHA Und was heißt das?

BETA Das heißt, daß Sie nicht wiederholen sollen, was Sie früher gesagt haben. Sagen Sie den Leuten, Sie hätten inzwischen gewisse Dinge verstanden …

ALPHA Was für Dinge habe ich verstanden?

BETA … daß unter den tragischen Verhältnissen, unter denen das Land lebt, ein Kompromiß notwendig ist.

ALPHA Was für ein Kompromiß?

BETA Ein Kompromiß zwischen Realität und Ideal.

ALPHA *steht auf, geht zur Balkontür und schaut in die Landschaft.* Schön ist es hier.

BETA Schade, daß Sie den Park nicht sehen können. Dies ist eine unserer schönsten Residenzen.

ALPHA Ja, schade.

BETA Aber im Haus können Sie sich völlig frei bewegen. Unter Bewachung natürlich.

ALPHA Sie sagten, wir könnten einander helfen.

BETA Genau.

ALPHA Nein, das war nicht sehr genau. Wie ich Ihnen helfen kann, ja, das haben Sie mir erklärt. Aber Sie meinten ja, wir könnten einander helfen, mit anderen Worten – Sie können auch mir helfen. Wie, bitte sehr?

BETA Sehen Sie das nicht?

ALPHA Nein.

BETA Erstens könnten Sie mit unserer Hilfe auch weiterhin eine gewisse politische Rolle spielen. Ohne uns wären Sie erledigt. Wir geben Ihnen eine Chance.

ALPHA Und zweitens?

BETA Zweitens haben Sie im Augenblick gewisse Schwierigkeiten im Hinblick auf Ihre persönliche Freiheit. Diese Schwierigkeiten können wir beseitigen oder aber sie auf unbegrenzte Zeit anhalten lassen.

ALPHA Als ich vorhin rauswollte, wurde auf mich geschossen, Oberst.

BETA Aber nein. Das war nur ein Warnschuß. Wenn man Sie wirklich hätte treffen wollen, wären Sie jetzt tot. Das könnte das nächste Mal durchaus passieren. Wir haben Elitescharfschützen, die blind ihren Befehlen gehorchen. Und der Befehl lautet: Zuerst Warnschuß in die Luft. Die Befehle kommen von mir.

ALPHA Mit anderen Worten, sie brauchen mich.

BETA So ist es. Anderenfalls hätte ich andere Befehle gegeben.

ALPHA Wenn Sie also sagen, daß wir einander helfen können, Oberst, dann geben Sie zu, daß wir einander brauchen.

BETA Eben. Wir brauchen einander als Partner. Wir Sie und Sie uns.

ALPHA Sie irren.

BETA So? Warum?

ALPHA Nehmen wir an, ich verschwinde.

BETA Wie denn?

ALPHA Ich fliehe.

BETA Das ist unmöglich, Sie haben es ja selbst gesehen.

ALPHA Oder ich bringe mich um.

BETA Oh, das würden Sie nicht tun.

ALPHA Warum nicht?

BETA Das ist nicht Ihre Art. Wir haben ein Psychogramm von Ihnen machen lassen, von einem unserer besten Psychologen. Sie hängen viel zu sehr am Leben.

ALPHA An welchem Leben?

BETA Am Leben überhaupt, ganz einfach am Leben in allen seinen Formen. Es gibt keinerlei Hinweise auf Selbstzerstörung bei Ihnen, keinerlei Selbstmordtendenzen. Im Gegenteil, Sie sind die Inkarnation der Lebensfreude. Das übrigens ist es, was Ihnen diese allgemeine Sympathie einbringt. Leider.

ALPHA Nun gut, ich könnte ja auch krank werden.

BETA Sie haben eine eiserne Gesundheit. Und außerdem haben wir hervorragende Ärzte.

ALPHA Dann nehmen wir also an, mir passiert irgend etwas, sagen wir ein Unfall. Niemand ist unsterblich. Es gibt mich also nicht mehr. Sie würden mich vermissen. Meine Abwesenheit würde Sie stören, ganz gleich, weshalb und warum. Irre ich mich?

BETA Worauf wollen Sie hinaus? Ich hatte ja gerade versucht, genau dasselbe zu sagen.

ALPHA Drehen wir jetzt die Situation einmal um. Nehmen wir an, Sie verschwinden, Oberst, Sie alle...

BETA O nein, das kann gar nicht sein. Und jetzt schon gar nicht, nachdem wir absolut Herren der Lage sind.

ALPHA Nehmen wir es nur mal an. Eines wunderschönen Tages erfährt man, daß es Sie nicht mehr gibt, Sie nicht und Ihre ganze Diktatur nicht; daß es keine Obersten mehr gibt, keine Kommandanten, keine Polizei-Chefs, keine Minister. Glauben Sie, daß die Leute, die Gesellschaft, die Nation dies als einen unersetzlichen Verlust beklagen würden, daß sie darin eine Katastrophe sähen? Oberst, es wäre der schönste Tag unseres Lebens. Und wenn die Leute weinen würden, dann nur aus Freude. Alle Glocken würden läuten! Und das ist der Unterschied: Sie haben uns nötig, um zu regieren, aber das Volk träumt nur von einem: Sie loszuwerden, Sie verschwinden zu sehen, damit wir endlich Ruhe haben und uns selbst regieren können. Wir haben Sie nicht nötig, aber Sie brauchen uns dringend. Wie können Sie es also wagen zu sagen, daß wir uns gegenseitig brauchen!

BETA Vielleicht haben Sie recht mit dem, was Sie vom Volk sagen. Aber was Sie selbst betrifft, Sie persönlich...

ALPHA Was mich selbst betrifft, mich persönlich, so bin ich ein Teil des Volkes.

BETA Aber immerhin haben Sie auch ein individuelles Schicksal, das auf die eine oder andere Weise entschieden werden muß. Wollen wir uns doch mal ganz auf dieses Thema konzentrieren.

ALPHA Wenn es sich nur um mein individuelles Schicksal handeln würde, dann wäre ich nicht hier, und Sie würden nicht mit mir reden.

BETA Oder ich würde anders mit Ihnen reden.

ALPHA Gehen Sie, Oberst!

BETA Sie scheinen zu vergessen, daß Sie hier nicht zu Hause sind.

ALPHA Nein, ich hatte etwas anderes vergessen, aber jetzt fällt es mir wieder ein. Ich hatte vergessen, daß nicht *ich* hier Gast bin, sondern *Sie*. Ein ungebetener Gast.

BETA Sie scheinen zu vergessen, wo Sie sich befinden.

ALPHA Ich bin bei der Geheimpolizei, in einem Schloß, das Sie requiriert haben. Aber Sie waren es nicht, der dieses Gebäude errichtet hat; Sie waren es nicht, der diesen Tisch geschreinert hat; Sie waren es nicht, der den Baum gepflanzt hat, von dem die Äpfel kommen, da auf dem Tisch. All das haben wir gemacht, wir, das Volk, das Sie regieren wollen, dem Sie dies alles genommen haben. Das einzige, was Ihnen gehört, das ist Ihr Revolver. Ihr ganze Besitz ist in Ihrer rechten Tasche.

BETA In der linken.

ALPHA Egal. Und selbst das ist ein Geschenk, das Sie bekommen haben, aus dem Ausland. Nichts hier ist Ihr Eigentum, nichts gehört Ihnen, und deshalb sage ich, Sie sollen gehen.

BETA Bravo! Eine schöne Rede. Schade, daß Sie kein Publikum hatten. Oder haben Sie das gar nicht gemerkt? Macht der Gewohnheit. Keine Sorge, mit der Zeit vergeht das von selbst. *Er geht zur Gerätetasche, nimmt die Kassette aus dem Jackett, legt sie in die Tasche zurück und holt einen Fotoapparat heraus. Er dreht sich um und macht eine Blitzlichtaufnahme, dreht dann den Film weiter.* Würden Sie das wiederholen?

ALPHA Was?

BETA Ihre schöne Rede. In derselben Pose. Was für eine Haltung! Wunderbar! Ein wahrer Volkstribun, und vor diesem Hintergrund!

ALPHA Vor was für einem Hintergrund?

BETA Vor dem Tisch, von dem Sie so schön gesprochen haben. Er ist so reich gedeckt – sehr imponierend in den jetzigen Zeiten. Ich hoffe, ich habe auch den Champagner mit aufs Bild gekriegt. Das hier ist ein Weitwinkelobjektiv.

ALPHA Ein Erinnerungsfoto.

BETA Erinnerungsfoto? Mehr als das, ein historisches Dokument. Es wird in allen Zeitungen und im Fernsehen erscheinen, und Ihren Freunden zeigen wir es privat. Sie werden überrascht sein, vor allem, wenn sie ihre Rationen mit diesem Überfluß vergleichen, ihren Beton mit diesem Parkett, ihre vergitterten Fenster mit dieser entzückenden Aussicht. Und wenn sie erst ihre Hautfarbe mit Ihrem gesunden, frischen Aussehen vergleichen, die eingefallenen Wangen mit Ihren runden ... Das hier ist natürlich ein Farbfilm.

ALPHA Das werden Sie nicht tun.

BETA Warum nicht? Es hängt natürlich von Ihnen ab. Wir sehen uns wieder ... Wir reden noch darüber ...

ALPHA Nein.

BETA Was soll das heißen – nein? Sie werden uns nicht so bald verlassen. Sie haben nichts zu tun, keine Pflichten und haufenweise freie Zeit. Unbegrenzt freie Zeit, Sie können sich ausruhen nach all der Mühsal, die Sie auf sich genommen haben ... *Er legt die Kamera zurück in die Gerätetasche.* Apropos Mühsal ... Ich habe hier noch etwas anderes. *Er zieht aus der Tasche einige großformatige Fotos und betrachtet sie.* Das ist höchst interessant.

ALPHA *kommt näher.* Was ist das?

BETA Ich zeige sie Ihnen zur gegebenen Zeit. Im Augenblick kann ich Ihnen nur sagen, daß Ihre Verhaftung fotografiert worden ist.

ALPHA Das habe ich nicht gemerkt.

BETA Sie waren sehr beschäftigt. Glücklicherweise, denn die besten Bilder gibt es, wenn man nicht merkt, daß man fotografiert wird. Sie haben nicht darauf geachtet, daß eine Kamera klickte, weder Sie noch Ihre Begleiterin. *Er betrachtet die Fotos.* Die übrigens, das sehe ich erst jetzt, keinerlei Ähnlichkeit mit Ihrer Frau hat.

Alpha streckt die Hand nach den Bildern aus, Beta tritt zurück.

Ist das Ihre Frau? *Er zeigt Alpha ein Bild aus einiger Entfernung.* Nicht?

Pause.

Nein, sicher nicht. *Er legt die Fotos wieder zurück in die Tasche.* Gewiß nicht. In diesem Augenblick war Ihre Frau mit Ihren Kindern in einer anderen Stadt. Sie machte sich Sorgen um ihren Mann, den Nationalhelden, in jener berühmten Nacht, als die Streitkräfte der Repression plötzlich – ohne Vorwarnung! – die tapferen Kämpfer für den Frieden niederschlugen. Aber Ihre Frau war natürlich nicht die einzige, die sich in dieser Nacht Sorgen um Sie machte: Die ganze Nation machte sich Sorgen um das Schicksal ihres geliebten Führers, der um diese Zeit unerschütterlich und treu auf seinem Posten...

ALPHA Raus!

BETA Auf Wiedersehen. *Er nimmt die Tasche und geht nach rechts. Er öffnet die Tür und geht hinaus, schließt sie hinter sich.*

Alpha bleibt einen Augenblick unbeweglich, dann geht er zum Tisch und fegt mit dem Arm einen Teil des Geschirrs hinunter auf den Boden. Er will das wiederholen, aber hält dann ein und läßt die Hand sinken. Einen Augenblick steht er gedankenverloren da und starrt auf das Chaos. Er bückt sich und hebt einen Apfel vom Fußboden auf. Dann setzt er sich auf einen Stuhl und beginnt zu essen.

Blackout

Zweite Szene

Der Tisch ist abgeräumt einschließlich Geschirr und Tischtuch. In der Bar stehen jetzt auch ein paar Flaschen Bier. Gegen die linke Wand spielt Alpha mit hochgekrempelten Hemdsärmeln Ball, eine Art Gymnastik, um im Gefängnis fit zu bleiben.

Gamma, ein etwa vierzigjähriger Mann in Lederjacke und Cordhosen, kommt von rechts. Er öffnet und schließt die Tür nicht selbst, das tut irgend jemand Unsichtbares im Nebenraum. Alpha hat seinen Eintritt nicht bemerkt, sondern sieht ihn erst, nachdem er einen Ball verfehlt hat und der nach rechts rollt. Gamma hat ihn bis dahin schweigend beobachtet. Er hebt den Ball auf und reicht ihn Alpha. Der öffnet die Arme weit und umarmt Gamma wie einen alten Freund, den er seit Ewigkeiten nicht gesehen hat und den er nun wie durch ein Wunder wiederfindet. Gamma erwidert die Umarmung. Der folgende Dialog hat ein sehr schnelles, fast fieberhaftes Tempo bis zur ersten Pause.

ALPHA Du bist frei?

GAMMA Erst seit kurzem.

ALPHA Sie haben dich gehen lassen?

GAMMA Ich bin so froh, so froh!

ALPHA Ich auch. Was ist mit den anderen?

GAMMA Ich bin so froh, dich gesund wiederzusehen. Es ist also wahr! Und wir dachten schon ... Aber es ist wahr. Es ist wahr.

ALPHA Was ist wahr?

GAMMA Daß du lebst, daß dir nichts passiert ist.

ALPHA Wie du siehst.

GAMMA Weil die Leute nämlich erzählen ...

ALPHA Was? Was erzählen sie?

GAMMA Manche sagen, du seist verletzt, du hättest dich gewehrt und wärst dabei verwundet worden. Andere sagen, du seist tot, erschossen oder zu Tode gefoltert. Manche behaupten, du wärst ermordet, andere, du wärst verschwunden ...

ALPHA Und wohin?

GAMMA Irgendwohin entkommen, und du wärst jetzt dabei, einen Aufstand zu organisieren. Bewaffneten Widerstand.

ALPHA Und was sagen die offiziellen Kommuniqués?

GAMMA Wer glaubt denen schon? Je mehr sie erklären, du seiest *er zitiert* »unter besonderem Schutz an einem abgelegenen und abgeschirmten Ort«, desto weniger glauben die Leute daran. Du selbst, glaubst du ihnen denn? Aber Gott sei Dank ist es tatsächlich wahr.

Pause.

ALPHA Möchtest du was trinken?

GAMMA *geht nicht darauf ein, sondern schließt an seinen letzten Satz an* Aber das ist jetzt alles unwichtig. Wichtig ist nur, daß ich dich sehe.

Alpha bringt eine noch ungeöffnete Flasche Wodka und zwei kleine Gläser.

Nein!

ALPHA Was heißt nein? Trinkst du nichts mit?

GAMMA *nimmt die Flasche und betrachtet sie entzückt.* Echter Wodka! Seit Ewigkeiten habe ich keinen mehr gesehen. Heute trinken alle bloß noch Schwarzgebrannten.

ALPHA *nimmt ihm wortlos die Flasche ab und stellt sie wieder in die Bar.* Du kannst auch Bier haben, wenn du magst.

GAMMA Bier gibt es auch nicht mehr. Gar nichts gibt es.

Alpha bringt zwei Flaschen und zwei Biergläser.

Sag, wie fühlst du dich?

ALPHA So wie alle. *Er öffnet die Flaschen und gießt ein.*

GAMMA Also schlecht.

ALPHA Ist das alles? Schlecht?

GAMMA Nun, manche fühlen sich schlechter als andere. Ich zum Beispiel.

ALPHA Wieso?

GAMMA Weil die anderen sich nicht wirklich darüber klar sind, was geschehen ist. Kein Wunder, für sie war's ein Schock. Sie sind wie betäubt. Aber ich sehe leider nur allzu klar. – Ist das Scotch, was da steht?

ALPHA Hm? Ja.

GAMMA Gib mir einen. Wann habe ich das letzte Mal Scotch getrunken... Wann war das? O ja – vor der Sintflut.

Alpha bringt die noch ungeöffnete Flasche Whisky und ein Glas.

Du kannst dir das Ausmaß der Katastrophe nicht vorstellen. Ich habe es auch nicht gewußt, bevor ich nach Haus gekommen bin und angefangen habe, mich umzusehen. Du würdest das Land und die Menschen nicht wiedererkennen. Gießt du dir keinen ein?

ALPHA Ich trinke lieber Bier.

GAMMA Prost!

Sie trinken. Alpha sein Bier ohne viel Begeisterung, Gamma seinen Whisky mit großem Genuß.

Ich kann immer noch nicht glauben, daß ich hier mit dir rede. Es kommt mir vor wie ein Traum. Du und ich … hier …

ALPHA *mit einer großen Handbewegung, die eine Entfernung bis zum Horizont umschreibt* Aber dort draußen … was geht wirklich vor?

GAMMA Es ist zu Ende.

ALPHA Was heißt das?

GAMMA Sie haben uns fertiggemacht.

ALPHA Für den Augenblick.

GAMMA Nicht für den Augenblick, für zehn Jahre mindestens, wenn nicht für hundert. So schnell kommen wir da nicht wieder raus.

ALPHA Du meinst, es gibt keine Hoffnung?

GAMMA Eine schon.

ALPHA Und die wäre?

GAMMA Daß die Erinnerung im Volk lebendig bleibt.

ALPHA Und das soll alles sein?

GAMMA Das ist schon viel. Davon hängt unsere Zukunft ab. Erinnerung, das heißt überleben, selbst gegen die Realität. Wenn ein Volk überleben will, dann muß es sich erinnern, was es einmal gewesen ist.

ALPHA Das ist selbstverständlich.

GAMMA Und das ist das einzige, was möglich ist, selbst wenn alles andere unmöglich ist.

ALPHA Alles andere?

GAMMA Alles.

ALPHA Gibt es denn niemanden mehr, der protestiert, niemanden, der kämpft?

GAMMA Nein.

ALPHA Aber ich habe gehört...

GAMMA Was heißt, du hast gehört? Wie kannst du hier irgend etwas hören?

ALPHA Ich habe meine Methoden.

GAMMA Es gibt ein paar Verrückte.

ALPHA Oh?

GAMMA Eine Handvoll Fanatiker.

ALPHA Warum hast du das nicht gleich gesagt?

GAMMA Weil sie Desperados sind, letztlich zählen sie nicht. Sie zählen nicht, weil sie keine Chance haben. Ich habe vom Wesentlichen gesprochen, von dem, was dauert, nicht von vorübergehenden Phänomenen.

ALPHA Und was ist in deinen Augen wesentlich?

GAMMA Der Mythos.

ALPHA Der Mythos...

GAMMA Diese paar Verrückten werden in ein oder zwei Monaten geschnappt werden. Aber der Mythos ist unzerstörbar, er hat eine unendliche Kraft, und man wird ihn nicht überwinden können. Und weißt du, warum?

ALPHA Nein.

GAMMA Weil wir nicht nur den Mythos haben, nicht nur die Legende. Wir haben mehr als das.

ALPHA Nämlich?

GAMMA Wir haben ein Symbol.

ALPHA Ein Symbol?

GAMMA Du verstehst, was ich meine?

ALPHA Was?

GAMMA Du weißt, wer das Symbol ist, nicht wahr?

Pause. Alpha gießt sich Bier nach.

Du.

Pause.

Du kannst dir nicht vorstellen, was du für das Land bedeutest. Dein Name ist das Synonym für unsere Ideale, für unser Leiden, für unsere Kämpfe und Hoffnungen. Das sagen alle, wenn sie von dir sprechen. Landauf, landab denkt man an dich, glaubt man an dich.

ALPHA Das ist so wichtig?

GAMMA Es ist das Allerwichtigste. Das Volk muß sich als eine Einheit fühlen, es braucht ein Symbol, einen Namen, ein magisches Wort. Du bist dieser Name. »Am Anfang war das Wort«, wie es in der Bibel heißt, und erst danach ist alles erschaffen worden, wir haben das Wort, den Beginn der Schöpfung. Wir haben den Beginn, und er kann nicht ausgelöscht werden, selbst wenn wir sehr lange zu warten haben, bis daraus etwas entsteht.

ALPHA Wir haben lange genug gewartet.

GAMMA Welche Bedeutung haben Jahre oder Jahrzehnte oder selbst Jahrhunderte! Das mag für den einzelnen eine lange Zeit sein, aber nicht für ein Volk. Der Mythos überlebt Jahrhunderte.

ALPHA Ich habe eine Bitte an dich.

GAMMA Du weißt, für dich tue ich alles. Für meinen Freund und für das Symbol.

ALPHA Ich möchte nur, daß du meiner Frau eine Nachricht bringst.

GAMMA Was für eine?

ALPHA Daß ich lebe, daß es mir gutgeht, daß ich an sie und an die Kinder denke.

GAMMA Darfst du keine Briefe schreiben?

ALPHA Sie werden zensiert. Es ist nicht dasselbe wie eine Nachricht von jemandem, der mich gesehen hat, der mich kennt...

GAMMA Ich will offen mit dir sein.

ALPHA Das hoffe ich.

GAMMA Ich bin unter einer Bedingung freigelassen worden.

ALPHA Das heißt?

GAMMA Im Gefängnis habe ich über die Zukunft nachgedacht.

ALPHA Das kann ich verstehen. Ich denke auch über die Zukunft nach.

GAMMA Und mir ist klargeworden, daß für mich die einzige Möglichkeit ist zu emigrieren.

ALPHA Die einzige Möglichkeit?

GAMMA Ins Ausland zu gehen. Ich bin kein Kämpfer. Ich bin ein Schriftsteller. Ich muß schreiben. Ich habe mich der Revolution angeschlossen, und ich habe nicht die Absicht, sie im Stich zu lassen. Aber wie kann ich ihr am besten dienen? Meine Bücher werden überall veröffentlicht, nur nicht in meinem Land. Im Ausland kann ich der Revolution noch dienen, wenn ich hierbleibe, kann ich es nicht.

ALPHA Aber die Revolution ist hier.

GAMMA Das Wort kennt keine Grenzen. Ich bewahre die Werte, die wir hier brauchen, aber für die man hier nicht eintreten kann. Ich fühle mich verantwortlich für das, was mir anvertraut ist. Wir haben Geschichte gemacht. Jetzt ist es Zeit, sie aufzuschreiben. Tun wir das nicht, wird sie vergessen werden. Ich habe die Ausreisegenehmigung beantragt.

ALPHA Und sie haben sie dir erteilt?

GAMMA Ja, unter einer Bedingung.

ALPHA Was für einer?

GAMMA Daß ich das Land verlasse, ohne noch mit irgend jemandem Kontakt aufzunehmen, der mit der Revolution zu tun hatte.

ALPHA Du hast mit mir Kontakt aufgenommen.

GAMMA Du bist keine Person, sondern ein Symbol. Du bist eine Institution. Wie die Monarchie oder die Kirche, wenn auch mit anderer Bedeutung. Mit dir ist das ganz etwas anderes. Aber mit anderen …

ALPHA Du möchtest kein Risiko eingehen, nicht wahr?

GAMMA Nein.

ALPHA *nimmt Gammas Bierglas, das dieser nicht berührt hatte, und gießt den Inhalt auf den Boden, dann nimmt er die Whiskyflasche und gießt das Glas voll. Er schiebt es Gamma hin.* Trink!

GAMMA Danke, ich habe keinen Durst.

ALPHA Trink, sag ich.

Gamma nimmt das Bierglas voll Whisky und trinkt einen Schluck.

Runter damit.

GAMMA *trinkt noch ein wenig, hält ein.* Ich kann nicht mehr.

ALPHA *steht auf, drohend* Austrinken!

Gamma trinkt.

Auf die Revolution!

GAMMA *trinkt.*

Alpha beobachtet ihn schweigend.

Er stellt das leere Bierglas ab. Ich verstehe. Du verachtest mich.

Alpha schweigt.

Gut, ich habe das erwartet. Ich akzeptiere es. Von deinem Standpunkt aus hast du recht. Aber nur von deinem Standpunkt aus. *Er steht auf und geht zur Tür rechts.* Ja, ich akzeptiere das. Ich nehme es hin. Es tut mir weh, aber so sind die Dinge nun einmal. Es kann nicht anders sein. Es muß noch ein Opfer gebracht werden, ein Opfer für die Sache. Ich opfere unsere Freundschaft, aber das, was uns verbindet, die Sache, der wir beide dienen, ist größer als wir. Sogar größer als du. *Er ist an der Tür, hat die Hand auf der Klinke.* Und noch eins: Ich bewundere dich nicht weniger ... ich ... ich liebe dich. *Er öffnet die Tür.* Wir alle lie ... *Er stürzt bewußtlos zu Boden. Er wird hinausgezogen, die Tür wird hinter ihm geschlossen.*

Blackout

Dritte Szene

Ein anderer Tag und eine andere Tageszeit mit anderem Licht. Auf einem der Stühle sitzt eine gut aussehende, attraktive Frau ›entre les âges‹ in einem modernen, sehr eleganten Kostüm. Sie prüft ihr Gesicht in einem Taschenspiegel, nimmt einen Kamm aus der Tasche und bringt ihre Haare in Ordnung, dann zieht sie die Lippen nach. Neben ihrem Stuhl auf dem Boden eine große und offensichtlich teure lederne Reisetasche. Schritte hinter der linken Tür, die Frau (Pi) verstaut schleunigst ihre Sachen in der Handtasche. Die Tür wird geöffnet, und Alpha kommt in seinem alten Pullover herein. Pi steht auf und geht mit ausgestreckter Hand auf ihn zu. Sie geben sich die Hand.

PI Ich bin so froh …

ALPHA Sie auch?

PI Verzeihung …

ALPHA Alle sind froh, offenbar.

PI Entschuldigen Sie, ich verstehe nicht recht. Ich spreche Ihre Sprache nicht sehr gut. Sie ist für Ausländer schwer. Ich habe sie jetzt extra aus beruflichen Gründen gelernt …

ALPHA Ich danke Ihnen im Namen meiner Landsleute. Sie sind …

PI Laura Flewis von der International Globe News Agency.

ALPHA Ja, natürlich. *Er bietet ihr einen Platz an.*

Sie setzen sich beide.

PI Ich habe Sie schon lange kennenlernen wollen.

ALPHA Ich Sie auch.

PI Sie sind viel größer als auf Fotos.

ALPHA Was für Fotos?

PI Von den Kundgebungen, auf denen Sie reden.

ALPHA Ach, die.

PI Ja, größer, und Ihre Schultern sind breiter. Und außerdem sind Sie auch ganz direkt, so natürlich und entspannt.

ALPHA Wann sind Sie angekommen?

PI Vor einer Woche.

ALPHA Sie bleiben längere Zeit?

PI Nur bis morgen. Ich würde gern länger bleiben, aber das geht nicht. Sie können sich denken, warum.

Alpha nickt.

Was für ein wundervolles, unglückliches Land.

ALPHA Mit wem haben Sie sonst noch hier gesprochen?

PI Mit niemandem, ich bin nur Ihretwegen gekommen.

ALPHA Mit keinem Menschen?

PI Natürlich nicht. Wen sollte ich denn sonst treffen? Ein Interview mit Ihnen, das ist doch das einzige, was sich ein Journalist wünscht. Alle meine Kollegen werden mich beneiden. Und ich muß sagen, ich bin selbst ganz stolz auf mich.

ALPHA Und Sie haben die Genehmigung bekommen? Für ein Interview mit mir?

PI Es war ziemlich mühsam. Ich habe eine Woche dazu gebraucht.

ALPHA Nur sechs Tage.

PI Wie bitte?

ALPHA Administrative Angelegenheiten werden nur an Werktagen geregelt, es sei denn natürlich, sie hätten jetzt angefangen, auch sonntags zu arbeiten.

PI Was sind Ihre Zukunftspläne? *Sie zieht einen Notizblock aus der Tasche.*

ALPHA Meine was?

PI Ich meine natürlich nicht Ihre persönlichen Pläne. Für das Privatleben haben Sie ja sicher keine Zeit. Mich interessiert die politische Situation, die verschiedenen Gruppierungen, die Tendenzen, die Form und die Dynamik des Dialoges.

ALPHA Des was?

PI Des Dialoges zwischen der Regierung und den verschiedenen sozialen Gruppen. In welche Richtung gehen die Forderungen der beiden Seiten? In welcher Form wird die Diskussion geführt, und unter welchen Bedingungen ist Ihrer Meinung nach eine Übereinkunft möglich? Was würden Sie an den augenblicklichen Strukturen Ihrer Bewegung ändern wollen, und glauben Sie, daß diese Strukturen horizontal oder vertikal sein sollten?

ALPHA Und was glauben Sie?

PI Horizontal.

ALPHA Das heißt ... *Er macht mit der Hand eine horizontale Bewegung.*

PI Meiner Meinung nach dürfen Sie nicht den volkstümlichen und demokratischen Charakter Ihrer Bewegung vernachlässigen, und vor allem müssen Sie sich vor jedem nationalistischen und reaktionären Ton hüten. Das ist die Gefahr für jede Revolution. Angesichts einer Eskalation der Forderungen und des Zusammenbruchs der staatlichen Verwaltung der durch den spontanen Aufstand der Massen herbeigeführt wurde, ist es unvermeidlich, daß antidemokratische und antisoziale Elemente sich einzumischen versuchen unter dem Deckmantel der berechtigten progressiven und organisch gesunden Forderungen der Masse...

ALPHA Ausgezeichnet. Schreiben Sie das auf.

PI *macht Notizen* ...und selbst sich mit ihnen zeitweilig zu identifizieren. Der Partikularismus, um nicht zu sagen der Provinzialismus, ist eine Gefahr, mit der jede Revolution rechnen muß, vor allem eine Revolution in einem kleinen Land. Lokale politische und ökonomische Probleme können sehr leicht den Blick auf die globalen verstellen.

ALPHA *ist inzwischen aufgestanden, zur Bar gegangen und hat sich eine Flasche Bier und ein Glas geholt; jetzt gießt er es ein und trinkt.* So ist es. Genau so.

PI *notiert* Aus diesem Grund sollten Sie Verbindung aufnehmen zu den sozialen und politischen Bewegungen außerhalb Ihres Landes, die, wenn sie auch geographisch entfernt sein mögen, Ihnen doch ideologisch nahe sind, wo immer sie entstanden sein, in welchem Stadium sie sich auch befinden mögen – im Aufbruch wie die Ihrige oder in einem fortgeschrittenen Stadium, in dem sie schon über eine gewisse Summe von konstruktiven Erfahrungen verfügen können. Sie sollten mit ihnen Kontakt aufnehmen und Ihr Programm mit dem ihren koordinieren. Sie sollten Ihre Ziele und Ihre Losungen mit ihnen gemeinsam festlegen.

ALPHA Ja, natürlich.

PI *notiert* Eine solche Zusammenarbeit brächte einen doppelten Vorteil. Sie würde uns gestatten, von den Erfahrungen der Schwesterrevolutionen zu profitieren.

ALPHA Der was für Revolutionen?

PI Schwesterrevolutionen.

ALPHA Gut. Weiter.

PI Und uns die Unterstützung alle Völker der Welt sichern, die um die Befreiung vom Joch der Unterdrükkung und Ausbeutung kämpfen. Denn dies ist doch schließlich das Ziel, um das es uns allen geht, nicht wahr? *Alpha nickt. Sie klappt ihren Block zu.* Möchten Sie noch etwas hinzufügen?

ALPHA Nein. Es ist schon alles gesagt.

PI *verstaut ihren Block in der Handtasche.* Sie können sich gar nicht vorstellen, wie dankbar ich Ihnen bin.

ALPHA Keine Ursache.

PI Sie sind zu bescheiden. Das Gespräch mit Ihnen, unsere Begegnung, wird für mich unvergeßlich sein.

ALPHA Für mich auch.

PI Ich möchte Ihnen ein kleines Souvenir überreichen.

ALPHA Das ist wirklich nicht nötig.

PI Es ist nicht nur von mir, es kommt von all Ihren Bewunderern im Ausland. *Sie nimmt aus ihrer Reisetasche eine Papprolle und gibt sie Alpha.*

ALPHA *entfernt den Deckel an einem der Enden und zieht ein zusammengerolltes Pergament heraus.* Was ist das?

PI Schauen Sie selbst.

ALPHA *entrollt das Pergament.* Verzeihen Sie, aber ich kann keine Fremdsprachen.

PI Das ist eine Promotionsurkunde.

ALPHA Eine Pro...

PI Die Universität von Berkeley hat sie zum Ehrendoktor ernannt.

ALPHA Zu was für einem Doktor?

PI Zum Ehrendoktor der Politologie.

ALPHA Aha. Vielen Dank. Darf ich es behalten?

PI Es ist doch eigens für Sie gemacht!

ALPHA Ah, sehr schön, danke sehr, vielen Dank. *Er legt die Rolle auf den Tisch.* Auch ich möchte Ihnen... ein Souvenir mitgeben oder, besser gesagt, ein Zeichen von... würden Sie es übermitteln?

PI Eine hervorragende Idee. Alle werden entzückt sein. Und in meine Reportage kommt damit noch ein menschlich bewegendes und persönliches Moment... Wunderbar! Ja, Sie müssen mir etwas mitgeben – unbedingt!

Alpha nimmt die leere Bierflasche und gibt sie Pi.

Ist das ein Scherz?

ALPHA Gefällt Ihnen das nicht?

PI Das ist... das ist etwas surrealistisch.

ALPHA Es gefällt Ihnen nicht?

PI Verzeihung, aber ich verstehe es nicht.

ALPHA Ich habe aus dieser Flasche getrunken. Persönlich.

PI Ich habe keine Ursache, Ihnen nicht zu glauben, ich

habe es ja auch mit eigenen Augen gesehen. Nichtsdestoweniger...

ALPHA *steht auf, die Flasche in der Hand.* Aus dieser Flasche hat der Held getrunken. Der Führer der revolutionären Massen, der Kämpfer für die Freiheit, verstehen Sie? Re-vo-lu-tio-när. Hat Bier getrunken. Höchst-per-sön-lich.

PI Oh... natürlich...

ALPHA Für die Freiheit. Für das Volk. Für die Demokratie. Im globalen Maßstab. Helles Bier aus der Flasche, ich selbst. Für Ihre und unsere Freiheit!

PI *steht auf.* Das heißt... Sie machen sich nicht lustig über mich?

ALPHA *tippt mit dem Finger auf seine Brust.* Er selbst! Das Symbol! Der Mythos! Der Märtyrer! Der national und international verehrte große Mann! Der Held! Der Held! Der Held! Verstehen Sie jetzt?

PI Ja... ja natürlich... *Mit einem zögernden Lächeln* Sie haben mich verblüfft.

ALPHA *unbeirrt, mit anhaltender Intensität* Ver-ste-hen Sie?

PI Ja, ich verstehe.

ALPHA *preßt ihr die Flasche so heftig in die Hand, daß Pi gezwungen ist, sie zu nehmen. Dann sagt er ganz ruhig* Gut.

PI Verzeihen Sie, es war so überraschend, aber es ist sehr originell... Wirklich, das ist ganz Ihr Stil. *Sie legt die Flasche in ihre Reisetasche.* Ich möchte Sie nicht länger aufhalten. *Mit einem halb ungewissen und halb koketten Lächeln geht sie nach rechts und bleibt vor der Tür stehen, als ob sie über etwas nachdächte, dann wendet sie sich um, nimmt feierliche Haltung an und erhebt die geballte Faust zum revolutionären Gruß.*

Alpha schaut sie an, wortlos, ohne jegliche Gestik.

Pi geht ab durch die Tür, die sich vor ihr öffnet und hinter ihr schließt.

ALPHA *zu sich selbst* Doktor…

Blackout

Vierte Szene

Nacht. Vollmond, der aber nicht zu sehen ist. Die Bäume bilden eine schwarze Mauer gegen den Himmel, die Sommernacht ist sehr hell und sehr warm. Aus dem Park das unaufhörliche, fieberhafte Quaken der Frösche und das Zirpen der Grillen. In regelmäßigen Abständen streicht das weiße Licht eines Suchscheinwerfers über die Türbogen zur Terrasse und erhellt die Bühne, entfernt sich dann und verschwindet, um kurz darauf wiederzukommen.

Alpha kommt barfuß und mit bloßem Oberkörper, nur in Jeans, durch die linke Tür, die er nicht hinter sich schließt. Er trägt ein weißes Laken in der Hand, bleibt vor der Terrasse stehen und schaut in den dunklen Park, dann verschwindet er in den Kulissen links.

Wiederholtes Klopfen an der rechten Tür, mit Pausen dazwischen. Dann öffnet sich die Tür langsam, und der

Strahl einer Taschenlampe fällt auf die Bühne und bewegt sich dann von einem Fleck zum anderen, als ob er irgend etwas sucht. Kurz darauf tritt Beta ein, die Taschenlampe in der Hand. Er trägt einen sandfarbenen, langärmeligen Tropenanzug. Vorsichtig schließt er die Tür und knipst die Lampe aus. Er steht in der Mitte der Bühne, als ob er auf irgend etwas wartet. Dann geht er zur halbgeöffneten Tür links und horcht. Er entfernt sich, bleibt einen Augenblick vor dem Mittelbogen der Terrasse stehen und schaut in den dunklen Park. Er geht über die Bühne und setzt sich in den Sessel rechts, nahe der Rampe, an einer Stelle, wo man ihn kaum sehen kann.

Alpha kommt aus der Kulisse links, er ist in sein Laken gehüllt. Er bleibt noch einmal vor dem Mittelbogen zur Terrasse stehen, so wie es eben Beta getan hat, und schaut in den Park. Dann setzt er sich in einen Sessel nahe der Terrasse, holt aus der Tasche sein Rauchzeug und rollt sich eine Zigarette. Er führt sie an die Lippen.

Beta steht auf, holt das Feuerzeug aus der Tasche und knipst es an. Er geht zu Alpha, reicht es ihm. Nach einigen Augenblicken des Zögerns zündet Alpha sich seine Zigarette an diesem Feuerzeug an. Beta steckt es wieder weg.

BETA Was für eine schwüle Nacht.
ALPHA Was suchen Sie hier?
BETA Sie.
ALPHA Für ein nächtliches Verhör?
BETA Machen Sie sich nicht lächerlich. Sie wissen doch nur zu gut, was ein nächtliches Verhör ist.

ALPHA Also dann irgendwas Nächtliches sonst, eine nächtliche Operation…

BETA Wir wollen nicht übertreiben.

ALPHA Eine nächtliche Haussuchung, eine nächtliche Kontrolle, eine nächtliche Überwachung…

BETA Ich schlafe nicht, das ist alles.

ALPHA Jederzeit dienstbereit, wie?

BETA Wozu dieser Sarkasmus? Es kommt vor, daß ich gar nicht schlafe, auch außer Dienst nicht.

ALPHA Auch außer Dienst schlafen Persönlichkeiten des öffentlichen Lebens nicht?

BETA Sie sind aggressiv, gut. Auch Sie sind eine Persönlichkeit des öffentlichen Lebens. Schlafen Sie heute öffentlich oder privat nicht?

Pause.

Sehen Sie, wenn ich nicht schlafe, dann weil ich nicht schlafen kann.

ALPHA Schlechtes Gewissen vielleicht?

BETA Ich habe kein Gewissen, oder haben Sie das vergessen?

Pause.

Sie sind wirklich nicht in Form. Ihre Intelligenz funktioniert nicht. Offensichtlich sind Sie erschöpft. Und da wir schon von Gewissen reden, warum können Sie denn nicht schlafen?

Pause.

Denn wenn Ihr Gewissen rein ist, dann muß die Schlaflosigkeit einen anderen Grund haben, oder?

Pause.

Also gut lassen wir das. Sie haben damit angefangen, nicht ich. Aber ich verstehe – es sind die Nerven. Und bei dieser Hitze ... man hat mir gesagt, daß Sie schon ein paar Wochen nicht schlafen können. Stimmt das?

Pause.

Nun ja. Sie können nicht schlafen, und heute nacht kann auch ich nicht schlafen – also ich habe mir gedacht, wenn wir beide nicht schlafen, dann könnte ich Sie ja mal besuchen. Sie müssen sich doch langweilen, so allein.

Pause.

Um die Wahrheit zu sagen, ich langweile mich auch. Ich habe niemanden, mit dem ich sprechen kann. Meine Kollegen ... Sie wissen ja, wie das ist ... die sogenannten höheren Ränge heutzutage ...

Pause.

Früher gab es noch allerhand Anregungen – Empfänge,

Zusammensein mit Freunden ... natürlich auch Arbeit, aber nach der Arbeit konnte man doch vernünftige Leute treffen.

ALPHA Vernünftige Leute?

BETA Sagen wir zumindest intelligente Leute, die richtige Sorte. Es gab ein gesellschaftliches und intellektuelles Leben, Leute aus dem richtigen Stall, Künstler ... es gab Bälle und Bankette, Abende im Theater, im Cabaret. Die Macht zieht die Elite an und die Elite die Macht. Aber seit Ihrer berühmten Revolution ... da meiden sie uns. Sie haben sich anders orientiert. Die Macht ist nicht mehr ›in‹.

ALPHA Machen Sie sich keine Sorgen, die kommen wieder.

BETA Das Fußvolk vielleicht, aber nicht die, auf die wir Wert legen. Für die schickt es sich nicht. Heute ist edle Gesinnung in Mode.

ALPHA Vielleicht ist es nicht nur eine Frage der Mode.

BETA Ich weiß wohl, was man über mich erzählt: Ich sei ein Bulle, ein Henker, ein Schurke. So sehr haben sie ihre Meinung geändert, daß es sich nicht mehr gehört, mir die Hand zu geben. Sie zieren sich heute so, daß man sich kaum vorstellen kann, wie sie früher Schlange gestanden haben, nur um ein Wort oder einen Blick von mir zu erhaschen ... und danach bei Freunden damit anzugeben. Lächeln, Händedruck, Honig ums Maul – diese Miststücke. Heute würden sie sich damit großtun, wenn sie mir ins Gesicht gespuckt hätten. Aber dazu müßten sie erst mal den Mut haben.

ALPHA Früher haben sie auch alles mögliche über Sie erzählt.

BETA Aber leise und hinter meinem Rücken. Nie haben sie gewagt, es mir ins Gesicht zu sagen. Sie hatten Angst, es offen auszusprechen, sie hatten immer Angst. Offen haben sie sich nur über Sie lustig gemacht.

ALPHA Über mich?

BETA Wußten Sie das nicht?

ALPHA Vielleicht haben sie es getan, ich hab nicht darauf geachtet. Ich hatte anderes zu tun.

BETA Vor drei Jahren – wer waren Sie da schon für die? Oder selbst vor einem Jahr? Ein Nobody in der Masse, irgendein kleiner Organisator irgendeiner kleinen politischen Bewegung irgendwo in der Provinz. Ein harmloser Verrückter, besessen von Idealen, die schon seit langem niemand mehr ernst nahm. Erst als die Leute merkten, daß Ihre Macht zunahm, fingen sie an, Respekt vor Ihnen zu bekommen. Aber selbst als sie vor Ihnen niederknieten, haben sie nie vergessen, daß Sie schmutzige Fingernägel hatten. Um die Wahrheit zu sagen, sie haben Ihnen nie verziehen, daß Sie von ganz unten gekommen sind und sie überrundet haben.

ALPHA Und was hat das heute für eine Bedeutung?

BETA Sie sind der einzige Mensch, der in der Lage ist, mich zu verstehen. Der Unterschied zwischen uns ist nur, daß jetzt ich es bin, über den sie sich mokieren, während das früher Sie waren. Davon abgesehen, ist es genau dasselbe.

ALPHA Nein, es gibt noch einen Unterschied.

BETA Und der wäre?

ALPHA Vor mir haben sie nie Angst gehabt.

BETA Ja, die edle Gesinnung zahlt sich aus, nicht wahr?

Pause.

Edle Gesinnung wird bewundert. Und die haben Sie ja, nicht wahr?

ALPHA Das weiß ich nicht.

BETA Aber ich weiß es. Sie sind die wandelnde edle Gesinnung. Der Liebling der Damen und aller sozialer Schichten, der oberen und der unteren, das Symbol der nationalen Einheit, die Inkarnation der politischen und moralischen Erneuerung, die Morgenröte des nationalen Erwachens nach der Nacht der Korruption und der Tyrannei. Die Renaissance, das Rinascimento. Natürlich, Sie, der Sie alle Tugenden verkörpern, sind etwas anderes als ich, der Bulle.

ALPHA Das haben Sie gesagt, nicht ich.

BETA Ich spreche nur offen aus, was alle heimlich denken. Das, was auch Sie denken.

Pause.

Na los, sagen Sie doch, daß ich ein Folterknecht bin, ein Henker, ein Schwein.

ALPHA Es ist zu heiß, vielleicht ein andermal.

BETA Und Sie, Sie sind ein Gauner.

ALPHA Ich?

BETA Ein Heuchler, ein Betrüger. Sie haben keinerlei Illusionen darüber, was dieses Volk wert ist, für das Sie sich zu opfern behaupten. Sie können keine haben, weil Sie selbst aus diesem Volk kommen. Wie ich. Wir beide kennen es, einer so gut wie der andere. Wären Sie in

Samt und Seide geboren, dann könnte ich annehmen, daß Sie an die Märchen glauben, die man über das einfache Volk erzählt. Das kennt man ja, die Leute, die nur vom Fenster aus das Volk zu sehen brauchen, schon fangen sie an, es zu lieben, aus ganzem wohlgenährtem Herzen und mit ihrer ganzen Intelligenz, und sie gehen ins Volk, für das Volk, unter das Volk, mit dem Volk, um sich auf seine Ebene zu begeben, um mit ihm zu fraternisieren und sich zu opfern. Aber so ist es ja nicht bei Ihnen, Sie können nicht zu ihm hinabsteigen, weil Sie von dort kommen und so wie ich begonnen haben. Sie konnten also nur hinaufsteigen, und zwar wie? Indem Sie von denen getragen wurden, die unten waren, und die haben das auch getan; sie haben Sie emporgetragen. Sie haben sich das sehr gut ausgedacht, das kann man nicht leugnen. Der einzige Unterschied zwischen uns ist, daß Sie auf ein anderes Pferd gesetzt haben als ich, Sie haben gewonnen, meinen Glückwunsch. Nur sprechen Sie mir nicht von Ihrer Liebe für das Volk. Das können Sie Naivlingen erzählen, aber nicht mir. All diesen poetischen Unsinn über Ihr Opfer für das Volk, über Ihre Liebe zum Volk.

ALPHA Niemals habe ich so etwas gesagt.

BETA Sie haben so etwas nie gesagt?

ALPHA Wann denn?

BETA Als Sie Ihre Karriere machten.

ALPHA Nein, nie.

BETA Sie haben nie vom Volk gesprochen, von Ihrer Liebe zum Volk?

ALPHA Was erzählen Sie denn dauernd vom »Volk«?! Das

Volk, das einfache Volk, die Massen – *Sie* führen das doch im Munde, ich habe das Wort noch nie benutzt. Wer ist das, Ihr Volk? Wie sieht es aus? Ist es blond? Ist es kahl? Wieviel wiegt es? Welche Schuhgröße hat es? Ist es warm oder kalt? Grün oder blau? Zeigen Sie mir einen Menschen, und ich sage Ihnen, ob ich ihn mag oder nicht. Aber wenn Sie mir von Ihrem angeblichen Volk erzählen, weiß ich nicht, wovon Sie reden.

BETA Ich dachte, ich hätte mich ziemlich klar ausgedrückt.

ALPHA Das haben Sie nicht. Sie sind Politiker, und Politiker können sich nicht ausdrücken wie normale Menschen. Sie reden immer weiter und weiter von den Massen, von den Schichten, von den Klassen. Und von der Karriere natürlich. Ein Politiker kümmert sich einen Dreck um Menschen, weil ihm nur eines wichtig ist, die Politik.

BETA Sie sind auch Politiker.

ALPHA Nein, das bin ich nicht. Ich mag Menschen, und darum mögen sie mich, das ist alles.

BETA Das ist das ganze Geheimnis Ihrer Karriere?

ALPHA Was für einer Karriere? Sie haben Karriere machen wollen, nicht ich. Und Sie haben es geschafft, Sie sind an der Macht. Und da sind Sie nicht zufrieden? Was fehlt Ihnen denn noch? Warum schlafen Sie nicht ruhig?

BETA Ich bin auch ein Mensch.

Pause.

ALPHA Ja. Das ist das Schlimmste.

Pause.

BETA *steht vorm Ausgang zur Terrasse und schaut in den dunklen Park.* Sie waren immer von Menschen umgeben. Jungen, alten, klugen, dummen, Männern, Frauen ... hauptsächlich Frauen.

ALPHA Ein Mensch sollte unter Menschen leben.

BETA Aber jetzt sind Sie allein, plötzlich völlig allein. Und in dieser Stille ... das ist kein Leben für Sie.

Pause.

Übrigens – das ist für keinen Menschen ein Leben. *Er zieht ein Taschentuch und trocknet sein Gesicht.* Wie halten Sie das aus, und noch dazu in dieser Hitze ... das geht nun schon seit Wochen so. Tagsüber ist es ja noch zu ertragen, aber nachts ... waren Sie unter der Dusche?

ALPHA Das hilft nichts.

BETA Bei mir auch nicht. Ein nasses Laken ist besser, Sie haben recht. Aber ich kann mir das nicht erlauben, ich beneide Sie.

Pause.

Nachts müßte es doch etwas kühler werden, nicht wahr?

Pause.

Aber es scheint, daß es so weitergeht. Keine Aussicht, daß es sich ändert.

Pause.

BETA *immer im gleichen Ton, ohne Emotionen, als wenn er immer noch über das Wetter spräche* Gestern hat mich meine Frau verlassen.

Pause.

Des Volkes wegen. Aus edler Gesinnung, das heißt edel im Hinblick auf das Volk, das ich unterdrücke. Das heißt auch im Hinblick auf Sie. Aus Solidarität. Nicht mit mir, sondern mit denen, die ich verfolge. Solidarisch mit Ihnen.

Pause.

Aus Liebe. Nicht für mich, für das Volk. Sie hat sich daran erinnert, daß sie das Volk liebt. Jetzt auf einmal, nach all den Jahren. »Ich kann so nicht weiter«, hat sie zu mir gesagt. Jetzt auf einmal kann sie nicht weiter.

Pause.

Früher konnte sie.

Pause.

Er wendet sich vom Ausgang zum Balkon wieder um. Gute Nacht. *Er geht nach rechts ab, er öffnet und schließt die Tür selbst.*

Alpha bleibt noch einige Minuten unbeweglich sitzen. Dann steht er auf und legt sich auf das Sofa, bedeckt sich völlig – auch den Kopf – mit dem Laken.

Blackout

Fünfte Szene

Mittag. Sonnenlicht. Auf dem weiß gedeckten Tisch ist angerichtet, aber sehr viel bescheidener als in der ersten Szene.

Alpha, auf dem Sofa, unter seinem Laken. Nur seine bloßen Fersen schauen heraus. Hinter dem Sofa steht eine junge Frau in den Zwanzigern, die Ellbogen auf der Sofalehne, so schaut sie auf Alpha herunter. Sie ist sehr hübsch, die Art von blonder Sexbombe, die man in pornographischen Kalendern oder auch auf den Posters sieht, die besonders von Lastwagenfahrern, Soldaten auf fernen Außenposten, Urwaldforschern oder Ölsuchern auf Bohrinseln weit vom Festland geliebt werden. Sie trägt ein Sommerkleid, das nur von zwei Spaghettiträgern gehalten wird und sehr tief ausgeschnitten ist, was noch dadurch besonders zur Geltung kommt, daß sie sich über den schlafenden Alpha beugt. Sie wartet darauf, daß er endlich aufwacht, und offenbar wartet sie schon eine ganze Weile. Schließ-

lich kommt sie hinter dem Sofa hervor, was zu der Erkenntnis Anlaß gibt, daß der bis dahin unsichtbare Teil ihres Körpers ebenfalls geradezu provozierend vollkommen ist. Sie beginnt, Alphas Fersen zu kitzeln, zunächst sanft, dann immer ungeduldiger. Alpha bewegt sich unter seinem Laken bei dem Versuch weiterzuschlafen, aber da das Kitzeln immer intensiver wird, gelingt ihm das nicht. Er wacht auf und reißt das Laken vom Kopf.

ETA Das Frühstück ist fertig...
ALPHA Was?
ETA Eigentlich ist schon bald Teezeit.
ALPHA *setzt sich auf seinem Sofa auf; während er langsam zu sich kommt, betrachtet Eta ihn amüsiert.*

Pause.

Und wer sind Sie?

Eta geht zu einem der Stühle und zieht aus der Handtasche, die sie dort abgelegt hatte, einen weißen Umschlag, geht zurück und reicht ihn Alpha.

Was ist das?
ETA Ein Empfehlungsschreiben.

Alpha nimmt den Umschlag, öffnet ihn.

Sie setzt sich zu Tisch. Kann ich anfangen?

Alpha liest.

Kann ich endlich anfangen?

Alpha antwortet nicht, sondern liest weiter.

Ich fange an. Ich sterbe vor Hunger. *Sie beginnt zu essen.*

Alpha hat den Brief zu Ende gelesen und wirft ihn aufs Sofa. Er steht auf, geht zur Tür rechts und hämmert mit den Fäusten daran.

Sie hört auf zu essen, schaut ihn an. Sie ist verwundert und auch alarmiert, versucht dabei, die Situation zu begreifen, um zur gegebenen Zeit richtig zu reagieren.

Alpha hämmert weiter an die Tür.

Sie steht auf, geht zum Sofa, nimmt den Brief auf und beginnt, mit dem Rücken zu Alpha, ihn zu lesen.

Nach einer Weile läßt Alpha von der Tür ab und sieht sie lesen.

Sie versucht, sich zu rechtfertigen. Ich wollte sehen, was da über mich drinsteht.

Ohne ein Wort geht Alpha an ihr vorbei und verschwindet durch die linke Tür.

Sie geht vom Sofa zum Tisch, legt den Brief darauf und ißt mit großem Appetit weiter, dabei liest sie.

Alpha kommt zurück, jetzt im Hemd. Er läßt die Tür offen. Dann setzt er sich Eta gegenüber an den Tisch.

Konfitüre? *Sie schiebt Alpha den Teller hin und bedient ihn dann fürsorglich.*

Er rührt nichts an.

Ich verstehe da einiges nicht. Zum Beispiel am Anfang... *Liest und streicht gleichzeitig Butter auf ihr Brot*... »Bitte nehmen Sie dieses bescheidene Geschenk von einem Leidensgefährten an als Erinnerung an unser nächtliches Gespräch. Der Wetterdienst bestätigt, daß die Hitzewelle noch für eine unbestimmte Zeit anhalten wird...« Das stimmt, es ist heute wieder sehr heiß. »... unbestimmte Zeit anhalten wird. Die Hochs zeigen eine Tendenz nach oben und die Tiefs nach unten, wie wir beide festgestellt haben, wenn auch jeder auf seine Weise, die Sicht ist immer noch gleich Null...« Also das verstehe ich nicht. Was für Hochs? Was für eine Tendenz nach unten, und was ist gleich Null?

ALPHA Wie heißen Sie?

ETA Eta. Meine Freunde nennen mich Etti.

ALPHA Und Sie arbeiten für die da?

ETA Nein.

ALPHA Wann hat man Sie hierhergebracht?

ETA Es war fast Morgen. Sie haben mich aus der Garderobe abgeholt.

ALPHA Aus der Garderobe?

ETA Hinter der Bühne. Ich war schon wieder angezogen.

ALPHA *schaut auf ihre nackten Schultern.* Wohl eher ausgezogen.

ETA Sehr witzig. Nein, ausziehen tu ich mich auf der Bühne. Anziehen danach.

ALPHA Sie machen Striptease?

ETA Zur Zeit ja, aber nicht als Beruf. Ich habe was anderes vor.

ALPHA Und das wäre?

ETA Etwas, das mir Spaß macht.

ALPHA Hat man Sie verhaftet?

ETA Aber nein. Man hat mich eingeladen.

ALPHA Und Sie hätten ablehnen können?

ETA Natürlich. Ich habe mit dem Präsidenten des Staatsrats geschlafen, mit dem Stabschef, mit dem Vizepremier und mit drei Ministern.

ALPHA Wann war das?

ETA Früher. Aber die wissen das schon noch. Der Vizepremier schickt mir immer Blumen.

ALPHA *beginnt zu essen.*

Pause.

Und mit ihm?

ETA Nie.

ALPHA Warum nicht?

ETA Weil ich nur mit Leuten schlafe, die mir gefallen, und

auch nur, wann es mir paßt. Na ja, es kommt auch schon vor, daß ich muß. Und manchmal irre ich mich – das gibt es auch.

ALPHA Aber Sie haben ihn früher gekannt?

ETA Nur vom Sehen. Ich habe ihn bei Cocktailparties und Empfängen getroffen oder bei Premieren.

ALPHA Was hat er Ihnen gesagt?

ETA Oh, das war alles sehr manierlich. »Hätten Sie Lust, die Bekanntschaft von...«, na eben von Ihnen, »zu machen... da wäre gerade eine Gelegenheit. Es ist nur eine Stunde von hier und ein sehr schöner Aufenthalt mit einem Swimmingpool. Wenn Sie einverstanden sind...«

ALPHA Und Sie waren einverstanden?

ETA Aber sofort.

ALPHA Das ist Maßarbeit.

ETA Finde ich nicht. Sein Brief gefällt mir gar nicht. Er hätte etwas mehr über mich sagen können, anstatt die ganze Zeit vom Wetter zu reden. Wenn er nicht so ahnungslos wäre, dann wüßte er...

ALPHA Er kann nicht alles wissen.

ETA Und das da am Anfang: »Ich schicke Ihnen dieses bescheidene Geschenk...« Ein Geschenk! Wie ein Paket. Na gut, »Geschenk« geht noch an. Aber wieso »bescheiden«? Idiot.

ALPHA Sie haben recht, Etti. In diesem Punkt hat er sich geirrt.

ETA Prolet. Ich hatte schon recht, daß ich mich lieber mit dem Vizepremier eingelassen habe.

ALPHA Aber Sie sind doch ein bißchen unfair ihm gegenüber. *Er nimmt den Brief vom Tisch.* Er hat nicht geschrieben: »Ich schicke Ihnen ...«, er hat geschrieben: »Nehmen Sie bitte dieses bescheidene Geschenk an ...«

ETA Ja, aber das macht alles nur noch komplizierter.

ALPHA Etti, regen Sie sich nicht auf. Das kompliziert gar nichts, weil da nichts zu komplizieren ist, und es gibt auch gar keine Situation.

ETA Warum soll ich mich aufregen? Das wäre sogar ganz blöd von Ihnen, wenn Sie glaubten, daß es eine Situation gäbe.

ALPHA Dann ist ja alles in Ordnung. Gehen Sie, und sehen Sie sich den Swimmingpool an, machen Sie einen Spaziergang im Park, und dann fahren Sie nach Hause. Vielleicht sieht man sich irgendwann mal wieder.

ETA Ja, natürlich, heute abend.

ALPHA Wollen Sie bis zum Abend hierbleiben?

ETA Oder morgen früh, falls Sie heute was vorhaben. Oder übermorgen. Ich wohne hier, dort nebenan. *Sie zeigt auf die Kulisse rechts.*

Alpha hört auf zu essen, einen Augenblick schaut er Eta schweigend an, dann steht er auf und geht, ohne ein Wort zu sagen, links ab. Diesmal schließt er nicht nur die Tür hinter sich, sondern er schlägt sie so krachend zu, daß es wie ein Schuß klingt.

Eta nimmt die Kanne und gießt sich, völlig ruhig, eine Tasse Tee ein.

Blackout

Sechste Szene

Wieder ein schöner Tag. Morgen.

Der Tisch ist abgeräumt. Die rechte Tür ist geschlossen. Alpha trägt einen dunklen Anzug, weißes Hemd und Krawatte. Er steht auf einem Stuhl und hängt das Bild der nackten Frau ab. Er steigt vom Stuhl und versteckt das Bild unter dem Sofa. Er nimmt den Stuhl von der Wand weg und dreht ihn zur linken Tür, als ob er jemanden erwartet. Eine unsichtbare Uhr schlägt zehn. Die linke Tür wird von unsichtbarer Hand geöffnet, und Erzbischof Lambda tritt ein. Die Tür wird hinter ihm geschlossen. Er trägt eine schwarze Soutane mit einer scharlachfarbenen Schärpe und ein scharlachfarbenes Käppchen (Pilleolus) auf dem Kopf. Alpha geht auf ihn zu, Lambda streckt ihm die Hand mit dem Ring zum Kuß entgegen, Alpha beugt ein Knie und küßt den Bischofsring. Lambda legt ihm die Hände auf den Kopf, dann tritt er ein wenig zurück. Alpha erhebt sich, der Bischof geht zur Mitte der Bühne, Alpha folgt ihm mit drei Schritten Abstand. Der Erzbischof nimmt als erster Platz, Alpha setzt sich ebenfalls. Pause. Erzbischof Lambda hüstelt, obwohl er nicht erkältet ist. Pause. Alpha hüstelt ebenfalls. Pause.

LAMBDA Eine Trägödie. Eine große, eine wirklich große Tragödie.

ALPHA Ja.

LAMBDA Brüder erheben die Waffen gegen Brüder, Kinder gegen die Väter, Väter gegen die Kinder.

ALPHA Dennoch …

LAMBDA Es gibt keine Familie, die nicht gespalten wäre. Haß und Blutvergießen...

ALPHA Es ist wahr, Eminenz, aber...

LAMBDA ...das Blut der Brüder. Der Bürgerkrieg ist der schrecklichste aller Kriege.

ALPHA Ich möchte Ihre Aufmerksamkeit nur...

LAMBDA ...und in einen solchen fürchterlichen Krieg ist unser Volk hineingezogen. Das muß die Kirche, das geistige Haupt der Nation, mit tiefer Sorge erfüllen. Der Hirte kann nicht gleichgültig bleiben, wenn ein Wolf im Schafsgewand seine Herde verschlingt, wenn...

ALPHA Und was ist, wenn es umgekehrt geht?

LAMBDA Umgekehrt? Inwiefern?

ALPHA Wenn ein Schaf im Wolfsgewand einen Wolf im Schafsgewand verschlingt. Was geschieht, wenn...

LAMBDA Das ist kein sehr treffender Vergleich.

ALPHA Dann lassen Sie mich's anders sagen. Wenn das Schaf sich gegen den Wolf verteidigt.

LAMBDA Eine Herde muß immer eine Herde bleiben und das Lamm ein Lamm.

ALPHA Und der Wolf?

LAMBDA Friede ist das Gute, Krieg ist das Übel.

ALPHA Ohne Zweifel.

LAMBDA Die Herde soll in Ruhe weiden können.

ALPHA Gewiß.

LAMBDA Jeder Krieg ist Sünde.

ALPHA Eminenz, da Sie selbst die Sprache darauf bringen... *Er steht auf.* Verzeihen Sie, Eminenz, aber ich bin hier allein, und ich habe nichts anderes zu tun als nachzudenken. Wenn ein Mensch dasitzt und nachdenkt, kommen ihm alle möglichen Gedanken. Ich habe niemanden, mit dem ich sprechen kann, niemanden, der mir einen Rat gibt, niemanden, den ich fragen kann ... Sie verzeihen mir, Eminenz?

LAMBDA Um was geht es?

ALPHA Warum begeht der Mensch Sünden?

LAMBDA Jeder Krieg ist eine Sünde gegen die Schöpfung.

ALPHA Aber es handelt sich nicht um die Schöpfung.

LAMBDA Eine Sünde gegen den Heiligen Geist.

ALPHA Und es handelt sich nicht um den Heiligen Geist. Ich möchte wissen, warum der Mensch gegen den Menschen sündigt.

LAMBDA Der Mensch sündigt immer und vor allem gegen Gott.

ALPHA Aber davon abgesehen, warum sündigt der Mensch gegen andere Menschen?

LAMBDA Gegen welche Menschen?

ALPHA Selbst ... selbst gegen die, die er liebt.

LAMBDA Welche Sünden begeht er?

ALPHA Zum Beispiel ... zum Beispiel indem er die verrät, die er liebt.

Pause.

LAMBDA Ah, Sie meinen Ihren Nächsten, nicht wahr?

ALPHA Nein, ich meine nicht meinen Nächsten, ich meine Kameraden, Freunde, alle jene, die Vertrauen in den Menschen setzen, und noch Näherstehende, die Familie etwa ... oder sogar sich selbst ... Warum verrät der Mensch sie, betrügt er sie und sich selbst? Warum?

LAMBDA Tja, es gibt Gott, und es gibt einen Teufel.

ALPHA Nein! Es geht jetzt nicht um den Teufel, es geht um den Menschen. Der Teufel will das Böse, und er tut das Böse. Das ist verständlich, und das ist logisch. Aber der Mensch will Gutes und tut Böses. Warum sündigt der Mensch gegen sich selbst?

LAMBDA Dem Menschen ist der freie Wille gegeben.

ALPHA Welcher?

LAMBDA Was heißt das: welcher?

ALPHA Welcher Wille ist der freie Wille? Derjenige, der das Gute will, oder derjenige, der das Böse will?

LAMBDA Der Mensch hat nur einen einzigen freien und unbeschränkten Willen.

ALPHA Dann ist der Wille, der das Gute will, nicht frei – nur der andere, der das Böse will, denn zu guter Letzt sündigt der Mensch eben doch.

LAMBDA *steht auf.* Ja, mein Sohn, du sündigst.

ALPHA Das ist genau das, was ich gerade eingestehe.

LAMBDA Du sündigst, aber es ist die Sünde des Hochmuts.

ALPHA Wie?

LAMBDA Du erforschst dein Gewissen, indem du dich nur der Vernunft bedienst und, noch schlimmer, einzig deiner eigenen Vernunft, die ja begrenzt ist. Die Vernunft aber vermag hier wenig auszurichten, vor allem nicht die Vernunft eines einfachen Sünders. Wir können uns nur auf den Glauben verlassen, auf den Glauben an das Mysterium der Gnade und auf den Glauben an die Lehren der Kirche.

ALPHA Ich tue, was ich kann.

LAMBDA Du sündigst durch deinen Hochmut und durch

die Schwäche deines Glaubens. Deine zweite Sünde aber ist dein Egoismus. Du beschäftigst dich mit dir selbst, ausschließlich mit dir selbst, in einem Augenblick, wo die ganze Gemeinschaft leidet.

ALPHA Aber ist das Individuum nicht auch wichtig?

LAMBDA Welches Individuum?

ALPHA Ganz gleich, welches. Ich zum Beispiel.

LAMBDA Der Mensch ist immer mehr als ein Individuum. Gott will nicht ein Individuum retten, sondern die ganze Welt. Gott liebt die ganze Menschheit, und deshalb fordert er von jedem einzelnen, daß er an die ganze Menschheit denken möge. Der Mensch gehört nicht sich allein.

ALPHA Ah so. Das heißt also, er ist noch etwas mehr als die Massen, die sozialen Schichten, die Klassen...

LAMBDA Sehr viel mehr. Der Mensch dieser Welt, der einzelne menschliche Mensch, der Mensch der Menschheit...

ALPHA ...aber wie sieht er aus, dieser Mensch?

LAMBDA Er ist nach dem Bildnis Gottes geschaffen und ähnelt ihm. Vor Gott sind alle Menschen gleich.

ALPHA Aber nicht vor mir.

LAMBDA Gottes Blick ist unendlich größer als der deine. Er sieht unendlich viel mehr.

ALPHA Ja eben – wie also sollte ich genauso sehen wie Gott, ich – ein Mensch.

LAMBDA Ich bin nicht gekommen, um dich von deinen persönlichen Zweifeln zu befreien, die Kirche hat nicht nur für dich zu sorgen. Denke daran, und laß ab von diesem Hochmut, der dich tief in die Sünde führt. Die

Kirche muß sich um die Allgemeinheit kümmern, das ist ihre Pflicht. Ich bin zu dir gekommen, damit du der Kirche bei dieser wichtigsten und ach so schwierigen Aufgabe hilfst, in diesem entscheidenden und schwierigen Augenblick.

ALPHA Aber wie kann ich ihr helfen? Ich bin nur ein armer Sünder.

LAMBDA Der unerforschliche Ratschluß der Vorsehung hat in deine Hände das Schicksal der Allgemeinheit gelegt. Von dir hängt es ab, wie viele deinesgleichen weiterhin leiden und sterben müssen in einem brudermörderischen Kampf oder ob sie wieder in Frieden und Eintracht leben können.

ALPHA Von mir?

LAMBDA Von dir allein. Wenn du an sie appellierst, daß sie das Blutvergießen beenden und dem Haß entsagen sollen, werden sie deine Stimme hören.

Eta kommt von rechts herein in einem winzigen Bikini, das heißt fast nackt und barfuß. In der Hand hält sie ein Frottiertuch und Sandalen. Sie öffnet und schließt die Tür selbst. Sie tut so, als ob sie weder den Erzbischof noch Alpha sieht, geht rechts bis fast zur Rampe und verschwindet dann in der Kulisse. Der Erzbischof und Alpha folgen ihr mit dem Blick, beide gleichermaßen verwirrt. Pause.

LAMBDA ... Sie werden deine Stimme hören.

Pause.

ALPHA *braucht etwas Zeit, um sich zu fassen.* Ich verstehe.

LAMBDA Wenn du deinen Nächsten liebst und wenn sein Wohl dir am Herzen liegt, dann tu es.

ALPHA Und der Verrat?

LAMBDA Der Verrat?

ALPHA Wenn ich kapituliere, wenn ich mich an das Volk wende, das mir vertraut, und es auffordere, ebenfalls zu kapitulieren, sich zu unterwerfen, aufzuhören sich zu verteidigen, genau wie die Schafe, von denen Sie gesprochen haben, Eminenz, was ist das? Verrat. Dann habe ich sie verraten.

LAMBDA Der schwerste Verrat ist, wenn man den höchsten Wert nicht achtet.

ALPHA Und was ist der höchste Wert?

LAMBDA Der des menschlichen Lebens.

ALPHA Des Lebens? Wessen Leben?

LAMBDA Das Leben ganz allgemein.

ALPHA Eminenz, ist jede beliebige Art von Leben ein Leben – zum Beispiel dasjenige, das ich hier führe... Was sehen Sie hier, Eminenz? Ein Palais, einen Park und mittendrin mich, einen Menschen voller Leben. Und was denken Sie bei diesem Anblick Eminenz? Daß dies Leben ist, und sogar ein schönes Leben. Ich indessen würde lieber Hungers sterben oder im schrecklichsten Gefängnis verkommen. Und wissen Sie warum, Eminenz? Weil dieses Leben hier, wenn man es überhaupt so nennen kann, das Leben eines räudigen Hundes ist. Und ich werde räudig, wenn ich es lebe. Und Sie, Eminenz, Sie wollen, daß ich es noch mehr werde und endgültig. Wozu also wollen Sie mich bringen, Eminenz? Zum Leben oder zum Räudigerwerden?

LAMBDA Nur zum Retten...

ALPHA Aber wessen Leben denn? Das Leben derer, die lieber sterben wollen als ein räudiges Leben führen, oder derer, die lieber die Räude auf sich nehmen, obwohl sie die nicht aushalten werden? Das Leben derer, die so nicht leben wollen und die man gerade deshalb tötet, oder das Leben derer, die töten, indem sie das ihre aufs Spiel setzen? Das Leben derer, die nicht mehr in Schmutz und Elend vegetieren wollen, oder das Leben derer, die sie darin halten wollen? Wen also soll ich retten und wovor? Wer stirbt wofür? Wer beraubt wen welchen Lebens? Erklären Sie mir das, Eminenz.

LAMBDA Wer Wind sät, wird Sturm ernten.

ALPHA Aber wer sät ihn?

LAMBDA Wer schlägt, wird Schläge erhalten.

ALPHA Aber wer schlägt wen?

LAMBDA Wer sich des Schwertes bedient, wird durch das Schwert...

Eta kommt aus der Kulisse rechts in einem knöchellangen und hochgeschlossenen, dunkelgrauen Kleid mit langen Ärmeln, das von oben bis unten durch eine Reihe kleiner schwarzer Knöpfe geschlossen ist. Sie trägt eine dunkle Brille und schwarze Schuhe und Handschuhe und eine schwarze Mütze, die über die Ohren heruntergezogen ist. Sie geht nach hinten zur rechten Tür, bleibt vor dem Erzbischof stehen, um ihn ehrerbietig zu grüßen. Als sie gerade die Tür öffnen will, ruft

ALPHA Etti!

Eta hält ein.

Warten Sie einen Augenblick.

Eta dreht sich um.

Eminenz, Sie haben sich in der Adresse geirrt, Sie haben völlig recht, Eminenz, aber ich bin nicht der richtige Mann. Wenden Sie sich an denjenigen, der hierfür kompetent ist. *Zu Eta* Sagen Sie dem Oberst, daß Eminenz ihn sprechen will.

Eta nickt mit ernstem Gesicht, öffnet die Tür, geht hinaus und schließt sie hinter sich. Pause.

Viel Erfolg, Eminenz.

Pause. Dann geht Lambda langsam durch die rechte Tür ab, die sich vor ihm öffnet und hinter ihm schließt.

Alpha zieht seinen Rock aus, reißt sich heftig die Krawatte ab und setzt sich auf das Sofa. Dort bleibt er eine Weile erschöpft sitzen, beugt sich dann herunter, um das Bild unter dem Sofa hervorzuholen, hält es dann mit ausgestrecktem Arm vor sich und schaut es intensiv an.

Blackout

Siebente Szene

Spätnachmittag. Die Hitze hält an. Die nackte Frau hängt wieder an der Wand. Die linke Tür ist geschlossen. Eta steht davor, ihre Handtasche liegt auf dem Tisch, ein buntes Seidentuch ist um den Griff geschlungen. Nach einer kleinen Weile dreht Eta den Stereoapparat an. Lauter, harter Rock. Eta nimmt im Sessel vor dem Mittelbogen zur Terrasse Platz und schaut in die Landschaft. So bleibt sie einen Augenblick sitzen, steht dann auf, geht zum Stereoapparat und dreht auf noch größere Lautstärke. Eta kehrt auf ihren Platz zurück und nimmt die vorige Pose wieder ein – die desjenigen, der eine Landschaft betrachtet und gleichzeitig Musik hört. Die linke Tür öffnet sich, und Alpha stürmt herein. Er läßt die Tür offen, geht auf den Apparat zu und hält die Musik an.

ETA *dreht sich um.* Ah, du bist das.

Pause.

ALPHA Etti, warum spielst du die Dumme?
ETA Weil ich dumm bin.
ALPHA Wer sagt das?
ETA Alle.
ALPHA Vielleicht war das deine eigene Idee? Am Anfang. Vielleicht hast du zuerst daran gedacht.
ETA Das weiß ich nicht mehr.
ALPHA Und du fühlst dich dabei wohl?
ETA Ich beklage mich nicht.

Pause.

ALPHA Bei mir hat es keinen Zweck.
ETA Warum nicht?
ALPHA Weil es bei mir nicht funktioniert.
ETA Schade.
ALPHA Du hast gedacht, du kämst damit weiter?
ETA Nein, ich dachte, du würdest mir was anderes sagen.
ALPHA Was?
ETA Daß du nicht willst, daß ich dir gegenüber die Dumme spiele, daß du mich nicht magst, wenn ich so bin, daß du mich anders lieber hast, daß es nicht das ist, was du von mir willst... und daß du es darum nicht möchtest... *Sie steht auf.*

Pause.

ALPHA Natürlich möchte ich es nicht. Auch deshalb nicht.
ETA Wirklich?
ALPHA Wirklich.
ETA Bestimmt?
ALPHA Warum willst du mir nicht glauben?
ETA Weil es gar nicht so einfach ist, so plötzlich. Bis jetzt haben es alle gewollt. Je mehr sie von meiner Dummheit überzeugt waren, desto zufriedener waren sie. Und nun plötzlich du – du willst es nicht. Ich hatte mich daran gewöhnt, und jetzt kommt es mir ganz komisch vor...
ALPHA Wenn ich doch hier bleiben muß mit dir, dann bin ich lieber mit einem menschlichen Wesen zusammen als mit einer Idiotin.

ETA Ah so! Deswegen! Weil, du mußt...

ALPHA Ich bin lieber mit dir zusammen als ganz allein.

ETA Weil du keine Wahl hast. Aber wenn du die Wahl hättest...

ALPHA Etti, worauf willst du hinaus?

ETA Wenn wir schon hier zusammen sind... da könnten wir vielleicht auch miteinander schlafen.

ALPHA Hier? Ausgeschlossen.

ETA Ja, natürlich, das ist ausgeschlossen. Aber wenn wir uns woanders getroffen hätten, zu einer anderen Zeit... Da wäre es nicht ausgeschlossen gewesen?

ALPHA Woanders zu einer anderen Zeit...

ETA Dann hättest du keine Angst gehabt...

ALPHA Angst – wovor?

ETA Mit mir zu schlafen und dabei zu wissen, daß ich keine Idiotin bin.

ALPHA Ich habe schon vergessen, daß es ein Woanders gibt und eine andere Zeit...

ETA Gibt es und wird es immer geben.

ALPHA Du hast recht, aber es wird immer schwieriger, sich daran zu erinnern.

Pause.

Er fährt mit der Hand durch die Haare. Als ich hierher gebracht wurde, hatte ich kurze Haare.

ETA Soll ich sie dir schneiden? Ich habe eine Schere bei mir.

ALPHA Das meinte ich nicht. Nur – wie die Zeit vergeht...

ETA *geht zu ihm und fährt ihm mit der Hand durch die Haare.* Nötig wäre es schon, vor allem hier an den Seiten.

ALPHA ... und immer sehe ich dasselbe. Denselben Weg ... dieselben Bäume ...

ETA Setz dich. *Sie zieht energisch einen Stuhl heran.*

Alpha setzt sich, starrt auf die Allee im Park.

Sie holt eine Schere aus der Tasche, bindet das Tuch von ihrer Tasche ab und legt es Alpha um die Schultern.

ALPHA Dieselben Tage ... dieselben Nächte ...

ETA Beug mal den Kopf runter.

ALPHA Ich kann es selbst nicht glauben ...

Pause. Eta schneidet ihm sorgfältig die Haare, immer nur mit einem kleinen Schnitt mit der Spitze der Schere in kürzeren oder längeren Intervallen. Von Zeit zu Zeit tritt sie einen Schritt zurück, um ihr Werk kritisch zu begutachten. Sie arbeitet sehr konzentriert und verantwortungsbewußt.

Das Unglaubliche ist, daß einem immer dieselben Gedanken wiederkommen.

ETA Halt jetzt sill.

ALPHA Ich komme mir vor wie an einen Pfahl gebunden. Immer an der gleichen Stelle bleiben ist nicht das Schlimmste, das Schlimmste ist das Widerkäuen. Ich bleibe hier, weil ich keine Wahl habe. Aber wer verbietet mir denn, etwas anderes zu denken? Niemand. Und doch laufen meine Gedanken immer in derselben Richtung, immer in derselben, immer in derselben.

Pause.

Früher war das nicht so. Jeden Tag, jeden Augenblick kamen mehr und mehr Gedanken, immer neue, immer weitere, immer tiefere... Das war eine gute Zeit, das war das Leben.

Pause.

Ich würde gern wieder anders denken können. Wenigstens einmal, ohne daß die Gedanken aneinander geraten, ohne daß sie sich gegenseitig umbringen, sondern daß sie sich respektieren. Daß nicht einer gegen den anderen steht, sondern einer aus dem anderen entsteht und weiterführt. Ich möchte wieder etwas Neues kennenlernen, ich denke, ich habe ein Recht darauf. Jeder Mensch hat ein Recht darauf...

ETA Auf dieser Seite ist es gut so. Jetzt die andere.

ALPHA Ganz gleich, was, nur etwas anderes. Manchmal sage ich mir: selbst wenn's etwas Schlechtes ist. Falls es nichts Gutes sein kann, nur etwas anderes. Und selbst...

ETA Halt still.

ALPHA ... selbst etwas Schlechtes zu tun, sogar etwas sehr Schlechtes...

ETA So – so geht es jetzt.

ALPHA ... selbst zu wissen, daß man etwas Schlechtes getan hat, schiene mir besser, als immer dasselbe wiederzukäuen...

Pause.

Weil es am Ende so ist, als ob man überhaupt nichts mehr empfindet.

Pause.

Das eigentliche Gefängnis, das ist der Kopf.

ETA So, und nun noch von vorn. *Sie steht vor Alpha zwischen seinen Knien und schneidet ihm das Stirnhaar.*

Alpha legt langsam seine Hände auf ihre Hüften, zieht sie an sich.

Sie beugt sich und lehnt sich an ihn, schmiegt ihre Wange gegen seinen Kopf, seinen Hals, seine Wange. Das alles geschieht sehr langsam, aber sehr bewußt, mit langsamen, fließenden Bewegungen.

Alpha umfaßt sie mit einem Arm und zieht sie noch näher an sich.

Sie macht sich frei, tritt einige Schritte zurück, setzt sich in den Sessel und zieht die Beine an, legt die Arme um sich selbst, senkt den Kopf und verbirgt das Gesicht auf der Lehne. So, wie eine Kugel zusammengerollt, dreht sie Alpha den Rücken zu.

ALPHA *steht auf, nimmt das Tuch ab und bleibt vor Eta stehen.*

Pause.

Etti.

Pause.

Er legt die Hand auf ihr Haar und streicht ihr sehr sanft, sehr zart über den Kopf. Du hast recht.

ETA Das kommt alles nur von dir.

ALPHA Von mir?

ETA Ja, warum hast du mich gehindert, die Dumme zu spielen?

ALPHA Ich habe dich gehindert? Ich dachte, du hättest es satt gehabt.

ETA Alles wäre so einfach gewesen ... und jetzt ist alles so kompliziert. Ich dachte, es würde mir nichts ausmachen, es würde lustig sein ... früher war es immer lustig, nie hat es irgendwelche Probleme gegeben, aber diesmal ...

ALPHA Diesmal ...?

ETA Warum tust du so, als ob du's nicht wüßtest? Du weißt sehr gut, daß ich es jetzt nicht kann. Als Dummchen könnte ich so tun, als ob ich nicht wüßte, um was es ginge. Sie haben mir gesagt, das sei eine Gelegenheit für einen angenehmen Aufenthalt, ein Schloß mit Swimmingpool ... und ich würde einen Prominenten kennenlernen ... und was macht es, das Dummchen?

Ohne groß zu fragen, saust es voller Freude los. Neugier, Abenteuer... Warum nicht? Dafür sind die Dummchen da, aber jetzt... jetzt...

ALPHA Jetzt ist es anders.

ETA Nein, nichts ist anders, es ist immer dasselbe. Der einzige Unterschied ist, daß ich nicht mehr so tun kann, als wüßte ich nicht, daß sie mich als Betthäschen benutzen. Sie reichen mich von einem zum andern weiter mit der Bemerkung: »Aber bitte, lieber Freund, bedienen Sie sich, unsere Angelegenheit besprechen wir nachher.« Das Dummchen fragt ja nicht nach dem Warum und auch nicht, um was für eine Angelegenheit es sich handelt. Aber jetzt kann ich nicht mehr mir selbst die Dumme vorspielen.

ALPHA Nein, das kannst du nicht mehr.

ETA Ihr seid alle gleich. Alle haben irgend etwas im Sinn. Er schiebt mich zu dir ins Bett, weil er seine Pläne hat, du willst mich nicht, weil du deine hast. Das kleine Dummchen hat entzückt zu sein, weil es in deinen Swimmingpool darf.

ALPHA Aber du bist kein Dummchen.

ETA Doch.

ALPHA Nein.

ETA Doch.

ALPHA Aber...

ETA Doch, doch, doch. *Sie dreht ihm den Rücken zu, streckt ihre Arme auf einer Lehne des Sessels aus und verbirgt ihr Gesicht darin. Sie weint still vor sich hin.*

ALPHA Etti, hör zu, ich wollte... ich wollte...

Pause.

Etti?

Pause.

Etti, hör zu, jetzt, wo du's weißt, mußt du's nicht so tragisch nehmen.

Pause.

Schließlich ist doch nichts passiert.

ETA *dreht sich um und wischt mit dem Handrücken eine Träne ab.* Du bist blöd.

ALPHA Schon möglich, aber ...

ETA Dir gehen so viele Gedanken durch den Kopf ... Hast du nie daran gedacht, daß ich mich in dich verliebt haben könnte?

ALPHA Was?

ETA Ja. Und daß ich nie mit dir schlafen werde, denn wenn ich auch noch so verliebt in dich bin – du, du bist es nicht in mich.

ALPHA Aber ich ...

ETA Aber du! Weil du denkst, daß ich eben nur so ein Mädchen bin, selbst wenn du mich nicht für dumm hältst. Weil du denkst, daß ich mich dir gegenüber so verhalte, wie du dich mir gegenüber verhältst – genau so. Obwohl es nicht genau so ist. Ich kann nicht, und ich will nicht, daß das so ist.

ALPHA Ich auch nicht.

ETA *steht auf.* Was – du wolltest nicht?
ALPHA Wollte schon, aber...
ETA Du wolltest?
ALPHA Ja, aber ich darf nicht.
ETA Weil sich das nicht gehört, was?

Pause. Alpha schweigt.

Oder etwa weil du mich liebst und du nicht wußtest, daß ich dich auch liebte?

Pause. Alpha schweigt.

Vielleicht liebst du mich, wie?

Pause. Alpha schweigt.

Ohne eine Antwort abzuwarten, geht sie nach rechts in Richtung ihres Zimmers.
ALPHA Eta...

Eta bleibt stehen und dreht sich um. Sie wartet.

Er sagt nichts.

Eta geht rechts ab.

Er bleibt eine Weile stehen, dann folgt er Eta langsam. Vor der rechten Kulisse bleibt er einen Augenblick stehen, dann geht er zur rechten Tür und klopft. Die Tür wird ein wenig geöffnet. Holen Sie den Chef, ich habe eine Erklärung abzugeben.

Blackout

Harte Rockmusik.

Achte Szene

Die harte Rockmusik geht weiter. Alpha liegt auf dem Sofa, die Arme unter dem Kopf gekreuzt, die Beine über der Seitenlehne, eine Zigarette zwischen den Lippen. Beta steht vor ihm in einem hellbeigefarbenen Sommeranzug mit dunkelblauem Hemd und Krawatte, die rechte Tür ist geschlossen. Nach einiger Zeit geht Beta zur Stereoanlage und stoppt die Musik.

BETA Haben Sie eine Entscheidung getroffen?

Alpha schweigt.

Sie haben mich rufen lassen …

Alpha schweigt.

Sie haben mich dringend rufen lassen. Warum?
ALPHA Um Ihre Visage zu sehen.

Pause.

BETA *will aufbrausen, beherrscht sich aber.* Und sonst?

ALPHA Das ist alles. Für mich ist das sehr wichtig, das können Sie nicht verstehen.

BETA Sehr schmeichelhaft.

ALPHA Ja, ich brauche Sie. Früher nicht, aber jetzt komme ich ohne Sie nicht aus. Ich möchte Sie ununterbrochen vor Augen haben.

BETA So? Und warum?

ALPHA Weil mir das guttut, weil es mich in Form hält. Wenn ich Sie nicht vor mir sehe, beginne ich bestimmte Dinge zu vergessen, dann denke ich nicht mehr klar. Anders ausgedrückt, wenn ich Sie nicht vor Augen habe, fühle ich mich wohler. Aber ich brauche Sie nur zu sehen, schon könnte ich kotzen.

Pause.

BETA Ist Ihnen klar, daß ich Sie hier auf der Stelle umbringen kann?

ALPHA Ausgezeichnete Idee. *Er richtet sich auf und setzt sich auf dem Sofa zurecht.* Würden Sie das tun, wirklich... oder sind das leere Versprechungen... Aha – leider bloß leere Versprechungen.

Pause.

Und daher... *Er spricht langsam, insistierend und schaut Beta in die Augen.* Wie geht es Ihrer Frau?

Pause.

Sicher sehr viel besser...

Beta nähert langsam seine rechte Hand der linken inneren Jackettasche.

Alpha steht auf und geht zu Beta, bleibt einige Schritte vor ihm stehen. Besonders da sie sicherlich einen Nachfolger für Sie gefunden hat.

Beta legt die Hand um den Revolvergriff in der linken Innentasche.

Hmm?

Beta zieht langsam die Hand zurück. Er legt beide Hände auf dem Rücken zusammen. Pause. Beta bleibt starr.

Alpha zieht sich zurück. Ja, das war eine ausgezeichnete Idee. Schade, daß sie nicht realisierbar ist. *Er steht wieder Beta gegenüber.* Nein, nein, ich glaube Ihnen; Sie hatten große Lust, Sie gäben alles dafür, das sieht man, aber leider... Es geht leider nicht, Ihre Vorgesetzten wären sehr unzufrieden mit Ihnen, man braucht mich noch. Es hängt also nicht von Ihrer Entscheidung ab.

Pause.

Ich habe eine Idee. Sie könnten... Sie könnten ihnen doch sagen, sie hätten mich erschossen, weil ich versucht hätte auszurücken, es gibt ja da eine klassische

Formel: »Auf der Flucht erschossen«. Na? Das ist doch eine sehr handliche Formel, nicht wahr?

Pause.

Nein, geht das auch nicht? Ah, ich verstehe, es gibt einen Zeugen dort hinter der Tür, die Umstände sind nicht günstig.

Pause.

Ja dann... Wie wäre es mit Notwehr? Ein Fall von legitimer Notwehr?

Alpha macht einen Schritt nach vorn, während Beta einen zurück macht, auf diese Art bewegen sie sich beide, immer im gleichen Abstand und mit dem Blick in die Augen des anderen, zur rechten Tür. Beta zieht sich weiter zurück, die Arme am Körper, bereit zur Verteidigung. Er legt dann die Hand auf die Türklinke. Alpha bleibt vor ihm stehen, immer in derselben Entfernung.

BETA *leise, deutlich* Das zahle ich Ihnen heim.
ALPHA Vielleicht, aber da werden Sie warten müssen.
BETA Ich werde warten.
ALPHA Wie lange?
BETA So lange wie es nötig ist. *Er öffnet die Tür, geht hinaus und schließt sie hinter sich.*

Blackout

Neunte Szene

Noch später am Nachmittag. Bald wird die Dämmerung kommen. Die Sonnenstrahlen sind sehr schräg, fast horizontal, beinahe rot. Die linke Tür ist offen. Alpha sitzt vor dem mittleren Türbogen zur Terrasse, den Rücken zum Publikum. Eta steht neben ihm.

ALPHA Und dahinter?

ETA Da ist noch eine Straße.

ALPHA Asphalt?

ETA Ich glaube. Jedenfalls breiter, mit einer Kurve, und hinter der Kurve Pappeln und ein See.

ALPHA Ist er groß?

ETA Ziemlich. Und dahinter Felder und ein Dorf.

ALPHA Mit einer Schule?

ETA Einer Schule?

ALPHA Es gibt doch Kinder in diesem Dorf, die zur Schule müssen. Also werden sie dort eine Schule haben.

ETA Was du alles erzählst. Selbst wenn es eine gibt, sind jetzt Ferien, und es gibt keine Kinder. Und hinter dem Dorf sind wieder Felder.

ALPHA Felder oder Weiden?

ETA Ich glaube beides.

ALPHA Und die Felder, was sind das für welche?

ETA Na, ganz normale.

ALPHA Aber mit was? Weizen, Roggen, Hafer, Klee?

ETA Ich kenne mich nicht aus. Felder eben, das ist alles. Und hinter denen sind wieder welche und dahinter noch welche und dann immer noch welche.

Die rechte Tür öffnet sich, um Kappa eintreten zu lassen. Er ist mager und kahlgeschoren; er sieht älter aus, als er ist. Er steckt in einem abgetragenen mausgrauen Anzug von minderer Qualität, auch die Krawatte ist nicht neu; sie ist nachlässig gebunden und sieht aus wie ein Strick. Die Hände sind bis zu den Gelenken verbunden, die Bandage ist so dick, daß man zwei weiße Kugeln zu sehen glaubt. Die Tür schließt sich hinter ihm. Kappa bleibt vor der Tür stehen, aber Eta bemerkt ihn und unterbricht ihre Erzählung.

ALPHA Und hinter den Feldern?
ETA *schaut Kappa aufmerksam an.* Da ist jemand für dich.

Alpha wendet den Kopf und sieht Kappa. Er steht auf.

Mir fällt gerade ein, daß ich mein Bügeleisen nicht ausgeschaltet habe. *Geht rechts ab in die Kulisse.*

ALPHA *geht langsam auf Kappa zu.* Du bist verändert.
KAPPA Du nicht.

Pause.

Ich würde mich gern setzen.
ALPHA Ah ja, natürlich.

Alpha legt einen Arm um Kappa und führt ihn zur Mitte der Bühne, zieht einen Sessel heran. Kappa setzt sich vorsichtig und schwer. Dann schaut er Alpha genau an.

KAPPA Du bist sogar ein bißchen dicker geworden.

ALPHA Bist du frei?

Kappa schüttelt den Kopf.

Dumme Frage. Leute wie uns läßt man nicht laufen.

KAPPA Jedenfalls im Augenblick nicht. *Er schaut sich um.* Du bist gut untergebracht.

ALPHA Und du?

KAPPA Nicht ganz so gut.

ALPHA Wann haben sie dich festgenommen?

KAPPA Gleich zu Anfang. Noch in der Nacht.

ALPHA Wie?

KAPPA Normal – wie die andern auch. Am Ende der Versammlung.

ALPHA Wie die andern?

KAPPA So wie uns alle fünf, außer dir.

ALPHA Ich war woanders.

KAPPA Das wissen wir. Du warst unterwegs. Wir wurden angerufen, daß du später kämst. Aber sie haben dich trotzdem gefunden.

ALPHA Was ist mit den andern, mit denen aus den Provinzkomitees ... Hat irgend jemand untertauchen können?

KAPPA Wie soll ich das wissen?

ALPHA Aber ich weiß, daß irgend jemand es geschafft haben muß, ich bin mir ganz sicher. Einer muß davongekommen sein, ich weiß nur nicht, wer.

Kappa zuckt die Schultern.

Ich weiß, daß ein paar untergetaucht sind und vom Untergrund aus aktiv werden.

KAPPA Möglich.

ALPHA Als sie dich hierher gebracht haben...

Pause.

KAPPA Ja, was?

ALPHA Wußtest du, daß du mich treffen würdest?

Pause.

KAPPA Nein.

ALPHA Du wußtest es nicht, als du hier herein kamst?

KAPPA Nein.

ALPHA *den Kopf zur Tür rechts gedreht, spricht laut zur Tür, mit dem Rücken zu Kappa.* Eine Überraschung?

KAPPA Ja.

ALPHA *entfernt sich von der Tür und kommt zu Kappa zurück.* Für mich auch.

Pause.

Er bemerkt, daß Kappa die Bar anschaut. Und das ist auch überraschend? *Er zeigt auf die Bar.*

KAPPA Nein.

ALPHA Wieso nicht? Das ist doch nicht normal, eine Zelle mit einer Bar, ein Gefängnis mit einer solchen Aussicht... Und erst das Badezimmer – die blauen Kacheln. Ich an deiner Stelle wäre überrascht.

Kappa schweigt. Pause.

Ich kann dir einen Whisky anbieten oder etwas anderes. Ich kann dir auch gefüllte Hühner bestellen oder ein Entrecôte mit Pilzen oder ein Eis, zum Beispiel eine Cassata. Das hast du nicht erwartet, nicht wahr?

KAPPA Nein... das nicht.

ALPHA Siehst du. Übrigens – die Dame, die da eben war, mit der schlafe ich nicht.

KAPPA Schade.

ALPHA Finde ich auch. Das ist das einzige, was mir fehlt, sonst – na, du siehst ja selbst.

KAPPA Wenn du frei wärst, hättest du's weniger gut.

ALPHA Das ist nicht so sicher. Ich könnte das alles genauso haben und sogar noch besser.

Kappa schweigt. Pause.

Das überrascht dich auch nicht?

KAPPA Nein – wieso soll mich das überraschen?

ALPHA Weißt du, von wem das abhängt?

KAPPA Nein.

ALPHA Von mir. Ganz allein von mir.

Pause.

Aber das überrascht dich, nicht wahr?

KAPPA Ja.

ALPHA Gut. *Er setzt sich Kappa gegenüber.* Und jetzt zu dir.

KAPPA Was heißt das – zu mir?

ALPHA Jetzt bist du dran mit Reden.

KAPPA Worüber?

ALPHA Über das, was du mir sagen sollst.

Kappa schweigt. Lange Pause.

Ich werde dir helfen. Meinst du, ich sollte ihren Vorschlag annehmen?

KAPPA Sie sind gar nicht so schlimm.

ALPHA *zeigt auf die Bar.* Nein, wie man feststellen kann. Also? *Er zieht seine Tabakdose heraus und dreht sich eine Zigarette.*

KAPPA Alles in allem, was hätten sie anderes tun sollen?

ALPHA Ah...

KAPPA Sie waren in einer Situation, die ihnen keine Wahl ließ. Wir waren gegen sie, sie waren gegen uns.

ALPHA Willst du damit sagen, sie hätten dasselbe getan wie wir? Meinst du das?

KAPPA Genau. Wir haben getan, was wir zu tun hatten, und sie auch. Jeder tut, was er zu tun hat, das muß man begreifen.

ALPHA Das muß man begreifen.

KAPPA Was geschehen ist, ist geschehen. So ist es und nicht anders. Jetzt müssen wir daran denken, wie es weitergehen soll.

ALPHA Ja, eben. Und – wie soll es weitergehen? *Er zündet sich eine Zigarette an.*

KAPPA Man muß konstruktiv denken.

ALPHA Und zwar wie?

KAPPA Also nicht weiter in diesem Unfrieden leben, das hilft keinem, das bringt nichts. Wir müssen vergessen... *Er unterbricht und schaut auf Alphas Zigarette.*

Pause.

ALPHA Was vergessen?

Kappa reagiert nicht, er läßt die Augen nicht von Alphas Zigarette. Pause.

Was vergessen?

Kappa reagiert immer noch nicht. Er ist fasziniert von der Zigarette und vergißt alles um sich her. Endlich begreift Alpha, er steht auf und steckt vorsichtig seine Zigarette Kappa zwischen die Lippen. Dieser inhaliert gierig, diese erste Zigarette nach so langer Zeit wirkt wie eine starke Droge auf ihn. Alpha steht neben ihm und hilft Kappa, der seine Hände nicht benutzen kann.

KAPPA Das, was gewesen ist. *Er schließt die Augen, um das Nikotin zu genießen.*

ALPHA Und was ist gewesen?

KAPPA Na, ich meine all diese verschiedenen Miß... Miß...

ALPHA Mißverständnisse?

Kappa nickt, Alpha läßt ihn wieder einen Zug machen.

Und was sonst noch?

KAPPA Die … die Irrtümer, die … die Abweichungen …

ALPHA Und weiter, was noch? *Er läßt ihn wieder einen Zug machen.*

KAPPA Die Kon … Kon … Kon …

ALPHA Die Kon …?

KAPPA *schreit* Die Konfrontation! Die Konflikte!

ALPHA *leise* Die Toten?

KAPPA *beugt sich vor, senkt den Kopf. Pause. Dann leise* Nein.

ALPHA Verzeih mir.

KAPPA Schon gut.

ALPHA Mich haben sie nicht geschlagen. *Er entfernt sich, hält vor dem Mittelbogen an und schaut auf die Landschaft, die inzwischen im abendlichen Dunkeln liegt.*

Kappa sitzt immer noch in der gleichen Haltung da.

Du wenigstens bist ein Mensch.

KAPPA Aber was für einer …

ALPHA Ganz gleich, du bist einer. Und ich – was bin ich?

Pause.

Höchstens ein Symbol. *Er wendet sich und kehrt zu Kappa zurück.* Du mußt wieder zurück.

KAPPA Ich weiß.

ALPHA Bevor du gehst, kannst du mir was sagen? Kannst du mir einen Rat geben? Einen, der nur von dir kommt?

KAPPA Nein.

ALPHA Was soll ich machen?
KAPPA Das weißt du selbst.
ALPHA Bist du sicher, daß ich es weiß?
KAPPA Du mußt es wissen.
ALPHA Ich muß?
KAPPA Du weißt es.

Alpha antwortet nicht.

Er steht auf. Ich glaube daran.
ALPHA *umarmt ihn und führt ihn zur Tür rechts; sie stehen davor, die Tür öffnet sich.* Als sie dich hierher gebracht haben ... neben der Asphaltstraße sind Felder ... Weißt du, was da wächst?
KAPPA Nein. *Er geht hinaus, die Tür schließt sich.*

Alpha geht wieder zur Mitte der Bühne, bleibt vor dem mittleren Ausgang stehen, den Rücken zum Publikum, schaut in die dunkle Landschaft. Eta kommt langsam und leise aus der Kulisse rechts, sie bleibt stehen, schaut auf die unbewegliche Silhouette von Alpha, setzt sich dann in den Sessel links. Kurz darauf wendet Alpha sich um und sieht Eta. Er geht auf sie zu, kniet vor ihr nieder, legt den Kopf auf ihre Knie. Pause.

ETA Komm. *Sie steht auf und nimmt Alphas Hand.*

Sie gehen beide durch die Tür links ab, die offen bleibt.

Blackout

Zehnte Szene

Mittag. Die Sonne steht im Zenit. Die linke Tür ist geschlossen. Alpha sitzt am Tisch über einem Blatt Papier, in der Hand einen Kugelschreiber. Eta kommt durch die linke Tür in einem Hemd von Alpha, das ihr viel zu groß ist. Sie ist barfuß. Die Tür läßt sie offen, sie geht auf Zehenspitzen zu Alpha, bleibt hinter ihm stehen und legt ihm die Hand über die Augen. Alpha legt seine Hand über das Blatt Papier.

ALPHA Das ist Eta.
ETA Das ist eine Katz.
ALPHA Eta kommt später.
ETA Die Katz ist dein Schatz.
ALPHA Was macht der Hund?
ETA Der Hund ist gesund. *Nach diesem Ratespiel, frei nach der Kinderfibel, küßt sie Alpha aufs Ohr, streckt sich, gähnt und schaut auf die sonnenbeschienene Landschaft.* Es ist wieder schön.
ALPHA Es ist immer schön.
ETA Ich geh mich umziehen.

Eta geht ab in die Kulisse rechts. Alpha schreibt weiter. Eta kommt zurück, sie hat jetzt ein einfaches Kleid an, das fast so kurz ist wie das Hemd, aber es läßt oben mehr sehen. Sie hat jetzt Schuhe an, das Hemd hat sie in der Hand.

Das müßte in die Wäsche.

ALPHA *in sein Schreiben vertieft* Hmm.

ETA Ich wasch es dir.

ALPHA Meine Wäsche wird jetzt auf Staatskosten gereinigt.

ETA Aber ich wasche besser.

ALPHA Wenn's dir Spaß macht. *Er wendet sich wieder seinem Brief zu.*

ETA Hast du sonst noch was zu waschen?

ALPHA Weiß ich nicht.

ETA Bestimmt, du hast zwei Hemden und Socken.

ALPHA Möglich.

ETA Hol sie mir.

ALPHA Später.

ETA Nein, sofort. Ich will sie zusammen mit meinen Sachen waschen.

Alpha steht ungeduldig auf wie jemand, der etwas Unangenehmes los werden will, das ihn von Wichtigerem abhält, und geht links hinaus. Eta geht zum Tisch und liest Alphas Brief. Sie dreht sich schnell um, als Alpha zurückkommt.

ALPHA Ich habe nur Socken, Hemden habe ich nicht gefunden. *Er reicht Eta ein paar Socken.*

ETA Die genügen mir schon.

ALPHA Die Hemden fliegen wohl irgendwo herum.

ETA Ist schon recht mit den Socken.

ALPHA Es hat ja keine Eile. *Er setzt sich wieder an den Tisch.*

ETA Natürlich nicht, kümmere dich nicht darum.

Alpha nimmt wieder seinen Kugelschreiber.

... außer dir.

ALPHA Was?

ETA Ich helf dir nur, du warst bei »außer dir« stehengeblieben.

Alpha schaut sie an.

Du hast vergessen, einen Punkt hinter »vorbei« zu machen. Da gehört ein Punkt hin und kein Komma. Bestimmt.

Alpha schaut sie an, der Kugelschreiber schwebt über dem Blatt.

Warum wunderst du dich? Ich habe manchmal ein phantastisches Gedächtnis. Ich brauche etwas nur einmal zu lesen und weiß mein Leben lang Wort für Wort auswendig mit Punkt und Komma, aber manchmal bin ich völlig vernagelt. Zum Beispiel in der Schule, da hätte ich mich umbringen können mit Lernen und hätte doch nicht behalten, was ich sollte.

Alpha legt den Kugelschreiber hin.

Eta zitiert »... Wenn Du diesen Brief liest, dann ist alles vorbei. Sie werden ihn Dir erst dann geben. Ich weiß natürlich nicht, ob sie ihn Dir überhaupt geben werden, trotzdem schreibe ich Dir diesen Brief ...« Richtig?

Pause.

Richtig. »Du verstehst schon, daß ich nicht Klartext schreiben kann ...« Natürlich kannst du das nicht. Das versteht sie, alle Frauen verstehen so etwas. Aber jetzt muß ich dir eine Illusion nehmen: Sie wird es noch viel besser verstehen, als du möchtest.

ALPHA Meine Briefe werden zensiert.

ETA »... Aber was immer geschieht, was immer Du erfährst, was immer sie an Beweisen gegen mich vorbringen werden, eines will ich Dir noch sagen ...«

ALPHA Mußt du unbedingt fortfahren?

ETA Ja. »... eines will ich Dir noch sagen: Ich habe Dich immer geliebt, und ich habe nie jemanden geliebt außer Dir.«

Pause.

Warum schreibst du nicht weiter? Meinst du, das wäre das Ende des Briefes?

Pause.

Bitte, genier dich nicht meinetwegen, ich hoffe, ich hab dich mit meiner Wäsche nicht aus dem Konzept gebracht.

ALPHA *steht auf.* Eta ...

ETA Was?

ALPHA Ich weiß nicht, wie ich es dir erklären soll.

ETA Mir willst du auch was erklären?

ALPHA Vielleicht vor allem dir.

ETA Oh.

ALPHA Ich muß diesen Brief schreiben.

ETA Du mußt oder du willst.

Pause.

Nun, wenn du es mußt, dann mußt du es, und dann entspricht das, was du geschrieben hast, nicht ganz der Wirklichkeit. Aber wenn du es willst...

Pause.

ALPHA Ich will es.

ETA Deine Offenheit ehrt dich.

ALPHA Ich will es, und ich sollte es auch.

ETA Das kann ich mir vorstellen, daß du es solltest.

ALPHA Nein, das kannst du dir nicht vorstellen. Ich sollte diesen Brief schreiben.

ETA Du willst es.

ALPHA Ich sollte diesen Brief schreiben, selbst wenn wir beide nichts damit zu tun hätten, du und ich. Selbst wenn es dich nicht gäbe.

ETA Aber es gibt mich.

ALPHA Ja, aber selbst wenn es dich nicht gäbe, dann müßte ich ihn doch schreiben.

ETA Du müßtest nicht, du willst.

ALPHA Ich will, ich sollte, ich muß – egal. Aber ich muß es, weil...

ETA Weil...?

ALPHA Genau das kann ich dir nicht erklären.

ETA Offenbar. Das läßt sich nicht erklären.

ALPHA Du irrst dich. Nur kann ich jetzt nicht darüber sprechen. Eines Tages wirst du es verstehen, aber im Augenblick …

ETA Was – im Augenblick?

ALPHA Glaub mir.

ETA Dir glauben … Das erste und das einzige Mal, daß ich jemandem geglaubt habe … da war ich fünfzehn. Jetzt bin ich fünfundzwanzig. Du kommst zu spät.

ALPHA Versuch zu verstehen.

ETA Warum ich? Deine Frau muß verstehen. Die ist dafür da.

ALPHA Das ist nicht dasselbe.

ETA Natürlich nicht. Ein Hemd, das ist nicht dasselbe wie ein Paar Socken.

ALPHA Das meine ich nicht!

ETA Sondern?

Alpha legt die Hand auf die Augen, um zu versuchen, seine Gedanken wiederzufinden.

Soll ich dir helfen? Ich sag dir, was du schreiben sollst. Diese kleine Hure da, das ist ein Zufall, ein Zusammentreffen von unglückseligen Umständen. Es hat nichts zu tun mit meinen Gefühlen für dich, es ändert nichts an den tiefen, aufrichtigen, einzigartigen Gefühlen, die ich für dich empfinde, meine Liebste, meine geliebte Frau …

ALPHA Hör auf!

ETA Was ist eine einzige Nacht im Vergleich zu all den Jahren, die wir miteinander verbracht haben und die wir noch miteinander verbringen werden? Was sind diese paar Worte, die ich einem kleinen Dummchen gesagt habe, angesichts unserer Gespräche, unserer Schwüre, unseres tiefen gegenseitigen Verstehens?

ALPHA Aber das ist es doch nicht, das ist es doch überhaupt nicht.

ETA Sondern? Was sind diese albernen Spiele angesichts unserer Seelenverwandtschaft, unseres Vertrauens und unserer Gefühle? Was ist ein Augenblick gegenüber einem ganzen Leben?

ALPHA Nein.

ETA Dein Mann, der dich zärtlich und für immer liebt. Das unterschreibst du, und dann füge ich noch ein paar Worte hinzu.

ALPHA Nein, nein, nein!

ETA Oh, ganz klein und ganz unten. Und weiter nichts als »Mit meinem Respekt und der Bewunderung einer Dilettantin für eine Professionelle, einer Anfängerin für die Weltmeisterin, mit kameradschaftlichen und freundschaftlichen Hurengrüßen!

Alpha gibt ihr eine Ohrfeige.

. . . Eta«!

Sie wirft das Hemd und die Socken auf die Erde, dreht Alpha den Rücken zu, rennt durch den Mittelbogen hinaus auf die Terrasse.

ALPHA Eta! *Er läuft ihr nach.*

Man hört einen Schuß und das Pfeifen einer Kugel. Eta läuft die unsichtbare Treppe hinunter, Alpha stürzt ihr nach. Ein zweiter Schuß, aber diesmal hört man nicht das Pfeifen der Kugel, Alpha läuft die Treppe hinunter – er ist also außer Sicht. Kurze Pause, dann Maschinengewehrfeuer. Pause.

Beta erscheint aus dem Raum zwischen der mittleren und der rechten Bogenöffnung auf der Terrasse. Man sieht nur seinen Rücken, weil er zur Balustrade gelaufen ist. Er hält an der – unsichtbaren – Treppe an, den Rücken zum Publikum, die Hände auf dem Rücken verschränkt. Beta trägt einen dunklen Nadelstreifenanzug mit Weste, weißem Hemd und Krawatte. Nach einigen Augenblicken wendet er sich um und betritt ohne Eile, ganz entspannt, das Zimmer. In diesem Augenblick wird ein überlebensgroßes Portrait von Alpha von oben heruntergelassen. Ein Bild wie es bei Aufmärschen und Demonstrationen herumgetragen wird. Auf diesem Portrait erscheint Alpha sehr geschönt mit strahlendem Zahnpastalächeln. Die Anwesenden begrüßen sich wie bei einem Cocktailempfang, der Erzbischof Lambda ist der einzige, der nicht als erster grüßt, vielmehr nimmt er mit einer fast unmerklichen und steifen Neigung des Kopfes die Grüße entgegen. Er hält sich abseits. Kappa grüßt nicht und reagiert auch nicht auf Begrüßungen. Er bleibt an der Wand zwischen mittlerem und linkem Ausgang fast unbeweglich stehen, wenig beleuchtet, fast im Dunkeln. Beta begrüßt alle Gäste, mit

Ausnahme Kappas, den er übersieht. Als Hausherr fühlt Beta sich wohl und benimmt sich ganz natürlich. Im Gegensatz dazu fühlen sich seine Gäste ihm gegenüber unbehaglich und benehmen sich entsprechend steif. Einerseits können sie seine Anwesenheit nicht ignorieren, andererseits täten sie lieber so, als wäre er nicht da. Beta nähert sich einem nach dem anderen, um ein Glas anzubieten. Er beginnt mit Pi, die sich ein Glas vom Tablett nimmt, ohne irgendeine Gefühlsregung zu zeigen. Dann geht er gleich daneben zu Gamma, der ebenfalls ein Glas nimmt, aber durchaus seine Unabhängigkeit zur Schau trägt. Dann geht Beta auf den Erzbischof Lambda zu, der ihn mit einer diskreten, aber entschiedenen Geste abweist. Beta verbeugt sich vor ihm und dreht sich halb um, er übersieht Kappa völlig. Das Tablett stellt er auf den Tisch und nimmt sich ein Glas. Die Musik wird leiser, ist bald nur noch ein Hintergrundgeräusch.

BETA Meine Damen und Herren, Sie werden vielleicht überrascht sein über den Toast, den ich aussprechen werde. Ich will die Tatsachen nicht verschleiern, daß unsere Beziehung zu unserem teueren Verblichenen *er zeigt auf das Portrait* ein wenig – lassen Sie es mich offen sagen –, ein wenig kontrovers war. Nichtsdestoweniger als Söhne desselben Bodens, beflügelt durch dieselbe Liebe zum Vaterland, haben wir unserem Lande gemeinsam gedient, und was uns betrifft, fahren wir fort, ihm mit derselben Ergebenheit zu dienen. Daher erhebe ich mein Glas und trinke *er hebt sein Glas in Richtung auf das Bild* auf ihn. Hoch soll er leben!

GAMMA Besonders da er tot ist. *Das sagt er nicht zu Beta, sondern zu Pi, als ob er nicht wüßte oder als ob er so täte, als wüßte er es nicht, daß Beta ihn hört. Genauso antwortet er Beta.*

BETA Pardon?

GAMMA Nichts.

Beta hebt feierlich sein Glas noch etwas höher und trinkt es dann zur Hälfte aus – als einziger, während Gamma und Pi an seiner Seite wie Cocktailgäste mit dem Glas in der Hand so tun, als ob sie den Toast gar nicht gehört hätten.

BETA *fährt fort* Man kann historische Erscheinungen nur unter der Perspektive der Geschichte sehen, nur darin …

GAMMA Das ist gut.

BETA Sind Sie nicht einverstanden?

GAMMA Im Gegenteil, ich finde, daß die Perspektive der Geschichte etwas sehr Gutes ist.

BETA Warum?

GAMMA Weil man sie korrigieren kann.

BETA *fährt fort* Heute haben wir eine solche Perspektive. Wir verkörpern die historische Kontinuität. Wir haben bereits eine fortdauernde und sich erneuernde Tradition, und wenn wir sie weitere tausend Jahre lang bewahren können, dann werden wir eine mehr als tausendjährige Tradition haben. Das genügt, um die Tradition in Tatsachen zu verwandeln, und Tatsachen diskutiert man nicht.

GAMMA Das ist eine Tatsache.

BETA Wir schaffen also Tatsachen. Wir schaffen sie unermüdlich, geduldig, von Jahr zu Jahr, von Dezennium zu Dezennium, wir erbauen eine große Pyramide von Tatsachen, die eines Tages durch die Übertatsache gekrönt sein wird. Aber wir dürfen diesen verantwortungsvollen Versuch nicht Unverantwortlichen überlassen. Das ist im übrigen auch nicht notwendig, denn wir haben führende Köpfe, die sich auf diesem Gebiet ausgezeichnet und uns in den Besitz von Tatsachen gebracht haben, die nicht mehr bewiesen zu werden brauchen. Und daher *er hebt sein Glas* auf uns alle und unser allgemeines Wohl. *Er leert sein Glas und stellt es aufs Tablett.* Und jetzt wollen Sie mich bitte entschuldigen. Die Pflicht ruft. *Er geht zur Tür rechts, öffnet sie, geht hinaus und schließt sie hinter sich.*

Pi und Gamma gehen aufeinander zu, Erzbischof Lambda geht durch den rechten Bogen auf die völlig dunkle Terrasse. Kappa bleibt unbeweglich.

GAMMA Sie sind charmant.
PI *mit dankbarem Lächeln* Was machen Sie zur Zeit?
GAMMA Ich lebe.
PI Das trifft sich gut, ich wollte schon seit langem ein Gespräch mit Ihnen führen.

Die Musik wird lauter, die ersten Zeilen des Liedes, das man bisher nur auf dem Klavier gehört hat, sind jetzt klar verständlich, eine Frauenstimme mit Klavierbegleitung, jeder Vers dauert etwa dreißig Sekunden.

FRAUENSTIMME *über Stereo*

I am in the mood for love
simple because you are near me
and darling, when you are near me
I am in the mood for love.

Bei den ersten Worten haben Pi und Gamma sich einander zugewendet, langsam ihre Gläser erhoben, sie gleichzeitig geleert und abgesetzt. Sie gehen nun von vorn nach hinten. Pi hält an und schaut nach oben auf das Bild von Alpha.

PI Es heißt, er war nicht allein, als er starb?

GAMMA Nein, er war nicht allein. Wir waren alle bei ihm bis zu seinem letzten Atemzug.

Sie gehen weiter und durch den mittleren Bogen ab und verschwinden im Dunkel.

FRAUENSTIMME *über Stereo*

Why start to think of whether
this little dream might fail
we put our hearts together
now we are one I am not afraid

Kappa geht durch den linken Bogen auf die Terrasse und verschwindet im Dunkeln. Alphas Bild ist nach wie vor hell erleuchtet.

FRAUENSTIMME *über Stereo, lauter über der leeren Bühne*

If there is a cloud above
and it must rain, – well let it
but for to-night forget it
I am in the mood for love.

Blackout

Deutsch von M. C. A. Molnar

Die Uraufführung des Stückes erfolgte 1984 in New York.

Der Vertrag

Stück in drei Akten

Personen

Magnus, 67 Jahre
Maurice, etwa 30 Jahre

Zeit:
1985

Ort:
Eine Hotelhalle wie die des Hôtel du Lac in Vevey/Schweiz.
Heute gehört es nicht zu den größten und teuersten, aber vor hundert Jahren war es eines der besten.
Einrichtung im Stil der Belle Epoque. Nichts ist verkommen oder verblaßt, alles scheint gepflegt und in jedem Detail dazu bestimmt zu sein, der Behaglichkeit der Gäste zu dienen – eine Zuflucht in dieser stürmischen und bedrohlichen Welt, und vermutlich werden hier auch äußerlich und innerlich besonders gefährdete Menschen leben.
Fensterfront im Hintergrund, nur die schweren Vorhänge sind geschlossen. Links die Rezeption, rechts der Durchgang zu den Fahrstühlen und zur Treppe, ebenfalls rechts gelangt man zur Bar.
›Rechts‹ und ›links‹ vom Zuschauer aus gesehen.

Erster Akt

Späte Nacht. Die Halle ist verlassen, die zahlreichen Lampen brennen, ihr Licht ist gedämpft und angenehm. Die Atmosphäre hat nichts Düsteres und Bedrückendes, alles ist hell in Beige und Perlgrau, die Linien und Konturen erinnern an die Zeichnungen von Beardsley, es ist nichts Biedermeierhaftes in diesem Raum.

Nur ein einziger Mensch sitzt in dieser Halle an einem kleinen Tisch, ein etwa siebenundsechzigjähriger Gast. Er ist sehr sorgfältig gekleidet, sein Gesicht zeigt eine frische, gesunde Farbe, was langjährigem Golfspiel oder langjährigem Whiskytrinken oder auch beidem zugeschrieben werden könnte. Er sitzt sehr gerade und unbeweglich, die Füße stehen nebeneinander, die Ellbogen sind an den Körper gepreßt, die Hände liegen auf den Oberschenkeln. Vor ihm auf dem Tisch ein kleines Tablett mit einem Glas Whisky, das fast leer ist, einem Schälchen mit Oliven oder mit Erdnüssen, einer Karaffe Wasser und so weiter. Nachdem er eine Weile völlig unbeweglich verharrt hat, hebt er langsam eine Hand, greift mit einer sehr entschiedenen Bewegung zum Glas, führt es an den Mund, hält aber plötzlich ein, betrachtet den restlichen Inhalt sehr aufmerksam und stellt es dann genau dorthin, woher er es genommen hat.

Von links kommt ein junger Mann herein, in der Klei-

dung eines Hotelportiers – schwarzer Anzug, weißes Hemd, schwarze Krawatte –, und geht lautlos (denn die dicken Teppiche verschlucken das Geräusch seiner Schritte) von Tisch zu Tisch, um die Lampen zu löschen. Der Mann im Sessel beobachtet ihn schweigend, nach einer Weile richtet er eine Frage an ihn:

MAGNUS Ist Monsieur Lefèvre nicht da?
MAURICE Monsieur Lefèvre arbeitet heute nicht.
MAGNUS Warum nicht?
MAURICE Er ist heute morgen gestorben.

Pause.

MAGNUS *trinkt den Whisky aus.* Und du bist sein Nachfolger?
MAURICE Ja.
MAGNUS Wie heißt du?
MAURICE Maurice.
MAGNUS Ich habe dich hier noch nie gesehen.
MAURICE Ich habe im Excelsior gearbeitet.
MAGNUS Im Excelsior?
MAURICE Nur als Hotelboy.
MAGNUS Aber immerhin, im Excelsior!
MAURICE Aber nur auf Abruf. Die Position hier entspricht mir viel mehr: Jetzt bin ich Hotelportier...
MAGNUS Aber nicht im Excelsior.
MAURICE ...vorausgesetzt, daß die Direktion mich in dieser Stellung behalten will.
MAGNUS Wollen wir's hoffen.

MAURICE Monsieur Lefèvre ist so unerwartet... man hat niemanden gefunden, um ihn zu ersetzen.

MAGNUS Unerwartet, ja wirklich.

MAURICE Niemand außer mir. Ein unglücklicher Zufall.

MAGNUS Unglücklich? Wieso?

MAURICE Ich meine Monsieur Lefèvre...

MAGNUS Wie ist es denn passiert?

MAURICE Sein Herz...

Magnus faßt sich an die Brust, in der Herzgegend.

Der genaue Hergang ist noch nicht geklärt. Ist Ihnen nicht wohl?

MAGNUS Du hast einen ausländischen Akzent...

MAURICE Ich bin Ausländer.

MAGNUS Das ist hier jeder. Monsieur Lefèvre war der letzte Schweizer in der Schweiz. Wo kommst du her?

MAURICE Aus Polititiki.

MAGNUS Was ist das?

MAURICE Eine Insel.

MAGNUS Und wo liegt die?

MAURICE Im Ozean, ganz allgemein gesagt.

MAGNUS Nie davon gehört.

MAURICE Oh, es ist eine sehr kleine Insel.

MAGNUS Die ozeanischen Kulturen sind mir natürlich im allgemeinen bekannt. Palmen, vermute ich...

MAURICE Kokospalmen.

MAGNUS Ja, natürlich. Palmen und diese... diese...

MAURICE Die Sonnenauf- und -untergänge... Das Geräusch der Wellen...

MAGNUS Ja eben. Eine sehr alte Kultur ... mit großer Tradition ...
MAURICE Sie sind sehr liebenswürdig.
MAGNUS Nun ja, das ist die alte europäische Art.

In der Rezeption klingelt das Telefon.

MAURICE Entschuldigen Sie bitte.
MAGNUS Das ist für mich. *Er steht auf.*
MAURICE *nimmt den Hörer ab.* Hotel Résidence ...
MAGNUS *nähert sich der Rezeption.* Für mich, nicht wahr?
MAURICE *deckt mit der Hand die Sprechmuschel ab.* Für Monsieur Lefèvre.

Magnus kehrt zu seinem Platz zurück.

Maurice ins Telefon Nein, ich bedauere ... er ist schon ... ich meine, er ist nicht hier ... er ist zur Zeit abwesend ... Sein Vertreter ... Nein, heute abend nicht ... Ja ... vielleicht morgen ... Ist etwas auszurichten? ... Falls er auch morgen nicht kommen sollte ... falls es dringend ist ... Aber ja, sehr gern ... Monsieur Lefèvre vertraut mir ... Er hat unbegrenztes Vertrauen zu mir ... Was immer Sie hinterlassen wollen ... Nein? Oh, Verzeihung ... Wie Sie wünschen ... *Er legt den Hörer auf.* Merde!
MAGNUS Warum hast du nicht die Wahrheit gesagt?
MAURICE Für alle Fälle.
MAGNUS Glaubst du, daß Monsieur Lefèvre demnächst wieder auferstehen wird?

MAURICE Nein – ich weiß aber nicht, welche Kontakte er hatte.

MAGNUS Monsieur Lefèvre hatte keine Kontakte.

MAURICE Jeder Portier hat seine Kontakte. Ich bin neu hier.

MAGNUS Vor allem bist du ein Heuchler, Maurice.

MAURICE Ich?

MAGNUS Du tust so, als ob dir der Tod von Monsieur Lefèvre nahe ginge. In Wirklichkeit bist du froh darüber. Sein Tod ist der Beginn deiner Karriere.

MAURICE Nur ein unglücklicher Zusammenfall der Ereignisse.

MAGNUS Allmählich beginne ich daran zu zweifeln. Vielleicht bist du ein Mörder. Vielleicht hast du Monsieur Lefèvre umgebracht.

MAURICE Dafür gibt es keinen Beweis, Monsieur.

MAGNUS Nein. Aber ein Heuchler bist du bestimmt.

MAURICE Oh – Monsieur!

MAGNUS Das war ein Kompliment.

MAURICE Ein Kompliment? Man kann es schwerlich dafür halten.

MAGNUS Es war eines. Im Gaststättengewerbe ist Heuchelei eine hervorragende Tugend. Du mußt so tun, als ob du alle Menschen magst, alle, ohne Ausnahme und im selben Maß. Und je besser du das vortäuschst, ein desto besserer Lakai bist du. Ein idealer Lakai. Ist es nicht so?

MAURICE Man tut, was man kann.

MAGNUS Ich zum Beispiel – ich bin genauso sympathisch wie alle anderen, nicht wahr?

MAURICE O nein, Monsieur – Sie sind ganz ungewöhnlich sympathisch.

MAGNUS Du bist kein guter Christ, Maurice. Ein guter Christ müßte alle Menschen gleichermaßen lieben. Du müßtest also sagen: Alle Menschen sind ganz ungewöhnlich sympathisch. Das solltest du lernen, Maurice. Denke daran: Du bist kein Kannibale mehr!

MAURICE Nicht mehr, Monsieur.

MAGNUS Du hast dir einen Beruf ausgesucht, in dem du ohne dein Zutun in den Besitz christlicher Tugenden gelangst: Nächstenliebe, Demut... nutze deine Chance.

MAURICE Ich werde es versuchen.

MAGNUS Du wirst also demütig sein?

MAURICE Wie Sie wünschen.

MAGNUS Immerhin ist es erstaunlich: Ich nenne dich einen Lakaien, einen Kannibalen, einen Mörder – und du zuckst nicht mit der Wimper. Sehr gut, Maurice, ausgezeichnet. Monsieur Lefèvre wäre sehr zufrieden mit dir. Er war ein Meister der guten alten Schule, aber an deiner Stelle wäre er beleidigt. Bravo, Maurice, meinen Glückwunsch. Du bist ein größerer Heuchler, als Monsieur Lefèvre es je gewesen ist.

Pause.

Nein, das ist nicht wahr. Monsieur Lefèvre war kein Heuchler. Ich habe ihn nie einen Lakaien genannt. Nie. Monsieur Lefèvre war mein Freund. *Er nimmt das Glas vom Tisch, dreht es um, es ist leer, er stellt es wieder auf den Tisch, die Öffnung nach unten.* Maurice...

MAURICE Monsieur?

MAGNUS Aber irgend etwas stimmt mit dir nicht.

MAURICE Inwiefern?

MAGNUS Ich kann mir nicht vorstellen, daß deine Heuchelei – wie soll ich sagen –, daß sie echt ist.

MAURICE Monsieur?

MAGNUS Ich kann mir nicht vorstellen, daß du heuchelst, ohne dich innerlich dagegen aufzulehnen.

MAURICE Oh, Monsieur...

MAGNUS Du bist ein junger Mensch, aber du verhältst dich so, als lebten wir im vorigen Jahrhundert. Wir leben aber in einer neuen Zeit.

MAURICE In was für einer Zeit, Monsieur?

MAGNUS In einer revolutionären. Dein Verhalten paßt nicht in diese Zeit, und darum ist es mir verdächtig. Ich kann mir nicht vorstellen, daß du deine Gefühle so beherrschen kannst... Sag mir, was machst du mit der Animosität, die du mir gegenüber hast?

MAURICE Aber Monsieur...

MAGNUS Du hast recht, es muß mehr sein als bloße Animosität. Sag mir also – was machst du mit deinem Haß?

MAURICE Ich weiß nicht, wovon Sie reden, wirklich nicht.

MAGNUS Die Heuchelei nehme ich hin – aber ich verbiete dir, dich über mich lustig zu machen. Kennst du das Hotel Insolent?

MAURICE Gegenüber vom Excelsior?

MAGNUS Ja, das neu eröffnete. Das Personal spuckt den Gästen in die Suppe, es duzt sie, schreit sie an, schlägt und stößt sie... aber die Preise sind höher als im Excelsior.

MAURICE Ja, das Hotel hat die denkbar beste Klientel.

MAGNUS Ein sehr erfolgreiches, sehr modernes Hotel. Warum arbeitest du nicht dort? Du bist jung, stark, noch dazu exotischen Ursprungs, man würde dich dort mit offenen Armen empfangen. Also warum nicht dort?

MAURICE Ich bin nicht geeignet dafür.

MAGNUS Warum nicht.

MAURICE Ich bin zu sensibel.

MAGNUS Ah ja. Du schätzt die Kommerzialisierung deiner wahren Gefühle nicht?

MAURICE Das ist es nicht. Aber ich ermüde schnell. Wenn es ums Schlagen und Stoßen geht, gerate ich leicht außer Atem. Für körperliche Arbeit bin ich nicht geschaffen.

MAGNUS Ich glaube dir kein Wort. Ich vermute eher, daß eine solche kapitalistische Ausbeutung antikapitalistischer Gefühle dir aus ideologischen Gründen zuwider ist.

MAURICE Das ist nur eine Theorie, Monsieur.

MAGNUS Eben. Warum beschäftigst du dich nicht mit der Praxis? Du könntest doch zum Beispiel auf deine Insel Polikliniki zurückkehren.

MAURICE Polititiki, Monsieur.

MAGNUS Egal. Dort gründest du eine revolutionäre Bewegung, hißt eines schönen Tages die Flagge und erklärst die Unabhängigkeit der demokratischen Republik von Polikitiki.

MAURICE Polititiki.

MAGNUS Die volksdemokratische populär-wissenschaftliche Republik Polititiki. Du wirst Präsident der Republik, die Republik bekommt Sitz und Stimme bei den

Vereinten Nationen, und dann kommst du hierher und wohnst als Staatsoberhaupt im Hotel Excelsior, anstatt als Portier hier in diesem anständigen, aber ein bißchen altväterlichen Hotel zu arbeiten. Warum machst du es nicht so?

MAURICE Daran hab ich noch nicht gedacht.

MAGNUS Das ist ein Fehler. Alle machen das so. Aber vielleicht hast du Angst?

MAURICE O nein, Monsieur. Soweit ich weiß, ist kein Risiko dabei.

MAGNUS Keinerlei Risiko, nicht das geringste. Es müssen also andere Gründe sein. Ich weiß, du hast psychologische Hemmungen. Du leidest an Minderwertigkeitskomplexen.

Pause.

O ja, ich sehe das ganz richtig. Du bist nicht fähig zum Handeln. Es fehlt dir an Selbstsicherheit. Aber das ist nicht schlimm. Glaube mir, diese Komplexe können geheilt werden. Die Revolution – das ist nichts als der Mut zum ersten Schritt. Du brauchst nur den ersten Schritt zu tun. Der Beginn einer Kettenreaktion. Später geht dann alles von selbst. Ich werde dir helfen.

MAURICE Das ist nicht nötig, Monsieur.

MAGNUS Revolution ist nicht nötig? Das ist doch nicht dein Ernst? Wir fangen sofort an. Hier und jetzt.

MAURICE Und wie?

MAGNUS Wir tun den ersten Schritt... wir gehen in die Bar.

MAURICE Bedauere – die Bar ist geschlossen. Außerhalb der Saison ist die Bar nur bis zweiundzwanzig Uhr geöffnet.

MAGNUS Na also. Die Bar ist geschlossen, und du wirst sie aufmachen. Mit eigenen Händen. Gegen die Anweisung der Direktion. Das ist der erste revolutionäre Schritt – wir werden die Barrieren von Furcht und Gehorsam einreißen.

MAURICE Ich weiß nicht, ob ich den richtigen Schlüssel finde.

MAGNUS Dann öffne sie mit Gewalt, wenn's nötig ist, mit einer Axt, es wird ja hier irgendwo Werkzeug geben.

MAURICE Gewiß. Im Service-Room. Eine Axt, einen Feuerlöscher und so weiter.

MAGNUS Dann ist es ja gut. Gehen wir.

MAURICE Es ist gut, nur...

MAGNUS Was?

MAURICE Ich trinke nicht.

MAGNUS Aber ich, und ich möchte jetzt einen Schluck haben.

MAURICE Es tut mir leid, aber da kann ich Ihnen nicht dienen.

MAGNUS Du kannst nicht?

MAURICE Nein.

MAGNUS Maurice, du enttäuschst mich.

MAURICE Das war nicht meine Absicht, Monsieur.

MAGNUS Wenn an deiner Stelle Garibaldi stände oder Robespierre, ganz zu schweigen von Trotzki...

MAURICE Ja, das wäre schön, nicht wahr, aber auf meinem Platz ist niemand außer mir selbst.

MAGNUS Du hast meine Hoffnung enttäuscht. Im Namen der Revolution.

MAURICE Im Namen der Revolution kann ich Ihnen nichts zu trinken geben. Aber in meinem eigenen ... *Er holt einen Flachmann aus seiner Tasche.*

MAGNUS Und was ist mit den Anordnungen?

MAURICE Keinerlei Anordnung kann einen Hotelangestellten daran hindern, einem Gast aus seinem eigenen Vorrat einen Drink, übrigens nur einen kleinen Drink, anzubieten. Ihn dazu einzuladen, selbstverständlich.

MAGNUS Du trinkst also doch?

MAURICE O nein, Monsieur! Für uns ist Trinken verboten.

MAGNUS Und das da?

MAURICE Keine Anordnung verbietet einem Hotelangestellten den Besitz von alkoholischen Getränken, vorausgesetzt, daß er sie während des Dienstes nicht seinem Organismus zuführt.

MAGNUS Und du führst es deinem Organismus nicht zu?

MAURICE Nicht vor Zeugen. Gestatten Sie?

MAGNUS Du erwartest, daß ich ablehne?

MAURICE Ich enthalte mich jeder Meinung.

MAGNUS Ich bin überzeugt, daß du das erwartest. Also werde ich dich überraschen. Gieß ein.

MAURICE Monsieur ... *Er gießt ein.*

Magnus trinkt. Er möchte etwas sagen, aber die Stimme versagt ihm. Erst nach einer Weile kann er wieder sprechen.

MAGNUS Was ist das?

MAURICE Sprit. Neunzigprozentiger Alkohol.

MAGNUS Hast du nicht etwas ... Normales?

MAURICE Ich war hierauf nicht vorbereitet, Monsieur, entschuldigen Sie.

MAGNUS Niemals hätte Monsieur Lefèvre so etwas serviert.

MAURICE Hat Ihnen Monsieur Lefèvre je etwas aus eigenem Vorrat angeboten?

MAGNUS Monsieur Lefèvre hatte keinen eigenen Vorrat. Daran hätte er nie gedacht.

MAURICE Und so hat er denn für Sie die Bar geöffnet außerhalb der Zeit.

MAGNUS Unsinn, Monsieur Lefèvre war ein untadeliger, mustergültiger, disziplinierter Angestellter und Bürger dieses Landes. Sein Leben lang hat er weder gegen seine Dienstpflichten noch gegen das Bürgerliche Gesetzbuch verstoßen, vom Strafgesetzbuch ganz zu schweigen. Vorschriften waren ihm heilig.

MAURICE Nicht zu glauben – er hat also nicht einmal für Sie die Bar aufgemacht. Nicht einmal für Sie gegen eine Vorschrift verstoßen, obwohl er wirklich Ihr Freund war, wenn ich das richtig verstehe. Oder besser, Sie waren sein Freund.

MAGNUS Er war mein bester Freund.

MAURICE Und jetzt, da er tot ist, wollen Sie von mir etwas haben, was Sie von ihm nie bekommen konnten?

MAGNUS Was willst du damit sagen?

MAURICE Nur, daß Sie einen Vorteil daraus ziehen wollten, daß Ihr bester Freund tot ist.

Pause.

MAGNUS Maurice, ich habe mich gerirrt. Dein Benehmen ist arrogant, unverschämt und absolut unzulässig. Setz dich.

MAURICE Hat Monsieur Lefèvre sich je in Ihrer Gegenwart gesetzt?

MAGNUS Niemals.

MAURICE Dann werde ich es auch nicht tun.

MAGNUS Nein?

MAURICE Nein.

MAGNUS Jetzt fange ich an, das Schlimmste von dir zu befürchten. Wenn du nicht offen bekennen willst, ein Revolutionär zu sein, dann bist du vermutlich ein Terrorist.

MAURICE Aber Monsieur! Terrorismus ist illegal.

MAGNUS Du legst Bomben, du rekognoszierst das Gelände, du machst Ziele aus – und nur zu diesem Zweck hast du den Job hier im Hotel angenommen. Gib es nur zu.

MAURICE Wenn ich ein heimlicher Terrorist bin, dann kann ich das nicht zugeben, das wäre gegen die Gesetze der Konspiration.

MAGNUS Das stimmt.

Pause.

Würdest du mir einen Gefallen tun?

MAURICE Monsieur?

MAGNUS Wenn du dieses Hotel hochgehen läßt und mich

natürlich mit ihm, dann warte damit bitte nicht länger als bis heute in sieben Tagen.

MAURICE So lange?

MAGNUS Entscheidend ist doch nur, daß du es in die Luft jagst. Einen Tag früher oder später, darauf kommt es nicht an.

MAURICE Nein, Monsieur, darauf kommt es nicht an.

MAGNUS Du wirst es also für mich tun?

MAURICE Mit Vergnügen, Monsieur.

MAGNUS Und denk daran, es darf nichts übrigbleiben, weder vom Hotel noch von mir. Es muß eine gute, solide Explosion geben.

MAURICE Seien Sie unbesorgt, Monsieur. Aber da wir schon davon reden – gestatten Sie, daß ich jetzt gehe? Ich muß mich mit der Gästeliste vertraut machen.

MAGNUS Nein.

MAURICE Es gehört zu meinen Pflichten, Monsieur.

MAGNUS Laß mich nicht allein.

Pause.

MAURICE Ich verstehe. Monsieur Lefèvre hat Sie nie allein gelassen.

MAGNUS Eben. Wie spät ist es?

MAURICE Null Uhr zwei Minuten und achtundvierzig Sekunden.

MAGNUS Das ist zu spät und zu früh.

MAURICE Monsieur?

MAGNUS Wie gewöhnlich. Du glaubst, ich hätte keine Uhr?

MAURICE Ich glaube gar nichts.
MAGNUS Da tust du recht. Wenn ich dich frage, wie spät es ist, dann nur, weil ich dich fragen *will*, wie spät es ist.
MAURICE Selbstverständlich, Monsieur.
MAGNUS Weil die Tatsachen objektiv festgehalten werden müssen.
MAURICE Das müssen sie.
MAGNUS Ich frage dich, wie spät es ist, du sagst mir, wie spät es ist – so erhalten wir Objektivität. Verstehst du? Objektivität und nicht nur individuelle Empfindungen.
MAURICE Nicht ganz, Monsieur.
MAGNUS Du bist nicht meiner Meinung?
MAURICE Ich verstehe Sie nicht ganz.
MAGNUS Ich werde es erklären. Ich frage – du antwortest. Ja?
MAURICE Ja.
MAGNUS Und so geht etwas vor – zwischen uns, und nicht nur hier. *Er zeigt auf seinen Kopf.* Wenn es hier vorgeht, bleiben Spuren zurück.
MAURICE Was für Spuren, Monsieur?
MAGNUS Spuren der Zeit.

Pause.

MAURICE *gießt einen Drink ein.* Haben Sie Monsieur Lefèvre lange gekannt?
MAGNUS Fünfzehn Jahre.
MAURICE Und er hat sich jede Nacht mit Ihnen unterhalten?

MAGNUS Er tat, was er konnte. Um die Wahrheit zu sagen, er war ein guter Mensch, aber doch ein bißchen langweilig.

MAURICE Persönlich habe ich ihn nicht gekannt. Oder doch kaum.

MAGNUS Ein guter Mensch, aber etwas beschränkt.

Pause.

Du hattest recht.

MAURICE Womit?

MAGNUS Er war mein Freund, und als er starb ... O ja ... ich habe versucht, aus dem Tod meines Freundes für mich Nutzen zu ziehen.

MAURICE Es tut mir leid, daß ich das gesagt habe.

MAGNUS Nein, nein, du hattest recht. Aber das ist nicht das Entscheidende. Ich will dir noch etwas sagen: Ich habe ihn verraten.

MAURICE Inwiefern?

MAGNUS Schau dich um.

Pause.

Was siehst du?

MAURICE Nichts Besonderes. Nichts, was ich nicht auch schon früher gesehen hätte.

MAGNUS Phantasie, Maurice, ein bißchen mehr Phantasie! Dieses Hotel ist seit hundert Jahren unverändert geblieben. Es ist eines der letzten Zeugnisse des alten Europa. Fin de siècle. Das ist meine Welt, und es war die Welt von Monsieur Lefèvre. Distinktion, Eleganz, Diskretion – der alte Stil, die alten Werte, Monsieur Lefèvre und ich, wir haben uns hier verteidigt wie in einer belagerten Festung. Wir haben uns gegenseitig vorgemacht, daß sich hier nichts geändert hätte. Aber dann – es braucht bloß einer von beiden – Monsieur Lefèvre – sich für immer zu verabschieden, und schon kapituliert der andere – ich. Schlimmer noch, er kapituliert nicht nur, er läuft über zum Feind. Überleg mal, Maurice: Was habe ich von dir gewollt? Du solltest die alte Ordnung einreißen mit Hilfe einer Axt. Ich, der älteste Bewohner des Hotels Résidence, ich habe den jüngsten Angestellten dieses Hotels dazu gedrängt, dessen Hausordnung umzustürzen mit Hilfe einer Axt. Ist das kein Verrat?

MAURICE Wenn Sie es so sehen.

MAGNUS Vor allem aber, der junge Mann, also du, bist ein Barbar. Einer von jenseits der Grenzen meiner Welt. Ich habe Europa verraten.

MAURICE Nein.

MAGNUS Streite das nicht ab. Du hast selbst zugegeben, daß es nicht geleugnet werden kann. Ich habe die alten europäischen Traditionen verraten.

MAURICE Sie mögen Monsieur Lefèvre verraten haben, aber nicht die alten europäischen Traditionen.

MAGNUS Wieso nicht?

MAURICE Weil der Verrat zu den alten europäischen Traditionen gehört.

MAGNUS Maurice, du gefällst mir immer mehr.

MAURICE Nebenbei – ich bin kein homo novus von jenseits der Grenzen Ihrer Welt.

MAGNUS Du kommst aus Polititiki.

MAURICE Das tue ich nicht. Der Name existiert nicht. Die Insel auch nicht.

MAGNUS Du hast sie also erfunden?

MAURICE Ich habe alles erfunden.

MAGNUS Du hast mir nicht die Wahrheit gesagt.

MAURICE Nein.

MAGNUS Aber es muß doch irgendeinen Ort geben, wo du herkommst.

MAURICE Den gibt es.

MAGNUS Und?

MAURICE Ein Ort, von dem ich lieber nicht herkäme.

MAGNUS Nämlich?

MAURICE Bereźnica Wyżna.

MAGNUS Bere….Bere… Nein, das ist unmöglich.

MAURICE Unmöglich, aber es ist so.

MAGNUS Unmöglich, es auszusprechen. Das ist ja noch schlimmer als Polititiki.

MAURICE Eben. Nun werden Sie verstehen.

MAGNUS Wo liegt es denn?

MAURICE Bei Szczawna.

MAGNUS Bei Szszsz…

MAURICE Szczawna. Wenn man von Komańcza aus nach Ustrzyki Dolne fährt, kommt man über Polańczyk nach Teleśnicą Oszwarową, oder Sie fahren über Hoczew – das ist weiter, aber der Weg ist besser. Es sei denn, Sie gingen lieber zu Fuß.

MAGNUS Liegt das in Europa?

MAURICE Ich höre ein gewisses Mißtrauen in Ihrem Ton. Nach meiner Ansicht – ja.

MAGNUS In Finnland?

MAURICE Oh, das wäre zu schön. Nein, nicht in Finnland. Darunter, in jedem Sinn darunter.

MAGNUS In der Tschechoslowakei? Ja natürlich, du bist ein Tscheche.

MAURICE Nein, Monsieur, das bin ich nicht. Aber warum müssen wir so genau sein, lassen wir doch die Details. Es genügt, daß ich aus einem Land komme, das im Westen vom Osten und im Osten vom Westen liegt. Aus einem dieser Länder.

MAGNUS Sag, ist da noch etwas von diesem . . .

MAURICE Sprit, Monsieur. *Er gießt ein.*

Magnus trinkt, diesmal ohne Folgen für die Stimmbänder. Pause.

MAGNUS Merkwürdig.

MAURICE Monsieur?

MAGNUS Warum gerade Polikitipi?

MAURICE Polititiki, Monsieur, aber jetzt ist es egal.

MAGNUS Trotzdem ist es merkwürdig. Warum wähltest du diesen Namen und keinen anderen?

MAURICE Ich hab ihn nicht gewählt, ich hab ihn erfunden.

MAGNUS Dann ist es noch merkwürdiger. Du hast ihn erfunden und nicht gewählt. Du hättest etwas wählen können, was schon existiert. Die Türkei zum Beispiel.

MAURICE Es hätte seine Schwierigkeiten, sich für einen Türken auszugeben. Es gibt eine Menge Türken in der Schweiz, das Risiko, demaskiert zu werden, wäre zu groß.

MAGNUS Das stimmt.

MAURICE Und außerdem ist die Türkei niemals von Europa kolonisiert worden. Ich wollte dadurch auf Sie Eindruck machen, daß ich von weither käme, und hatte an Indien oder Afrika oder so etwas gedacht.

MAGNUS Und warum?

MAURICE Ich rechnete damit, daß Sie als Europäer einem Polititikaner gegenüber einen Schuldkomplex hätten. Sie wissen schon, das Unrecht, das man den unterworfenen Völkern angetan hat, der Ausgleich für die Kolonialherrschaft...

MAGNUS Schuldgefühl? Ich?

MAURICE Ich konnte ja nicht wissen, daß Sie eine Ausnahme sind. Normalerweise hat jeder Europäer einen Schuldkomplex.

MAGNUS Ich nicht.

MAURICE Ich war überzeugt, Sie hätten einen, und das hätte mir eine gewisse Überlegenheit gegeben.

MAGNUS Eine Überlegenheit? Inwiefern?

MAURICE Sie wären mein Schuldner gewesen und ich Ihr Gläubiger.

MAGNUS Ich habe nie das Gefühl, ein Schuldner zu sein, selbst wenn ich jemandem etwas schulde.

MAURICE Oder noch besser, die Überlegenheit desjenigen, der Schrecken auslöst, gegenüber dem, der Furcht vor ihm empfindet.

MAGNUS Nichts dergleichen.

MAURICE Sie haben recht – nichts dergleichen. Als mir das klar wurde, habe ich mit der ganzen Sache aufgehört und nicht mehr versucht, einen Exoten zu spielen.

MAGNUS Trotzdem: schade.

MAURICE Monsieur?

MAGNUS Es ist schade, daß du nicht der bist, den du mir vorgespielt hast. Da wußte ich doch, wie ich dich zu nehmen hatte. Jetzt ist es gar nicht so klar für mich.

MAURICE Das ist für niemanden klar, Monsieur.

MAGNUS Ich weiß nicht, was ich mit dir tun soll.

MAURICE Niemand weiß das, Monsieur, wir wissen es nicht mal von uns selbst.

MAGNUS Hättest du was vorzuschlagen?

MAURICE Ignorieren, Monsieur, das ist eine weltweit verbreitete Methode.

MAGNUS Aber ich kann dich nicht ignorieren. Du bist an die Stelle von Monsieur Lefèvre getreten.

MAURICE Monsieur Lefèvre ist nicht zu ersetzen.

MAGNUS Viel schlimmer ist, daß ich nicht mehr damit rechnen kann, daß du mich in die Luft jagen wirst. Noch nie hab ich gehört, daß jemand aus Osteuropa irgendwas in Westeuropa in die Luft gejagt hätte.

MAURICE O nein, das tun wir nicht. Das hieße, daß unser Verhältnis zu Ihnen eindeutig wäre.

MAGNUS Und ich habe fest damit gerechnet.

MAURICE Ich möchte nicht aufdringlich sein, Monsieur, aber warum liegt Ihnen so viel an dieser Explosion? Sie scheinen doch an all dem hier *zeigt auf den Raum und die Möbel* sehr zu hängen.

MAGNUS Daran hängen ist gut gesagt. Ich zahle dafür. Jede Woche bekomme ich meine Rechnung.

MAURICE Aber Sie zahlen für etwas, das Sie lieben. Ich beneide Sie.

MAGNUS Nun ja, aber ich kann nur noch für eine Woche zahlen. Und dann? Heute genau in acht Tagen ist mein Kapital verbraucht.

MAURICE Kapital? Ja, da weiß ich Bescheid. Das hab ich in der Schule gelernt. Das war Pflichtfach.

MAGNUS Ich spreche nicht von der Literatur, ich spreche vom Leben. Ich hatte einige Ersparnisse aus der Zeit, in der ich verdient habe. Und ich habe gar nicht schlecht verdient. Mein Gott, wie lange ist das her?

MAURICE Sehr lange.

MAGNUS Woher weißt du das?

MAURICE Nur eine Vermutung.

MAGNUS Ich hatte mich mit meinem Kapital ins Hotel Résidence zurückgezogen. Ich hatte gedacht, es würde mit mir zuende gehen, bevor mein Kapital zuende ging. Ich hatte immer ein ziemlich schwaches Herz. Ich dachte, ein Jahr guten Lebens, vielleicht fünf, jedenfalls nicht mehr als zehn. Nun ja, ich habe mich geirrt. Ich bin immer noch am Leben. Was meinst du, bin ich noch lebendig? Schau mich gut an, ganz von nahem.

MAURICE Den äußeren Anzeichen nach läßt sich das schwerlich leugnen, Monsieur, Sie sehen völlig lebendig aus.

MAGNUS So ist es, ich bin immer noch am Leben, und das ist mein Problem. Wo soll ich hin von hier aus und wozu? In meinem Alter, Maurice, ist das eine Frage ohne Antwort.

MAURICE Es gibt doch auch einfache Pensionen.

MAGNUS Auch einfache Pensionen kosten Geld. Im übrigen kann ich nur im Hotel Résidence leben. Alles, was außerhalb ist, lehne ich ab, es ist nichts für mich, ich will es nicht. Nur hier kann ich das Leben ertragen.

MAURICE Das kann ich verstehen.

MAGNUS Ich habe mit dem Dritten Weltkrieg gerechnet, aber es ist nichts daraus geworden. Innerhalb der nächsten Woche wird nichts passieren. Es wird kein Krieg ausbrechen – oder?

MAURICE Die Hoffnung habe ich auch begraben. Wir haben zuviel Enttäuschungen erlebt.

MAGNUS Was mir noch bleibt, ist eine kleine, örtlich begrenzte Explosion. Ein individueller Service, eine Sonderveranstaltung für mich ganz allein. Und nun sehe ich, daß es nicht einmal das geben wird.

Pause.

Ich weiß, Maurice, was du jetzt denkst. Aber sich selbst umzubringen ist nicht so einfach. Natürlich habe ich an diese Möglichkeit gedacht. Aber es ist nicht leicht, glaub mir, es ist nicht leicht, und ich kann es nicht selber machen. Aber so eine Explosion...

MAURICE Eine Explosion, die Sie außerdem nichts kosten würde...

MAGNUS Nichts kosten? In welcher Hinsicht?

MAURICE In jeder Hinsicht.

MAGNUS O ja, du hast recht, aber einen bezahlten Killer kann ich mir nicht leisten. Doch vielleicht... Würdest du das machen...? Zum halben Preis?

MAURICE Das heißt, für wieviel?

MAGNUS Das heißt, ich kann dir nur geben, was mir übriggeblieben ist. Soviel wie für eine Woche Leben im Hotel Résidence, Einzelzimmer mit Vollpension.

MAURICE Das ist aber nicht der halbe Preis. Das ist so gut wie nichts.

MAGNUS Mehr habe ich nicht.

MAURICE Zahlung im voraus?

MAGNUS Im voraus? Und was für eine Garantie hätte ich...

MAURICE Mein Wort.

MAGNUS Maurice, bitte nimm es nicht als Beleidigung, aber das Geschäftsgebaren von Leuten aus dem Osten wie dir ist nicht das seriöseste.

MAURICE Darüber bin ich mir im klaren. Trotzdem sollten Sie mir vertrauen.

MAGNUS Soll das heißen, daß du dir die Sache überlegst... Du würdest das Angebot akzeptieren?

MAURICE Kein Spezialist hier würde das gegen so geringe Bezahlung machen.

MAGNUS Ich weiß.

MAURICE Aber unsereins arbeitet schwarz.

MAGNUS Bist du ein Spezialist?

MAURICE Genaugenommen nicht. Ich habe keinerlei Ausbildung, nur Talent und Erfahrung. Was Enthusiasmus betrifft, Eifer, Arbeitswillen und Initiative, vor allem aber Fähigkeit zur Improvisation – da übertreffe ich viele Spezialisten. Alles in allem, Sie können sich auf mich verlassen.

MAGNUS Ich werde einen Umschlag bei mir tragen hier in der Tasche. Darin ist das Geld für dich. Du nimmst es an dich, sobald der Auftrag ausgeführt ist.

MAURICE Und was für eine Garantie habe *ich?*

MAGNUS Mein Wort.

MAURICE Monsieur, nehmen wir an, Ihr Wort genügt mir. Aber da gibt es noch andere Schwierigkeiten. Ich vermute, Sie möchten gern verschwinden, ohne selbst etwas davon zu merken. Das heißt, ohne zu wissen, wann, wo und auf welche Weise.

MAGNUS Gewiß. Sonst könnte ich es ja selbst machen.

MAURICE Also kann ich selbst den Augenblick, den Ort und die Art und Weise wählen. Und was ich mir aussuche, bleibt mein Geheimnis. Sie haben nicht das Recht, mir irgendwelche Fragen zu stellen. Okay?

MAGNUS Das ist logisch.

MAURICE Ich nehme ferner an, daß es schnell geschehen soll und ohne Schmerzen.

MAGNUS Das ist die Hauptbedingung.

MAURICE Eben. Aber alle diese Bedingungen zu erfüllen ist nicht so einfach. Es gibt noch andere Schwierigkeiten zu überwinden. Das heißt, ich muß an mein Alibi denken. Also kann ich nicht nur unter dem Gesichtspunkt der Effizienz arbeiten, sondern ich muß sehr vorsichtig sein.

MAGNUS Das ist nicht mein Problem.

MAURICE Natürlich ist das nicht Ihr Problem. Aber ich muß daran denken, und das schränkt die Wahl des Augenblicks, des Ortes und der Mittel ein. Daher werden Sie auch begreifen, daß eine Honorierung durch das Geld in einem Umschlag, den ich auf Ihrem Körper finden werde, nicht in Frage kommt. Es ist nicht sicher, daß ich noch Zeit und Gelegenheit finden werde, nach einem Umschlag zu suchen, und es ist auch nicht sicher, daß ich ein Mittel wähle, das diese Suche überhaupt noch gestattet. Etwa wenn ich Sie im See ertränken sollte. Aus all diesen Gründen ist es notwendig, daß Sie mich im voraus bezahlen.

MAGNUS Bedeutet das, du hast dich schon entschlossen?

MAURICE Und Sie?

Pause.

Eines allerdings muß klar sein. Wenn wir diesen Vertrag schließen, dann ist das unwiderruflich. Sonst kann ich nicht arbeiten.

Das Telefon klingelt.

Entschuldigen Sie mich. *Er geht zur Rezeption und nimmt den Hörer ab.* Hotel Résidence.

MAGNUS *steht auf.* Für mich?

MAURICE Für Monsieur Lefèvre. *Wieder ins Telefon* Es tut mir leid, Monsieur Lefèvre ist auch weiterhin nicht da. Wir haben heute eine Nachricht bekommen, eine sehr traurige Nachricht. Ja, diesen Morgen. Ein Unfall.

Pause.

Aber ja, zwei Appartements sind frei. Und für wen darf ich buchen? Ja, ich notiere. Und mit wem spreche ich?

Pause.

Hallo? Hallo?

Pause.

Er legt den Hörer auf.

MAGNUS Wer war das?

MAURICE Ich weiß nicht.

MAGNUS Was heißt, du weißt nicht?

MAURICE Er hat seinen Namen nicht genannt. Erwarten Sie einen Anruf?

MAGNUS Ich? Nein.

MAURICE Ich hatte den Eindruck.

MAGNUS Natürlich kann immer ein Anruf für mich kommen, aber das heißt nicht, daß ich einen erwarte.

MAURICE Monsieur?

MAGNUS Ein Überseegespräch. Hollywood.

MAURICE Und wer ruft Sie da an?

MAGNUS Paramount, United Artists oder Metro-Goldwyn-Mayer.

MAURICE Die rufen bei Ihnen an?

MAGNUS Ja, natürlich.

MAURICE Ich rufe Sie sofort an den Apparat.

MAGNUS Nein. Sag, ich sei nicht da.

MAURICE Sehr wohl. Wenn Hollywood anruft, sind Sie nicht da.

MAGNUS Nein, noch deutlicher. Sag, ich sei zwar da, aber ich hätte keine Lust, mit ihnen zu sprechen.

MAURICE Das heißt also, Sie nehmen den Anruf nicht entgegen.

MAGNUS Das heißt, ich will nicht mit Idioten sprechen.

MAURICE Soll ich das wörtlich ausrichten?

MAGNUS Mit Idioten, mit Betrügern, mit Scheißern.

MAURICE Sehr wohl, Monsieur.

MAGNUS Und sag, das gilt ein für allemal.

MAURICE Ein für allemal.

MAGNUS Endgültig, definitiv. Ich will mit denen nie wieder irgend etwas zu tun haben. Verstehst du? Nie wieder.

MAURICE Ich verstehe, Monsieur, nie wieder.

Magnus geht nach rechts zum Durchgang zur Treppe.

Monsieur?

MAGNUS Ja?

MAURICE Und wie ist Ihr Name? Verzeihen Sie, Monsieur, aber ich kenne Ihren Namen noch nicht. Wir hatten noch keine Gelegenheit.

MAGNUS Der ist jetzt unwichtig. Ach, übrigens ich vergaß… morgen bekommst du das Geld.

Blackout

Zweiter Akt

Sonniger Morgen. Die Vorhänge sind beiseite gezogen, durch die französischen Fenster sieht man die Balustrade der Terrasse, den See und dahinter die Alpen mit schneebedeckten Gipfeln – ein Bild wie in einem Schweizer Tourismusprospekt.

Einige Gepäckstücke vor der Rezeption. Magnus kommt herein, in einem anderen Anzug und mit Hut. Offensichtlich möchte er vermeiden, jemand Bestimmtem zu begegnen, und ist sehr erleichtert, ihn nicht anzutreffen. Er geht schnell nach rechts zum Durchgang zur Treppe, und als er ihn schon fast erreicht hat, kommt von dort her Maurice. Er trägt ein weißes Kellnerjackett mit goldenen Knöpfen und weiße Handschuhe. In der Hand hat er ein leeres Tablett. Einen Augenblick stehen beide einander gegenüber, dann tritt Maurice höflich beiseite und gibt mit einer Verbeugung Magnus den Weg frei. Nach kurzem Zögern dreht Magnus sich um und geht, ohne verlegen zu sein, wieder in die Halle zurück.

MAURICE Wie war die Trauerfeier?
MAGNUS Sehr eindrucksvoll. Ich wußte nicht, daß Monsieur Lefèvre so viele Bekannte hatte.
MAURICE Hier kennt jeder jeden.
MAGNUS Es sind sogar Leute aus Bern dagewesen.

MAURICE Sogar aus Bern?

MAGNUS Anscheinend Prominente.

MAURICE Monsieur Lefèvre hatte offenbar Freunde in allen sozialen Schichten.

MAGNUS Ein sehr schöner Friedhof. Eine wunderbare Lage auf dem Hügel mit dem Blick über den See und auf die Berge auf der anderen Seite. Ich wüßte gern, was eine Grabstelle auf diesem Friedhof kostet. Wahrscheinlich ein Vermögen.

MAURICE Man könnte sich ja erkundigen.

MAGNUS Für Ausländer ist das sicherlich der teuerste Friedhof in Europa.

MAURICE Aber Sie haben doch wohl die Schweizer Staatsangehörigkeit?

MAGNUS Nein, nur eine Aufenthaltserlaubnis.

MAURICE Oh ... schade.

MAGNUS Monsieur Lefèvre natürlich genießt den Vorteil eines Familiengrabes. Ich hingegen mußte zu Fuß hierher zurück, seit zwei Tagen kann ich mir nicht einmal mehr ein Taxi leisten.

MAURICE Das ist sehr unangenehm, aber ich fühle mich dafür nicht verantwortlich. Immerhin waren Sie es, der diesen Vertrag gewollt hat.

MAGNUS Und ich habe im voraus bezahlt. Richtig. Ich mache dir keinen Vorwurf daraus, daß ich nun ohne einen Franken bin. Aber bis jetzt habe nur ich den Vertrag korrekt erfüllt.

MAURICE Sie haben mir sieben Tage gegeben.

MAGNUS Aber davon sind schon zwei vergangen.

MAURICE Wir waren uns einig, daß ich den Augenblick

frei bestimmen kann. Für Sie ist er eine unbekannte Größe.

MAGNUS Aber die schrumpft immer mehr ein. Jetzt sind nur noch fünf Tage übrig.

MAURICE Schlimmstenfalls.

MAGNUS Was heißt das?

MAURICE Vielleicht ein Tag oder zwei... Oder vielleicht nur eine Stunde... Oder sogar nur ein paar Minuten...

MAGNUS Was meinst du damit... ein paar Minuten?

MAURICE Sie können es doch nicht wissen.

MAGNUS Ein paar Minuten...

MAURICE Nun ja – oder fünf Tage.

MAGNUS Also lieber wäre mir Russisches Roulette. Da weiß man, die Chancen stehen eins zu sechs, aber man weiß sofort, ob man lebt oder nicht.

MAURICE Jedenfalls wenn nur eine Kugel im Magazin steckt. Aber manche Leute laden alle sechs Kugeln.

MAGNUS Wer? Was heißt »manche Leute«?

MAURICE Leute, die alle Chancen zugleich haben wollen.

MAGNUS Alle Chancen? Du willst sagen, Leute, die keinerlei Chance haben wollen.

MAURICE Alles hängt davon ab, was Sie unter Chance verstehen.

Pause.

Wollen Sie den Vertrag rückgängig machen?

MAGNUS Aber nein, nein! Wie kommst du darauf! Ich hatte nur nicht daran gedacht, daß ich ohne einen Franken für die notwendigsten täglichen Ausgaben dasitzen würde. Das ist unangenehm. Nicht schlimm, aber doch ärgerlich.

MAURICE In diesem Hotel haben Sie unbegrenzten Kredit.

MAGNUS O ja ... ich könnte Champagner trinken und ihn erst heute in einer Woche bezahlen – das heißt nicht bezahlen, und ich dachte ...

MAURICE In fünf Tagen.

MAGNUS Wie?

MAURICE Nicht in einer Woche. In höchstens fünf Tagen können Sie ... nicht bezahlen.

MAGNUS Ja, ja, fünf Tage. Und ich dachte, daß ich genau das tun würde: Champagner trinken und nicht bezahlen. Daß ich mir das leisten kann: nicht bezahlen. Einmal im Leben wenigstens. Das ist ein wunderbarer Gedanke. Ein Leben ohne Grenzen. Das heißt ein zeitlich begrenztes Leben, aber dieses Leben ohne Grenzen.

MAURICE Das verstehe ich. Oh, ich verstehe Sie sehr gut.

MAGNUS Weißt du was?

MAURICE Ich verstehe Sie, und ich beneide Sie darum.

MAGNUS Ich habe jetzt keine Lust mehr dazu.

MAURICE Keine Lust mehr?

MAGNUS Keine Lust mehr auf Champagner. Überhaupt keine.

MAURICE Aber man läßt doch einen guten Champagner nicht stehen. Vielleicht gehen Sie mal zum Psychiater!

MAGNUS Weder Champagner noch Kaviar noch Gänseleberpastete – ich habe auf gar nichts Appetit. Das ganze Hotel Résidence ist zu meiner Verfügung und ich habe nichts davon. Noch leben, aber kein Leben mehr, das ist meine Situation. Und außerdem könnte ich nicht einmal die Briefmarke bezahlen, um eine Postkarte von diesem Panorama hier *er zeigt hinaus* zu versenden. Aber selbst wenn ich eine versenden wollte, dann wüßte ich nicht an wen, weil ich niemanden kenne, dem ich Postkarten schicken würde.

MAURICE Aber falls Sie einen Spaziergang zum See machen möchten oder einen Ausflug in die Berge und irgendwo in ein altes Gasthaus einkehren und einen Kaffee oder einen Schnaps trinken möchten oder Ruinen besichtigen oder sich eine Kuckucksuhr kaufen ... ich bin sehr gerne bereit, Ihnen ...

MAGNUS Mir etwas zu borgen? Oh nein, Maurice, das ist sehr nett von dir, aber das geht nicht. Eine Hotelrechnung nicht bezahlen – das ja. Aber Schulden bei dir, die ich mit Sicherheit nicht zurückzahlen kann – nein. Ich weiß selbst nicht, warum das so ist, aber das kann ich nicht.

MAURICE Keine Schulden ... sagen wir, meine Investitionen in das Projekt. Ich kann viel leichter operieren, wenn Sie nicht die ganze Zeit im Hotel bleiben. Längere Spaziergänge wären mir sehr willkommen.

Pause

MAGNUS Laß uns ein andermal darüber reden.

MAURICE Aber wann, Monsieur?

MAGNUS Bei nächster Gelegenheit.

MAURICE Wenn es noch eine Gelegenheit gibt.

MAGNUS *zeigt auf das Gepäck.* Neue Gäste?

MAURICE Eine Menge. Erstaunlich, wenn man bedenkt, daß die Saison längst vorbei ist. Und sie sind alle auf einmal gekommen.

MAGNUS Wer?

MAURICE Zuerst einmal der Scheich.

MAGNUS Der Scheich?

MAURICE Alles weist darauf hin, daß es sich um einen arabischen Fürsten handelt. Er hat mit seinem Gefolge eine ganze Etage belegt.

MAGNUS Meist wohnen diese Leute doch im Excelsior, oder sie haben hier ihren eigenen Besitz.

MAURICE Dies ist eben ein Anfängerscheich.

MAGNUS Und wer ist sonst noch angekommen?

MAURICE Zwei Herren, die ein Appartement genommen haben. Seit der Ankunft sind sie ununterbrochen zusammen.

MAGNUS Das ist normal. In unserer Gesellschaft hat man keine Vorurteile.

MAURICE Natürlich nicht. Aber haben Sie heute die Zeitungen gelesen?

MAGNUS Ich hatte noch keine Zeit.

Maurice faßt in seine Tasche. Magnus geht ein paar Schritte zurück. Maurice holt eine Zeitung aus der Tasche und legt sie auf einen Tisch. Erst nachdem er wieder zu seinem alten Platz zurückgekehrt ist, geht Magnus zum Tisch und liest die Zeitung »Der Angestellte im Hotelgewerbe«...

Das mag für dich interessant sein, aber für mich?

MAURICE Es handelt sich nicht um diesen Artikel, Monsieur, sondern um die Nachricht auf der ersten Seite. Wenn Sie gestatten... *Er nähert sich dem Tisch, aber Magnus hält ihn mit einer Geste auf.*

MAGNUS Es ist mir lieber, wenn du mir nicht zu nahe kommst.

MAURICE *geht ein paar Schritte zurück.* Oben links.

MAGNUS *liest* »Genf. Das Gespräch der Vertreter der beiden Supermächte über die Begrenzung der nuklearen Rüstung hat zu keinem Ergebnis geführt. Beide Seiten kamen überein, es inoffiziell weiterzuführen. Ort und Datum des nächsten Treffens wurden nicht bekanntgegeben.« Du meinst das sind *die?*

MAURICE Das ist nicht ausgeschlossen.

MAGNUS Unsinn. Wenn sie's wären, hätten wir einen Polizeikordon um das ganze Hotel.

MAURICE Aber wenn dieses Treffen doch absolut inoffiziell ist, absolut geheim...

MAGNUS Dann hätte jeder von ihnen seinen absolut inoffiziellen, absolut geheimen Bodyguard bei sich.

MAURICE Dann stimmt es ja. In einem andern Appartement sind zwei junge Damen, beide mit ungeheuren Muskeln.

MAGNUS Was erzählst du da, Maurice.

MAURICE Die dunkle hat einen starken texanischen Akzent, die blonde einen schwachen slawischen.

MAGNUS Wir leben in einer kosmopolitischen Zeit.

MAURICE Beide Appartements wurden zur selben Zeit bestellt und beide vom selben anonymen Anrufer.

MAGNUS Ja und?

MAURICE Der Anruf kam aus Bern. Die eidgenössische Regierung ist für die Organisation des Treffens verantwortlich.

MAGNUS Du hast zuviel Phantasie.

MAURICE Der Anrufer hat es vorgezogen, anonym zu bleiben, da seine Mission ja geheim war. Aber natürlich kann es auch jemand von der Mafia gewesen sein.

MAGNUS Das ist schon mehr als Phantasie. Das ist Paranoia.

MAURICE Wenn der Anrufer von der Regierung war, dann ist es auch möglich, daß die Regierung nicht nur als Gastgeber, sondern auch als Vermittler fungiert, und daß es nicht um die Rüstungsbeschränkung geht, sondern genau um das Gegenteil.

MAGNUS Nämlich?

MAURICE Um Waffen. Eine moderne Bewaffnung von allerhöchster Qualität. Ultraschallflugzeuge, superschnelle Panzer, eine hypersensorische elektronische Ausrüstung. Raketen von der Erde zum Himmel, vom Himmel zur Erde, vom Meer zum Himmel, vom Himmel zum Meer, von der Erde zum Meer, vom Meer zur Erde, vom Himmel zum Himmel, vom Meer zum Meer, von der Erde zur Erde.

MAGNUS Amen. Und dieses ganze Big Business in unserm kleinen Hotel Résidence.

MAURICE Die Scheichs machen solche Geschäfte gern in einer intimen Atmosphäre.

MAGNUS Ich habe nichts davon gemerkt.

MAURICE Weil man es nicht bemerken kann, Monsieur.

Export-Import, piano pronto. Sie können nichts sehen, Sie können nichts hören, hier spielt man avviso, ma non troppo, incasso fortissimo ma incantabile. Aber Porto und Loco, das ist woanders. Weit weg von hier.

MAGNUS Paranoia – das ist deine osteuropäische Paranoia.

MAURICE Ich will mich nicht darauf versteifen, Monsieur, wenden wir uns also der anderen Mutmaßung zu, die Appartements im Hotel Résidence sind von der Mafia belegt.

MAGNUS Nun reicht es.

MAURICE Aber warum denn, Signore, auch die Mafia liebt kleine, ruhige Hotels mit gutem Ruf, molto rispettabile, Signore.

MAGNUS Jetzt ist es genug, Maurice, wirklich.

MAURICE Ich bin ganz Ihrer Meinung.

MAGNUS Also reden wir von etwas anderen. Ist sonst noch etwas gewesen?

MAURICE Ein Anruf aus Hollywood.

MAGNUS Für mich?

MAURICE Gewiß, Monsieur. Erstaunt Sie das? Ich weiß allerdings nicht genau, ob es Paramount, United Artists oder MGM war.

Pause.

Interessiert es Sie nicht, was sie gesagt haben?

Pause.

Ich erzähl es Ihnen. Erstens: Ich sollte mich nicht bemühen, Sie zu holen, denn sie hätten keine Zeit. Zweitens: Vor zwanzig Jahren hätten sie eines Ihrer Stücke zur Verfilmung in Betracht ziehen können, heute nicht mehr. Das ist vorbei.

Pause.

Dies sei unwiderruflich, und man würde sich auch auf kein Gespräch hierüber mehr einlassen.

Pause.

Auf keinen Fall. Soll ich weiterreden?

MAGNUS Meine Stücke ... was weißt du von meinen Stükken?

MAURICE Ich habe im Lexikon nachgesehen. Da steht nach dem Namen Ihr Geburtsdatum und dann der Satz: Autor von Boulevardkomödien.

MAGNUS Ich wüßte gern, warum du dieses Spiel mit mir treibst.

MAURICE Monsieur?

MAGNUS Diese Hollywoodgeschichte. Das war nicht nötig.

MAURICE Was?

MAGNUS Mir einen solchen Streich zu spielen. Schweinerei.

MAURICE Sie haben es doch angefangen – das Spiel, ich habe es nur fortgesetzt.

MAGNUS Ich hatte dich nicht gebeten, es fortzusetzen.

MAURICE Aber dazu eingeladen haben Sie mich doch.

MAGNUS Nur als Zuschauer.

MAURICE Das stimmt nicht, Monsieur, Sie wollten, daß ich eine kleine Rolle darin übernehme. »Anruf aus Hollywood, Monsieur!« – »Selbstverständlich, Monsieur.« »Ich hole Sie sofort an den Apparat, Monsieur.« Sie haben großen Wert darauf gelegt.

MAGNUS Also gut, ich wollte, daß du eine kleine Rolle spielst. Das ist wahr. Aber vergiß nicht, dazu bist du da. Du bist hier engagiert, um eine kleine Rolle zu spielen.

MAURICE Und vergessen Sie nicht, daß Sie so nicht mit mir umgehen können. Nicht mehr.

MAGNUS Nein?

MAURICE Denn inzwischen haben Sie einen Vertrag unterzeichnet, und ich bin kein Statist mehr, sondern Ihr Partner.

MAGNUS Mein Partner? Auf welcher Basis?

MAURICE Auf der des Vertrages, den Sie mit mir geschlossen haben. Sie sind die eine Vertragspartei, ich bin die andere – wir sind also gleichgestellt.

MAGNUS Dagegen läßt sich kaum etwas einwenden.

MAURICE Nicht nur gleichgestellt. Meine Rolle ist jetzt wichtiger geworden als Ihre. Ich bin jetzt der Hauptdarsteller.

MAGNUS Den Partner gestehe ich dir zu. Aber die wichtigere Rolle …

MAURICE Die Hauptrolle spielt derjenige, bei dem die Initiative liegt.

MAGNUS Der Vertrag beruht auf meiner Initiative.

MAURICE Aber mit der Unterstützung war Ihre Initiative beendet. Jetzt bin ich dran.

MAGNUS Nein – das akzeptiere ich nicht.

MAURICE Sie protestieren, das ist klar. Sie sind gewohnt, die Hauptrolle zu spielen, weil es die einzige ist in diesem kleinen Provinztheater, das Sie seit fünfzehn Jahren aufführen. Es gab keine andere. Selbst Monsieur Lefèvre war für Sie nur eine Requisite. Sie haben keine Freunde, keine Bekannten, nicht einmal eine Geliebte. Wenn man so lange Zeit Solovorstellungen gegeben hat, ist es schwierig, sich das abzugewöhnen.

MAGNUS Vielleicht... Das kann schon so sein... Aber warum »Provinztheater«?

MAURICE Jeder, der allein ist, wird provinziell.

MAGNUS Abgesehen davon, daß ich nicht mehr der einzige Schauspieler bin, weil du jetzt da bist, bin ich doch immer noch der Direktor.

MAURICE Direktor – wovon?

MAGNUS Von meinem kleinen Provinztheater.

MAURICE Nein, mit dem Theater ist es vorbei.

MAGNUS Wieso?

MAURICE Weil wir nicht mehr spielen. Also gibt es kein Theater mehr.

MAGNUS Vielleicht werden wir nicht mehr Theater spielen, das heißt, wir werden nicht mehr um nichts spielen. Aber wir spielen doch um etwas. Also ist es eine andere Art von Spiel.

MAURICE Nein, ein Spiel ist es auch nicht mehr.

MAGNUS Immerhin das Spiel um mein Leben. Poker. Ich habe nur das Metier gewechselt – der ehemalige Theaterdirektor ist Casinodirektor geworden. Roulette, Poker, jede Form von Hasardspiel...

MAURICE Sie sind ein Direktor a. D.

MAGNUS Wenn es nicht das Theater ist, Maurice, und nicht das Roulette ... was ist es dann? Sag mir, Maurice, was ist es dann?

MAURICE Ein Vertrag.

MAGNUS Ach.

MAURICE Ein Vertrag, Monsieur, Wort für Wort, Paragraph um Paragraph. Punkt um Punkt, Gewißheit. Da wird nicht gespielt, denn es gibt nichts Zufälliges mehr. Hier weiß man alles.

MAGNUS Wirklich alles?

MAURICE Absolut alles.

MAGNUS Auch ein Vertrag ist eine Art Spiel. Ein Spiel mit dem Unbekannten. Es ist ja nicht sicher, ob die Parteien ihn einhalten werden.

MAURICE Sie haben ihn eingehalten.

MAGNUS Ich?

MAURICE Ja. Sie haben im voraus bezahlt.

MAGNUS Nun gut. Und du?

MAURICE Ich ... auch ich werde ihn einhalten.

MAGNUS Sicher?

MAURICE O ja, ganz sicher.

Pause.

MAGNUS Mir scheint, du magst mich nicht.

MAURICE Es ist sehr liebenswürdig von Ihnen, daß Sie das endlich merken.

MAGNUS Wieso endlich? Wäre es dir lieber gewesen, ich hätte es früher gemerkt? Legst du Wert darauf?

MAURICE Solange ich behauptete, ein Polititikaner zu sein, haben Sie sich sehr für meine Gefühle interessiert. Danach waren sie Ihnen gleichgültig.

MAGNUS Du hast einen Komplex, Maurice.

MAURICE Ja, den Komplex eines Polititikaners, Monsieur. Natürlich habe ich einen Komplex, etwas anderes ist mir nicht geblieben. Aber auch ein Komplex kann eine Art von Kapital sein.

MAGNUS Ich würde den deinigen als den Komplex der Osteuropäer bezeichnen.

MAURICE Was sonst sollte es sein, Monsieur. Schließlich bin ich nicht aus Polititiki. Aber seien Sie unbesorgt, mein Komplex ist genauso handfest wie der eines Polititikaners. Vor mir kann man genausoviel Angst haben.

MAGNUS Hättest du's gern, daß ich Angst vor dir habe?

MAURICE Manchmal ist das die einzige Möglichkeit, auf sich aufmerksam zu machen.

MAGNUS Sonderbare Methode.

MAURICE Wenn man keine andere hat ... wenn man sich bemerkbar machen will ... wenn man sich mit der alten europäischen Tradition konfrontiert findet ...

MAGNUS Deine Philosophie ist etwas nebelhaft.

MAURICE ... und wenn man es mit einem Europäer wie Ihnen zu tun hat. Der Europäer muß Angst haben, um zu lieben. Um den zu lieben, vor dem er Angst hat. Je mehr Angst er vor ihm hat, desto mehr liebt er ihn. Er liebt ihn mit seiner humanistischen, rationalistischen, universalistischen Liebe.

MAGNUS Und ich habe jetzt Angst vor dir, meinst du.

MAURICE Haben Sie das nicht?

Pause.

MAGNUS Und darum hast du den Vertrag mit mir geschlossen? Es ging dir nicht nur ums Geld?

MAURICE Ums Geld, Monsieur? Das Honorar dafür, daß ich Sie umbringe – erwürge, erschieße, erdolche, ertränke – wie, weiß ich selber noch nicht, und das ist auch nicht Ihr Problem – das Honorar ist lächerlich, gemessen an meinem Risiko. Glücklicherweise bin ich auch ideologisch motiviert.

MAGNUS Das heißt, du bist Kommunist?

MAURICE Kommunist, Monsieur, nur weil ich aus dem Osten komme? Das ist doch wohl albern. In Genf können Sie vielleicht Kommunisten antreffen, aber nicht in Bereźnica Wyżna. Wir sind zu arm dort, diesen Luxus können wir uns nicht leisten. Kommunist bin ich nicht, Monsieur, ich bin ein Snob. Als Europäer zweiter Klasse habe ich seit je beachtet und anerkannt werden wollen von jemandem wie Ihnen, einem richtigen Europäer. Teilzunehmen am gesellschaftlichen und geistigen Leben der Europäer – das war mein Traum von jeher und meine ganze Ideologie.

MAGNUS Und nun hat sich dein Traum verwirklicht?

MAURICE Noch nicht ganz, Monsieur, aber ich beklage mich nicht, es ist kurz davor. Vor ein paar Tagen noch hat niemand hier von mir Notiz genommen, und jetzt – jetzt denken Sie an mich, erinnern sich an mich, hören nicht auf, sich für mich zu interessieren.

MAGNUS Bist du dessen so sicher?

MAURICE Das ist doch ganz offensichtlich, Monsieur. Ich

bin jetzt für Sie der wichtigste Mensch auf der ganzen Welt. Meinetwegen können Sie nicht schlafen. Meinetwegen können Sie nicht essen, haben Sie keine Lust mehr, Champagner zu trinken. So sehr sind Sie mit mir beschäftigt, und Sie werden nicht aufhören, an mich zu denken, bis an Ihr Lebensende. Sie werden mich nie vergessen.

MAGNUS Bis an mein Lebensende?

MAURICE Ja, bis an Ihr Lebensende.

Pause.

MAGNUS Und das macht dich glücklich?

MAURICE Beinahe glücklich.

MAGNUS Du bist glücklich, weil ich Angst vor dir habe?

MAURICE Sie ist köstlich, diese Angst.

MAGNUS Glücklich, weil du der wichtigste Mensch für mich geworden bist?

MAURICE In Ihrem ganzen Leben.

MAGNUS Glücklich, weil ich an dich denke, und nur an dich und sonst niemanden?

MAURICE Ja.

MAGNUS Ich denke an dich, ich denke, denke, denke und höre damit nicht auf...

MAURICE Bis zum Ende.

MAGNUS So, und nun hör mal, was ich von dir denke, du psychopolitikopathologischer Idiot. Deine Grimassen, deine Posen, deine hysterische Arroganz machen mir keinen Eindruck. Arme Verwandte und ungeliebte Frauen haben mich noch nie beeindruckt. Du machst mir Vorwürfe, dann hör mal zu. Ich bin es nicht, der das Abkommen von Jalta unterzeichnet hat. An mich mußt du deine Forderungen nicht richten. Ich bin für dein balkanesisches Schicksal nicht verantwortlich. Deine slawische Neurose, deine baltisch-karpatischen Komplexe sind mir widerlich. Die Beschädigungen, die dir die Geschichte zugefügt hat, lassen mich kalt, sie langweilen mich, und mir wird übel davon. Polititiki oder Sarajewo, das ist alles dasselbe für mich, es geht mich nichts an, und weißt du, warum nicht? Weißt du es?

Pause.

Weil ich ein Egoist bin. Mich geht nichts etwas an, ich habe mich nie für etwas anderes interessiert als für mich selbst. Nur für mich – ausschließlich für mich, für mich allein und für nichts sonst. *Er sinkt in einen Sessel, er ist kurz vor dem Herzinfarkt.*

MAURICE Endlich mal jemand, der das ehrlich zugibt.

MAGNUS *sucht in der Tasche nach seinen Pillen.* Ich kann mir Ehrlichkeit leisten.

MAURICE Aber nicht bis zum Letzten.

MAGNUS Ich habe keine Illusionen, weder über mich noch über die Welt. Und darum will ich sterben.

MAURICE Und Hollywood?

MAGNUS Hollywood?

MAURICE Warum haben Sie so gelitten, als ich Sie mit der Wahrheit konfrontiert habe? Ich dachte, Sie heulten gleich los. Und Sie haben keine Illusionen über sich selbst...

MAGNUS *nimmt mit zitternder Hand eine Tablette aus der Packung und schluckt sie.* Sadist.

MAURICE Oder habe ich Ihnen noch irgendwelche Illusionen genommen? Sie brauchen doch keine mehr.

MAGNUS Vampir.

MAURICE Vielleicht. Vergessen Sie nicht – Dracula ist ein Landsmann von mir.

MAGNUS Balkanesischer Poseur.

MAURICE Vielleicht noch eher der Graf von Montechristo.

MAGNUS Clown.

MAURICE Nein, Graf Montechristo von Bereźnica Wyżna. Der Rächer. *Er geht auf Magnus zu, der mühsam aufsteht und vor Maurice zurückweicht. Schließlich hat er die Wand erreicht, weiter zurück kann er nicht, so bleibt er unbeweglich stehen.*

Pause.

Was darf ich Ihnen anbieten, Monsieur?

MAGNUS Champagner.

MAURICE Champagner?

MAGNUS Warum bist du so erstaunt?

MAURICE Ich dachte, Sie hätten keine Lust mehr, Champagner zu trinken...

MAGNUS Ich keine Lust. Wovon redest du, junger Mann? Bring mir sofort eine Veuve Clicquot Brut... oder nein, Dom Pérignon.

MAURICE Monsieur. *Er geht zum Ausgang.*

MAGNUS Warte. Welcher ist der beste, den du hast?

MAURICE Roeder Cristal, Monsieur.

MAGNUS Eine Flasche Roeder Cristal und Kaviar.
MAURICE Sehr wohl.
MAGNUS Aber nicht Ossetrynski-Kaviar; Bieluga!

Blackout

Dritter Akt

Nacht. Die Vorhänge sind zugezogen. Maurice, in Lederweste und Cordhosen, löscht die Lampen im Salon. Auf einem Sessel eine Reisetasche.

Von der Treppe her kommt Magnus, er ist seit drei Tagen nicht rasiert und trägt Pyjama, Morgenrock und Slipper.

MAGNUS Laß das an.

Maurice knipst eine Lampe wieder an.

Noch eine.

Maurice knipst die nächste an.

Und die da auch.

Maurice knipst die dritte Lampe an.

Ich mag diese Dunkelheit nicht.
MAURICE Ich dachte schon, Sie kämen überhaupt nicht.
MAGNUS Ich auch.
MAURICE Es ist nicht fair, sich vor mir zu verstecken. Das ist gegen den Vertrag.

MAGNUS Wir haben keinen Paragraphen darüber.
MAURICE Nein, das nicht, aber es versteht sich von selbst, Sie dürfen mir meine Aufgabe nicht erschweren.
MAGNUS Ich habe das Recht auf ein normales Leben, alles andere ist dein Problem.
MAURICE Fünf Tage nicht aus dem Zimmer zu kommen ist nicht normal. Das haben Sie früher nicht getan.
MAGNUS Normal, das heißt machen, was ich will.
MAURICE Sie haben abgenommen.
MAGNUS Hast du was zu trinken?
MAURICE So wie immer. *Er holt den Flachmann aus seiner Tasche, gießt ein und bietet an.*
MAGNUS Was ist das?
MAURICE Jack Daniels.
MAGNUS Wie ... nicht mehr dieser Sprit?
MAURICE Ich werde zivilisiert.
MAGNUS *nimmt das Glas, führt es zum Mund, setzt es aber wieder ab.* Erst du.

Pause.

MAURICE *nimmt das Glas, trinkt, setzt es wieder ab.*

Pause. Magnus nimmt das Glas, trinkt.

Das war ein Fehler.
MAGNUS Was?
MAURICE Das war sehr unvorsichtig von Ihnen.
MAGNUS Warum?
MAURICE Wenn ich nun Selbstmord begehen wollte?

Magnus stellt das Glas auf den Tisch.

Zu spät. Der Drink war vergiftet.

Magnus steht auf.

Nur ein kleiner Scherz.

MAGNUS *setzt sich.* Sonderbare Art von Humor.

MAURICE Balkanesisch, wie Sie freundlicherweise sagen würden. Warum sind Sie hierher gekommen?

MAGNUS Ich hatte Angst, daß du kämst.

MAURICE Ins Zimmer?

MAGNUS Ich habe gewartet, ich habe gehorcht, ich habe es nicht mehr ausgehalten.

MAURICE Wenn Sie's nur noch ein paar Stunden aushalten... *Er schaut auf die Uhr.*

MAGNUS Ich kann nicht mehr.

MAURICE ... dann ist die Woche um und der Vertrag ausgelaufen.

MAGNUS Heißt das, du würdest nicht mehr kommen?

MAURICE Vielleicht.

MAGNUS Hattest du einen Plan, wie du das machen wolltest da oben?

MAURICE Das ist meine Sache.

MAGNUS Hast du was zu essen?

MAURICE Wie lange haben Sie denn schon nichts gehabt?

MAGNUS Seit mittag.

MAURICE Nicht länger?

MAGNUS Ich hatte Vorräte.

MAURICE Was für Vorräte?

MAGNUS Brot. Ich habe es vor fünf Tagen vor dem Frühstück aus dem Speisesaal mitgenommen. Niemand hat was gemerkt.

MAURICE Sie sind ja viel gerissener als ich.

MAGNUS Aber es hat nur bis heute mittag gereicht.

MAURICE Sie konnten sich doch was aufs Zimmer kommen lassen.

MAGNUS Und das Gift?

MAURICE Ich arbeite nicht in der Küche.

MAGNUS Und ich bin nicht so naiv.

MAURICE Sie haben recht, ich hätte es natürlich machen können.

MAGNUS Eben.

MAURICE Es wäre mir ein leichtes gewesen, denn ich habe mal Chemie studiert. Und jetzt besorge ich Ihnen was zu essen.

MAGNUS Nein, ich habe keinen Hunger mehr.

MAURICE Wie Sie wollen. Aber ich begreife nicht, wenn Sie doch hergekommen sind – warum verteidigen Sie sich dann jetzt?

Pause.

Es wäre doch viel schöner, wenn Sie Ihr Schicksal wie ein Stoiker akzeptierten. Wic ein Held, erhobenen Hauptes. Wenn Sie sich ergeben – warum tun Sie es nicht mit Würde?

MAGNUS Woher weißt du denn, daß ich mich ergebe?

MAURICE Nicht? Ach so. Dann sind Sie also gekommen, um zu kämpfen. Ah, jetzt verstehe ich. Sie möchten im offenen Kampf fallen, nicht heimlich und ruhmlos in einem Versteck verenden, nein, mit flatternden Fahnen und in Wehr und Waffen. Apropos – haben Sie überhaupt eine Waffe? Nein... Nun, dann... *Er zieht ein Messer aus der Tasche, klappt es auf, legt es auf den Tisch.* Bitte.

Pause.

Bitte, bedienen Sie sich.

Magnus schaut auf das Messer.

Ein Messer besteht aus zwei Teilen: aus dem Griff und aus der Klinge. Um es zu gebrauchen, nimmt man den Griff in die Hand – gestatten Sie... *Er nimmt das Messer vom Tisch, geht auf Magnus zu und legt es ihm in die Hand.* So, jetzt sind wir soweit. *Er tritt zurück.*

Pause.

Nein?

Pause.

Soll ich mich vielleicht umdrehen? *Er dreht Magnus den Rücken zu.*

MAGNUS Maurice...

MAURICE Monsieur?

MAGNUS Schluß mit der Komödie.

Pause.

Sieh mich an.

Maurice dreht sich um und schaut Magnus an.

Magnus legt das Messer auf den Tisch. Hast du geglaubt, daß ich dich töten würde?

MAURICE Keinen Augenblick. *Er nimmt das Messer, klappt es zusammen und steckt es in die Tasche.*

MAGNUS Du hast recht, aber warum eigentlich nicht?

MAURICE Um jemanden zu töten, muß man andere Eingeweide haben. Balkanesische.

MAGNUS Die habe ich freilich nicht. Woher auch? Aber wozu dann die ganze Inszenierung? Hast du vielleicht gedacht, ich würde mich mit deinem albernen Messer selbst erdolchen? Das wäre doch noch blödsinniger gewesen. Dann hätte ich mich schon eher da oben in meinem Zimmer erhängt.

MAURICE Ich gestehe, damit hatte ich ein wenig gerechnet.

MAGNUS Womit gerechnet? Daß ich mich in deiner Gegenwart und zu deinem Vergnügen selbst abschlachte?

MAURICE Nein, daß Sie sich da oben in Ihrem Zimmer erhängen.

MAGNUS Ach so, und daß ich die ganze Arbeit für dich gemacht hätte? Das glaube ich, das hätte dir gefallen. Hinkommen und alles ist erledigt. Hast du mich darum so lange im Ungewissen gelassen, daß ich warte und horche, bis ich verrückt werde?

MAURICE Ein bißchen schon.

MAGNUS Orientalische Perfidie.

MAURICE Byzantinisches Erbe.

MAGNUS Mongolische Psychologie. Du hast geglaubt, ich halte das nicht aus, ich hänge mich auf oder spring aus dem Fenster. Nicht wahr, das ist eine Überraschung für dich: Ich habe es ausgehalten.

MAURICE Nicht so ganz.

MAGNUS Ich bin da, stehe hier vor dir.

MAURICE Eben. Wenn Sie es wirklich ausgehalten hätten, dann wären Sie in Ihrem Versteck geblieben.

MAGNUS Du hast recht. Du weißt gar nicht, wie sehr du recht hast. Aber jedenfalls – ich lebe.

MAURICE Und Sie werden weiterleben. Ich töte Sie nicht.

Pause.

MAGNUS Und unser Vertrag?

MAURICE Es sind neue Umstände eingetreten.

MAGNUS Das heißt – du brichst den Vertrag?

MAURICE Nein, aber ich werde Sie nicht töten.

MAGNUS Nein?

MAURICE Nein.

MAGNUS Du kannst ein Wort nicht gleichzeitig halten und brechen.

MAURICE In unserem Vertrag ging es um Ihr Leben und was damit geschehen sollte. Dies ist das Problem, und was damit geschehen soll, darüber kann man reden. Ich schlage vor, wir diskutieren noch einmal darüber, was wir mit Ihrem Leben machen.

MAGNUS Diskutieren?

MAURICE Einen anderen Gesichtspunkt finden.

MAGNUS Einen anderen?

MAURICE Das Problem von einer anderen Seite sehen.

MAGNUS Und wie?

MAURICE Umgekehrt.

MAGNUS Umgekehrt, das hieße, daß nicht ich dich bezahle, damit du mich tötest, sondern daß du mich bezahst, damit ich dich töte.

MAURICE Nein, aber ich kann Sie dafür bezahlen, daß Sie mich nicht bezahlen, damit ich Sie töte.

MAGNUS Maurice, wenn du mich nicht tötest und nicht töten wirst und ich dich nicht töte und du dich selber nicht tötest – noch eine Sekunde länger, und ich bringe dich um. Ich habe eine ganze Menge ausgehalten, aber das ist zuviel für mich.

MAURICE Warum? Es ist doch alles ganz einfach, wir müssen nur mit dem Anfang anfangen. Sie haben mich engagiert, daß ich Sie töte, weil Sie nicht länger leben wollten. Ist das nicht so?

MAGNUS Sprich nicht mit mir wie mit einem Kretin.

MAURICE Und Sie wollten nicht länger leben, weil es in Ihrer Situation keinen Ausweg gab. Ist das nicht so?

MAGNUS Willst du noch lange so weiterreden?

MAURICE Aber wenn es nun doch einen Ausweg gibt?

MAGNUS Dann natürlich brauchten wir nicht darüber zu reden. Aber das ist Theorie, sprechen wir von der Realität.

MAURICE Aber Sie haben einen Ausweg.

MAGNUS Der Ausweg aus meiner Situation wäre Geld.

MAURICE Wieviel?

MAGNUS Das kann man leicht ausrechnen. Ich bin jetzt siebenundsechzig. Zum Leben im Hotel Résidence brauche ich monatlich sechstausend Franken. Macht zweiundsiebzigtausend im Jahr. Nehmen wir an, ich werde neunzig, dann macht das eine Million sechshundertsechsundfünfzigtausend Schweizer Franken.

MAURICE Die werden Sie haben.

MAGNUS Maurice, ich dachte, wir wollen ernsthaft miteinander reden.

Maurice zieht einen großen Umschlag aus der Tasche und legt ihn auf den Tisch.

Was ist das?

MAURICE Ungefähr drei Millionen.

MAGNUS In bar?

MAURICE Nein, aber das ist alles eins. Hier sind die Wagenpapiere für den Rolls-Royce Phantom Six Custom Made, ein Unikat, eine Spezialanfertigung auf besondere Bestellung. Der Wert ist nicht genau zu berechnen, um so weniger, als Teile der Ausstattung aus Gold, Elfenbein, Mahagoni, Kristall und Silber sind. Und den Schalthebel schmückt ein großer Diamant.

MAGNUS Und der Besitzer?

MAURICE Der Besitzer sind Sie. Das ist ein Geschenk für Sie.

MAGNUS Vom wem?

MAURICE Von mir.

MAGNUS Und du, von wem hast du es?

MAURICE Von unserem Scheich. Er ist vorgestern abgereist und hatte kein Kleingeld da, da hat er mir diesen Phantom Six als Trinkgeld dagelassen. Anscheinend hat der Rolls-Royce ihm nicht mehr gefallen, oder er kümmert sich einfach ganz allgemein nicht um Details.

MAGNUS Und wo ist... dieses Detail?

MAURICE In der Garage. Wollen Sie es sich ansehen?

MAGNUS Drei Millionen?

MAURICE Mindestens.

MAGNUS Und du schenkst mir drei Millionen – einfach nur so?

MAURICE Was ein Scheich kann, kann ich auch.

MAGNUS Du gibst drei Millionen her ohne jeden Grund, ohne irgend etwas dafür zu wollen... und ich soll dir das glauben?

MAURICE Oh, einen Grund gibt es schon.

MAGNUS Nämlich?

MAURICE Mein seelisches Wohlbefinden. Das lasse ich mich was kosten.

MAGNUS Seelisches Wohlbefinden, wenn du drei Millionen herschenkst?

MAURICE Je mehr, desto besser. Eine Geste wie diese hat ihren Preis. Aber genaugenommen, ich zahle es ja nicht aus eigener Tasche.

MAGNUS Meiner Lebtage hab ich nicht solch einen Blödsinn gehört.

MAURICE Aber doch sicher etwas von der weiten östlichen Seele. Oder etwas gelesen über die romantischen Gemüter dieser Menschen, ihre verrückten Ideen, die ganze romantische Tradition mit Kavallerieattacken und »Schwarze Augen«. Kennen Sie das?

MAGNUS Der pure Kitsch.

MAURICE Drei Millionen.

MAGNUS Irgend etwas steckt dahinter.

MAURICE Versuchen wir es mit einer psychologischen Erklärung. Ein armer Emigrant, Hotelboy, männliches Mädchen für alles, zieht plötzlich das Große Los. Jetzt können alle seine Träume wahr werden. Aber er verwirklicht nur einen einzigen, seinen Traum von einer königlichen Geste, einer großen Tat. Einer Tat, die alle seine Demütigungen aufwiegen, die ihn von allen Komplexen heilen würde. Dieser Versuchung ist nicht zu widerstehen.

MAGNUS Das ist schlechte Literatur. Ich weiß, wovon ich rede.

MAURICE Betrachten wir es vom klinischen Standpunkt. Es ist eine Art Nervenzusammenbruch und eine krankhafte irrationale Reaktion auf eine plötzliche Veränderung der Lebensumstände.

MAGNUS Davon darf ich aber nicht profitieren.

MAURICE Drei Millionen.

MAGNUS Eine krankhafte Reaktion, sagst du, das heißt, du würdest das Geld jedem Beliebigen geben?

MAURICE Jedem Beliebigen?

MAGNUS Dem ersten besten, der dir über den Weg läuft, und nicht unbedingt mir.

MAURICE Nein, das nicht. Eigentlich nur Ihnen.

MAGNUS Warum, wenn es nichts weiter ist als ein Nervenzusammenbruch.

MAURICE Aber wir haben einen Vertrag, und da geht es um Ihr Leben. Und außerdem...

MAGNUS Außerdem?

MAURICE Außerdem habe ich mit Ihnen noch was zu verrechnen.

MAGNUS Du schuldest mir nichts.

MAURICE Ich möchte aber, daß Sie mir etwas schulden, und ich möchte, daß Sie es nie zurückzahlen können. Das befriedigt mich mehr, als Sie umzubringen.

MAGNUS Es befriedigt dich, mich zu demütigen.

MAURICE Ja.

MAGNUS Immerhin gibst du es unumwunden zu.

MAURICE Dadurch wird es schöner. Je klarer die Sache ist, desto größer ist Ihre Demütigung.

MAGNUS So sicher bist du deiner selbst?

MAURICE Jetzt – ja.

MAGNUS Bist du sicher, daß ich es annehme?

MAURICE Ich zweifle nicht daran.

MAGNUS Nicht einmal, nachdem du mir gestanden hast, daß für dich der einzige Sinn deiner Geste darin besteht, mich zu demütigen?

MAURICE Nicht einmal, nachdem ich das gesagt habe.

MAGNUS Was für eine Lumpengesinnung.

MAURICE Ich habe nie behauptet, ein Aristokrat zu sein.

MAGNUS Und du erwartest, daß ich annehme?

MAURICE Die Summe ist viel zu groß, um sie nicht anzunehmen.

Pause.

MAGNUS Ich lehne ab.

MAURICE Ich höre wohl nicht recht.

MAGNUS Du hast dich verrechnet, von dir nehme ich keinen einzigen Franken an.

MAURICE Wie – von mir nehmen Sie nichts an?

MAGNUS Keinen Franken. Hast du verstanden? Du hast dich verrechnet, du Lump. Du hast vergessen, mit wem du es zu tun hast. Vielleicht sind solche Dinge normal bei den Viehhändlern und Pferdedieben, von denen du offenbar abstammst. Aber du bist hier nicht im Stall, du bist im Hotel Résidence, wenn auch nur als Domestik.

MAURICE Das ist unmöglich.

MAGNUS Was?

MAURICE Daß Sie nicht annehmen.

MAGNUS Warum nicht? Dazu gehört nur etwas Charakter, Würde und Todesverachtung.

MAURICE Nein, ich kann es nicht glauben.

MAGNUS Du kannst es nicht glauben?

MAURICE Nein.

MAGNUS Du hast recht.

Maurice nimmt den Umschlag vom Tisch, geht zu Magnus und will ihn ihm geben.

Aber wer sagt dir denn, daß ich annehme? Gar nichts nehme ich von dir an. *Er reißt Maurice den Umschlag aus der Hand und wirft ihn zu Boden.* Nein, niemals, nichts. Aber nicht, weil ich so einen starken Charakter habe. Ich habe überhaupt keinen Charakter.

MAURICE Also warum dann nicht?

MAGNUS Weil es zu spät ist.

MAURICE Wieso zu spät? Sie leben doch noch.

MAGNUS Ich muß dir etwas gestehen.

MAURICE Sie haben mir schon eine ganze Menge gestanden.

MAGNUS Aber noch nicht alles. Bevor ich hierherkam, bevor ich da oben mein Zimmer verließ, habe ich die Polizei angerufen.

Pause.

Und ich habe alles erzählt.

MAURICE Alles?

MAGNUS Alles über unseren Vertrag. Über den Vertrag, den du mit mir geschlossen hast, den Vertrag über meine Ermordung. Mit anderen Worten, ich habe dich als bezahlten Mörder angezeigt.

MAURICE Und nun?

MAGNUS Ich habe um Schutz gebeten. Es ist die Pflicht der Polizei, einen Mord zu verhindern und den Mörder festzusetzen, bevor er den Mord begehen kann.

MAURICE Und ... die Polizei ...

MAGNUS Die Polizei ist ganz meiner Meinung. Und ich soll mein Zimmer abschließen und darin bleiben, bis sie kommen und uns beide verhaften.

MAURICE Uns beide ... Sie auch?

MAGNUS Selbstverständlich. Schließlich bin ich es gewesen, der einen Mörder engagiert hat. Also habe ich ein Verbrechen begangen.

MAURICE Eigentlich haben Sie recht. Es ist besser, ins Gefängnis zu gehen, als umgebracht zu werden.

MAGNUS Ja, aber ... das war nicht mein einziger Grund.

Ich *will* ins Gefängnis und dort so lange bleiben wie nur möglich.

MAURICE Sie wollen ins Gefängnis?

MAGNUS Ich werde alles daran setzen, ein möglichst hartes Urteil zu bekommen.

MAURICE Und warum?

MAGNUS Weil in der Schweiz die Gefängnisse komfortabler sind als anderswo die Dritter-Klasse-Hotels und weil man dort leben kann, ohne dafür zu bezahlen.

MAURICE Ah so.

MAGNUS Ja, ein Gratisaufenthalt fern vom stürmischen Leben der heutigen Zeit.

Pause.

Findest du das unanständig von mir?

MAURICE Mir gegenüber ist das nicht sehr loyal.

MAGNUS Das sollte dich doch nicht wundern – wie du selbst bemerkt hast, bin ich ein Mensch ohne Charakter.

MAURICE Aber daß Sie so weit ... ja dann ist alles klar. Nur eines verstehe ich nicht: Warum haben Sie es mir erzählt?

MAGNUS Weil ich es erzählen wollte.

MAURICE Sie hätten in aller Ruhe in Ihrem Zimmer bleiben und abwarten können, bis ich verhaftet worden bin.

MAGNUS Das hätte ich gekonnt.

MAURICE Erst zeigen Sie mich an, und dann warnen Sie mich vor der Polizei. Warum?

MAGNUS Weil ich dich mag, Maurice, du bist mir unterdessen ans Herz gewachsen. Ich will nicht, daß du meinetwegen leiden mußt. Ich geh ins Gefängnis, aber du haust ab. *Er hebt den Umschlag vom Boden und reicht ihn Maurice.* Und nimm das mit.

MAURICE Wozu?

MAGNUS Du wirst es brauchen. Ich habe keine Ausgaben im Gefängnis, aber du.

MAURICE Mir nützt das auch nichts.

MAGNUS Ohne Geld wirst du nicht weit kommen.

MAURICE Das hier ist nur Papier. Und im Rolls-Royce kann ich nicht gut fliehen.

MAGNUS Was soll ich denn damit anfangen?

MAURICE Was Sie wollen. Sie können sich den besten Anwalt nehmen oder es den Armen geben. Für mich hat das von Anfang an keinen Sinn gehabt.

MAGNUS Es tut mir leid, Maurice, es tut mir sehr, sehr leid, das ist alles meine Schuld.

MAURICE Durchaus nicht. Ich wäre ohnehin geflohen, auch wenn Sie mich nicht angezeigt hätten. Sie sind nicht schuld.

MAGNUS Wer sonst?

MAURICE Monsieur Lefèvre.

MAGNUS Aber Monsieur Lefèvre ist tot.

MAURICE Eben. Man hat Anlaß anzunehmen, daß er ermordet worden ist. Die Ermittlungen laufen schon.

MAGNUS Aber du hast ihn doch nicht ermordet.

MAURICE Monsieur Lefèvre hatte Kontakte zur Polizei. Im Hotel passiert so allerlei, die verschiedensten Menschen treffen da zusammen, es ist nur natürlich, daß die Polizei sich dafür interessiert, und Monsieur Lefèvre hat nur seine Pflicht als Staatsbürger erfüllt.

MAGNUS Ich sagte ja schon, Monsieur Lefèvre war der Prototyp des guten Staatsbürgers.

MAURICE Als er nun plötzlich unter so ungeklärten Umständen gestorben war, habe ich mich leichtsinnigerweise für seine Kontakte interessiert. Daraufhin haben sich seine Kontakte für mich interessiert.

MAGNUS Aber das heißt ja nicht, daß du Angst vor der Polizei haben mußt. Solange du nichts auf dem Gewissen hast...

MAURICE In meinem Land genügt es, verdächtigt zu sein, um angeklagt zu werden.

MAGNUS Aber wenn du unschuldig bist...

MAURICE In meinem Land genügt es, angeklagt zu sein, um verurteilt zu werden.

MAGNUS Aber wenn man nichts beweisen kann.

MAURICE In meinem Land kann man alles beweisen.

MAGNUS Aber wenn andererseits...

MAURICE Andererseits hatte Monsieur Lefèvre als Agent der Schweizer Bundespolizei Kontakte zu den einschlägigen Milieus. Also zum Schmuggel, zur Drogenszene, zur ausländischen Spionage, zur Mafia...

MAGNUS Das hat aber nichts mit dir zu tun.

MAURICE Sehr gefährliche Kontakte. Und diese Kontakte beargwöhnten seine Kontakte zur Bundespolizei. Beweis: Er ist tot.

MAGNUS Ja, er – nicht du.

MAURICE Und jetzt verdächtigen sie mich.

MAGNUS Aber doch ohne Grund.

MAURICE Bis ich das nachweisen kann, ist es zu spät, für alle Ewigkeit zu spät.

MAGNUS Nein, es wird besser sein, wenn du nichts beweist.

MAURICE Und jetzt weiß man nicht, welche der Kontakte von Monsieur Lefèvre sich mehr für mich interessieren. Die Polizei, weil sie den Verdacht hat, ich hätte Kontakte zu den mutmaßlichen Mördern von Monsieur Lefèvre, oder die mutmaßlichen Mörder von Monsieur Lefèvre, weil sie den Verdacht haben, ich hätte Kontakte zur Polizei.

MAGNUS Aber sie irren sich doch alle beide.

MAURICE Sicher ist nur eins, beide Sorten von Kontakten von Monsieur Lefèvre interessieren sich für mich.

MAGNUS Aber das ist doch eine Hypothese. Das nimmst du nur an, das vermutest du nur. Du solltest dir nichts draus machen. Vergiß die ganze Sache.

MAURICE Drittens, der Leichnam von Monsieur Lefèvre ist aus dem Grab verschwunden. Die Diebe verlangen Geld von der Familie, wenn sie ihn zurückhaben will.

MAGNUS Das ist doch nicht möglich.

MAURICE Warum nicht?

MAGNUS Ich weiß nicht, das Familiengrab sah so richtig solide aus.

MAURICE Auch in dieser Angelegenheit wird ermittelt.

MAGNUS Aber du hast die Leiche doch nicht gestohlen.

MAURICE Es gibt einen Präzedenzfall. Unter ganz ähnlichen Umständen ist damals der Sarg von Charlie Chaplin vom Friedhof verschwunden. Die Täter waren zwei Ausländer.

MAGNUS Ich bin auch Ausländer.

MAURICE Aber diese Ausländer da waren aus Osteuropa.

MAGNUS Das beweist gar nichts.

MAURICE Aber sie kamen aus meinem Land. Einer von ihnen war Blut von meinem Blut – mein Bruder.

MAGNUS Ja und?

MAURICE Auch deshalb bin ich suspekt.

MAGNUS Aber du bist unschuldig, Maurice, du bist unschuldig. Du hast Monsieur Lefèvre nicht ermordet. Du hast seine Leiche nicht gestohlen. Du bist kein Agent einer fremden Macht, kein Schmuggler und kein Dealer. Du bist Ausländer, schön, aber du hast eine Aufenthaltsgenehmigung und eine Arbeitserlaubnis. Deine Papiere sind in Ordnung, du bist nicht mit dem Gesetz in Konflikt gekommen, du hast nichts Kriminelles getan. Du hast nichts auf dem Gewissen, du bist absolut unschuldig. Und wenn du unschuldig bist, was hast du dann zu befürchten?

MAURICE Monsieur, könnten Sie das alles beschwören?

MAGNUS Was?

MAURICE Können Sie für meine Unschuld bürgen, können Sie für all das bürgen, was Sie gesagt haben?

Pause.

Können Sie für mich aussagen?

Pause.

Besonders jetzt, nachdem Sie mich als bezahlten Killer angezeigt haben?

MAGNUS Es ist wahr, du mußt fliehen.

MAURICE Ich hatte das vor, schon ehe Sie mich angezeigt haben. Aber ich wollte nicht fort, ohne Ihnen Lebewohl zu sagen.

MAGNUS Das bewegt mich sehr, Maurice.

MAURICE Wären Sie nicht heruntergekommen, dann wäre ich zu Ihnen hinauf gegangen, um Ihnen adieu zu sagen.

Pause.

MAGNUS Wir nehmen also Abschied.

MAURICE Adieu. *Er nimmt die Reisetasche und geht zum Ausgang.*

MAGNUS Warte.

MAURICE Monsieur?

MAGNUS Schick mir deine Adresse.

MAURICE Meine Adresse zu Ihnen ins Gefängnis? Wozu?

MAGNUS Du schickst mir deine Adresse, und ich schicke dir Geld. Ich hoffe, der Rolls-Royce wird nicht beschlagnahmt.

MAURICE O nein, Monsieur, eine Adresse werde ich Ihnen nicht geben. Ich reise mit unbekanntem Ziel.

MAGNUS Aber so nobel kannst du doch nicht sein, das ist grausam.

MAURICE Das muß ich, wenn ich meine Freiheit behalten will. Ein freier Mann gibt seine Adresse nicht im Gefängnis ab.

Pause.

MAGNUS Ich werde dich vermissen.

MAURICE Mir tut es auch leid, Monsieur. Wir hätten in derselben Zelle leben können.

MAGNUS Miteinander reden ...

MAURICE Viele Jahre lang ...

MAGNUS Erinnerungen austauschen ...

MAURICE Träumen ...

MAGNUS Wir werden uns nie wiedersehen?

MAURICE Ich hoffe nicht.

MAGNUS Und diese drei Millionen? Die sind also für mich. Für mich ganz allein. Volle drei Millionen.

MAURICE Nicht ganz. Ich habe mir erlaubt, den Diamanten herauszubrechen.

MAGNUS Was für einen Diamanten?

MAURICE Den aus dem Schalthebel. Es ging ganz leicht.

Pause.

MAGNUS Maurice, du hast dich an meinem Eigentum vergriffen.

MAURICE Leider.

MAGNUS Maurice, du bist ein Krimineller, jetzt hast du mich überzeugt.

MAURICE Monsieur, ich habe Ihnen gleich gesagt, daß man mir nicht trauen darf.

MAGNUS Glückliche Reise.

MAURICE Viele glückliche Jahre. *Maurice ab.*

Magnus geht zum Tisch, legt den Umschlag darauf. Er sieht, daß Maurice seine Flasche und das Glas dort stehen-

gelassen hat. Er nimmt die Flasche in die eine und das Glas in die andere Hand und geht zum Ausgang, um sie Maurice noch mitzugeben.

MAGNUS Maurice! *Es wird ihm klar, daß Maurice für immer verschwunden ist. So geht er zurück zur Mitte der Bühne, gießt sich ein und hebt das Glas, das Gesicht zum Ausgang gerichtet, und trinkt Maurice zu.* Auf unser Wohl! *Aber bevor er noch trinken kann, bricht er zusammen. Herzinfarkt. Er ist tot.*

Deutsch von M.C.A. Molnar

Die polnische Uraufführung des Stückes erfolgte 1986 in Warschau.

Das Portrait

Personen

Bartodziej, an die Vierzig
Octavia, dreiundvierzig
Anatol, an die Vierzig
Psychiaterin, dreißig
Annabelle, zwanzig

Zeit:
1962–1965

Ort:
Polen

Bemerkungen zur Chronologie

Die Zeit, in der das Stück angesiedelt ist – sowohl die eigene wie die historische Zeit – (verschieden von der Zeit der szenischen Handlung, das heißt der Zeit der Theatervorstellung) – wie auch die in ihr enthaltenen Verweise auf die historische Zeit, die über ihre eigene historische Zeit hinausweisen – wird unten präzisiert. Bevor aber die berufene Person (der Schauspieler, der Regisseur) oder auch nur eine interessierte Person (der Leser überhaupt) sich mit dieser Präzisierung vertraut macht, bittet der Autor sie zu beachten, daß das Stück – obwohl die Koordination von Zeiten und Handlung in diesem Stück einer Wahrscheinlichkeitsprobe standhält – keinen Anspruch erhebt, zur Kategorie der historischen Dokumente zu gehören. Zum Beispiel: Der Autor kennt keinen Fall von einer spektakulären Amnestie in der VR Polen im Jahre 1964, was nicht ausschließt, daß ein ähnlicher Fall vorgekommen ist oder hätte vorkommen können. Ebenso: Die Gestalt des Anatol ist eine absolut freie Erfindung des Autors, was nicht ausschließt, daß verschiedene Elemente dieser Gestalt real sind, und einige sind sogar ganz sicher real.

Die historische Zeit kommt am deutlichsten visuell zum Ausdruck, – durch die Kostüme. In welchem Grad die Vorstellung dieses Stücks historisch präzisiert werden soll – ganz genau, mehr oder weniger genau oder überhaupt nicht – überläßt der Autor den Ausführenden. Die Geschichte (im Sinne: Erzählung) dieses Stücks ist hinreichend synthetisch, daß sie aktuell bleibt, wie immer die Entscheidung ausfällt.

Die historische Zeit des Stückes (seine eigene):

Erster Akt:

A. Bartodziej (1. Szene) Frühjahr 1964, der Prolog sowie die besondere Korrespondenz mit dem Finale des 1. Aktes und gleichzeitig mit dem Anfang des 2. Aktes.

B. Bartodziej, Octavia (2. Szene) – Herbst 1962.

C. Bartodziej, Anatol, Psychiaterin (3. Szene) – Winter 1964.

D. Bartodziej, Anatol, Schachpartie (4. Szene) – Winter 1964.

E. Bartodziej, Anatol, Octavia (Szenen 5 bis 12) – Frühjahr 1964.

Zweiter Akt:

Bartodziej, Annabelle, Anatol (der ganze zweite Akt) – am nächsten nach der letzten Szene des 1. Aktes, ein Tag und eine Nacht.

Dritter Akt:

A. Octavia, Anabelle (Szenen 1 bis 9) – Herbst 1964.

B. Octavia, Bartodziej (10. Szene) – kurz nach der vorigen Szene.

C. Octavia, Anabelle (Szenen 11 bis 16) – Frühjahr 1965.

D. Bartodziej, Anatol, Finale (Szenen 17 bis 19) – Sommer 1965.

Die Gesamtheit: von Herbst 1962 (1. Akt, 2. Szene) bis Sommer 1965 (Finale).

Verweise auf Zeiten außerhalb der eigenen Zeit des Stükkes und die Bestimmung einiger der Inhalte in der eigenen Zeit:

Warschauer Aufstand – 1944

Kriegsende – 1945

Verhaftung Anatols – 1949

Verheiratung von Bartodziej (in der eigenen Zeit des Stücks) – 1964

Die Ängste des Bartodziej, 1. Phase – 1955 bis 1957

Die Ängste des Bartodziej, 2. Phase – 1957 bis 1962

Die Ängste des Bartodziej, 3. Phase (in der eigenen Zeit des Stücks) 1962 bis 1964.

Erster Akt

Erste Szene

MÄNNERSTIMME *im Dunkeln* Ich habe dich geliebt. Du warst meine Gegenwart und meine Zukunft, und meiner Vergangenheit konnte ich nicht verzeihen, daß du in ihr gefehlt hast. Selbst wenn in jener Zeit meine Vergangenheit noch recht kurz war. Als du in mein Leben tratest, war ich jung. Nun ja, kein Kind mehr. Kein Neugeborenes, das beim ersten Augenaufschlag dein Gesicht im Blick gehabt hätte. Die Kindheit ohne dich – das war eine Sünde, die nicht wiedergutzumachen war.

Ja, gewiß, ich war nicht der einzige, der dich liebte. War ich eifersüchtig? Du wurdest von so vielen geliebt, daß von Eifersucht nicht die Rede sein konnte. Wie soll man denn eifersüchtig sein auf die ganze Welt? O ja, kämpfen wollte ich mit ihr, mit der ganzen Welt, aber nicht, um dich zu erobern, sondern *sie* für *dich*, ich wollte dir die ganze Welt zu Füßen legen. Daß auch andere dich liebten, fand ich ganz natürlich. Wer dich nicht liebte, wer es fertigbrachte, dich nicht zu lieben, war ein Ungeheuer, eine unmenschliche Kreatur. So jemanden hätte ich … hätte ich … du weißt, von wem ich spreche.

All meine Kraft kam von dir. Bevor ich dir begegnete, war ich nichts. Nichts für andere und nichts für mich selbst. Die Liebe zu dir gab mir Kraft, an deiner Seite fühlte ich mich stark, klug und schön. Beinah schön. Mußt du darüber lächeln?

Wie gut ich es kenne, dein Lächeln. Ein ganz normales Lächeln, scheinbar, und doch so geheimnisvoll. Das Lächeln von jemandem, der keinen anschaut, während alle auf ihn schauen, und der, obwohl er nirgendwohin blickt, doch ganz allein mich anblickt. Oder war das nur Einbildung? Bilde ich mir das immer noch ein? Ich gäbe viel darum, das zu wissen. Und selbst jetzt, da wir endlich allein sind, bist du jetzt bei mir, und nur bei mir, so wie ich nur bei dir bin? Du hörst mir zu, aber nimmst du denn auf, was ich sage? Niemand kann so zuhören wie du, niemand versteht mich so wie du, und doch ... ist da nicht ein Teil von dir, gibt es in dir nicht einen Bereich, von dem ich ausgeschlossen bin? Einen Gedanken, der mir fern ist, ein Gefühl, das mich nichts angeht? Nur einen Gedanken, nur ein Gefühl – oder ist da noch etwas anderes, etwas, das ich nicht beschreiben kann? ... Alles entgleitet mir, oder vielleicht nur ein Teil. Es mag ja sein, daß es nur meine Einbildung ist, Fiebertraum, Halluzination eines Wahnsinnigen. Hörst du mir zu?

Ich möchte so gern Gewißheit haben. Wer bist du? Nichts als eine Illusion, oder die wahrste der Wahrheiten? Bilde ich mir nur ein, daß du hier bei mir bist, daß du wirklich da bist, du und nur du, und alles andere ist Illusion? Ich bin verwirrt, und ich verirre mich. Wie unvollkommen war ich dir gegenüber, wie schwach bin ich ohne dich, wie verschlungen sind alle meine Wege. Du lächelst?

Leugne es nicht, ich spüre es, dein Lächeln folgt mir überallhin, ich brauche gar nicht bei dir zu sein: dein Lächeln, dein verdammtes Lächeln ist bei mir! Sag doch etwas.

Pause.

Und hör endlich auf zu lächeln!
Nein, hör nicht auf. Verzeih mir, ich wollte nicht... nein, nicht ein verdammtes Lächeln, ein geliebtes, ein ersehntes. Nicht das Lächeln folgt mir... ich jage ihm nach, immer. Ich laufe hinterher und möchte es einholen und hoffe, daß es mir eines Tages gelingt. Dein geliebtes, wunderbares Lächeln. Mein Glück und mein Verderben.

Pause.

Ärgert dich das? Nein, gewiß nicht. Das wäre eine allzugroße Freude für mich, es hieße ja, daß du mich wahrnimmst. Nimmst du mich wahr? Weißt du, daß ich existiere, hast du das bemerkt? Bekennen, fragen, das tue *ich*, du – schweigst. Wie bitte? Ja?

Pause.

Ah so. Natürlich. Nichts. Schweigen eben.

Pause.

Nun ja, du hast recht. Ich weiß nicht, was mit mir los ist. Ich bitte dich um Verzeihung. Aber schließlich weißt du ja, warum ich ... du verstehst es ... du verstehst alles.

Pause.

Hör auf! Sag was! Ich möchte mit dir reden, darum bin ich hier, nach so vielen Jahren. Es ist höchste Zeit, daß wir Klarheit schaffen zwischen uns, ein für allemal. So geht das nicht weiter mit mir. Verstehst du? Ich kann nicht mehr! Und hör endlich auf mit diesem Lächeln – sieh mich an! Sieh mich an!

Helles Licht. Bartodziej, der Sprecher, steht im Gabardinemantel, in der einen Hand einen Koffer, in der anderen einen Schirm, mit dem Rücken zum Publikum und sagt das alles zu einem Bild, das ziemlich hoch, frontal zum Publikum hängt. Ein Stalinbild. Fanfaren, Chöre.

Blackout

Zweite Szene

Bartodziej und Octavia sitzen, weit voneinander entfernt, nahe der Rampe, mit dem Gesicht zum Publikum, jeder mit einer kleinen Lampe neben sich. Octavia liest eine Illustrierte. Atmosphäre eines friedlichen Abends unter Eheleuten.

BARTODZIEJ Kaninchen.

OCTAVIA Wie bitte?

BARTODZIEJ Wir werden Kaninchen züchten. Irgendwas muß man doch tun im Leben. Kaninchen wären ganz gut, glaube ich, diese kleinen Muntermacher. Manchmal sitzt der Mensch da, abgespannt, deprimiert, das Leben ist anstrengend, Erinnerungen quälen ihn, mit einem Wort, das Herz ist schwer. Da sieht er plötzlich ein Kaninchen, das hüpft hierhin und dorthin und wedelt mit dem Schwanz. Und mit einem Schlag ist der Mensch viel fröhlicher.

Pause.

Ich weiß, was du sagen willst: Ein Kaninchenschwanz ist kurz, es kann damit nicht wedeln. Das behauptet man, so wird es dargestellt und allgemein akzeptiert. Aber in meinen Augen wedelt es, ganz gleich, was die Leute sagen. Ich kenne die Ansicht, nach der das Phänomen des schwanzwedelnden Kaninchens nur eine Sinnestäuschung sei, die vermutlich auf der Beweglichkeit des Kaninchenkörpers beruht. Ein Kaninchen wedelt sozusagen mit dem ganzen Körper, also wedelt es gewissermaßen auch mit dem Schwanz, sagt die Wissenschaft. Aber nur unsere Empfindungen zählen, nur unsere innere Einstellung. Ich glaube, irgendwas klappert da.

OCTAVIA Das Fenster bei den Nachbarn.

BARTODZIEJ Geht das schon wieder los!

OCTAVIA Sie haben es offengelassen.

BARTODZIEJ Kaninchen werden in Käfigen gehalten, vorzugsweise zu zweit. Aber diese Anzahl vergrößert sich sprunghaft, wenn die Exemplare, über die wir verfügen, unterschiedlichen Geschlechtes sind. Auf diese Weise verlagert sich das Gewicht des Problems relativ schnell von der individuellen Ebene auf die der sozialen Beziehungen. Wir sind konfrontiert mit der Gesellschaft und ihren Strukturen. Ich glaube, ich habe Halsschmerzen.

OCTAVIA Laß mal sehen.

Bartodziej steht auf, beugt sich über Octavia und öffnet den Mund.

Sie schaut hinein. Ich kann nichts sehen.

BARTODZIEJ Wirklich nicht?

OCTAVIA Der Hals ist nicht entzündet, und die Zunge ist normal.

BARTODZIEJ Ich hatte Angina.

OCTAVIA Vor sieben Jahren.

BARTODZIEJ So lange ist das her? *Er geht zurück zu seinem Platz.* Kaninchen haben keine politischen Parteien. Insofern ist ein Vergleich mit der Gemeinschaft der Menschen unangemessen, und Beobachtungen im Bereich der Kaninchen können auf die menschliche Gesellschaft nicht angewandt werden. Nichtsdestotrotz darf man hieraus keine voreiligen Schlüsse ziehen. Denn es ist nicht von der Hand zu weisen, daß mit fortschreitender Entwicklung und bei intensiver Forschung die Kaninchen eine ebenso hohe soziale Organisation erreichen werden wie die menschliche Gesellschaft. Und ich werde meine ganze Kraft dieser Forschung widmen. Und wenn ich entdecken sollte, daß im Leben der Kaninchen die Politik dieselbe Rolle spielt wie bei den Menschen, werde ich sie auf der Stelle ausrotten, mir einen Mantel aus Kaninchenfell machen lassen und mich der Aufzucht von Kakerlaken widmen. Seit wann spreche ich von Kaninchen?

OCTAVIA Seit fünf Jahren.

BARTODZIEJ Ah ja, seit fünf Jahren. Aber das heißt ja nicht, daß man nicht bestimmte Zukunftspläne hätte. Wenn man denkt, wie die Zeit gerast ist... Ich glaube, hier riecht es irgendwie...

OCTAVIA Wie bitte?

BARTODZIEJ Brenzlig. Irgendwas brennt da. Oder?

OCTAVIA Wo denn?

BARTODZIEJ Auf dem Dachboden, würde ich sagen.

OCTAVIA Dann geh und sieh nach.

BARTODZIEJ Das kann ich nicht. Weißt du nicht mehr, daß ich einmal die Treppe runtergefallen bin?

OCTAVIA Vor sechs Jahren.

BARTODZIEJ Aber immerhin: gefallen.

OCTAVIA Dann geh eben nicht.

BARTODZIEJ Aber wenn es nun brennt? Wann hat es zuletzt gebrannt?

OCTAVIA Vor fünf Jahren.

BARTODZIEJ Genau. Fünf Jahre... Wie schnell die vergangen sind! Merkwürdig – je länger etwas dauert, desto schneller geht es vorbei. Aber um auf unsere Kaninchen zurückzukommen: Kaninchen brauchen Zuneigung. Zumindest in der ersten Phase. In den folgenden natürlich auch. Wenn man bemerkt, daß die Wellen von Zuneigung, die man in Richtung der Kaninchen sendet, schwächer werden, muß man einen Verstärker nehmen, um sie vor einem Schock zu bewahren, der für so kleine Geschöpfe besonders schmerzhaft ist. Man muß sie langsam und ganz allmählich an das Nachlassen unserer Gefühle gewöhnen. Eine allzu plötzliche Enttäuschung könnte einen Schock hervorrufen, den sie möglicherweise nicht überleben würden. Das muß sich jeder angehende Züchter vor Augen halten. Wo sind meine Socken?

OCTAVIA Welche?

BARTODZIEJ Die wollenen, karierten.

OCTAVIA Ich habe sie gewaschen und in den Schrank gelegt.

BARTODZIEJ Gefunden hab ich sie in der Diele.

Pause.

In der Diele auf dem Fußboden.

OCTAVIA Dann mußt du sie dort liegengelassen haben.

BARTODZIEJ Sie waren getragen.

Pause.

Ich sagte: Sie waren getragen.
OCTAVIA Du trägst Socken, also waren sie getragen.
BARTODZIEJ Ich habe sie nicht getragen.
OCTAVIA Ich auch nicht.
BARTODZIEJ Willst du damit sagen, daß in meinen Socken Geister spazierengehen?

Pause.

Wenn wir heute keine Kaninchen züchten, heißt das nicht, daß wir nicht morgen welche züchten werden. Darum sollte jeder, der sich nicht selbst als Züchter betrachtet und sich sogar etwas darauf zugute hält, keiner zu sein, sich größte Zurückhaltung auferlegen. Wir können die Bilanz unseres Lebens erst als endgültig betrachten, wenn alle Summen gezogen sind. Das ist eine Maxime, die nicht nur für Züchter im eigentlichen Sinn des Wortes gilt. Sie richtet sich vielmehr an die Allgemeinheit, die Züchter natürlich eingeschlossen.

Pause.

Hast du meinen Rasierpinsel benutzt?
OCTAVIA Wozu hätte ich ihn benutzen sollen?
BARTODZIEJ Zum Rasieren.
OCTAVIA Na, hör mal!
BARTODZIEJ Heute hat jemand meinen Rasierpinsel benutzt. Vor mir.

OCTAVIA Wer denn?

BARTODZIEJ Vielleicht ich selbst. Vielleicht hab ich mich aus Zerstreutheit zweimal rasiert. Obwohl ich's mir nicht vorstellen kann.

OCTAVIA Ich mir schon.

Pause.

BARTODZIEJ Was gibt's denn morgen zu essen?

OCTAVIA Makkaroni.

BARTODZIEJ Weiter nichts?

OCTAVIA Die hast du doch immer sehr gern gegessen.

BARTODZIEJ Na ja, aber ein bißchen bescheiden ist das schon.

OCTAVIA Wieso – willst du jemanden einladen?

BARTODZIEJ Wer weiß ... wer weiß ...

Dritte Szene

Bartodziej, Anatol und die Psychiaterin im Sprechzimmer. Schreibtisch, Schrank, drei Stühle und eine Couch, alles aus Metall und sehr klinisch. Die attraktive dreißigjährige Psychiaterin sitzt hinter dem Schreibtisch, Bartodziej und Anatol ihr gegenüber.

PSYCHIATERIN Verzeihung, ich habe nicht verstanden: Wer von Ihnen ist der Patient?

BARTODZIEJ, ANATOL *zusammen* Er!

PSYCHIATERIN Dann muß ich nacheinander mit Ihnen

sprechen. Einer von Ihnen geht jetzt bitte und wartet draußen.

BARTODZIEJ Du hast gehört, was die Frau Doktor gesagt hat. Also geh, ich rede mit ihr.

Pause.

Er will nicht gehen.

PSYCHIATERIN Sie müssen schon untereinander ausmachen, wer als erster drankommt.

ANATOL Du gehst raus. Ich rede.

BARTODZIEJ Er ist stur.

ANATOL Ich bin überhaupt nicht stur.

BARTODZIEJ *zur Psychiaterin* Sie sehen ja, wie stur er ist.

PSYCHIATERIN Ich hätte gern, daß jeder für sich selbst spricht.

BARTODZIEJ Er kann nicht für sich selbst sprechen.

ANATOL Doch, kann ich.

BARTODZIEJ Da, bitte. Er versteift sich darauf, selber zu sprechen, aber er weiß nicht, was er redet.

ANATOL Doch, weiß ich.

BARTODZIEJ Weißt du nicht. Du hast keine Ahnung.

ANATOL Doch, hab ich.

BARTODZIEJ Da, sehen Sie, Frau Doktor!

ANATOL Glauben Sie ihm nicht, Frau Doktor. Er behauptet immer, daß ich gar nicht existiere.

BARTODZIEJ Du existierst, aber nicht so, wie du denkst.

PSYCHIATERIN Wie lange kennen Sie sich, meine Herren?

BARTODZIEJ Ich bin mit ihm zur Schule gegangen, aber er nicht mit mir.

PSYCHIATERIN Sehr interessant. *Zu Anatol* Ist das wahr?

ANATOL Teilweise.

PSYCHIATERIN Hochinteressant. Sie sind also befreundet?

ANATOL Er mag mich nicht.

BARTODZIEJ Darum geht's nicht.

ANATOL Aber er kann auf mich nicht verzichten.

BARTODZIEJ Das kommt darauf an.

PSYCHIATERIN *zu Anatol* Und wie ist es mit Ihnen?

ANATOL Ob ich ihn mag? Wenn Sie wüßten...

PSYCHIATERIN Aber können Sie auf ihn verzichten?

BARTODZIEJ Ho-ho-ho!

PSYCHIATERIN *zu Bartodziej* Unterbrechen Sie nicht, bitte. *Zu Anatol* Suchen Sie seine Gesellschaft?

BARTODZIEJ O ja, die sucht er!

PSYCHIATERIN Stören Sie nicht, bitte. *Zu Anatol* Empfinden Sie eine Art Abhängigkeit von Ihrem Freund?

ANATOL Das ist kein Freund. Das ist ein Schwein.

PSYCHIATERIN Also schön, von Ihrem Bekannten. Empfinden Sie Abhängigkeit?

ANATOL Nicht, daß ich sie empfinde, aber ich müßte sie empfinden.

BARTODZIEJ Natürlich muß er.

PSYCHIATERIN Ich habe es mir überlegt. Sie bleiben beide hier. Wir machen eine Gruppentherapie.

BARTODZIEJ Ich bin keine Gruppe. Ich bin ein Individuum.

ANATOL Ich auch.

BARTODZIEJ Nein, du nicht. Du bist mit mir hier.

PSYCHIATERIN Ich habe den Eindruck, Sie sind sehr miteinander verbunden.

ANATOL Das kann ich nicht leugnen.

PSYCHIATERIN Es besteht eine starke und wechselseitige psychologische Abhängigkeit.

BARTODZIEJ So sieht das aus, aber …

PSYCHIATERIN Und ebenso eine physische.

ANATOL Nur bis zu einem gewissen Grad.

BARTODZIEJ Und auch diese nicht wechselseitig. Keineswegs.

PSYCHIATERIN Sagen Sie, meine Herren, sind Sie … ein Paar?

BARTODZIEJ Wie meinen Sie das?

PSYCHIATERIN Als Arzt muß ich alles wissen.

BARTODZIEJ *zu Anatol* Sie meint, ob wir …

ANATOL Ob wir?

BARTODZIEJ Ja. Du und ich.

ANATOL Donnerlittchen!

PSYCHIATERIN Sie brauchen nicht verlegen zu sein. Dies ist der klassische Fall eines Schuldkomplexes, der unter dem Einfluß der jüdisch-christlichen Kultur entstanden ist. Es besteht kein Anlaß dazu, nicht der geringste, die Psychiatrie kennt keine solchen Vorurteile.

BARTODZIEJ Nein, Frau Doktor. Wir sind kein Paar.

PSYCHIATERIN Wirklich nicht?

BARTODZIEJ Also, ich müßte es doch wissen, nicht wahr? *Zu Anatol* Aber vielleicht bist du …?

ANATOL Ausgeschlossen.

BARTODZIEJ *zur Psychiaterin* Sehen Sie? Ausgeschlossen.

PSYCHIATERIN Vielleicht in Ihrem Unterbewußtsein?

BARTODZIEJ *zu Anatol* Was meinst du, vielleicht in deinem Unterbewußtsein?

ANATOL In meinem nicht. Und in deinem?

BARTODZIEJ *zur Psychiaterin* Nein, Frau Doktor. Auch nicht in unserem Unterbewußtsein.

PSYCHIATERIN Nichtsdestotrotz, die bloße Tatsache, daß Sie beide es leugnen, würde darauf hinweisen... eine typische Verdrängung des Unterbewußtseins.

BARTODZIEJ Leider nein.

PSYCHIATERIN Leider? Sagten Sie »leider«?

BARTODZIEJ Das sagte ich.

PSYCHIATERIN Dann besteht eine gewisse Tendenz dazu?

BARTODZIEJ Ich sagte »leider«, weil in diesem Fall alles sehr einfach wäre. Wir hätten nicht hierherzukommen brauchen.

PSYCHIATERIN Was also ist Ihr Problem?

BARTODZIEJ Das Problem ist, daß er...

ANATOL Ich doch nicht – du!

BARTODZIEJ Ich?

ANATOL Ja, du!

BARTODZIEJ Nein!

PSYCHIATERIN Ganz ruhig, bitte! Ich muß nur alle Fakten ordnungsgemäß und von Anfang an feststellen. Sagen Sie mir also bitte, worin das Problem besteht. *Zu Bartodziej* Sie zuerst.

BARTODZIEJ Soll ich mich ausziehen?

PSYCHIATERIN Nein. Machen Sie nur den Kragen auf.

Bartodziej legt sich auf die Couch. Die Psychiaterin holt einen Stuhl und setzt sich neben Bartodziej, einen Stenoblock in der Hand. Anatol nimmt einen anderen Stuhl und stellt ihn nahe neben Bartodziej und die Psychiaterin.

Nein! Sie setzen sich dorthin! *Sie zeigt auf eine weit entfernte Stelle.*

Anatol geht mit dem Stuhl dorthin und setzt sich.

Fangen Sie an. Ich höre.

BARTODZIEJ Also das war so. Zuerst ging alles gut. Er hat mein Haus angezündet.

PSYCHIATERIN *schreibt* ... Haus angezündet ...

BARTODZIEJ Zweimal. Einmal im Keller, einmal auf dem Dachboden.

PSYCHIATERIN *schreibt* ... im Keller ... Moment mal. Wer hat das Haus angezündet?

BARTODZIEJ Er.

PSYCHIATERIN Was meinen Sie damit: »das Haus angezündet«?

BARTODZIEJ Was ich sage. Um genau zu sein: Er versuchte, es anzuzünden. Es ist ihm beide Male nicht gelungen, aber ich nehme ihm das nicht übel. Für mich geht es nicht um das Feuer, es geht um das Prinzip. Seine Absicht war gut.

PSYCHIATERIN Einen Augenblick, bitte. *Sie steht auf, geht zum Schreibtisch, nimmt eine Tablette, spült sie mit einem Schluck Wasser herunter, kommt zurück, setzt sich.* Bitte weiter. Ich höre.

BARTODZIEJ Erst später fing er an, tückisch zu werden.

PSYCHIATERIN Tatsächlich? Und was hat er gemacht?

BARTODZIEJ Nichts.

PSYCHIATERIN Nichts?

BARTODZIEJ Höchstens ein bißchen Krach, oder er hat

meine Socken gestohlen. Kinderkram. Und er macht auch weiterhin nichts. Nur um mich zu ärgern.

PSYCHIATERIN Ihnen wäre es lieber, wenn er Ihr Haus anzündete?

BARTODZIEJ Dafür ist er da.

PSYCHIATERIN *zu Anatol* Stimmt es, daß Sie sein Haus angezündet haben?

ANATOL Ja.

PSYCHIATERIN Und stimmt es auch, daß Sie es nicht mehr anzünden?

ANATOL Ja.

PSYCHIATERIN Warum?

ANATOL Weil ich keine Lust mehr habe.

PSYCHIATERIN Und warum haben Sie es damals getan?

BARTODZIEJ Es hat keinen Zweck, ihn zu fragen. Er wird Ihnen nichts erklären.

PSYCHIATERIN Warum nicht?

BARTODZIEJ Weil er ein Geist ist.

PSYCHIATERIN Entschuldigen Sie, ich bin gleich wieder da. *Sie steht auf und geht zur Tür.*

Anatol steht auf und vertritt ihr den Weg. Die Psychiaterin geht wieder zu ihrem Stuhl zurück. Anatol setzt sich.

Ich bin sehr glücklich, daß Sie zu mir gekommen sind, meine Herren. Dies ist ein außerordentlich interessanter Fall. Wirklich. Sehr glücklich.

BARTODZIEJ Sie denken, wir sind verrückt, nicht wahr?

PSYCHIATERIN Aber nein, ich bitte Sie! Ich wollte nur sagen, dieser Fall ist vom wissenschaftlichen Standpunkt aus sehr interessant. Eine höchst lehrreiche Erfahrung. *Zu Anatol* Sie sind also ein Geist?

ANATOL In gewisser Weise, ja.

PSYCHIATERIN Ah ja. *Zu Bartodziej* Und Sie?

BARTODZIEJ Ich nicht. Ich bin völlig normal.

PSYCHIATERIN Natürlich, natürlich. Sie sind völlig normal. Und worin besteht Ihre Beziehung zu ihm?

BARTODZIEJ Er erscheint mir.

PSYCHIATERIN Seit wann?

BARTODZIEJ Seit ungefähr zwei Jahren.

PSYCHIATERIN Kommen wir nochmal zurück auf das Hausanzünden. Haben Sie ihn in flagranti erwischt?

BARTODZIEJ Was heißt das?

PSYCHIATERIN Haben Sie ihn gesehen, wie er Feuer gelegt hat? Als es brannte, war er da sichtbar?

BARTODZIEJ Nein.

PSYCHIATERIN Woher wissen Sie dann, daß *er* das Feuer gelegt hat?

BARTODZIEJ Wer sonst?

PSYCHIATERIN Vielleicht – Sie selber?

BARTODZIEJ Ich bin doch nicht verrückt! Ich zünde doch nicht mein eigenes Haus an! Im übrigen hat er es zugegeben.

PSYCHIATERIN Abgesehen vom Feuerlegen – gab es noch andere Aggressionen Ihnen gegenüber?

BARTODZIEJ Er hat versucht mich zu erwürgen.

PSYCHIATERIN Öfter?

BARTODZIEJ Fast jede Nacht. Einmal ist es ihm fast gelungen – ich habe eine Woche lang nicht atmen können.

PSYCHIATERIN Ein Asthma-Anfall. Sonst noch was?

BARTODZIEJ Er hat mich die Treppe runtergestoßen.

PSYCHIATERIN Der klassische Fall. Und haben Sie sich was gebrochen?

BARTODZIEJ Nur einmal. Das Bein, glaube ich.

PSYCHIATERIN Sehr gut. Haben Sie ihn dabei gesehen? Als er Sie würgte, oder als er Sie stieß? War er beim Würgen oder beim Stoßen für Sie sichtbar?

BARTODZIEJ Nein. Er würgte und stieß mich in absentia.

PSYCHIATERIN Sehr gut. Wann war das?

BARTODZIEJ Das ist lange her.

PSYCHIATERIN Wie lange?

BARTODZIEJ Es fing vor neun Jahren an. Oder vor zehn...

PSYCHIATERIN Und wann hörte es auf?

BARTODZIEJ Schwer zu sagen, wann genau.

PSYCHIATERIN Warum ist das schwer?

BARTODZIEJ Weil es im Anfang fast jeden Tag und fast jede Nacht passierte, und dann immer weniger oft, bis es schließlich ganz aufhörte.

PSYCHIATERIN Wann sind Sie zum letzten Mal gewürgt oder die Treppe hinuntergestoßen worden?

BARTODZIEJ Das weiß ich nicht mehr genau.

PSYCHIATERIN Ungefähr.

BARTODZIEJ Es muß etwa sieben Jahre her sein.

PSYCHIATERIN Und erst danach haben Sie angefangen, ihn zu sehen?

BARTODZIEJ Ja, aber nicht gleich.

PSYCHIATERIN Wann war es zum ersten Mal?

BARTODZIEJ So wie ich ihn jetzt sehe, meinen Sie?

PSYCHIATERIN Ja.

BARTODZIEJ Als er eines Abends zum Essen kam.

PSYCHIATERIN Zum Essen. Ah ja. Und wieso das?

BARTODZIEJ Ich hatte ihn eingeladen.

PSYCHIATERIN Natürlich. Aber wie war das genau?

BARTODZIEJ Ich hatte meiner Frau gesagt, wir sollten mal jemanden einladen, und da hab ich ihn eingeladen.

PSYCHIATERIN Sie sind also verheiratet?

BARTODZIEJ Ja.

PSYCHIATERIN Seit wann?

BARTODZIEJ Seit neunzehnhundertdreiundfünfzig.

PSYCHIATERIN Und hat Ihre Frau ihn auch gesehen?

BARTODZIEJ Natürlich nicht. Sie weiß nicht einmal, daß ich ihn eingeladen habe.

PSYCHIATERIN Aber Sie sagten doch gerade...

BARTODZIEJ Das war nur ganz allgemein gesprochen. Sie hört allem zu, was ich ihr sage, aber ich sage ihr nicht alles.

PSYCHIATERIN Aha. Und könnte ich mit ihr sprechen?

BARTODZIEJ Nein.

PSYCHIATERIN Warum nicht?

BARTODZIEJ Weil sie dann denken würde, ich wäre verrückt. Sie macht sich so schon genug Sorgen um mich.

PSYCHIATERIN Kommen wir nochmal auf das Essen zurück. Was gab es denn?

BARTODZIEJ Makkaroni.

PSYCHIATERIN Und hatten Sie einen schönen Abend?

BARTODZIEJ Nein, einen schrecklichen. Um acht sollte er da sein, und gekommen ist er um Mitternacht. Meine Frau war zu Bett gegangen, und ich wartete auf ihn. Er latschte herein und hatte meinen Morgenrock und meine Hausschuhe an, gähnte, setzte sich aufs Sofa und fragte, ob es eine Nightshow im Fernsehen gäbe. Das war alles.

PSYCHIATERIN Immerhin ist er gekommen.

BARTODZIEJ Ja, aber zu spät.

PSYCHIATERIN Und er hat gesprochen.

BARTODZIEJ Ja, aber was hat er schon gesagt!

PSYCHIATERIN Rekapitulieren wir. Angefangen hat er mit Aggressionen Ihnen gegenüber, aber zu der Zeit war er unsichtbar. Dann haben diese Aggressionen allmählich nachgelassen, und Sie haben angefangen ihn zu sehen. Ist das richtig so?

BARTODZIEJ Ja.

PSYCHIATERIN Mit anderen Worten, Sie haben diese Erstickungsanfälle und diese Panik am Ende der Treppe weniger und weniger häufig erlebt, bis sie völlig aufhörten. Dafür hatten Sie Halluzinationen, neuro-optische Phänomene, verbunden mit akustischen Täuschungen. Zwischen dem Verschwinden der Asthma-Anfälle und der Angstzustände und dem Auftreten der Halluzinationen gab es eine Pause, das heißt eine Übergangsphase.

BARTODZIEJ So kann man das auffassen.

PSYCHIATERIN Das erste Stadium begann vor neun oder zehn Jahren und dauerte etwa zwei Jahre. Das zweite, das Übergangsstadium, begann vor etwa sieben Jahren und dauerte am längsten, nämlich ungefähr fünf Jahre. Während dieses zweiten Stadiums hatten Sie keine besonderen Beschwerden, außer einem leichten Verfolgungswahn, kleinen akustischen Täuschungen, harmlosen motorischen Unregelmäßigkeiten, einer gewissen

Beeinträchtigung Ihres Raum-Zeit-Gefühls und einem kaum wahrnehmbaren Nachlassen Ihres Gedächtnisses. Erst im Verlauf des dritten Stadiums haben die Halluzinationen und die erheblichen auditiven Störungen eingesetzt. Dieses Stadium dauert bis heute an.

BARTODZIEJ So ist es.

PSYCHIATERIN Nicht ganz so. Da gibt es etwas, das ich nicht verstehe. Aber bevor wir uns damit befassen – wie würden Sie Ihre Beziehungen seit jenem – sagen wir – Abendessen bezeichnen?

BARTODZIEJ Als ununterbrochene Langeweile.

PSYCHIATERIN Er versetzt Sie nicht mehr in Panik?

BARTODZIEJ Überhaupt nicht mehr. Er hat sogar mit den Geräuschen aufgehört. Er lungert nur im Haus herum, auch tagsüber, und er tut überhaupt nichts. Es ist wirklich nicht sehr lustig mit ihm; was man von ihm hat, ist bestenfalls Ärger. Er tut so, als wäre er ein Untermieter, nur Miete zahlt er keine. Jetzt hat er sich angewöhnt, sich mit meinem Rasierapparat zu rasieren und meine Socken zu tragen. Bei Tisch sitzt er zwischen uns, und den lieben langen Abend liest er Zeitung, während meine Frau strickt und ich mich mit meinem Hobby beschäftige.

PSYCHIATERIN Und was ist Ihr Hobby?

BARTODZIEJ Aus-dem-Fenster-Gucken.

PSYCHIATERIN Aber es ist doch abends zu dunkel, um was zu sehen.

BARTODZIEJ Eben darum, das mag ich. Was mich am meisten ärgert, ist, daß er die Zeitung nie richtig zusammenfaltet, nein, er schmeißt sie einfach irgendwie hin. Und dann muß ich sie wieder nach den Seitenzahlen ordnen. Und überhaupt ist er schlampig und schmuddelig. Er kratzt sich vor aller Augen, er gähnt... Nichts macht ihm Spaß, er interessiert sich für nichts... Sie können sich gar nicht vorstellen, wie langweilig er ist.

PSYCHIATERIN Unterhalten Sie sich denn miteinander?

BARTODZIEJ Nur ab und zu.

PSYCHIATERIN Und worüber reden Sie dann?

BARTODZIEJ Meistens übers Wetter.

PSYCHIATERIN Eben das verstehe ich nicht. Wenn es eine Intensivierung der Halluzinationen gegeben hat, warum setzt dann der innere Monolog aus?

BARTODZIEJ Weil wir schon alles diskutiert haben, und jetzt gibt's nichts mehr, worüber man noch reden könnte.

PSYCHIATERIN Aber bei normalem Krankheitsverlauf müßte das Gegenteil eintreten.

BARTODZIEJ Ich bin ja nicht krank – er ist es.

PSYCHIATERIN Ach – er?

BARTODZIEJ Ich langweile mich nur, das ist keine Krankheit. Er hingegen leidet unter hochgradiger Apathie, und deswegen habe ich ihn zu Ihnen gebracht. Ich dachte, vielleicht könnte ihm ein Psychiater helfen.

PSYCHIATERIN Es ist das erste Mal, daß mir ein Fall wie dieser vorkommt.

BARTODZIEJ Was? Sie haben noch nie einen Fall von Apathie gehabt?

PSYCHIATERIN Bis zu einem bestimmten Punkt ist alles klar. Als Ergebnis verschiedener Umstände, die wir noch aufzuklären haben, ist in Ihnen eine starke Projektion Ihres Problems entstanden, das ich noch nicht kenne. Diese Projektion hat zu einer Fixierung geführt, also zu einer Obsession. Sie sehen und Sie hören jemanden, der in Wirklichkeit nicht existiert, aber Ihr mentaler Prozeß hat ihm Gestalt gegeben. Ihr Fall ist schwierig, aber nicht unheilbar. *Zu Anatol* Wir werden sehen, wie wir Sie verschwinden lassen.

BARTODZIEJ Ich will aber nicht, daß er verschwindet. Ich will nur, daß er sich benimmt wie … wie …

PSYCHIATERIN Wie?

BARTODZIEJ Jedenfalls anders.

PSYCHIATERIN Sie möchten, daß er Sie weiter würgt und mit Füßen stößt und Sie auf jede denkbare Art verfolgt. Ist das so?

BARTODZIEJ So ungefähr.

PSYCHIATERIN Ah, jetzt fügt sich eines ins andere. Er ist Ihr schlechtes Gewissen.

BARTODZIEJ Ja, vielleicht ein bißchen.

PSYCHIATERIN Sie haben irgendwann im Leben eine Tat begangen, deren Sie sich schämen. Das war vor mehr als zehn Jahren, sagen wir elf, oder vielleicht noch früher. Und es muß schon etwas sehr Erhebliches gewesen sein, wenn es eine psychische Störung von diesem Ausmaß hervorgerufen hat. Die einzige Chance für eine Heilung liegt darin, daß Sie mir erzählen, was sich vor so vielen Jahren zugetragen hat.

BARTODZIEJ Muß das sein?

PSYCHIATERIN Anders werden Sie das nie los.

BARTODZIEJ Sie sind unmoralisch.

PSYCHIATERIN Was meinen Sie damit?

BARTODZIEJ Sie wollen mir mein schlechtes Gewissen nehmen? Sie wollen, daß ich die Schweinerei vergesse, die ich begangen habe? Sind Sie sich darüber klar, wozu Sie mich bringen wollen?

PSYCHIATERIN Es ist meine Pflicht, zu...

BARTODZIEJ Sie wollen, daß ich etwas Gemeines tue und mich danach wohl fühle? Erst ermordet man jemanden, vielleicht seinen eigenen Vater, dann schläft man mit seiner Mutter, oder was weiß ich noch alles, und dann soll man glücklich und zufrieden sein, als ob nichts passiert wäre? Seelenruhig und heiter? Darauf wollen Sie hinaus?

PSYCHIATERIN Ich bin Psychiaterin, und es ist meine Pflicht...

BARTODZIEJ Gar nichts werde ich Ihnen erzählen. So ein Schwein bin ich nicht, daß ich mir nicht wie ein Schwein vorkäme. Und ich erlaube keinem, mir das zu nehmen, was mir geblieben ist: mein schlechtes Gewissen.

PSYCHIATERIN Die Wissenschaft steht über der Moral. Moral ist Objekt der Wissenschaft, nicht umgekehrt. Wir Wissenschaftler analysieren die Moral mit wissenschaftlichen Methoden.

BARTODZIEJ Ich spreche nicht von Wissenschaft und nicht von Moral, ich spreche von mir. Ich bin ein lebendiger Mensch, Frau Doktor, und nicht ein Objekt der Wissenschaft. Und ich möchte fühlen, daß ich lebendig bin. Aus mir werden Sie nichts Wissenschaftliches herausquetschen. Nehmen Sie sich Kaninchen für Ihre Wissenschaft – aber selbst dazu kann ich Ihnen nicht raten. Auch Kaninchen sind viel zu lebendig dafür.

PSYCHIATERIN Ihr Widerstand ist ein typisches Symptom, das jeweils zu Beginn der Behandlung auftritt, und zwar im proportionalen Verhältnis zur Schwere der Erkrankung. Je ernster der Fall ist, desto mehr widersetzt sich der Patient dem Eingreifen des Psychiaters. Ihr Verhalten ist absolut normal.

BARTODZIEJ Wirklich?

PSYCHIATERIN Wirklich.

BARTODZIEJ *zu Anatol* Wollen wir was zusammenhauen?

ANATOL Das läßt sich machen.

BARTODZIEJ Den Schrank?

ANATOL Das reicht nicht. Lieber den Tisch oder die Stühle.

BARTODZIEJ Harte Arbeit. Die sind aus Metall.

ANATOL Kriegen wir schon hin.

PSYCHIATERIN Meine Herren, wenn Sie meine Praxis demolieren, zeigt das lediglich, daß ich recht habe. Die Aggression eines Patienten gegen seinen Psychiater ist der beste Beweis, daß die von ihm gestellte Diagnose richtig ist.

BARTODZIEJ Dann lassen wir's eben.

ANATOL Schade.

BARTODZIEJ Du hörst, was sie sagt. Warum soll sie recht haben?

ANATOL Also, wenn das so ist, dann gehen wir.

PSYCHIATERIN Wir bleiben in Verbindung, nicht wahr?

BARTODZIEJ Komm schnell, sonst gibt's ein Unglück.

Vierte Szene

Ein Tisch und zwei Stühle. Bartodziej und Anatol sitzen in zwei völlig gleichen Morgenröcken am Tisch und spielen Schach.

BARTODZIEJ Schach!

Pause

Hast du gehört, was ich sagte? Schach!

Pause. Anatol zieht einen Bauern.

Nimm den zurück, oder du bist den Springer los.

Anatol nimmt den Zug zurück, denkt nach. Pause. Er macht einen anderen Zug.

Du solltest dich lieber mit dem Läufer schützen.

Anatol zieht.

Doch nicht mit dem Turm! Mit dem Läufer, habe ich gesagt. Da, sieh mal, du hast auf der anderen Seite den Läufer.

Anatol nimmt den Zug mit dem Turm zurück und zieht den Läufer. Pause.

Nein, der Turm war besser.

ANATOL Also womit denn nun?!

BARTODZIEJ Warte, laß mich überlegen.

ANATOL Wozu brauchst du mich überhaupt?

BARTODZIEJ Stör mich nicht immer.

ANATOL Warum spielst du nicht gegen dich selbst? Das wäre viel einfacher.

BARTODZIEJ Doch, der Turm. *Er nimmt Anatols Bauern vom Brett.* Was hast du gesagt?

ANATOL Niemand würde dich stören, wenn du mit dir allein spielst. Und mir macht's sowieso keinen Spaß.

BARTODZIEJ Du spielst nicht gern Schach?

ANATOL Ich tu nicht gern so, als ob. Du spielst ganz allein, aber du tust so, als ob du mit mir spieltest. Du ziehst meine Figuren. Warum spielst du nicht offen und ehrlich gegen dich selbst und hörst auf, so zu tun, als ob.

BARTODZIEJ Gegen sich selbst spielen ist kein richtiges Spielen. Man braucht einen Partner.

ANATOL Das dachte ich auch immer.

BARTODZIEJ Zum Spielen gehören zwei.

ANATOL Muß man denn spielen?

BARTODZIEJ Was sonst soll ich tun? Ich spiele mit dir Schach, weil man was anderes mit dir nicht anfangen kann. Irgendwas müssen wir doch zusammen machen, an diesen Abenden.

ANATOL Schachspielen mit seinem schlechten Gewissen.

BARTODZIEJ Magst du das nicht? Na gut, dann schlag mich, beiß mich, quäl mich – nur zu, dafür bist du da. Aber wenn du das nicht willst, dann beklag dich nicht, und spiel Schach mit mir.

Pause.

Er schaut prüfend auf das Schachbrett. Nein, der Läufer ist besser. *Er stellt Anatols Turm zurück und zieht den Läufer. Denkt nach.* Sag mal, warum quälst du mich nicht mehr?

ANATOL Die Zeit, mein Junge, die Zeit. Mit der Zeit nutzt sich alles ab, selbst das schlechte Gewissen. Das weißt du so gut wie jeder. Im Anfang hab ich's ja versucht, aber auf die Dauer...

BARTODZIEJ Es stimmt, das ist eine Ewigkeit her...

ANATOL Das Gewissen ist etwas Spirituelles, aber als Ergebnis ständiger Wiederholung gewinne ich Substanz und werde kompakt. Beim Hartwerden verwandelt sich der Geist in Materie und verliert seine Spiritualität. Je mehr ich Materie werde, desto weniger bin ich Idee.

BARTODZIEJ Ich kann ein Lied davon singen.

ANATOL Also – warum wunderst du dich dann? Es ist ein Jahr her, daß ich mich zum ersten Mal im Spiegel sah.

BARTODZIEJ Ja, und?

ANATOL Ich war enttäuscht. Ich dachte, ich sähe besser aus.

BARTODZIEJ Ich auch.

ANATOL Früher, wenn ich vor dem Spiegel stand, war da nichts.

BARTODZIEJ Deswegen hab ich dich immer beneidet.

ANATOL Das brauchst du nun nicht mehr. Jetzt seh ich mich selbst. Das heißt, ich bin völlig materialisiert.

BARTODZIEJ Das verdankst du mir.

ANATOL Das verdanke ich dir, aber das ändert nichts an

der Tatsache, daß ich nicht mehr eine Wahnvorstellung von dir bin.

BARTODZIEJ Und was ist mit mir?

ANATOL Das ist dein Problem, nicht meines. Die Wirkung hat sich von der Ursache getrennt, sie hat angefangen, individuell zu existieren. Weißt du, wieviel ich wiege?

BARTODZIEJ Nein.

ANATOL Fünfundachtzig Kilo.

BARTODZIEJ So viel?

ANATOL Ja, und in letzter Zeit habe ich zugenommen.

BARTODZIEJ Wirklich?

ANATOL Ich wiege mich jetzt jeden Tag. Leider gibt's da gar keinen Zweifel. Ich nehme zu. Ich werde immer schwerer.

BARTODZIEJ Weil du nichts tust. Du bewegst dich nicht. Wenn du mich schlagen, quälen, beißen würdest...

ANATOL Hör auf mit dieser Beißerei, ja? Ich existiere jetzt unabhängig genug, um meine eigene Ansicht zu haben.

BARTODZIEJ Und deiner eigenen Ansicht nach brauchst du jetzt nicht mehr deine Pflicht zu tun. Du brauchst mich nicht mehr zu...

ANATOL Ich weiß, ich weiß: zu quälen, zu beißen und so weiter und so fort. Aber wozu soll das gut sein? Was hast du davon?

BARTODZIEJ Blöde Frage. Ich verdiene es. Aus moralischen Gründen.

ANATOL Ich weiß. Ich habe es gehört. Du hast bei der Ärztin ja einen wundervollen Vortrag über Moral gehalten. Wie unerläßlich für dich das Gewissen ist, aus moralischen Gründen. Und als sie dich von deinem schlechten Gewissen heilen wollte, da warst du ganz prachtvoll empört. Ich habe es mir angehört und mir gesagt: Eigentlich ist das ein bißchen zu schön.

BARTODZIEJ Ich habe die Wahrheit gesagt.

ANATOL Aber was ist deine Wahrheit? Ich fange an mich zu fragen, ob du mich nicht noch für ganz was anderes brauchst. Vielleicht sogar vor allem für dieses andere...

BARTODZIEJ Und was sollte das sein, bitte schön?

ANATOL Einfach etwas zu tun haben, eine Beschäftigung, die Überzeugung, daß irgend etwas im Leben sich noch lohnt. Du willst etwas fühlen, etwas denken, vor etwas Angst oder nach etwas Sehnsucht haben... mit anderen Worten, du willst aufhören, dich zu langweilen.

BARTODZIEJ Darauf willst du es reduzieren!

ANATOL Das ist nur ein Verdacht, der mir kam.

BARTODZIEJ Meinst du, ich hätte nichts Besseres zu tun, als mit dir zu reden?

ANATOL Genau: du hast nichts Besseres. Nicht mehr. Alles liegt hinter dir: Jugend, Ehrgeiz, Karriere, Liebe... Was ist dir geblieben? Nur noch ich.

BARTODZIEJ Du bist ein sehr boshaftes Gewissen.

ANATOL Verwechsele mich nicht mit Nostalgie. Und da wir schon von Liebe reden – warum hast du ihn damals so geliebt?

BARTODZIEJ Das ist so lange her...

ANATOL Gut – aber warum? Was hast du in ihm gesehen?

BARTODZIEJ Ich war nicht der einzige...

ANATOL Das ist keine Entschuldigung. Weil er einen Schnurrbart hatte? Es stimmt ja, der Schnurrbart war gar nicht übel, aber das ist doch kein Grund.

BARTODZIEJ Es war nicht der Schnurrbart, es war die Idee. Er war die Verkörperung einer Idee.

ANATOL Und ohne eine Idee konntest du nicht leben?

BARTODZIEJ Damals – nicht.

Pause.

Jedenfalls habe ich das gedacht.

ANATOL Eben. Immer hast du etwas von außen gebraucht, etwas Vorfabriziertes, einen Konfektionsanzug. Du ziehst ihn an, und schon steckst du drin und fühlst dich richtig wohl in deiner Haut. Selber kannst du dir nichts schneidern.

Pause.

Aber vielleicht fehlte dir irgend etwas? Irgendwelche Gliedmaßen? Vielleicht brauchtest du eine Prothese.

Pause.

Wenn es keine Idee war, dann war es eine Karriere, am besten eine Karriere mit einer Idee.

BARTODZIEJ Nein, um die Karriere ging es nicht.

ANATOL Aber irgendwie fiel das so zusammen, nicht wahr? Das eine mit dem anderen. Deine Liebe hat sich bezahlt gemacht.

BARTODZIEJ Ich habe ihn wirklich geliebt!

ANATOL Und darum hast du deinen besten Freund angezeigt?

Pause.

Im übrigen hat er Glück gehabt – er hat nie erfahren, wer ihn unter die Erde gebracht hat. Es war eine streng vertrauliche Denunziation.

Pause.

Du hast ihn in den Tod geschickt.

BARTODZIEJ Ich nicht.

ANATOL Darauf ist es hinausgelaufen.

BARTODZIEJ Das habe ich nie gewollt.

ANATOL Aber so mußte es sich ergeben, nicht wahr? Du wußtest sehr wohl, was für Konsequenzen das haben würde, du wußtest, in welcher Zeit man lebte.

BARTODZIEJ Nein. Das heißt, ich wußte, aber …

ANATOL … aber du wußtest, ohne wirklich zu wissen. Und du sollst intelligent sein! Schon gut, ich klage dich nicht an, dazu bin ich zu alt. Ich frage nur aus Neugier.

BARTODZIEJ Frag, was du willst.

ANATOL Ich habe keine Lust mehr. Ich gehe schlafen.

BARTODZIEJ Bleib!

ANATOL Seit ich so zugenommen habe, bin ich träge und schläfrig geworden.

BARTODZIEJ Laß mich nicht allein.

ANATOL *gähnt.* Was willst du machen, mein Junge, wir werden beide alt – und genauso unsere letzte Geliebte: die Schizophrenie.

Fünfte Szene

Bartodziej geht auf Reisen: vor ihm ein offener Koffer, Taschen usw. Im Hintergrund ein Wandschirm.

OCTAVIA Deine Pillen. Vergiß nicht, sie einzunehmen.

BARTODZIEJ Keine Sorge.

OCTAVIA Ich meine nicht die Schlaftabletten. Aber die für den Magen und die fürs Herz. Hier ist ein Zettel, da steht drauf, welche du wann nehmen mußt. Du vergißt es nicht?

BARTODZIEJ Bestimmt nicht. *Er küßt sie auf die Stirn.* Danke schön.

OCTAVIA Wo wirst du essen?

BARTODZIEJ Im Restaurant.

OCTAVIA Restaurants sind schrecklich.

BARTODZIEJ Ach – für zwei, drei Tage …

OCTAVIA Das reicht, um krank zu werden. Versuch, nur Geflügel zu essen. Und vor allem keine Soßen.

BARTODZIEJ Ich versuch es.

OCTAVIA Versprochen?

BARTODZIEJ Versprochen.

OCTAVIA Vor allem kein Gulasch und kein Hackfleisch. Man weiß nie, was sie da reintun. Am besten überhaupt kein Fleisch. Da gibt's doch bestimmt auch vegetarische Restaurants.

BARTODZIEJ Die müßte es geben.

OCTAVIA Und geh nicht in Schnellimbißstuben. Die sind dreckig.

BARTODZIEJ Geh ich nicht.

OCTAVIA Und sei vorsichtig mit Zucker. Du weißt, du sollst keinen essen.

BARTODZIEJ Ich werde vorsichtig sein.

OCTAVIA Ich mach dir ein paar Brote für die Fahrt. *Sie geht.*

Sechste Szene

Bartodziej schiebt den Wandschirm beiseite. Anatol kommt zum Vorschein, zeitunglesend im Morgenrock auf einem Stuhl.

BARTODZIEJ Bist du noch nicht fertig? In einer Stunde geht der Zug.

ANATOL Ich komme nicht mit.

BARTODZIEJ Was heißt das: Du kommst nicht mit?

ANATOL Ich bleibe hier.

BARTODZIEJ Zieh dich sofort an!

ANATOL Sachte, sachte, schrei nicht so. Wenn ich sage, ich komm nicht mit, dann komm ich nicht mit.

BARTODZIEJ Warum nicht?

ANATOL Weil ich auch ein Recht darauf habe...

BARTODZIEJ Pst! *Er holt den Wandschirm wieder heran und versteckt Anatol.*

Octavia kommt zurück.

Siebente Szene

OCTAVIA Nimmst du lieber Schinken oder Käse?

BARTODZIEJ Käse. Schinken.

OCTAVIA Und du möchtest wirklich nicht, daß ich mitkomme?

BARTODZIEJ Ich hätte es gern, wirklich sehr gern, aber ich möchte dir Unannehmlichkeiten ersparen. Der Mann ist gerade erst entlassen.

OCTAVIA Ich habe keine Angst.

BARTODZIEJ Aber er vielleicht. In solch einer Situation hat man Angst vor Menschen.

OCTAVIA Und vor dir hat er keine?

BARTODZIEJ Wir kennen uns von Kindheit an.

OCTAVIA Ich würde euch nicht stören. Ich würde im Hotel warten.

BARTODZIEJ Wir haben uns seit fünfzehn Jahren nicht gesehen.

OCTAVIA Aber zum Übernachten gehst du doch zurück ins Hotel.

BARTODZIEJ Mit alten Freunden redet sich's nachts am besten.

OCTAVIA Ich tu dir Margarine drauf. Das bekommt dir besser. *Ab.*

Achte Szene

BARTODZIEJ *stellt den Wandschirm beiseite.* Also was ist, warum willst du nicht mitkommen?

ANATOL Weil ich auch eine Amnestie verdient habe.

BARTODZIEJ Woher weißt du, daß es eine Amnestie gibt?

ANATOL Ich lese deine Zeitungen.

BARTODZIEJ Die Amnestie ändert nichts an der Sache.

ANATOL Sie ändert alles. Die Todesstrafe ist nie vollstreckt worden.

BARTODZIEJ Aber wer konnte das wissen? Niemand wußte etwas davon.

ANATOL Aber jetzt wissen wir es.

BARTODZIEJ Erst jetzt.

ANATOL Unser Mann lebt.

BARTODZIEJ Aber er war verurteilt.

ANATOL Er hat überlebt.

BARTODZIEJ Mir hat er das nicht zu verdanken.

ANATOL Aber du hast ihn nicht umgebracht.

BARTODZIEJ Reiner Zufall.

ANATOL Das geht mich nichts an.

BARTODZIEJ Dann bin ich also unschuldig? Nur weil er überlebt hat?

ANATOL Das habe ich nicht gesagt.

BARTODZIEJ Habe ich ihn denunziert oder nicht?

ANATOL Du hast ihn denunziert.

BARTODZIEJ War ich die Ursache, daß er zum Tode verurteilt wurde, oder nicht?

ANATOL Du warst es.

BARTODZIEJ Also, was willst du denn noch...

ANATOL Du kannst so viel Gewissensb...

BARTODZIEJ Pst! *Versteckt Anatol hinterm Wandschirm.*

Octavia kommt zurück, mit Broten.

OCTAVIA Und steck sie nicht in den Koffer oder in die Taschen, sie machen alles fettig. Trag sie extra.

BARTODZIEJ Mach ich.

OCTAVIA Es muß schrecklich gewesen sein für dich.

BARTODZIEJ Das war es.

OCTAVIA Warst du beim Prozeß?

BARTODZIEJ Nein, der war nicht öffentlich.

OCTAVIA Ich dachte, vielleicht als Zeuge.

BARTODZIEJ Nein, ich hatte damit nichts zu tun.

OCTAVIA Ich kann mir vorstellen, was seine Familie durchgemacht hat.

BARTODZIEJ Seine Familie war schon früher deportiert worden.

OCTAVIA Und seine Frau?

BARTODZIEJ Er hatte keine Frau.

OCTAVIA Also dann seine Freundin.

BARTODZIEJ Er hatte keine Freundin.

OCTAVIA Wie denn – wieso hatte er keine Freundin?

BARTODZIEJ Er hatte zu viel zu tun.

OCTAVIA Was hat er denn gemacht?

BARTODZIEJ Er war im Widerstand.

OCTAVIA Dann war er ein Idealist?

BARTODZIEJ Möglich. Damals hat man das anders genannt.

OCTAVIA Nimmst du den Schirm mit?

BARTODZIEJ Ich mag keine Schirme.

OCTAVIA Nimm ihn mit. Das Wetter ist wechselhaft. Aber verlier ihn nicht.

BARTODZIEJ Wenn ich ihn nicht mitnehme, verliere ich ihn auch nicht.

OCTAVIA Ich hole ihn dir. *Ab.*

Zehnte Szene

Bartodziej schiebt den Wandschirm beiseite.

ANATOL ... du kannst so viel Gewissensbisse haben wie du willst, aber mit mir rechne nicht mehr. Ich mach nicht mehr mit. Mein Arbeitsgebiet ist Mord, nicht Kriminalität zweiter Klasse. Ich bin ein königliches, shakespearehaftes, mythologisches Gewissen. Ich bin der König aller Gewissen. Und wie steh ich jetzt da? Wie ein Idiot.

BARTODZIEJ Komm mit, ich bitte dich.

ANATOL Nur Mörder werden von Phantomen und Gespenstern gejagt. Alle anderen Verbrecher müssen ohne auskommen. Da es jetzt feststeht, daß es keine Leiche gab, kann es auch kein Phantom geben.

BARTODZIEJ Aber vielleicht wäre trotzdem...

ANATOL Ich vertrödele meine Zeit nicht mit Lappalien.

BARTODZIEJ Du nennst fünfzehn Jahre Gefängnis eine Lappalie?

ANATOL Das sage ich nicht. Aber es ist nicht dasselbe wie Tod.

BARTODZIEJ Judas am Ölberg ist eine Lappalie?

ANATOL Bei ihm hat es zu einer Leiche geführt.

BARTODZIEJ Laß mich nicht allein.

ANATOL Gib mir eine Leiche, und ich bleibe bei dir.

Bartodziej versteckt Anatol hinter dem Wandschirm. Octavia kommt mit dem Regenschirm.

Elfte Szene

OCTAVIA Du rufst mich an, nicht wahr?

BARTODZIEJ Natürlich. Sobald ich ein Hotel gefunden habe.

OCTAVIA Ich werde mir Sorgen machen um dich.

BARTODZIEJ *umarmt sie.* Ich weiß, und ich danke dir dafür. Wer außer dir würde sich um mich Sorgen machen?

OCTAVIA Dies ist das erste Mal, seit wir zusammen sind, daß du allein wegfährst.

BARTODZIEJ Es muß sein.

OCTAVIA Ich weiß. Ich weiß, und ich beklage mich nicht. Aber du brauchst jemanden, der sich um dich kümmert.

BARTODZIEJ Ich bin nicht krank.

OCTAVIA Aber du erkältest dich so leicht.

BARTODZIEJ Das ist schließlich nichts Ernstes, nicht wahr?

OCTAVIA Und du bist furchtbar nervös. Das warst du immer, seit ich dich kenne, vom ersten Tage an.

BARTODZIEJ Das macht die Zeit, in der wir leben.

OCTAVIA Es ist nicht die Zeit, es sind die Nerven. Aber gerade das gefiel mir an dir. Als ich dich zum ersten Male sah, dachte ich: Wie zart der ist!

BARTODZIEJ Ich glaube nicht, daß ich damals zart war.

OCTAVIA Das warst du immer. Zart, sensibel... ich weiß noch, wie du zum ersten Mal meine Hand nahmst...

BARTODZIEJ Ich auch.

OCTAVIA Nein, du weißt gar nichts mehr. Es war auf der kleinen Brücke.

BARTODZIEJ Ah ja, mit dem Farnkraut.

OCTAVIA Es regnete.

BARTODZIEJ Und ich hatte keinen Schirm.

OCTAVIA Aber ich.

BARTODZIEJ Es war im November.

OCTAVIA Nein, im September.

BARTODZIEJ *summt* »Komm zu mir, ich geb dir einen Farnwedel...« Das war ein Schlager, damals. Und vorher noch: *Er summt* »Wir bauen uns ein Haus, ganz ein neues Haus...«

OCTAVIA Hab ich mich sehr verändert?

BARTODZIEJ Du? Überhaupt nicht.

OCTAVIA Du lügst, aber das ist sehr nett von dir. Hast du vor mir jemanden geliebt?

BARTODZIEJ Nein. Vor dir war niemand.

OCTAVIA Ist das die Wahrheit?

BARTODZIEJ Die reine Wahrheit.

OCTAVIA Ich glaube dir nicht.

BARTODZIEJ Warum fragst du dann?

OCTAVIA Weil ich es gern höre.

BARTODZIEJ *summt* »He, ihr Traktoren, ihr eisernen Hengste...«

OCTAVIA Was für Traktoren?

BARTODZIEJ Ich hab das verwechselt, ich meinte was anderes. Das, zum Beispiel: *summt* »Weißt du noch, der

Herbst, und das kleine Hotel zur Rose, und der alte Portier ...«

OCTAVIA Er war nicht alt.

BARTODZIEJ Er war siebzig.

OCTAVIA Wer?

BARTODZIEJ Ist ja egal.

OCTAVIA Oh, ein Scherz. Das heißt, du hast gute Laune.

BARTODZIEJ Wunderbare Laune.

OCTAVIA Freust du dich, ihn wiederzusehen?

BARTODZIEJ Natürlich.

OCTAVIA Vielleicht bist du nur froh, daß du mich drei Tage lang los bist.

BARTODZIEJ Ich bin außer mir vor Freude.

OCTAVIA Gott sei Dank weiß ich, daß du ein chronischer Lügner bist.

BARTODZIEJ Nicht chronisch. Nur von Zeit zu Zeit.

OCTAVIA Auch das ist gelogen. – Ich bügle dir noch dein Hemd. *Ab.*

Zwölfte Szene

BARTODZIEJ *schiebt den Wandschirm beiseite. Anatol ist verschwunden. Er ruft* Octavia!

OCTAVIA *off* Ja?

BARTODZIEJ Vielleicht solltest du doch mit mir kommen?

OCTAVIA Nein. Fahr nur allein.

BARTODZIEJ Warum?

OCTAVIA Ich möchte euch nicht stören.

Zweiter Akt

Erste Szene

In einem großen, noch nicht fertig eingerichteten Appartement sitzt Bartodziej auf einem der Puffs, die hier statt Stühlen benutzt werden, weiche, moderne, sehr unbequeme Schaumgummiwürfel. Auf dem Boden ein Telefon. Eine reich bestückte Hausbar. Ein dreiarmiger Leuchter mit Kerzen. Neben Bartodziej sein Regenmantel, sein Koffer und sein Schirm. Annabelle kommt herein.

Zweite Szene

ANNABELLE *kommt aus dem Bad, ein Handtuch auf dem Kopf, frottiert sich die Haare.* Er ist nicht da.

BARTODZIEJ Entschuldigen Sie, ich ...

ANNABELLE Hat jemand angerufen?

BARTODZIEJ Wann kommt er zurück?

ANNABELLE Er müßte schon hier sein. Er kommt oft zu spät.

BARTODZIEJ Vielleicht sollte ich noch mal wieder kommen?

ANNABELLE Sind Sie verabredet?

BARTODZIEJ Ja.

ANNABELLE Für wann?
BARTODZIEJ Für immer.
ANNABELLE Dann warten Sie lieber hier.
BARTODZIEJ Ich möchte nicht stören. Ich wußte nicht …
ANNABELLE Sie stören mich nicht.

Pause.

Nehmen Sie doch Platz.

Bartodziej setzt sich.

Möchten Sie etwas trinken?
BARTODZIEJ Wenn Sie so freundlich sein wollen …
ANNABELLE Tee, Kaffee oder etwas anderes?
BARTODZIEJ Kaffee, wenn es geht …

Annabelle stellt Musik an, lächelt Bartodziej zu und geht. Man hört die Musik.

Dritte Szene

Bartodziej sitzt da. Das Telefon läutet. Bartodziej bleibt sitzen. Das Läuten hört auf. Bartodziej sitzt immer noch da. Das Telefon läutet wieder, diesmal penetranter. Bartodziej steht auf. Annabelle kommt herbeigelaufen und hebt ab. Bartodziej setzt sich.

Vierte Szene

ANNABELLE *am Telefon* Ja? Nein, er ist noch nicht zurück. Bald. Natürlich. Ich schreib es auf. *Sie notiert.* Keine Ursache. *Sie legt auf, lächelt Bartodziej zu und verschwindet.*

Fünfte Szene

Das Telefon läutet. Bartodziej sitzt da.

ANNABELLE *off* Würden Sie bitte rangehen?

BARTODZIEJ *steht auf und hebt ab.* Ja? Nein. Ein Freund. Er ist noch nicht zurück. Bald. Ob ich *was* kann? *Die Musik stört ihn etwas.* Ja, natürlich, ich schreib es auf. *Ungeschickt versucht er zu notieren.* Drei – fünf – vier – null... Drei was? – Sechs? Ja, ja, ich höre. Wann? Sofort? Sie meinen noch heute? Sofort heute? Ja, ja – drei – sechs, ich hab es. Ich wiederhole: fünf – neun – sieben – drei – fünf – vier – null. Nein? Drei – sechs? – Keine Ursache. *Er legt den Hörer auf und setzt sich. Das Telefon läutet. Er steht auf. Im selben Augenblick hört das Läuten auf. Er setzt sich. Annabelle kommt herein. Er steht auf.*

Sechste Szene

ANNABELLE *mit einem großen Kaffeepott aus Porzellan.*

BARTODZIEJ Das war…

ANNABELLE *unterbricht* Da ist der Kaffee! *Gibt ihm den Pott.* Ach herrje, Zucker.

BARTODZIEJ Ist schon gut, ich… *Annabelle läuft hinaus.*

Siebente Szene

Bartodziej steht mit dem Pott in der Hand. Schließlich setzt er sich. Annabelle rast mit einer großen Zuckertüte herein. Bartodziej steht auf.

ANNABELLE Löffel! *Sie rast hinaus.*

Achte Szene

Bartodziej steht da, den Pott in der einen, die Zuckertüte in der anderen Hand. Annabelle rast herein und bringt den Kaffeelöffel.

Neunte Szene

Annabelle gibt einen Löffel Zucker nach dem anderen in Bartodziejs Pott.

BARTODZIEJ Vielen Dank, ich…

ANNABELLE *macht weiter.* Noch einen Löffel?

BARTODZIEJ Vielen Dank, ich nehme keinen Zucker.

ANNABELLE Setzen Sie sich doch, bitte.

Sie setzen sich beide. Bartodziej stellt die Zuckertüte auf den Boden. Die Musik ist etwas weniger aggressiv geworden.

BARTODZIEJ Das war ein Komitee.
ANNABELLE Ein was?
BARTODZIEJ Der Anruf.
ANNABELLE Was für ein Komitee?
BARTODZIEJ Ein Komitee für Kooperation mit ... mit ... irgendwas. Ich hab's vergessen.
ANNABELLE Womit denn aber?
BARTODZIEJ Ich bin heute morgen angekommen und hab nicht genug geschlafen, daher. Aber die Nummer hab ich genau aufgeschrieben. Ich bring sie Ihnen. *Er stellt den Pott auf den Boden und steht auf, um die Notiz zu holen.*
ANNABELLE Bleiben Sie doch sitzen.
BARTODZIEJ *setzt sich wieder.* Die Verbindung war sehr schlecht.
ANNABELLE Sicher ein Ferngespräch. Die werden schon wieder anrufen. Also, wann soll die Feier sein?

Wieder aggressive Musik aus der Hi-Fi-Anlage.

BARTODZIEJ Die Feier?
ANNABELLE Na, die Festlichkeiten.
BARTODZIEJ Entschuldigen Sie, aber ich glaube, ich verstehe nicht recht.

ANNABELLE Sie wissen schon: der Jahrestag. Sie sind vom Komitee, nicht wahr?

BARTODZIEJ Von welchem Komitee?

ANNABELLE Dem Festkomitee.

BARTODZIEJ Könnten wir das abdrehen? *Er zeigt auf die Hi-Fi-Anlage.*

ANNABELLE Natürlich. *Sie steht auf und stellt die Anlage ab.*

BARTODZIEJ Verzeihung, aber ich hab die ganze Nacht im Zug gesessen. Und ich höre ein bißchen schwer. In meinem Alter, wissen Sie...

ANNABELLE Wieso Alter? Sie sind doch nicht älter als Anatol.

BARTODZIEJ Nein. Wir sind gleichaltrig.

ANNABELLE Sie kennen ihn also persönlich?

BARTODZIEJ Von Kindheit an.

ANNABELLE Und ich dachte... Sie sind also nicht vom Komitee?

BARTODZIEJ Nein. Ich bin privat hier. Ganz privat.

ANNABELLE Na so was! Wir haben noch nicht viele private Besucher hier gehabt... Sie kommen aus der Provinz?

BARTODZIEJ Das sieht man, nicht wahr?

ANNABELLE Nein, aber Sie sagten was vom Zug.

BARTODZIEJ Ja. Ich lebe jetzt in einer kleinen Stadt und...

ANNABELLE Ein bißchen Musik?

BARTODZIEJ Nein, danke. – Schon ziemlich lange. Und als ich aus der Zeitung erfuhr...

ANNABELLE Und Sie sind extra seinetwegen gekommen?

BARTODZIEJ Ja, und...

ANNABELLE Da wird er sich aber freuen!

BARTODZIEJ Das hoffe ich.

ANNABELLE Natürlich! Bisher hatten wir nur offizielle Einladungen. Empfänge, Komitees ... gar nichts Privates. – Noch ein bißchen Zucker?

BARTODZIEJ Nein, danke.

ANNABELLE Sie sind der erste von den alten Freunden, der ihn besucht. Waren Sie auch mit ihm zusammen, als er ...

BARTODZIEJ Nein. Nein, das war ich nicht.

ANNABELLE Gar nicht?

BARTODZIEJ Nein, gar nicht. Ich hatte damit nichts zu tun.

ANNABELLE Dann find ich das noch mal so nett, daß Sie ihn besuchen. Ich dachte, Sie wären einer von seinen ...

BARTODZIEJ Nein, das bin ich nicht. Dann hat von denen also noch keiner ...

ANNABELLE Nein, bisher niemand.

BARTODZIEJ Das heißt vielleicht, daß es niemanden gibt.

ANNABELLE Ich kenn mich da nicht aus.

BARTODZIEJ Sie haben recht. Sie können keine Erinnerungen haben an alles das.

ANNABELLE Was tun Sie denn so, ich meine beruflich?

BARTODZIEJ Eigentlich nichts. Ehrlich gesagt, ich bin im Ruhestand.

ANNABELLE So früh schon?

BARTODZIEJ Es hat sich so ergeben.

ANNABELLE Aber irgend etwas müssen Sie doch tun?

BARTODZIEJ Ich züchte Kaninchen.

ANNABELLE Für den Export?

BARTODZIEJ Nicht direkt. Ehrlich gesagt, ich habe gerade erst beschlossen, Kaninchen zu züchten.

ANNABELLE Für die Industrie?

BARTODZIEJ Nein, privat.

ANNABELLE Nerze sind besser. Aber das Allerbeste sind immer noch Silberfüchse.

BARTODZIEJ Sie haben sicher recht. Darf ich fragen...

ANNABELLE Nur muß man am Anfang ziemlich viel investieren.

BARTODZIEJ Wie lange kennen Sie Anatol?

ANNABELLE Seit zehn Tagen.

BARTODZIEJ Erst?

ANNABELLE Eher war's ja nicht möglich.

BARTODZIEJ Gewiß, gewiß... Und wie haben Sie ihn kennengelernt?

ANNABELLE Anatol mußte in Behandlung. Und ich arbeitete in der Klinik.

BARTODZIEJ Sie arbeiten nicht mehr dort?

ANNABELLE Jemand muß sich doch um die Wohnung kümmern.

BARTODZIEJ Ja, das stimmt. Sie waren also Krankenschwester?

ANNABELLE Ach was! Ich war im Büro.

BARTODZIEJ Auch ein schöner Beruf.

ANNABELLE Was heißt Beruf! Es war ein Halbtagsjob, und ich habe eine Freundin vertreten. In Wirklichkeit bin ich Schauspielerin.

BARTODZIEJ Oh!

ANNABELLE Montag habe ich Probeaufnahmen.

BARTODZIEJ Fabelhaft.

ANNABELLE Lassen Sie Ihre Kaninchen sausen. Anatol wird Ihnen was besorgen. Sie sind sehr sympathisch.

BARTODZIEJ Oh – daran hätte ich nie gedacht.

ANNABELLE Da ist er.

Anatol tritt ein.

Zehnte Szene

ANATOL *mit einem Strauß roter Rosen in der einen und einer Plastiktüte in der anderen Hand.* Rate mal, was der kleine Elefant seinem kleinen Fröschlein mitgebracht hat... *Er sieht Bartodziej und bricht ab.*

ANNABELLE Wunderschön! *Sie küßt Anatol auf die Wange, nimmt ihm Rosen und Plastiktüte ab und schaut in die Tüte.* Nein! Das glaub ich nicht! *Sie küßt Anatol auf die andere Wange.* Du hast Besuch.

Anatol und Bartodziej stehen sich gegenüber.

Er ist heute morgen angekommen. Er züchtet Kaninchen.

Pause.

Kennt ihr euch denn nicht?

Anatol macht einen Schritt auf Bartodziej zu und bleibt stehen.

Er hat mir erzählt, er kennt dich...

Pause. Anatol streckt Bartodziej die Hand entgegen. Bartodziej geht auf ihn zu. Sie geben sich die Hände.

Also, dann hol ich mal eine Vase. *Sie läuft hinaus.*

Elfte Szene

ANATOL Wie hast du es erfahren?
BARTODZIEJ Aus den Zeitungen.
ANATOL Schreiben sie über mich?
BARTODZIEJ Es kam auch über Funk und Fernsehen.
ANATOL Ah ja.
BARTODZIEJ Vollständige Rehabilitierung.
ANATOL Jawohl. Vollständige.
BARTODZIEJ Ich bin sehr glücklich.
ANATOL Laß nur.
BARTODZIEJ Nicht wegen der Rehabilitierung. Einfach weil...

Pause.

ANATOL Weil?
BARTODZIEJ Du lebst.
ANATOL Sieht so aus.
BARTODZIEJ Vieles hat sich geändert.
ANATOL Das ist wahr. Vieles.
BARTODZIEJ Ich mich auch.

ANATOL Du meinst, daß du... daß du nicht mehr...
BARTODZIEJ Nein, nicht mehr...

Pause.

ANATOL Das konnte ich nicht wissen. Setz dich.

Beide setzen sich.

BARTODZIEJ Ich hab mich zurückgezogen. Von allem. Ich lebe jetzt in der Provinz und habe mit Politik nichts mehr zu tun.
ANATOL Soll ich dir dazu gratulieren?
BARTODZIEJ Nein. Das ist nicht der Grund, daß ich dich sehen wollte.
ANATOL Also warum sonst? Um mir zu sagen, daß du einen Fehler gemacht hast und daß es dir leid tut? Und daß du dich entschuldigst? Bist du gekommen um mir zu sagen, daß es keine Meinungsunterschiede mehr zwischen uns gibt? Und daß ich dir Absolution erteilen soll?
BARTODZIEJ Nein. Ich weiß, es könnte so aussehen, aber darum geht es nicht.
ANATOL Soll ich dir öffentlich meinen Segen erteilen in meiner Eigenschaft als unbeugsamer Reaktionär?
BARTODZIEJ Nein.
ANATOL Warum nicht? Ich kann das, ich, der Märtyrer, das heilige Opfer der sogenannten Irrtümer und Abweichungen der Vergangenheit.
BARTODZIEJ Nein, deshalb bin ich nicht...

ANATOL Ich bin ein offizieller Erlöser, ich kann dir deine Sünden vergeben, ich kann dich sogar segnen, warum nicht? Stets zu Diensten, Tag und Nacht, herzlich willkommen.

BARTODZIEJ *steht auf.* Ich muß jetzt gehen.

ANATOL Wohin?

BARTODZIEJ Nach Hause. Es ist besser so.

ANATOL Bleib.

BARTODZIEJ Lieber nicht. Ich bitte um Verzeihung.

ANATOL *steht auf.* Nein, ich bitte um Verzeihung.

BARTODZIEJ Ich habe es blöd angefangen, und so muß es auch enden. Es ist mein Fehler.

ANATOL *legt den Arm um Bartodziej und führt ihn zurück.* Unsinn. Ich bin bloß ziemlich kaputt, das ist alles. Ich hatte einen anstrengenden Tag. Setz dich. Wir werden ein bißchen trinken und ein bißchen reden. Hast du was gegessen?

BARTODZIEJ Nein. Ich bin heute morgen angekommen.

ANATOL Dann gehen wir gleich essen. Du bleibst ein paar Tage, nicht wahr?

BARTODZIEJ Das kommt darauf an...

ANATOL Natürlich bleibst du. Wo wohnst du denn?

BARTODZIEJ Weiß ich noch nicht. Ich finde schon ein Hotel.

ANATOL Nein, findest du nicht. Du wohnst bei uns. Wir haben eine Menge Platz, viel zuviel Platz. Ist das dein Koffer?

BARTODZIEJ Ja.

ANATOL *nimmt den Koffer.* Dann gehn wir mal auspakken. *Setzt ihn wieder ab.* Oder nein, zuerst trinken wir was. Fühl dich hier ganz zu Hause. Warum stehst du denn da rum? Setz dich, komm, setz dich doch! *Er nötigt ihn fast mit Gewalt zum Sitzen.* Du hast dich überhaupt nicht verändert. Möchtest du ein bißchen Musik?

BARTODZIEJ Nicht unbedingt.

ANATOL *stellt den Plattenspieler an.* Ich habe schon einen Ansatz zur Glatze bekommen, na ja, das kommt vor, aber du ... aber du ... Ehrenwort, du hast dich gar nicht verändert, ganz der alte, ganz der alte. Du hast im Juli Geburtstag, oder war's im Juni, ich weiß nicht mehr.

BARTODZIEJ Im Oktober.

ANATOL Ich im Juni, ich bin also älter als du, aber das gleicht sich aus, nicht wahr? Alles gleicht sich mal aus, es hat schon angefangen. Was möchtest du – den ... oder den? *Er zeigt ihm mehrere Flaschen.* Ich hab auch noch andere.

BARTODZIEJ Nein, nein, das reicht ja.

ANATOL Bloß nicht so feierlich, was mein ist, das ist dein; »tritt bei mir ein, bringst Gott mit herein«, wie unsere Großeltern sagten. Herzlich willkommen, wie in den guten alten Zeiten. Vereint sind wir stark, also laß uns Freunde sein. Wer nicht für uns ist, der ist noch lange nicht gegen uns, ora pro nobis, fiat voluntas tua. Bist du mal Chorknabe gewesen?

BARTODZIEJ Nein.

ANATOL Aber ich. Vor dem Krieg. Nein, im Krieg, nein, nach dem Krieg, oder war's doch vor dem Krieg? Na los, wir packen sie beim Kragen und nun für dich ein Gläschen, und immer von der Pulle ins Gläschen, sooo ... aaah! Na, das ist doch was! *Gibt Bartodziej das volle Glas.* Und nun pack das Glas beim Kragen, halt's ein bißchen schräg ... so ... Jetzt machen wir die Pulle erst mal zu ... so, das wär's. *Er setzt sich Bartodziej gegenüber, das Glas wie zu einem Toast erhoben.*

Bartodziej steht auf, stellt die Musik ab und setzt sich wieder.

Unser Wohl!

Sie trinken.

Unser Wohl, dein Wohl, ihr Wohl, das allgemeine Wohl. Na, aber sag mal ... *Er starrt Bartodziej an.*

BARTODZIEJ Was ist denn?

ANATOL Bei dir wird's da oben ja auch dünner.

BARTODZIEJ Das ist doch kein Wunder, oder?

ANATOL Ich dachte, das ist nur bei mir so.

BARTODZIEJ Das kommt von der Brillantine, die wir überflüssigerweise reingeschmiert haben.

ANATOL Und von der Entensterzfrisur; bei mir, wenigstens, du hattest ja eine andere.

BARTODZIEJ War auch nicht sehr hygienisch. Den Nacken glatt rasiert und oben drauf ein Heuhaufen.

ANATOL Und ungewaschen, wie sich's gehörte.

BARTODZIEJ Aber sorgfältig durcheinandergewuschelt.

ANATOL Und dann nach hinten gekämmt.

BARTODZIEJ Brillantine, das war gar nichts. Zuckerwasser, das hielt. Wie Firnis.

ANATOL Und es gab ja eine Menge zu halten.

BARTODZIEJ Und ob.

ANATOL Schön, dich wiederzusehen, alter Knabe.

BARTODZIEJ Na, so alt nun auch wieder nicht.

ANATOL Also – dann noch einen.

BARTODZIEJ Vielleicht lieber nicht.

ANATOL Warum nicht?

BARTODZIEJ Bekommt mir nicht.

ANATOL Mir auch nicht. *Er schenkt ein.*

BARTODZIEJ Früher hast du nicht so getrunken.

ANATOL Später auch nicht. Lange Zeit nicht. Mein ganzes Leben lang nicht. Jetzt muß ich das nachholen. *Das Telefon läutet.* Laß es klingeln. Ich geh nicht ran. Ich hab genug.

ANNABELLE *off* Anatol!

ANATOL Ja, mein Fröschlein?

ANNABELLE Telefon! *Anatol nimmt den Hörer ab.*

ANATOL Anatol der Erste. Ja... Tut mir leid, kann ich nicht. Nein, leider nicht möglich.

Annabelle kommt mit einer Vase voller Rosen herein.

Zwölfte Szene

ANATOL Ich kann heute nicht, morgen nicht, ich kann übermorgen nicht, und danach kann ich auch nicht.

ANNABELLE Wer ist dran?

ANATOL *zu Annabelle* Das Komitee für Zusammenarbeit. *Ins Telefon* Tatsache ist, ich kann überhaupt nicht.

ANNABELLE Für Zusammenarbeit mit wem?

ANATOL Mit dem Ausland. *Ins Telefon* Wirklich nicht, Herrgott noch mal!

Annabelle stellt die Vase mit den Blumen ab und nimmt Anatol den Hörer aus der Hand.

ANNABELLE *ins Telefon* Bleiben Sie dran, bitte. *Zu Anatol* Worum geht's denn?

ANATOL Irgendeine Tagung.

ANNABELLE Und warum willst du nicht hin?

ANATOL Weil ich einen Freund zu Besuch habe. Einen Jugendfreund.

ANNABELLE *ins Telefon* Einen Augenblick, bitte. *Zu Anatol* Bist du verrückt geworden?

ANATOL Ich nicht. Alle sind verrückt geworden, aber ich nicht. Ich stehe mit beiden Beinen fest auf dem Boden und mache unerschütterlich weiter …

ANNABELLE Anatol!

ANATOL Ja, gleich. Womit mache ich eigentlich weiter?

ANNABELLE *ins Telefon* Ja, ich höre … Ja … ja … Wann? Natürlich. Aber nein, kein Problem. Schicken Sie bitte den Wagen. *Legt den Hörer auf.* Sie kommen dich gleich abholen.

ANATOL Ja, mein Fröschlein. Sie haben mich schon immer gern abgeholt.

ANNABELLE *nimmt ihm das Glas ab.* Betrinken kannst du dich später.

ANATOL Wann? Das Leben ist kurz.

ANNABELLE Wenn du zurück bist, gehen wir essen ins ›Gourmet‹.
ANATOL Und mein Freund?
ANNABELLE Der kommt mit. Danach gehen wir ins ›Lido‹.
ANATOL Wieso ins ›Lido‹?
ANNABELLE Da gibt's eine Show von den Rosa Panthern.
ANATOL Ah – na dann...
ANNABELLE *zu Bartodziej* Wollen wir uns nicht duzen? *Zu Anatol* Du willst doch sicher nicht, daß ich deinen Freund sieze.
ANATOL Aber nein – bestimmt nicht!
ANNABELLE Ich bin gleich wieder da. *Ab.*

Dreizehnte Szene

ANATOL Ist sie nicht das Leben in Person?

Vierzehnte Szene

Bartodziej, Anatol und Annabelle kommen aus dem ›Lido‹ zurück. Bartodziej und Anatol sind beide angesäuselt, sie singen ein Aufbaulied der ersten Nachkriegszeit.

BARTODZIEJ Du singst aber falsch.
ANATOL Na und? Ich hab das noch nie gesungen. Das ist das erste Mal im Leben.
BARTODZIEJ Und warum singst du's dann jetzt?
ANATOL Damit du nicht allein singen mußt. Und du?

BARTODZIEJ Bei mir ist das was anderes. Das war mein Lieblingslied.

ANNABELLE Spielt hier nicht die Idioten.

ANATOL Du bist still, mein Kind, wenn die Erwachsenen singen.

BARTODZIEJ Reg dich nicht auf, mein Kätzchen.

ANATOL Nicht Kätzchen. Fröschlein.

BARTODZIEJ Reg dich nicht auf, mein Fröschlein. Dein Elefantchen hat einen sitzen. Er ist es nicht gewohnt.

ANATOL Aber ich werde mich daran gewöhnen. Ehrenwort: Ich gewöhne mich daran.

BARTODZIEJ Er wird tun, was er kann. Er hat schon angefangen.

ANNABELLE Wollt ihr einen Kaffee?

BARTODZIEJ Wir wollen keinen Kaffee. Wir wollen Glück für die ganze Menschheit.

ANATOL Ich nicht. Mit mir kannst du da nicht rechnen.

BARTODZIEJ Das stimmt, mein Grashüpferchen. Glück für die ganze Menschheit hat er nie gewollt.

ANATOL Ich hatte einen schlechten Charakter. Er ja, er hat's gewollt. Er hätte sein letztes Hemd hergegeben für das Glück der Menschheit. Ein Engel ohne Hemd. Ein Engel in Hosen.

BARTODZIEJ Wo ist das her?

ANATOL Majakowski.

BARTODZIEJ Das kann nicht sein.

ANATOL Du hast es vergessen. Soll ich's mal zusammenkriegen für dich?

BARTODZIEJ Nicht Engel in Hosen, »eine Wolke in Hosen.« Im übrigen war das eines von seinen vorrevolutionären Gedichten, also ein dekadentes. Seine Durchschlagskraft kam nach der Dekadenz, nach den unwandelbaren Gesetzen des dialektischen Materialismus.

ANATOL Wie du meinst. Mir ist das alles egal.

ANNABELLE Langweilig seid ihr – alle beide. *Ab.*

Fünfzehnte Szene

ANATOL *ruft ihr nach* Ich bin gleich soweit! *Zu Bartodziej* Nicht übel, wie? Ich zeig dir mal was. *Er nimmt ein paar Fotos aus der Brieftasche und reicht sie Bartodziej eines nach dem anderen.* Am Strand. *Gibt ihm das nächste.* Sie mit einer Freundin. Auch nicht schlecht, was? In ihrem Einteiler da. Mir sind ja Bikinis lieber. *Das nächste.* Hier, beim Eisessen. Und hier *das nächste* ohne Oberteil.

BARTODZIEJ Hast du ihr gesagt, sie soll es ausziehen?

ANATOL Sie hat es von selbst gemacht.

Pause.

Nicht übel, wie?

BARTODZIEJ Sehr hübsch.

ANATOL *sucht unter den Fotos in der Brieftasche.* Ah – hier. *Gibt es ihm.* Auf einem Fahrrad.

BARTODZIEJ Schön, auf einem Fahrrad. Na und?

ANATOL Was heißt »na und«? Sieh doch mal genau hin.

Pause.

Siehst du's?

BARTODZIEJ Hast du das selbst aufgenommen?

ANATOL Wer sonst? Nicht übel, wie?

BARTODZIEJ *gibt ihm alle Fotos zurück.* Nicht übel.

ANATOL Das ist noch gar nichts. Warte mal, ich hab noch andere, eine ganze Serie, sechs mal vier...

BARTODZIEJ Wo willst du hin?

ANATOL Die sind in meinem Schreibtisch. Ich hab jetzt einen Schreibtisch, weißt du.

BARTODZIEJ Laß doch.

ANATOL Magst du nicht mehr?

BARTODZIEJ Ich möchte lieber mit dir reden.

ANATOL Dann wollen wir was trinken.

BARTODZIEJ Du hast genug getrunken.

ANATOL Und du?

BARTODZIEJ Ich auch. Wir sind nicht mehr zwanzig.

ANATOL Ich schon.

BARTODZIEJ Aber ich nicht.

ANATOL Natürlich, du hast länger gelebt. Mir haben sie fünfzehn Jahre ausradiert, ich fange jetzt erst an.

BARTODZIEJ Bist du mir böse?

ANATOL Weshalb?

BARTODZIEJ Weil man dir fünfzehn Jahre ausradiert hat und mir nicht. Bei mir war es genau umgekehrt: Das waren die schönsten Jahre meines Lebens.

ANATOL Mußt du das sagen?

BARTODZIEJ Ja, das muß ich. Ich meine, ich lege mir darüber Rechenschaft ab.

ANATOL Was? Worüber kannst du dir schon Rechenschaft ablegen?

BARTODZIEJ Was diese fünfzehn Jahre für dich bedeuten.

ANATOL Wirklich? Und worüber noch?

BARTODZIEJ Über mein – sagen wir: mein Verständnis des historischen Prozesses, das auf der einzigen wissenschaftlichen Methode beruht: dem dialektischen Materialismus.

ANATOL Ein bißchen spät.

BARTODZIEJ Du hast ein Recht, das zu sagen.

ANATOL Ja, das hab ich. Na und?

BARTODZIEJ Ich glaube, ich sollte dir erklären, warum ich damals diese...

ANATOL Diese Auffassung des historischen Prozesses hattest? Auf der einzigen wissenschaftlichen Methode beruhend, dem dialektischen Materialismus?

BARTODZIEJ Genau das.

ANATOL Vergiß es.

BARTODZIEJ Aber ich sollte doch...

ANATOL Du hast es mir ja damals erklärt. Und ich hätte kotzen können. Du konntest gar nicht aufhören, du hast erklärt und erklärt, du wolltest mich unbedingt bekehren. Wozu das jetzt alles wiederholen? Ich hab das schon damals auswendig gekonnt.

BARTODZIEJ Weil ich damals glaubte, dies wäre der einzige...

ANATOL Ich weiß, ich weiß, ich sag dir doch gerade, daß ich weiß. Der einzig richtige Weg für uns, für die ganze Menschheit und so weiter. Was kannst du mir darüber Neues sagen?

BARTODZIEJ Daß ich mich geändert habe.

ANATOL Und was sonst noch?

BARTODZIEJ Daß ich das heute anders sehe.

ANATOL Und weiter?

BARTODZIEJ Ich wollte dir sagen, daß ich damals unrecht hatte.

Pause.

ANATOL So würde ich das nicht sehen.

BARTODZIEJ Wie bitte?

ANATOL Ich würde das nicht völlig verdammen. Immerhin gibt es ja bestimmte Errungenschaften. Wir haben das Land wieder aufgebaut...

BARTODZIEJ Das Land?

ANATOL Schulen, Schwerindustrie... Besonders die Schwerindustrie.

BARTODZIEJ Meinst du das im Ernst?

ANATOL Ganz zu schweigen von unserem internationalen Ansehen. Das kannst du ja nicht leugnen. Aber vor allem die Abschaffung der sozialen Unterschiede, der Wiederaufbau der Gesellschaft, die Beseitigung der letzten Überbleibsel des Feudalismus...

BARTODZIEJ Gib mir was zu trinken.

ANATOL Gern. Den – oder den?

BARTODZIEJ Den da.

ANATOL *schenkt ein.* Weißt du, was Einzelhaft ist?

BARTODZIEJ Ich kann es mir vorstellen.

ANATOL Das reicht nicht. Fangen wir mal anders an: Wie lange warst du Jungfrau?

BARTODZIEJ Du meinst, politisch gesehen?

ANATOL Überhaupt nicht politisch. Ich meine, wie lange

es gedauert hat, bis du es gemacht hast. Zum ersten Mal.

BARTODZIEJ Ich?

ANATOL Nun tu doch nicht so. Damals haben wir so getan, als ob wir alte Rammler wären, du mir gegenüber, ich dir gegenüber. Aber jetzt sind wir erwachsen. Also, wann hast du angefangen?

BARTODZIEJ Ich? Normal, glaube ich.

ANATOL Vor dem Abi?

BARTODZIEJ Ungefähr um die Zeit. Ich habe früh geheiratet.

ANATOL Wen?

BARTODZIEJ Du kennst sie nicht. Neunundvierzig haben sie dich eingesperrt. Ich hab sie erst später kennengelernt.

ANATOL Ich hingegen war der typische Pfadfinder. Rein in Gedanken, Worten und Taten. Na ja, vor allem in Taten, und auch nicht in allen. Als ich im Widerstand war, hab ich eine Menge Dinge erlebt, im Töten war ich gut, aber in allem anderen ein Pfadfinder.

BARTODZIEJ Als ich dich kennenlernte, warst du aber nicht so.

ANATOL Das war ja auch später, nach dem Krieg. Damals war ich ein Angeber. Ich spreche jetzt von den frühen Vierzigern. Zuerst wollte ich, daß es rein sein sollte, dann wollte ich es, aber es sollte romantisch sein. Mit anderen Worten: mit Liebe. Lachst du mich aus?

BARTODZIEJ Gar nicht.

ANATOL Damals hättest du mich ausgelacht. Kurz und gut, es war erst beim Warschauer Aufstand, daß es beinah geklappt hätte. Sie hieß Alina, und sie war natürlich Verbindungsoffizier, nur wenig älter als ich, aber mit sehr viel Erfahrung. Geradezu ideal. Sie war sehr hübsch. Ich liebte sie sehr, und sie liebte mich, und es war romantisch.

BARTODZIEJ Du hast also Glück gehabt.

ANATOL Aber ehe es noch dazu kam, kriegte sie Splitter vom Nebelwerfer eins-null-fünf in den Bauch. Wir brachten sie zum Feldlazarett, ich trug sie mit, am hinteren Ende der Bahre, und so konnte ich sehen, ich konnte ihre Eingeweide sehen, jede Menge Eingeweide, der Bauch war offen von der Taille bis nach unten, und ich mußte immerzu hinsehen.

BARTODZIEJ Konntest du denn nicht am vorderen Ende tragen?

ANATOL Ja, das hätte ich gekonnt, aber ich wollte es nicht. Ich wollte es sehen. Als wir ankamen, war sie schon tot. – Von da ab habe ich nicht mehr gekonnt. Der Krieg war vorbei, und ich konnte immer noch nicht. Aber ich wollte doch. Ich wollte. Als du mich kennenlerntest, konnte ich nicht, und auch später konnte ich nicht, aber dann haben sie mich weggebracht. Und fünfzehn Jahre lang war ich im Knast.

Pause.

ANNABELLE *off* Anatol?

ANATOL Ja, mein Kätzchen. Ich komme gleich! Beim Prozeß war mir klar, daß sie mich hinrichten würden, und ich dachte, so ist's auch am besten. Falsch. Als das Urteil verkündet wurde, war es schlimmer. Sterben und nicht wissen, wie »das« ist ... Ich war Jungfrau, aber nicht wie die von Orléans. Zwei Jahre lang wartete ich, daß sie mich abholten, Tag für Tag, Nacht für Nacht, und das war furchtbar. Dann, als sie schließlich »lebenslänglich« daraus machten, dachte ich: besser so. Wieder falsch: es war noch schlimmer. Wie lange kann das so weitergehen, dachte ich, zehn, fünfzehn, vielleicht dreißig Jahre, so lange kann man ja leben. Aber heißt das, ich wollte nicht leben? Das auch nicht. Du siehst, ich bin nicht so leicht zufriedenzustellen. Ich hatte mich dran gewöhnt, aber ich konnte mich nicht an die Tatsache gewöhnen, daß ich mich daran gewöhnt hatte.

Pause.

Was meinst du, woran ich in diesen fünfzehn Jahren gedacht habe? An Ideale? An die großen geschichtlichen Augenblicke unseres Landes, des Landes, das einst vom Baltischen bis zum Schwarzen Meer reichte? Vielleicht manchmal am Anfang, vielleicht noch ein wenig in den ersten zwei Jahren. Aber dann? Rate mal. Und glaubst du, ich war deshalb stolz auf mich? Ein Jahr lang hatte ich einen Zellengenossen, einen Unpolitischen, der sagte, er sei nur für eine Partei, die ETV, du weißt: Essen, Trinken und – na ja. Ich hätte ihn umbringen können. Aber woran dachte ich denn? An irgend etwas Besseres als er?

BARTODZIEJ Vielleicht doch.

ANATOL Was weißt du davon? Du mit deiner kleinen Frau

in einem kleinen Haus, wahrscheinlich mit einem kleinen Garten. Was für Träume konntest du denn haben?

BARTODZIEJ Sicher nicht die gleichen wie du.

ANATOL Ganz bestimmt nicht.

BARTODZIEJ Aber sehr rosig waren die auch nicht. Wenn du denkst, ich hätte ruhig geschlafen...

ANATOL Dann irre ich mich sicher nicht. Du mit deinen Anfällen von politischem Gewissen. Politisches Gewissen – was ist das? Da kann ich nur lachen.

BARTODZIEJ Nicht nur politisches.

ANATOL Was denn sonst? Du warst immer nur politisch. Ein politischer Eierkopf, ein Kopf ohne Bauch. Und ohne Mumm.

BARTODZIEJ Nicht nur politisch.

ANATOL Eine Abstraktion!

BARTODZIEJ Mumm war da. Und ist noch da.

ANATOL Scheiße.

BARTODZIEJ Ich war es, der dich denunziert hat.

ANATOL Was sagst du?

BARTODZIEJ Ich habe dich denunziert. Ich wußte, was du getan hattest, und ich habe dich denunziert. Das Todesurteil, die zwei Jahre Einzelhaft in der Todeszelle und die fünfzehn Jahre hast du mir zu verdanken.

Pause.

ANATOL Warum sagst du mir das?

BARTODZIEJ Ich habe es dir immer sagen wollen.

ANATOL Nein, nicht immer.

BARTODZIEJ Na gut, nicht gleich, aber bald danach.

ANATOL Wie bald?

BARTODZIEJ Sehr bald danach.

ANATOL Wie bald?

BARTODZIEJ Ein paar Jahre später.

ANATOL Wieviel Jahre?

BARTODZIEJ Zwei, drei...

ANATOL Vier? Oder vielleicht fünf? Oder genau sieben? Zu einer Zeit, in der es möglich geworden war, ein Gewissen zu haben? In der man vielleicht sogar eines haben sollte?

BARTODZIEJ Na gut, nicht gleich danach, aber doch eher, als du denkst. So ein Herdenvieh bin ich nicht, daß ich nicht selbst angefangen hätte zu sehen, was los war.

ANATOL Ah so. Du hast also zuerst angefangen zu sehen, und dann hast du dich an mich erinnert. Vorher fandest du alles in Ordnung. Dein Gewissen hat Spätzündung.

BARTODZIEJ Anatol, ich weiß nicht, wie ich es dir erklären soll. Ich weiß selbst nicht, was zuerst kam, meine Bewußtseinsänderung oder dein Bild in meinen Träumen. Änderte sich mein Bewußtsein, weil ich von dir träumte, oder träumte ich von dir, weil sich mein Bewußtsein geändert hatte? Das kann ich jetzt nicht mehr auseinanderhalten. Ich sage das ganz aufrichtig.

ANATOL Möglich.

BARTODZIEJ Und darum weiß ich nicht, wie ich es dir erklären soll.

ANATOL Verlange ich das von dir?

BARTODZIEJ Aber ich würde es dir gern erklären.

ANATOL Mir ist das scheißegal.

BARTODZIEJ Dir ist es egal, warum ich...

ANATOL Völlig. Warum du es getan hast, ist dein Problem. Das einzige, was ich wissen möchte, ist: Warum erzählst du mir das. Jetzt. Heute. Hier. In diesem Augenblick. Mir.

BARTODZIEJ Ich bin nur deswegen hergekommen.

ANATOL Das wird immer besser. Und macht mich immer neugieriger.

BARTODZIEJ Weil ich will, daß du es weißt.

ANATOL Ja, eben: warum? Warum willst du, daß ich es weiß?

BARTODZIEJ Ich will, daß du dein Urteil über mich sprichst.

Pause.

ANATOL Gut. Nehmen wir an, ich spreche das Urteil. Du wirst ja kaum annehmen, daß es milde ausfällt?

BARTODZIEJ Ich nehme es nicht an. Und ich will es auch nicht.

ANATOL Also gut. Ich urteile. Es ist geschehen, das Urteil ist gefällt. Und nun?

BARTODZIEJ Sag deinen Richtspruch.

ANATOL Was für einen?

BARTODZIEJ Das liegt bei dir. Nach deinem Urteil.

ANATOL Worauf willst du hinaus? Ich bin keine Institution, die Recht sprechen kann.

BARTODZIEJ Das ist es! Keine Institution kann irgend etwas tun in meinem Fall, es gibt nicht einmal eine Anklage. Wir müssen es also selbst tun, unter uns. Du bist der Mann, der umgebracht wurde, ich bin der, der dich umgebracht hat. »Cheloviekom cheloviek« – Mann gegen Mann – weißt du noch, das alte Lied?

ANATOL Und ob ich das weiß.

BARTODZIEJ Mit anderen Worten: Es geht nur unter uns, inoffiziell. Du hast über mich geurteilt, kommen wir also zum Richtspruch. Welche Strafe steht auf Mord?

ANATOL Die Todesstrafe. Oder gar keine. Alles ist relativ.

BARTODZIEJ Es gibt nur eine. Und das weißt du.

ANATOL Willst du, daß ich dich aufhänge, oder was?

BARTODZIEJ Und wenn ich das wollte?

ANATOL Bist du ein Irrer?

BARTODZIEJ Nein, nur ein Mörder.

ANATOL Was willst du von mir?

BARTODZIEJ Gerechtigkeit.

ANATOL Das heißt...

BARTODZIEJ Deinen Richtspruch.

ANATOL Ich habe genug von Richtsprüchen.

BARTODZIEJ Sag ihn!

Pause.

ANATOL Scheißrichtspruch. Du willst ja nur, daß ich Vergeltung übe.

BARTODZIEJ Genau das.

ANATOL Eben. Ich weiß, worauf du hinaus willst. Du redest von Richtspruch, von Urteil, von Gerechtigkeit, aber eigentlich möchtest du nur, daß ich dir ganz altmodisch eins in die Fresse haue.

BARTODZIEJ Nein. In die Fresse hauen ist nicht genug. Es muß schon eine richtige Vergeltung sein.

ANATOL Nicht so eine wie hier, sondern eine schöne Rache wie auf Korsika, eine Vendetta?

BARTODZIEJ Ja, so etwas.

ANATOL Mit einem Gewehr? Schrotkugeln? Ich könnte dich zur Jagd einladen und dann, aus Versehen...

BARTODZIEJ Ja, so was, genau das!

ANATOL Das läßt sich machen. Ich könnte das tun.

BARTODZIEJ Du bist also einverstanden?

ANATOL Aber wozu das alles?

BARTODZIEJ Damit ich fühle, daß ich etwas getan habe.

ANATOL Du bist nicht zufällig pervers?

BARTODZIEJ Ich bin überhaupt nicht pervers. Ich brauche es für etwas anderes, nicht zu meinem Vergnügen.

ANATOL Dann verstehe ich gar nichts mehr.

BARTODZIEJ Du hast von Einzelhaft gesprochen, erinnerst du dich?

ANATOL Ja.

BARTODZIEJ Auch ich habe meine Einzelhaft bekommen. Meine kleine, private Einzelhaft. Ich sitze in meiner Zelle, und irgendwo da draußen geht die Welt an mir vorüber. Seit ich geboren bin, wollte ich gern aus dieser Isolation heraus und an der Welt teilnehmen. Aber Isolation ist Isolation – sie isoliert. Sie erlaubt nicht, daß jemand von außen hereinkommt, und nicht, daß man selbst hinausgeht. Und was ich da drinnen tue, ist ohne Bedeutung für die Welt, und was in der Welt geschieht, ist ohne Bedeutung für mich. Ich habe etwas Furchtbares getan – und was hat das für Konsequenzen? Gar keine, außer Gewissensbissen – also Phantasmagorien. Aber konkret? Absolut nichts. Aber wenn du Vergeltung übtest für das, was ich getan habe, dann würde ich spüren, daß ich etwas getan habe. Dann gäbe es Konsequenzen, die von außen kommen, es gäbe einen Zusammenhang zwischen dem einen und dem anderen, und die Isolation würde aufreißen.

ANATOL Ah so – darum hast du also in deiner Isolierzelle ein gewisses kleines Portrait aufbewahrt...

BARTODZIEJ Ja. Eine kleine Zelle mit einem großen Bild an der Wand. Ich glaubte, daß Er, der Führer der ganzen Welt, mich mit der ganzen Welt verbinden würde, daß ich, wenn ich nur sein Bild anschaute, die ganze lebendige Welt sehen würde. Eine Täuschung, natürlich. Es war nur ein Bild.

ANATOL Noch dazu ein retouchiertes.

BARTODZIEJ Isolation isoliert die Zukunft von der Vergangenheit. Früher einmal habe ich etwas getan, aber zwischen diesem »Früher« und heute gibt es keine Verbindung. Wenn du heute Vergeltung üben würdest für das, was ich früher getan habe, dann gäbe es einen Zusammenhang zwischen diesem Früher zum Jetzt, und Jetzt und Früher ergäben ein Ganzes. Denn wenn es keine Folgen gibt, dann gibt es auch keine Ursachen, und wenn es kein Ende gibt, heißt das, es gab auch keinen Anfang. Es hat nichts gegeben, und es gibt auch jetzt nichts. Verstehst du?

ANATOL Leider nur allzu gut.

BARTODZIEJ Und du wunderst dich nicht mehr?

ANATOL Ich wundere mich nur, daß du nicht an mich gedacht hast.

BARTODZIEJ Was meinst du damit? Ich bin doch nur deshalb hierhergekommen...

ANATOL Um mir zu sagen …

BARTODZIEJ Um dir zu sagen …

ANATOL … daß du mir etwas Furchtbares angetan hast. Aber woher bist du so sicher, daß ich das hören will? Hast du mal überlegt, in welche Situation du mich bringst? Nein, daran hast du nie gedacht. Und was ich jetzt tun soll?

BARTODZIEJ Mich erschießen.

ANATOL Idiot.

Pause.

Nein, schlimmer als das. Egoist!

ANNABELLE *off* Anatol!

ANATOL Ja, mein Kätzchen, warte noch! … Für dich ist das einfach. Kommst in aller Seelenruhe daher und läßt deinen Spruch los: »Diese Schweinerei hab ich dir angetan, und nun räche dich bitte an mir.« Als ob ich nichts Besseres zu tun hätte, als deine Isolationsprobleme zu lösen. Und wenn ich nun wirklich was anderes zu tun hätte? Ich war nicht fünfzehn Jahre aus dem Verkehr gezogen, um mich jetzt, wenn ich wieder da bin, mit etwas zu beschäftigen, das nicht mehr existiert.

BARTODZIEJ Aber es sollte existieren.

ANATOL Das ist nicht mein Problem. Lange Zeit habe ich keine Zukunft gehabt, jetzt, da ich eine habe, will ich mich um sie kümmern. Und nur um sie! Ich will endlich leben!

BARTODZIEJ Und denkst du denn, ich nicht? Aber wie kann man leben, wenn einen die Vergangenheit nicht losläßt! Man muß erst die Vergangenheit in Ordnung bringen, bevor man sich um die Zukunft kümmern kann.

ANATOL Deine läßt dich vielleicht nicht los, meine mich schon. Die hab ich abgeschlossen.

BARTODZIEJ Das habe ich mir gedacht. »Gewisse Errungenschaften ... Schulen, Schwerindustrie, die Abschaffung der sozialen Unterschiede ...« Und diese Komitees für Zusammenarbeit mit ... Hältst du darüber bei Jahrestagen Reden? Eine schöne große Wohnung ... Dir scheint's nicht schlecht zu gehen.

ANATOL Man lebt nicht vom Negieren allein. Leben heißt bejahen.

BARTODZIEJ Was?

ANATOL Irgend etwas.

BARTODZIEJ Ganz gleich, was?

ANATOL Ja, ganz gleich. Das Leben fragt nicht nach Abstraktionen und nach Idealen. Das Leben besteht aus konkreten Dingen, es bildet sich Tag für Tag aus dem Material, das vorhanden ist, und nicht aus irgendwelchem, das da sein sollte, aber nicht ist. Minute folgt auf Minute, und du bist mittendrin – das ist das Leben. Alles andere sind Hirngespinste.

BARTODZIEJ Und das ist es, was du im Gefängnis gelernt hast?

ANATOL Ja, genau das. Und besonders in der Todeszelle. Da zählten die Minuten. Sogar die Sekunden ... das war eine gute Schule.

BARTODZIEJ Und sie haben einen braven Schüler aus dir gemacht.

ANATOL Und *du* willst mir Unterricht geben? Du, der sein ganzes Leben nur auf dem Sofa gesessen und nachgedacht hat? Ich war mein Leben lang mitten in Aktionen und immer gegen irgend etwas. Fünf Jahre im Krieg, vier Jahre nach dem Krieg, und als sie mich einsperrten … Glaubst du, sie hätten mich zum Tode verurteilt für nichts und wieder nichts? Ich war der letzte politische Gefangene aus dieser Zeit. Die anderen waren schon längst draußen. Mich behielten sie am längsten drin, weil ich am längsten durchgehalten hatte. Als sie mich zum Tode verurteilten, hatten sie ihre Gründe, und ich konnte ihnen das nicht vorwerfen, Gnade habe ich nicht erwartet. Auge um Auge. Weißt du, was ich getan hatte? Ja, etwas weißt du, aber nicht alles. Nein, ich bin nicht ein Opfer der Politik der Irrtümer und der Verirrungen wie diejenigen, die sechsundfünfzig entlassen wurden, und ich bin es nie gewesen. Ich war ein wirklicher Feind. Niemand kann mir vorwerfen, daß ich nicht wirklich gekämpft hätte. Und wenn ich jetzt sage, es ist genug, dann ist es genug. Wie lange kann man leben, wenn man immer gegen alles ist? Du kannst von Zeit zu Zeit dagegen sein, aber dein ganzes Leben lang dagegen, non-stop, das ist pervers.

ANNABELLE *off* Anatol, was machst du da?

ANATOL Ja, mein Kätzchen, einen Augenblick! … Du hast deine Ration Dafürsein gehabt, du hast dich mit Positivem vollgestopft bis zum Platzen, jetzt bin ich dran. Geh zur Opposition, und sei dagegen, wenn du Lust hast, probier ein bißchen davon, wenn dein Körper das verlangt, aber hindere mich nicht daran, etwas von dem zu bekommen, wovon du zuviel gehabt hast. Das ist nicht fair.

BARTODZIEJ Und all das andere?

ANATOL Was denn?

BARTODZIEJ All das, was vorher war, unsere Vergangenheit, deine, meine ...

ANATOL Ich hab dir schon gesagt – das existiert nicht mehr.

BARTODZIEJ Und es soll auch nicht existieren? Alles soll sinnlos vorübergehen, ohne eine Spur zu hinterlassen, ohne die geringste Bedeutung? ... Sich verflüchtigen ... das möchtest du? Wie Rauch, wie Staub – nichts? Alles soll sein wie nichts?

ANATOL Laß mich in Ruhe!

BARTODZIEJ Anatol, wenn du jetzt nicht etwas tust, wird alles sich auflösen. Für dich und für mich.

ANATOL Zu spät. Es hat sich schon aufgelöst.

BARTODZIEJ Ich weiß. Ich kann es sehen. Aber noch ist es nicht zu spät.

ANATOL Da ist nichts mehr zu machen.

BARTODZIEJ Bestrafe mich, vergelte es mir, vollstrecke das Urteil. Damit es nicht heißt, es gäbe kein Recht.

ANATOL Recht? Du sprichst von Recht? Du?

BARTODZIEJ Ja, ich. Es muß etwas Beständiges geben in diesem Durcheinander, das unser Leben ausmacht. Etwas, das sich nicht ändert, etwas, das bleibt.

ANATOL So etwas gibt es.

BARTODZIEJ Was?

ANATOL Ihn.

BARTODZIEJ Wen? Wo?

ANATOL Dort!

BARTODZIEJ Ich sehe nichts.

ANATOL Weil du nach unten schaust. Sieh höher. Da! Höher! Höher!

BARTODZIEJ Na schön – und?

ANATOL Sein Bild.

BARTODZIEJ Ich sehe kein Bild.

ANATOL Aber ja, es ist da. Auch wenn du es nicht sehen kannst, er ist da, und er sieht uns an. Er war, er ist, und er wird sein. Lächelnd. Und er lächelt mit Recht. Denn sein Werk bleibt bestehen und vergeht nicht. Er ist in uns. In dir wie in mir. Wir beide sind sein Werk. Ganz gleich, ob wir rechts sind oder links, ob wir für ihn sind oder gegen ihn, alles war immer durch ihn, er war immer im Mittelpunkt von allem, was wir taten. Du willst wissen, was bleibt? Er bleibt, auch jetzt ist er in dir und in mir. Du hast von unserem Leben gesprochen? Na, dann schau dir unseren lieben Papa an.

BARTODZIEJ Du bist betrunken. Mit dir kann man nicht reden.

ANATOL Ja, mein Bruder, das ist unser Erzeuger. Wir sind alle seine Nachkommen. Ob dir das paßt oder nicht – wir sind sein Blut. Unser Blut war das seine, ob wir für ihn waren oder gegen ihn. Das seine. Verneige dich vor unserem Vater.

BARTODZIEJ Das reicht jetzt, Anatol.

ANATOL Verneige dich vor ihm, sage ich! Hast du keinen Respekt vor deinem Erzeuger? Vor dem, der war, der ist und der sein wird?

BARTODZIEJ Aber schließlich lebt er nicht mehr!

ANATOL Wer sagt das? Habe ich soeben eine Blasphemie gehört? Sein Körper mag tot sein, aber sein Geist, sein Geist lebt ewig! Der Geist der Geschichte, der Zeitgeist. Und der stirbt nie. Wenn du willst, beweise ich es dir. Hast du Streichhölzer?

BARTODZIEJ *gibt ihm eine Streichholzschachtel.*

Anatol zündet eines an.

Was willst du tun?

ANATOL Ihn bitten zu kommen und sich zu uns zu setzen.

BARTODZIEJ Anatol, damit scherzt man nicht.

ANATOL Natürlich nicht. Ich scherze doch nicht mit mir selber. Er soll kommen und sich neben dich setzen, rechts oder links und natürlich auch neben mich und mit uns trinken. In seiner Jugend soll er ganz gern einen zur Brust genommen haben.

BARTODZIEJ Anatol, so etwas macht man nicht.

ANATOL Habe ich nicht das Recht, einen Kult auszuüben? Einen Personenkult? Meine Großeltern und Urgroßeltern durften das, und ich nicht? *Er füllt die Gläser und gibt Bartodziej eines.* Hier, nimm das, es wird dir gut tun. Und nun schau auf sein Bild, und sprich mir nach…

BARTODZIEJ Gar nichts spreche ich nach.

ANATOL Wo immer du sein magst, in welcher Welt du… Mist, so geht's nicht. Also noch mal. Ganz einfach: Ich, Anatol, der ich noch lebe, obwohl ich tot sein sollte, lade dich, der tot ist, obwohl du durch mich noch lebst, zu einem kleinen Trunk ein. Wenn du Ehre im Leib hast, dann komm und trink mit einem Dreckstück, das du zu einem Dreckstück gemacht hast, nämlich mit mir, und mit meinem Freund, der seit je ein Originaldreckstück gewesen ist. Ich befehle dir zu kommen durch das Feuer eines Exekutionskommandos und eines Genickschusses, ich befehle dir zu kommen durch das Wasser des Polarmeeres, durch die Erde und durch das, was sechs Fuß unter der Erde ist, du weißt schon, was. Komm, erscheine und zeige dich vor mir, da du aufgerufen bist.

BARTODZIEJ Ich mache da nicht mit.

ANATOL Pssst... hörst du nicht?

BARTODZIEJ Was denn?

ANATOL Fußtritte... auf den Fliesen... noch weit weg...

BARTODZIEJ Was für Fußtritte?

ANATOL Er kommt!

BARTODZIEJ Das bildest du dir ein.

ANATOL Näher und näher!

BARTODZIEJ Niemand kommt!

ANATOL Stein um Stein und Hall auf Hall...

BARTODZIEJ Niemand kommt – niemand!

ANATOL Er ist nebenan.

Hinter Anatol tritt Annabelle ein.

Sechzehnte Szene

ANNABELLE Anatol, was machst du da? Warum kommst du nicht ins Bett?

ANATOL *zeigt mit dem Finger vor sich.* Er ist da!

ANNABELLE Wer ist da? Wo?

ANATOL Da, da! Er ist es!

ANNABELLE Wer? Was ist denn hier los?

ANATOL Auf die Knie! *Er fällt auf die Knie, reißt sich den Kragen auf, kriegt keine Luft.*

Annabelle hält ihm die Arme.

ANNABELLE Anatol!

ANATOL Ich bin auf dem Weg nach Damaskus ... ich bin ein Sünder ... ich bin Staub ...

ANNABELLE Er ist total betrunken, oder ...

BARTODZIEJ *bei Anatol, zieht ihm die Lider hoch, schaut seine Augen an.* Nein, das ist schlimmer.

ANNABELLE Ich wußte, daß was passiert!

BARTODZIEJ Ruf den Notdienst!

Dritter Akt

Erste Szene

Octavia und Annabelle in der Wohnung von Bartodziej. Ein Tisch, ein Sofa.

ANNABELLE Ich bin nicht meinetwegen gekommen.
OCTAVIA Ich hole ihn. Nehmen Sie bitte Platz. *Ab.*

Zweite Szene

Annabelle setzt sich auf das Sofa und wartet. Sie nimmt eine Illustrierte auf, das Heft, das Octavia in der zweiten Szene des ersten Aktes gelesen hat. Sie blättert darin. Dann fängt sie an zu lesen, findet etwas, das sie interessiert, holt aus ihrer Handtasche ein Notizbuch und schreibt etwas aus der Illustrierten ab. Octavia kommt zurück.

Dritte Szene

OCTAVIA Er kommt gleich, er muß sich nur anziehen. Nach dem Essen legt er sich immer hin.

Annabelle steckt das Notizbuch ein und legt die Illustrierte weg.

Bitte, hören Sie doch nicht auf, schreiben Sie ruhig weiter. Leider ist die vom vorigen Jahr. Wenn Sie wollen, hole ich Ihnen ein paar neuere...

ANNABELLE Ich möchte Ihnen keine Umstände machen...

OCTAVIA Das sind keine Umstände. Ich sammle sie. Ich habe ein Abonnement. Diese Nummer hab ich hier liegen, weil da eine Strickweste drin ist. Ich zeig sie Ihnen. *Sie setzt sich neben Annabelle auf das Sofa und nimmt die Illustrierte.* Diese Seite nicht... warten Sie, wo war das denn... ah, hier – ein sehr schönes Muster. Ich hab sogar schon angefangen, aber ich komme nicht weiter, immer ist irgendwas los, wenn nicht das eine, dann das andere. Ihr Mantel ist nicht von hier, nicht wahr?

ANNABELLE Ach, der ist schon alt.

OCTAVIA Er steht Ihnen.

ANNABELLE Gefällt er Ihnen?

OCTAVIA Er ist wunderschön. Wildleder kriegt man hier gar nicht, höchstens Abfälle, sie arbeiten ja nur für den Export – oder Maßanfertigung, aber das ist teuer, wenn man keine Beziehungen hat. Ich hatte mal eine Freundin, die konnte hintenrum was besorgen, aber dann wurde sie versetzt, in die Lebensmittelabteilung. Sie haben da was aufgeschrieben?

ANNABELLE Abgeschrieben, aus der Illustrierten.

OCTAVIA Stricken Sie auch?

ANNABELLE Nein.

OCTAVIA Das dachte ich mir. Sie sehen nicht aus, als ob Sie stricken würden.

ANNABELLE Früher wollte meine Mutter, daß ich es lerne. Aber dann kam allerlei dazwischen...

OCTAVIA Was denn?

ANNABELLE Mein Studium.

OCTAVIA Sie haben studiert?

ANNABELLE Warum nicht?

OCTAVIA So jung?

ANNABELLE Ja, ziemlich früh.

OCTAVIA Und was?

ANNABELLE Alles mögliche. Aber nähen kann ich.

OCTAVIA Stricken ist gar nicht so schwer. Was haben Sie denn da abgeschrieben?

ANNABELLE Ein Rezept. Koteletts mit Karotten.

OCTAVIA Dann kochen Sie also.

ANNABELLE Ein bißchen. Ich habe gerade erst angefangen.

OCTAVIA Von selbst? Ganz allein?

ANNABELLE Von mir aus, ja. Ganz allein.

OCTAVIA Ich freue mich so, daß ich Sie kennenlerne. Bartodziej hat mir erzählt...

ANNABELLE Was hat er gesagt?

OCTAVIA Daß sein Freund krank geworden ist. Wie geht es ihm jetzt?

ANNABELLE Nicht sehr gut.

OCTAVIA Er ist Ihr Mann, nicht wahr?

ANNABELLE Sozusagen.

OCTAVIA Entschuldigung. Ich habe kein Recht, das zu fragen.

ANNABELLE Aber bitte…

OCTAVIA Weibliche Neugier. Aber Sie sind so jung… Bartodziej und ich, wir sind schon elf Jahre zusammen. Hat er Ihnen das erzählt?

ANNABELLE Wir haben nicht darüber gesprochen. Ich habe ihn übrigens nicht lange gesehen. Mein Mann hat mit ihm geredet.

OCTAVIA Sie sind Freunde.

ANNABELLE Bis zum Morgen haben sie geredet.

OCTAVIA Worüber?

ANNABELLE Weiß ich nicht. Ich habe geschlafen.

OCTAVIA Bartodziej ging es auch nicht sehr gut, als er zurückkam.

ANNABELLE Ich bin von Schreien aufgewacht, und als ich ins Zimmer kam, hatte Anatol einen Anfall. Dann kam der Krankenwagen.

OCTAVIA Was Sie nicht sagen. War es ernst?

ANNABELLE Sie haben ihn in die Klinik gebracht.

OCTAVIA So schlimm?

ANNABELLE Sie haben ihn eine ganze Weile dabehalten.

OCTAVIA In der Klinik?

ANNABELLE In der Neurologie.

OCTAVIA Schrecklich.

ANNABELLE Jetzt ist er wieder zu Hause.

OCTAVIA Und wodurch ist es Ihrer Meinung nach gekommen?

ANNABELLE Er war schon vorher krank. Sie wissen ja, man hatte ihn kurz zuvor entlassen…

OCTAVIA Bartodziej hat es mir erzählt. Aber so ein Anfall…

ANNABELLE Bartodziej war dabei, als es passierte. Ich nicht.

OCTAVIA Irgendwas muß doch der Anlaß gewesen sein. Hat Ihr Mann nichts gesagt?

ANNABELLE Er kann nichts sagen.

OCTAVIA Vielleicht will er nicht.

ANNABELLE Nein, er kann nicht.

OCTAVIA Vielleicht verbirgt er Ihnen etwas.

Annabelle schüttelt den Kopf.

Manchmal *wollen* sie nichts sagen. Sie sind noch jung, ich habe Erfahrung. Man muß es sehr geschickt anfangen. Haben Sie ihn gefragt?

Annabelle nickt.

Das ist gut. Man muß fragen, nur nicht gleich, man muß den richtigen Moment abpassen. Danach erzählen sie es von selbst. Er wird es Ihnen sagen, ganz bestimmt.

ANNABELLE Nein, das wird er nicht.

OCTAVIA Warum nicht? Ist er so stur?

ANNABELLE Niemals wird er es sagen. *Sie nimmt ein Taschentuch heraus und führt es an die Augen.*

OCTAVIA Er wird. Warten Sie nur die Zeit ab.

ANNABELLE Er hat die Stimme verloren. *Sie weint und lehnt ihren Kopf an Octavias Schulter.* Er ist jetzt ein Krüppel. *Sie weint.*

OCTAVIA *streichelt ihr den Kopf.* Ruhe, Kindchen, nur Ruhe. Das geht vorbei. Bestimmt. *Sie nimmt ihr das zusammengeknüllte Taschentuch aus der Hand, tupft ihr die Augen ab und hält es ihr vor die Nase wie einem Kind.*

Annabelle schneuzt sich laut und ungeschickt. Bartodziej kommt herein.

OCTAVIA Ah, da bist du ja.

Vierte Szene

BARTODZIEJ Ich komme wohl lieber später ... *Er will fort.*
OCTAVIA Bleib hier!
BARTODZIEJ *zu Annabelle, unsicher* Guten Tag ... gibt es was Neues?
OCTAVIA Spiel hier nicht den Idioten. Siehst du denn nicht ...
BARTODZIEJ Ach, ihr kennt euch?
OCTAVIA Hol mal den Baldrian. Er ist in meinem Zimmer neben dem Bett. Und setz Wasser auf, mach einen Tee, aber stark. Was stehst du da so herum?

Bartodziej ab.

Fünfte Szene

OCTAVIA Machen Sie sich's bequem, ziehen Sie den Mantel aus. *Sie hilft Annabelle.*

ANNABELLE Es tut mir wirklich leid …

OCTAVIA Seien Sie nicht albern. Ich gebe Ihnen ein sauberes Taschentuch. Der Tee wird gleich fertig sein. Ich hab auch einen guten Vogelbeerschnaps. Sie sind doch müde nach so einer Reise. War es sehr voll?

ANNABELLE *schnieft.* Ja … am Anfang … nachher sind Leute ausgestiegen.

OCTAVIA Dann geht's ja. Bis hierher kommen nur wenige, und dann bis zur Grenze ist es völlig leer. Bleiben Sie über Nacht?

ANNABELLE Ich weiß nicht … ich möchte keine Umstände machen.

OCTAVIA Natürlich bleiben Sie, ganz klar. Wo sollten Sie sonst hin? Sie machen überhaupt keine Umstände, wir haben Platz genug. Sie können unten schlafen. Unser Schlafzimmer ist oben. Ich koche was Gutes, und morgen fahren Sie zurück, oder übermorgen, wann Sie wollen.

ANNABELLE Übermorgen kann ich nicht.

OCTAVIA Warum nicht?

ANNABELLE Wegen Anatol.

OCTAVIA Haben Sie keinen, der sich um ihn kümmert?

ANNABELLE Eine Nachbarin, aber die kann nur bis morgen.

OCTAVIA Kann er sich nicht allein versorgen?

ANNABELLE Er sitzt im Rollstuhl.

OCTAVIA Im Rollstuhl? Wieso das?

ANNABELLE Er ist gelähmt.

OCTAVIA O mein Gott!

Pause.

Das ahnte ich nicht. Und Sie sind allein mit ihm?

ANNABELLE Er hat niemanden.

OCTAVIA Ah ja – ich verstehe.

ANNABELLE Ich muß morgen zurück.

OCTAVIA Natürlich müssen Sie das. Was für eine Tragödie ... Sie werden mir alles erzählen. Möchten Sie die Hände waschen gehen?

ANNABELLE Seh ich sehr schlimm aus?

OCTAVIA Aber nein, gar nicht, überhaupt nicht, das Badezimmer ist rechts.

ANNABELLE Vielen, vielen Dank.

OCTAVIA Keine Ursache. Na los, gehen Sie schon ... nachher reden wir weiter.

Annabelle ab.

Sechste Szene

Octavia betrachtet Annabelles Mantel, probiert ihn an, zieht ihn wieder aus. Dann deckt sie den Teetisch. Bartodziej kommt zurück.

Siebente Szene

BARTODZIEJ Ich kann ihn nicht finden.

OCTAVIA Hast du das Wasser aufgesetzt?

BARTODZIEJ Ja, hab ich. Wo ist sie hin?

OCTAVIA Sie kommt gleich wieder. Du mußt ja großartig gewesen sein!

BARTODZIEJ Wann?

OCTAVIA Neulich dort.

BARTODZIEJ Ich hab doch gar nichts gemacht.

OCTAVIA Genau das wollte ich damit sagen. Na los, hol den Ebereschenschnaps. Aber beeil dich.

Bartodziej ab.

Achte Szene

Octavia macht sich am Tisch zu schaffen, Annabelle kommt zurück.

Neunte Szene

ANNABELLE Wo ist Bartodziej?

OCTAVIA Er kommt gleich wieder. Ich will mich ja nicht aufdrängen, ich weiß, Sie wollen über irgend etwas mit ihm reden, aber wenn ich Ihnen helfen kann … Ich kenne ihn besser.

ANNABELLE Es geht um eine Wohnmöglichkeit.

OCTAVIA Eine Wohnmöglichkeit? Für wen?

ANNABELLE Für Anatol.

OCTAVIA Was soll das heißen? Bartodziej hat mir erzählt, Sie haben …

ANNABELLE Das Appartement haben wir nicht mehr. Jetzt haben wir nur ein kleines.

OCTAVIA Zu klein für Sie?

ANNABELLE Das ist es nicht. Nur – es ist kein Fahrstuhl im Haus, und ich möchte ihn gern ab und zu in den Park bringen, damit er frische Luft bekommt. Aber den Rollstuhl die Treppen rauf und runter – das schaff ich nicht.

OCTAVIA Also brauchen Sie unbedingt einen Lift. Aber was soll Bartodziej ...

ANNABELLE Ich hörte, er hätte Beziehungen. Vielleicht könnte er uns helfen.

OCTAVIA Bartodziej?

ANNABELLE Irgend etwas arrangieren, mit jemandem sprechen, der ...

OCTAVIA Das ist zu spät, meine Liebe. Er kann nichts mehr tun.

ANNABELLE Kennt er keine Leute mehr?

OCTAVIA Es ist nicht mehr wie früher. Man hat ihn aufs Abstellgleis geschoben.

ANNABELLE Oh, ich dachte ...

OCTAVIA Alles hat sich geändert. Früher ja, da hätte er helfen können. Heute nicht mehr.

ANNABELLE Was soll ich jetzt tun?

OCTAVIA Ich werde darüber nachdenken. Aber erst setzen Sie sich mal.

Annabelle setzt sich an den Tisch.

Er hat mir nichts von dieser Krankheit erzählt, der liebe Bartodziej.

ANNABELLE Er konnte nichts davon wissen, er ist ja gleich weggefahren.

OCTAVIA Gleich?

ANNABELLE Gleich danach.

OCTAVIA Was denn – ist er nicht mal mitgekommen ins Krankenhaus?

ANNABELLE Es war ja ein großes Tohuwabohu.

OCTAVIA Und er hat sich um nichts gekümmert?

ANNABELLE Er mußte zum Zug. Er hatte keine Zeit mehr.

OCTAVIA Ja, viel zu tun hat er. Zeit hat er überhaupt nicht.

ANNABELLE Der Krankenwagen kam, sie haben ihn auf der Bahre weggetragen, er war bewußtlos. Ich dachte, es wäre der Alkohol.

OCTAVIA Sie hatten getrunken?

ANNABELLE Nur ein bißchen.

OCTAVIA Hat er später angerufen, um zu hören, wie es geht?

ANNABELLE Wer?

OCTAVIA Mein Bartodziej, natürlich.

ANNABELLE Vielleicht, ich war ja nicht viel zu Hause, ich war bei Anatol. Er hatte einen Schlaganfall, und …

OCTAVIA Er ist halt gar so sensibel, der Bartodziej.

ANNABELLE … sie wollten ihn wegen irgendwas anderem operieren. Bei Notfällen wissen sie nicht immer gleich …

OCTAVIA Mit anderen Worten, er ist weggelaufen.

ANNABELLE Aber dann haben sie ihn im Krankenhaus getestet. Er war schon vorher krank, aber nichts Ernstes, und er fühlte sich ganz normal. Er hatte so viel Energie … Nie hätte ich gedacht, daß so was passieren könnte …

OCTAVIA Schlechte Nerven hat er, unser Bartodziej. Ich werde mit ihm reden. Und wegen der Wohnung müssen wir mal überlegen. So geht's jedenfalls nicht.

ANNABELLE Aber Sie sagten doch, er hat keine Beziehungen mehr.

OCTAVIA Machen Sie sich deshalb keine Sorgen.

ANNABELLE Wie will er es dann aber machen?

OCTAVIA *Ich* werde mich darum kümmern.

ANNABELLE Wie soll das gehen?

OCTAVIA Lassen Sie das meine Sorge sein.

Zehnte Szene

Dasselbe Bild wie in der zweiten Szene des ersten Aktes. Octavia und Bartodziej sitzen jeder bei einer Lampe, ziemlich weit voneinander entfernt. Octavia liest eine Illustrierte.

BARTODZIEJ Kaninchen.

Pause.

Ich werde Kaninchen züchten.

OCTAVIA *ohne ihre Lektüre zu unterbrechen.* Nein.

BARTODZIEJ Wie bitte?

OCTAVIA Ich habe nein gesagt.

BARTODZIEJ Was heißt nein?

OCTAVIA Du wirst keine Kaninchen züchten.

BARTODZIEJ Nein? Werde ich nicht?

OCTAVIA *legt die Illustrierte beiseite.* Nein, wirst du nicht. Du wirst keinerlei Kaninchen züchten. Überhaupt keine.

BARTODZIEJ Und warum nicht?

OCTAVIA Weil du genug zu tun haben wirst mit einem Menschen.

BARTODZIEJ Weißt du, was du da sagst, Weib? Weißt du, was für eine Verantwortung du auf dich lädst? Soll ich vielleicht mein Forschungsprojekt aufgeben über die Beziehungen zwischen gesellschaftlichem Leben und Politik anhand der Beobachtung von Kaninchen, die aus dem primitiven Stadium des Gemeinschaftsbesitzes den Übergang finden zu den ersten Stadien eines komplexen sozialen Systems? Wenn ich diese Untersuchungen nicht durchführe, wird es keiner tun. Solche Dinge macht man heute nicht mehr.

OCTAVIA Soll ich dir sagen, was man nicht macht? Einen kranken Freund im Stich lassen, das macht man nicht.

BARTODZIEJ Ach, darauf willst du hinaus.

OCTAVIA Du würdest lieber über Kaninchen reden, nicht wahr?

BARTODZIEJ Überhaupt nicht – wieso denn? Eines hängt mit dem anderen zusammen.

OCTAVIA Ach nein!

BARTODZIEJ Vielleicht siehst du ihn nicht, den Zusammenhang. Ich übrigens auch nicht. Noch nicht.

OCTAVIA Er ist krank, gelähmt, stumm, kann sich nicht bewegen, nicht sprechen, und du...

BARTODZIEJ Und ich?

OCTAVIA Was tust du für ihn?

BARTODZIEJ Nichts.
OCTAVIA Nichts!
BARTODZIEJ Das sage ich ja. Nichts. Ich bin ganz deiner Meinung. Völlig.

Pause.

OCTAVIA Und kannst du mir sagen, warum?
BARTODZIEJ Weil ich selber krank bin.
OCTAVIA Ah, das wußte ich nicht.
BARTODZIEJ Natürlich wußtest du das nicht. Aber ich bin es. Genau wie er.
OCTAVIA Traust du dich das noch einmal zu sagen?
BARTODZIEJ Warum noch einmal sagen? Ich sage es mir selber, aber das bringt nichts.
OCTAVIA Wie kannst du nur so viel Chuzpe haben!
BARTODZIEJ Was soll das heißen?
OCTAVIA Wie kannst du den Mut haben, dich mit ihm zu vergleichen! Deine Situation mit seiner!
BARTODZIEJ Die sind doch identisch!
OCTAVIA Warum tust du nichts für ihn?
BARTODZIEJ Ich bin Tag und Nacht beschäftigt.
OCTAVIA Womit?
BARTODZIEJ Mit meinem Innenleben.
OCTAVIA Oh.

Pause.

Also, dann ist es wahr.
BARTODZIEJ Ja. natürlich.

OCTAVIA Ich habe mit einer Strohpuppe gelebt.

BARTODZIEJ Sprichst du von mir?

OCTAVIA Ja, von dir. Von einer Strohpuppe.

BARTODZIEJ Das hast du noch nie zu mir gesagt.

OCTAVIA Dann sage ich es jetzt. Dir sage ich jetzt, was mir auf der Seele liegt. Lange Zeit habe ich nichts gesagt, weil ich immer noch glaubte, es sei nicht wahr. Ich habe geduldig gewartet. Ich habe mich mit allem abgefunden, weil ich dachte, irgendwann einmal würdest du mit menschlicher Stimme zu mir sprechen. Und dann hast du gesprochen. Über dein Innenleben.

BARTODZIEJ Habe ich etwas Ungehöriges gesagt?

OCTAVIA Nicht, daß ich große Illusionen gehabt hätte. Ich wußte von Anfang an, wie du warst. Aber ich dachte doch, du wärst lebendig, wenn auch ein bißchen gedrückt. Ich dachte, irgend etwas, wovon ich nichts wußte, übte einen Druck auf dich aus. Ich dachte, du würdest an meiner Seite aufwachen, wieder lebendig werden. Ich habe alles dafür getan, mit allem guten Willen. Schließlich habe ich dich geliebt, auch wenn ich dich ohne romantische Schwärmerei genommen habe. Ich wußte, worauf ich mich einließ, und ich stand dazu. Denn ich sagte mir: Trotz allem bist du ein Mensch.

BARTODZIEJ Danke sehr.

OCTAVIA Ich dachte, meine Gefühle und meine Bemühungen würden irgend etwas in dir anrühren, irgend etwas zum Vorschein kommen lassen, du würdest mich schließlich bemerken.

BARTODZIEJ Tue ich das nicht?

OCTAVIA Du bleibst so gut wie tot.

BARTODZIEJ Du findest, ich bin nicht lebendig?

OCTAVIA Bist du es denn?

BARTODZIEJ Ich bin ein Mensch.

OCTAVIA Bis jetzt habe ich keinen Beweis dafür bekommen.

BARTODZIEJ Du hast gesagt, ich sei einer.

OCTAVIA Das habe ich geglaubt. Heut glaube ich's nicht mehr. Ich habe meine Lektion gelernt.

BARTODZIEJ Was weißt du eigentlich von mir?

OCTAVIA Jetzt – alles, denke ich.

BARTODZIEJ Nein, du weißt gar nichts. Du meinst, du hättest eine Vorstellung von mir. Was weißt du, was ich denke, wenn ich meine Hausschuhe anziehe, wenn ich meinen Tee trinke? Ein Haus mit einem Garten, alles wunderhübsch, nicht wahr? Der Friede am Herd, ein ruhiges Leben und gute Nachbarn. Guten Morgen, guten Morgen. Die Marmelade im Regal, die Gurken im Topf, ich in der Schublade. Das Parkett zu Weihnachten besonders blank poliert, ein Nickerchen nach dem Essen, ein kleiner Gesundheitsspaziergang, die Morgenzeitung und der Abend unter der Lampe. Und alles hat seine Ordnung, alles ist an seinem Platz, nicht wahr? Aber hier, hier drin!!!

OCTAVIA Und du denkst, mir macht das Spaß? Die Küche und die Töpfe und deine Socken, das ist zum Totlachen, nicht wahr? Tu ich das für mich? Und hier in diesem gottverdammten Loch sitzen – hab ich das gewollt? Du hast mich hierhergebracht, und da sitze ich nun. Und sehe die besten Jahre meines Lebens vergehen. Du wolltest Ruhe, ich habe dir Ruhe gegeben. Alles hab ich so gemacht, wie du es wolltest, und ich gab dir sogar noch mehr. Ohne ein Wort zu sagen. Alles für dich – und was ist für mich übriggeblieben? Dein Innenleben.

Pause.

BARTODZIEJ Du hast recht.
OCTAVIA Wie?
BARTODZIEJ Du hast recht. Aber wie kommen wir da heraus?
OCTAVIA Siehst du das nicht?
BARTODZIEJ Einen Ausweg? Dies ist ein Labyrinth.
OCTAVIA Dann kannst du wirklich nicht sehen.
BARTODZIEJ Und gelähmt bin ich auch.

Pause.

OCTAVIA Damals, auf der kleinen Brücke, was hast du da gedacht?
BARTODZIEJ Auf welcher kleinen Brücke?
OCTAVIA Damals im September, als wir da gestanden haben, du mußt dich doch erinnern.
BARTODZIEJ Ja, natürlich. Es regnete.
OCTAVIA Hast du da an mich gedacht? Nur an mich? Oder hast du ganz andere Dinge im Kopf gehabt? Hast du nicht immer ganz andere Dinge im Kopf, weiß der Kuckuck, was? Kannst du überhaupt an irgend etwas oder irgendwen denken und nicht gleichzeitig noch an irgend etwas anderes? Kannst du das? Oder war das immer so und wird immer so sein?

BARTODZIEJ Ich erinnere mich. Die Wasserrinne war voller Farnkraut.
OCTAVIA Und ich?
BARTODZIEJ Du? Du warst auch da.
OCTAVIA Lassen wir das.

Pause.

Hol Anatol und seine Frau her, und laß sie bei uns wohnen.
BARTODZIEJ Soll das eine ... eine Strafe sein?
OCTAVIA Strafe? Warum? Er ist doch dein Freund.
BARTODZIEJ Aber kann ich ...
OCTAVIA Du wirst dich um ihn kümmern. Das wird ihm gut tun. Und dir auch.
BARTODZIEJ Mir?
OCTAVIA Natürlich. Du wirst dich um einen Menschen kümmern.

Elfte Szene

Bei Bartodziej und seiner Frau. Nacht. Octavia sitzt bei der Lampe und strickt an einem halbfertigen Pulli. Sie hält immer wieder ein und horcht, offenbar wartet sie auf irgend etwas. Ab und zu trinkt sie einen Schluck Tee aus einem Glas neben ihr auf dem Tisch. Auf einem Tablett ein großer Teekessel und eine Kanne. Die Ruhe einer Provinzstadt. Das Ticken einer Wanduhr. Von fern Hundegebell, eine Kirchenuhr schlägt zwei, eine Lokomotive pfeift. Das

Teeglas ist ausgetrunken. Octavia wartet über die Zeit hinaus, in der man sonst zu Bett geht. Ein Wagen kommt heran, hält, der Motor wird abgestellt. Lange Stille, dann wird die Wagentür zugeschlagen, Schritte auf dem Kiesweg, die Zündung wird wieder eingeschaltet, der Wagen startet und fährt davon. Octavia, die zu stricken aufgehört und aufmerksam gehorcht hatte, beginnt nun eifrig und ostentativ wieder zu arbeiten. Annabelle kommt herein in einem Burberry mit Gürtel, einer Schultertasche und einem Koffer.

Zwölfte Szene

ANNABELLE Der Zug hatte Verspätung.
OCTAVIA Ich habe alles aufgetrennt, was du gestrickt hast.
ANNABELLE Sie haben nicht mal angesagt, daß er Verspätung hat.
OCTAVIA Die Ärmel saßen ganz verkehrt.
ANNABELLE Tut mir leid.
OCTAVIA Und das Muster – konntest du nicht was Besseres finden?
ANNABELLE Gute Nacht. *Sie geht zur Tür.*
OCTAVIA Möchtest du nicht einen Tee?

Annabelle bleibt stehen.

Sicher doch.

Annabelle kommt zurück, stellt ihren Koffer ab und setzt sich an den Tisch.

Leider ist das Wasser kalt. Es muß heißgemacht werden.

Annabelle steht auf, nimmt den Teekessel und geht zur Küche.

Ich trinke auch einen.

Annabelle kommt zurück, nimmt ihre Schultertasche ab und hängt sie über die Armlehne des Sessels, stellt das Teeglas vom Tisch auf das Tablett, nimmt das Tablett mit Kessel, Kanne und Glas und trägt es in die Küche.

Dreizehnte Szene

Octavia sitzt und wartet. Annabelle kommt zurück.

OCTAVIA Und wie war es?
ANNABELLE Wie immer.
OCTAVIA Hast du was gefunden?
ANNABELLE Nein, aber man hat mir was versprochen.
OCTAVIA Ist das was Konkretes?
ANNABELLE Ich denke schon.
OCTAVIA Wo?
ANNABELLE In einem Büro.
OCTAVIA Was für ein Büro?
ANNABELLE Irgendeines. Planungsabteilung.

OCTAVIA Also in der Verwaltung.
ANNABELLE Jaja, in der Verwaltung.
OCTAVIA Und ist es sicher?
ANNABELLE Sie geben mir Bescheid.
OCTAVIA Wann gehst du wieder hin?
ANNABELLE Dienstag.

Pause.

OCTAVIA Möchtest du was essen?
ANNABELLE Muß nicht sein.
OCTAVIA Es ist auch gar nichts da. Ich hatte keine Zeit zum Einkaufen. Ich habe bei Anatol saubergemacht.
ANNABELLE Ich habe keinen Hunger.
OCTAVIA Es war ziemlich dreckig. Hast du was gegessen?
ANNABELLE Nein. Aber ich habe keinen Hunger.
OCTAVIA War es sehr voll?
ANNABELLE Ziemlich. Wie immer.
OCTAVIA Und wieso war er verspätet?
ANNABELLE Ich weiß nicht, sie haben nichts gesagt.

Man hört den Teekessel pfeifen. Annabelle geht in die Küche.

Vierzehnte Szene

Octavia wartet. Annabelle kommt zurück.

Fünfzehnte Szene

Annabelle bringt das Tablett mit Teekessel, Kanne, zwei Gläsern und Teebeuteln herein.

OCTAVIA Den Abwasch hab ich noch nicht gemacht, ich hatte keine Zeit.
ANNABELLE Ich mach ihn morgen.

Pause.

Sie bereitet den Tee zu. Wie geht es Anatol?
OCTAVIA Wie immer.
ANNABELLE Hat er gegessen?
OCTAVIA Bartodziej hat ihn gefüttert.
ANNABELLE Hat er geschlafen?
OCTAVIA Schwer zu sagen, wann er schläft. Die Augen hat er zu, aber ob er schläft, weiß man nicht. Manchmal guckt er nur vor sich hin.
ANNABELLE Ich weiß.
OCTAVIA Er guckt und guckt.

Pause.

Kennst du das?
ANNABELLE O ja.
OCTAVIA Sieht er dabei was?
ANNABELLE Waren sie draußen?
OCTAVIA Bartodziej hat ihn gefahren.
ANNABELLE Raus aufs Feld?

OCTAVIA Ich weiß nicht. Ich habe nicht gefragt. Ich hatte keine Zeit, weil ich gewaschen habe. Dein blaues Kleid.

ANNABELLE Und danach? Als sie zurück waren?

OCTAVIA Bartodziej hat ihm vorgelesen.

ANNABELLE Aus der Zeitung?

OCTAVIA Nein, aus einem Buch. Versteht er denn irgend etwas?

ANNABELLE Das reicht, glaube ich. *Damit meint sie den Tee, der inzwischen gezogen hat. Sie gießt ein.*

OCTAVIA Ist es kalt draußen?

ANNABELLE Nicht sehr.

OCTAVIA Nebelig?

ANNABELLE Nur auf den Feldern. Und in der Stadt.

OCTAVIA Bist du zu Fuß gekommen vom Bahnhof?

ANNABELLE Nein, ich hab mir ein Taxi genommen.

OCTAVIA Du siehst gut aus.

ANNABELLE Ich bin müde.

OCTAVIA Du bist ein bißchen blaß, und du hast Ringe unter den Augen, aber das steht dir. Hast du im Zug geschlafen?

ANNABELLE Kein bißchen.

OCTAVIA Dann kommt es daher.

Pause.

Das blaue Kleid war dermaßen schmutzig – nicht zu beschreiben.

ANNABELLE Ich weiß gar nicht, wie ich dir danken soll.

OCTAVIA Keine Ursache.

ANNABELLE Doch, doch. Du hast so viel Arbeit...

OCTAVIA Aber nicht mit Anatol. Das macht alles Bartodziej ...

ANNABELLE Wie soll ich das je wieder gutmachen können!

OCTAVIA Das ist deine Sache.

ANNABELLE Wie kann ich dir all das vergelten? All deine Güte und das blaue Kleid und den Pullover für Anatol, den ich falsch angefangen habe und den du in Ordnung bringst, und den Tee ...

OCTAVIA Hübsch, die Tasche.

ANNABELLE Welche?

OCTAVIA Die da. *Sie zeigt auf die Schultertasche, die am Sessel hängt.*

ANNABELLE Ach, die.

OCTAVIA Ist die neu?

ANNABELLE Nein, die hab ich schon lange.

OCTAVIA Ich hab sie noch nie gesehen.

ANNABELLE Sehr lange.

OCTAVIA Wer ist er?

ANNABELLE Das geht dich nichts an.

OCTAVIA O doch. Du lebst in meinem Haus.

ANNABELLE Also schön – ich weiß das nie.

OCTAVIA Unter meinem Dach!

ANNABELLE Sonst noch was?

OCTAVIA Wer hat dich hierhergebracht?

ANNABELLE Der Weihnachtsmann.

OCTAVIA Du unverschämte Nutte! Du wirst es mir sagen!

ANNABELLE Wenn ich Lust habe.

OCTAVIA Du mußt es mir sagen!

ANNABELLE Ich muß? Warum? Aus Respekt vor einer älteren Dame?

OCTAVIA Ich habe das Recht, es zu wissen!
ANNABELLE Weil du es auch gern tätest, nicht wahr?
OCTAVIA Es ist mein Haus!
ANNABELLE Aber es ist nicht deine Möse!

Aus dem Inneren des Hauses hört man einen Hustenanfall. Die Frauen sind still. Es ist ein furchtbarer Husten, der eines Schwerkranken, nicht ein spontanes Abhusten vom Verschlucken. Ein asthmatisches, schmerzhaftes, immer wiederkehrendes, langanhaltendes Husten, das erst nach geraumer Zeit abebbt.

Anatol?
OCTAVIA Ja.
ANNABELLE Hat er sich erkältet?
OCTAVIA Tagsüber war er ganz in Ordnung.
ANNABELLE Es ist sicher nichts Ernstes.

Pause. Lauteres Husten.

OCTAVIA Das klingt nach Lungenentzündung oder so. Oder er hat was im Hals.
ANNABELLE Irgendwas muß passiert sein.
OCTAVIA Sieht so aus.
ANNABELLE Ich geh zu ihm. *Sie geht zur Tür.*
OCTAVIA Laß ihn!

Annabelle bleibt stehen.

Oder zieh wenigstens den Mantel aus. Und wasch dich!

Annabelle kommt zurück und setzt sich hilflos in den Sessel.

ANNABELLE Das hilft auch nichts.
OCTAVIA Nein, das stimmt.

Pause.

ANNABELLE Was soll ich tun?
OCTAVIA Weißt du es nicht?
ANNABELLE Nein.
OCTAVIA Dann denk nach.
ANNABELLE Ich habe nachgedacht.
OCTAVIA Und?
ANNABELLE Ich kann nichts tun.
OCTAVIA Dann hast du nicht lange genug nachgedacht.
ANNABELLE Ich denke andauernd nach.
OCTAVIA Vielleicht denkst du nur an morgen. Du hast noch nicht daran gedacht, wie es später sein wird, in einem Jahr oder in zweien oder in zehn.

Pause.

Hast du das? Du mußt daran denken. Denn so kann das nicht weitergehen. Jetzt läßt du ihn allein und kommst wieder zurück zu ihm. Aber eines Tages wirst du nicht zurückkommen.

ANNABELLE Ich werde ihn nicht verlassen.
OCTAVIA Was für Versprechungen!
ANNABELLE Nie!
OCTAVIA Das klingt zu schön!

Pause.

Er ist unheilbar krank.
ANNABELLE Ich bringe ihn weg von hier.
OCTAVIA Er fühlt sich hier wohl.
ANNABELLE Ich nehme ihn mit!
OCTAVIA Wohin? Und wovon wollt ihr leben? Von seiner Rente?
ANNABELLE Ich kann arbeiten.
OCTAVIA In diesem Büro da? Du denkst, ich glaube das alles?
ANNABELLE Wir werden damit auskommen.
OCTAVIA Und wer kümmert sich um ihn, wenn du »arbeitest«?

Pause.

Du erzählst dir selber Märchen, aber hier muß ein Entschluß gefaßt werden. Heute bist du zurückgekommen, aber was ist beim nächsten Mal, und wie lange wirst du das durchhalten? Soll das bis zum Tod so weitergehen, seinem oder deinem? Seinem eher als …
ANNABELLE Sprich nicht davon!
OCTAVIA Du hast daran gedacht?
ANNABELLE Nie!

Pause.

Warum redest du so mit mir?

OCTAVIA Weil du mir leid tust. Ich sehe doch, wie du dich quälst. Und auch unseretwegen, Bartodziejs und meinetwegen ... Wir haben ein ruhiges Leben gehabt, und so sollte es weitergehen bis zum Ende. Und nun passiert alles mögliche. Und es kann noch mehr passieren. Ich will das nicht.

ANNABELLE Ich bringe Anatol hier weg.

OCTAVIA Anatol bleibt hier.

ANNABELLE Also wirfst du mich raus, nicht wahr?

OCTAVIA Aber mein Kind, warum sagst du das? Erzähl mir lieber: Hast du jemanden?

ANNABELLE An Verehrern ist kein Mangel.

OCTAVIA Das meinte ich nicht, und das weißt du. Hast du einen festen?

ANNABELLE Ja. Er will mich heiraten.

OCTAVIA Wirklich?

ANNABELLE Jedenfalls hat er's gesagt.

OCTAVIA Was ist er?

ANNABELLE Mercedes Coupé. Hellrot, Ledersitze.

OCTAVIA Wie bitte?

ANNABELLE Nicht ganz neu. Hat schon was drauf. Geschieden. Insgesamt in sehr gutem Zustand.

OCTAVIA Aha. Und was tut er?

ANNABELLE Finanzen ... Im Ausland.

OCTAVIA Ist er als Tourist hier?

ANNABELLE Nein, auf Geschäftsreise.

OCTAVIA Ist das alles wahr?

ANNABELLE Damit kenne ich mich aus.

Pause.

OCTAVIA Und das, was das Wichtigste ist?
ANNABELLE Mehr als ich gewollt habe.
OCTAVIA Jetzt verstehe ich.

Sechzehnte Szene

Anatol im Rollstuhl. Neben ihm auf einem Hocker Bartodziej, in Hemdärmeln, ein offenes Buch auf dem Schoß. Sein Jackett hängt über der Lehne eines Stuhles, der in einiger Entfernung von ihnen beiden steht. Bartodziej liest.

BARTODZIEJ
»Er hatte ihn schon gesehen und erkannt, der Poet,
den schlechteren Gott, dem unterlagen
die Zeit und das Schicksal der Königreiche.
Sein Antlitz so riesig wie mehr als zehn Monde,
am Hals eine Kette aus nicht ganz trockenen Köpfen.
Wer ihn nicht anerkennt, vom Stab berührt,
beginnt zu stammeln, verliert den Verstand.
Wer sich ihm neiget, wird nur sein Diener.
Verachten wird ihn sein neuer Herr.«

Kurze Pause.

»Wer bist du, Mächtger? Sehr lange sind die Nächte.
Und kennen wir dich als ...«

OCTAVIA *off* Möchtet ihr ein paar Kirschen?
BARTODZIEJ *zu Anatol* Möchtest du ein paar Kirschen?

Kaum wahrnehmbar und unter größten Schwierigkeiten wendet Anatol den Kopf ab, wie es Kranke tun, deren Bewegungsfähigkeit schwer gestört ist.

Er ruft nach draußen Ich – ja.
OCTAVIA Dann hol dir welche.

Bartodziej legt das offene Buch auf den Boden, steht auf und geht hinaus.

Siebzehnte Szene

Anatol sitzt unbeweglich in seinem Rollstuhl. Bartodziej kommt zurück.

Achtzehnte Szene

Bartodziej bringt einen kleinen blauen Emailtopf, setzt sich auf den Hocker, stellt den Topf auf den Boden, nimmt das Buch auf und liest.

BARTODZIEJ
»Hast du, der den vernünftigen Frack des Hegels trägst

und wilde, windgeweihte Seiten liebst,
dir einen neuen Namen ausgewählt?
In grüner Tasche ganz geheime Briefe.
Der Dichter hört …«

Pause.

Er legt das geöffnete Buch auf den Boden, nimmt den Topf mit den Kirschen, steht auf und geht zum offenen Fenster. Er steht und schaut hinaus. Nach einer Weile beginnt er zu sprechen, ab und zu ißt er dabei eine Kirsche. Die Steine spuckt er in die Hand und tut sie zurück in den Topf. Groß … vielleicht war er groß … Ich weiß es nicht. Ich dachte, er sei groß, er sei der Geist der Geschichte … Nur Klopapier gab es nicht. »Sie stürmten den Himmel und schätzten das Stoffliche gering.« Und auch heute gibt es keines. Aber was bedeutet das angesichts von Größe, dachte ich. Und alle diese bluttriefenden Köpfe … genau dasselbe. Was hatten die schon zu bedeuten angesichts dieses Geistes? Eines Tages würde nichts mehr triefen, und dann würde alles gut werden. Und so war alles gleich geworden. Köpfe und Klopapier waren gleich viel wert.

Pause.

STIMME VON DER STRASSE Töpfe und Pfannen flicken, Töpfe und Pfannen flicken!

Eine längere Pause als die vorige.

BARTODZIEJ Fußballspielen. Drüben hinter dem Fluß. *Pause.* Das Ergebnis unseres Spiels war null zu eins. Außer der Eins keine andere Zahl. Nur die Null. *Pause.* Wir waren Null und er war die Eins.

STIMME VON DER STRASSE *näher als zuvor* Töpfe und Pfannen flicken!

BARTODZIEJ Es heißt, Hure sein ist kein Beruf, sondern eine Charaktereigenschaft, und Sokrates sagt: Erkenne dich selbst. Bis heute weiß ich nicht, was er damit meint. Ich weiß nur, daß die Leute mich kennen. »Wer mich nicht kennt, der wird mich bald kennenlernen«, wie Hauptmann Ziolkowski zu sagen pflegte. Vielleicht kann einer allein einen anderen nicht kennen, aber zwei oder drei zusammen ... Und schon gar, wenn es viele sind, die einen kennen, sagen wir hunderttausend. Nein, da habe ich etwas übertrieben. Man muß jemanden aus der Nähe kennen. Den Hauptmann Ziolkowski haben wir persönlich gekannt.

STIMME VON DER STRASSE Töpfe und Pfannen flicken!

BARTODZIEJ *beobachtet das Fußballspiel jenseits des Flusses.* Tor! *Er stellt den Topf auf den Boden beim Fenster, geht zum Sessel, holt ein Brillenetui aus der Jackettasche, nimmt die Brille heraus, setzt sie auf, steckt das Etui in die Hosentasche und geht zum Fenster zurück.* Wie viele das sind! Und alle noch ganz klein. Viel mehr, als man braucht ... Mehr als elf auf jeder Seite ... viel mehr ... *Er zählt* Eins, zwei, drei ... fünf ... acht ... elf ... dreizehn, vierzehn, fünfzehn ... neunzehn ... zwanzig, einundzwanzig ... zwei, drei, vier ... ja! Fünfundzwanzig, sechsundzwanzig ... dreißig! Einunddreißig, zweiunddreißig, alle wollen sie spielen ... dreiunddreißig, vier ... *dreht sich zu Anatol um* Ich kann sie nicht zählen, die flitzen einfach vorbei. *Zurück zum Fenster.* Wie die spielen! Lauter Fouls! Klar! *Bartodziej nimmt die Brille ab, holt das Etui aus der Tasche und versorgt die Gläser.* Stell dir vor, die haben einen richtigen Ball! Nicht so wie wir, früher. Wir haben ja mit einem aus Lumpen gespielt. *Er steckt das Etui in die Tasche und geht zu Anatol zurück.* Wollen wir noch ein bißchen lesen? *Er geht vom Fenster weg und setzt sich wieder auf den Schemel neben Anatol. Er nimmt das Buch auf, schlägt ein paar Seiten um und liest*

»Rote Festungen, schwankende Städte,
Flügel am Himmel und Ströme von Drähten
sind einen Augenblick und zerfallen zu Staub.
Wo sind die Feuerschnuppen, die Geißel des Feuerscheins,
wo rostige Basteien? Ich sehe nur Wolken,
der Tag ist wie damals, vor Zeiten, er war.«

STIMME VON DER STRASSE *sich entfernend* Töpfe und Pfannen flicken!

Deutsch von M.C.A. Molnar

Die polnische Uraufführung des Stückes erfolgte 1987 in Warschau.

Die Witwen

Personen

Erste Witwe
Zweite Witwe
Dritte Witwe
Erster Herr
Zweiter Herr
Kellner

Die Erste Witwe und die Zweite Witwe
sollten jung und schön sein.
Die Dritte Witwe vor allem groß und
gut gebaut, mit der Fähigkeit,
sich anmutig und vornehm
zu bewegen.
Alle Bezeichnungen »links« und »rechts«,
sind vom Zuschauerraum
aus gesehen.

Auf der Bühne drei quadratische Tische, einer links, einer rechts, einer in der Mitte hinten. An den beiden Tischen rechts und links stehen zwei Stühle, an dem mittleren ein Stuhl. An dem linken Tisch sitzt die Erste Witwe, an dem rechten Tisch die Zweite Witwe. Beide in schwarzen Hüten mit schwarzen Schleiern, die das Gesicht verdecken, in leichten bunten Kleidern, leichten Schuhen, es können Sandalen sein. Die Schuhe der Zweiten Witwe liegen neben dem Stuhl auf dem Boden, die Witwen sind barfuß.

ERSTE WITWE Sie sind auch Witwe?

ZWEITE WITWE Und wie, ich bitte Sie.

ERSTE WITWE Und wann ist Ihr geschätzter Gatte gestorben?

ZWEITE WITWE Heute gegen zwölf.

ERSTE WITWE Meiner ist auch mittags gestorben. Und wann ist er krank geworden?

ZWEITE WITWE Heute, ganz früh.

ERSTE WITWE Wie schnell die Zeit vergeht. Dann war das Begräbnis am Nachmittag?

ZWEITE WITWE Gegen fünf.

ERSTE WITWE Ich habe meinen auch nach dem Mittagessen begraben. Ich spüre meine Füße kaum. *Sie zieht die Schuhe aus, reibt die Füße aneinander, ohne sich zu bücken.* Was bin ich rumgelaufen, um alles rechtzeitig zu erledigen. Mein Mann hat nicht einen Finger gerührt, obwohl es schließlich sein Begräbnis ist.

ZWEITE WITWE Meiner kann ohne mich auch überhaupt nichts machen.

ERSTE WITWE Ich kann Ihnen sagen, mit dem hatte ich so meine Sorgen.

ZWEITE WITWE Ich auch, aber zu seinen Lebzeiten. Beim Begräbnis war er mucksmäuschenstill.

ERSTE WITWE Das scheint Ihnen nur so.

ZWEITE WITWE Ja wie denn...

ERSTE WITWE Woher können Sie wissen, was er in Wirklichkeit getan hat?

Von rechts kommt der Kellner und bringt auf einem Tablett zwei Gläser mit einem rosa Getränk. Er stellt ein rosa Getränk vor jede Witwe und geht nach rechts ab. In jedem Glas ist ein langer Strohhalm. Die Witwen schieben die Strohhalme unter die Schleier und saugen an dem Getränk, ohne die Hüte abzusetzen.

ERSTE WITWE Und woran ist Ihr Mann gestorben?

ZWEITE WITWE An einer Erkältung.

ERSTE WITWE Sicher war er zu leicht angezogen.

ZWEITE WITWE Ach was, alles darunter war aus Wolle.

ERSTE WITWE Meiner wollte nie warme Unterwäsche tragen. Und was habe ich ihn darum gebeten!

ZWEITE WITWE Meiner wollte auch nicht, aber ich habe aufgepaßt, daß er sie trug. Wollsachen oder Flanellsachen.

ERSTE WITWE Wie konnte er sich da erkälten?

ZWEITE WITWE Na, weil er ohne Schal aus dem Haus gegangen ist.

ERSTE WITWE Und Sie haben ihm das erlaubt?

ZWEITE WITWE Wenn ich gewußt hätte, daß er weggeht, dann hätte ich es ihm ohne Schal nicht erlaubt.

ERSTE WITWE Das wußten Sie also nicht?

ZWEITE WITWE Er ist ganz früh weggegangen, als ich noch geschlafen habe.

ERSTE WITWE Und wieso haben Sie geschlafen?

ZWEITE WITWE Weil ich dachte, er geht nur ins Bad.

ERSTE WITWE Ins Bad hätte er auch einen Schal mitnehmen können.

ZWEITE WITWE Er kam erst mittags zurück und sagte, es sticht ihm in der Brust.

ERSTE WITWE Haben Sie ihm Aspirin gegeben?

ZWEITE WITWE Ich wollte ihm was geben, aber er wollte nicht, er sagte, das hilft überhaupt nichts.

ERSTE WITWE Das sagen sie immer.

ZWEITE WITWE Er sagte, es sticht nicht wegen einer Erkältung, sondern vom Degen.

ERSTE WITWE Von was für einem Degen?

ZWEITE WITWE Na eben. Ich sage ihm, daß er einen Zug bekommen hat, weil er ohne Schal weg ist, und er sagt mir darauf, daß ihn ein Degen durchbohrt hat.

ERSTE WITWE Ein Degen?

ZWEITE WITWE Auf jeden Fall etwas Scharfes.

ERSTE WITWE Aber warum sollte ihn was durchbohren ...

ZWEITE WITWE Das habe ich ihm auch gesagt. Selbst wenn es dich durchbohrt hat, dann deshalb, weil du keinen

Schal mitgenommen hast. Wenn du einen Schal mitgenommen hättest, hätte es dich nicht durchbohrt. Darauf er zu mir, es hätte ihn durchbohrt, weil er sich duelliert habe.

ERSTE WITWE Und Sie haben ihm geglaubt, daß es ihn durchbohrt hat?

ZWEITE WITWE Ich habe ihm nicht geglaubt, aber er ist im Flur umgefallen.

ERSTE WITWE Linoleum?

ZWEITE WITWE Wir haben einen Teppich.

ERSTE WITWE Linoleum läßt sich leichter reinigen.

ZWEITE WITWE Und gleich danach ist er gestorben.

ERSTE WITWE Wenn er sich schon ohne Schal duellieren wollte, dann hätte er das wenigstens nachmittags machen können, wenn es wärmer ist.

ZWEITE WITWE Na eben. Oder wenigstens den Schal mitnehmen.

ERSTE WITWE Wenn er den Schal mitgenommen hätte, hätte er sich nicht erkältet.

ZWEITE WITWE Und wäre nicht gestorben.

Pause. Beide Witwen schlürfen ihr rosa Getränk.

KELLNER *kommt auf das Proszenium von rechts.* Ich kenne sie beide, das heißt, ich sehe sie nicht zum ersten Mal hier, obwohl ich sie zum ersten Mal zur gleichen Zeit hier sehe, gemeinsam und nicht einzeln. Gewöhnlich kommt die ... *er zeigt auf die Erste Witwe, also nach links* nur vormittags ins Cafe, während die da ... *er zeigt auf die Zweite Witwe, also nach rechts* ... nur nachmittags kommt. Und ich sehe sie auch zum ersten Mal in Trauer. Und sie haben noch nie allein hier gesessen, immer in Gesellschaft ... In wessen Gesellschaft? Ihrer Männer oder ihrer Geliebten? Mal nachdenken: Sie sind in Trauer, aber um wen trauern sie, um ihre Männer oder um ihre Geliebten? Dem Geliebten kann man sich in Trauer zeigen, wenn man um den Mann trauert, aber dem Mann kann man sich nicht in Trauer zeigen, wenn man um den geheimen Geliebten trauert. Daraus ergibt sich, daß sie hier auf ihre Geliebten warten, nicht auf ihre Männer. Wie gewöhnlich. Wie gewöhnlich? Nein, nein, nicht wie gewöhnlich, weil die Damen bis zu diesem Zeitpunkt nie auf die Herren gewartet haben, sondern die Herren haben auf die Damen gewartet. Die Herren waren immer pünktlich, was man von den Damen nicht sagen kann. *Er geht nach rechts ab.*

ZWEITE WITWE Und woran ist Ihr Mann gestorben?

ERSTE WITWE An Verdauungsbeschwerden.

ZWEITE WITWE Sie kochen nicht zu Hause?

ERSTE WITWE Doch, ich koche zu Hause, denken Sie denn, daß ich ihm erlaube, in Restaurants zu gehen?

ZWEITE WITWE Womit hat er sich dann vergiften können?

ERSTE WITWE Was weiß ich? Ich habe ihm wie immer das Frühstück gemacht, aber er hat es nicht angerührt.

ZWEITE WITWE Und Sie haben ihm erlaubt, ohne Frühstück aus dem Haus zu gehen?

ERSTE WITWE Ich habe ihm das gar nicht erlaubt, er ist einfach gegangen.

ZWEITE WITWE Na wie konnte er denn weggehen, wenn sie ihm das nicht erlaubt haben?

ERSTE WITWE Über den Balkon.

ZWEITE WITWE Und er hat sich nichts gebrochen?

ERSTE WITWE Er konnte sich nichts brechen, weil wir im Parterre wohnen.

ZWEITE WITWE Am besten wohnt man im ersten Stock oder im zweiten.

ERSTE WITWE Er kam um zwölf zurück und sagte, er habe Schmerzen.

ZWEITE WITWE Sicher hat er in der Stadt was gegessen.

ERSTE WITWE Sicher hat er was gegessen. Ich sage ihm, nimm ein Abführmittel, aber er legt sich mir auf das Linoleum.

ZWEITE WITWE Na, da konnte er sich doch erkälten.

ERSTE WITWE Genau das habe ich ihm gesagt, leg dich nicht auf das Linoleum, du wirst dich erkälten. Wenn du dich schon hinlegen willst, dann leg dich aufs Sofa. Darauf er: »Adieu«.

ZWEITE WITWE Und was dann?

ERSTE WITWE »Adieu«, ich sterbe.

ZWEITE WITWE Und was haben Sie ihm da gesagt?

ERSTE WITWE Na sicher stirbst du, sage ich ihm, weil du nicht zu Hause gefrühstückt hast. Wenn du nicht in der Stadt gegessen hättest, sondern zu Hause, dann wärst du gesund. Darauf er, das kommt nicht vom Essen, sondern vom Duell.

ZWEITE WITWE Na sehen Sie, sie haben immer dieselbe Ausrede.

ERSTE WITWE Er hätte sich ja duellieren können, wenn er schon unbedingt will, aber er mußte nicht in der Stadt essen.

ZWEITE WITWE Na sicher mußte er nicht.

ERSTE WITWE Na eben, er hätte zu Hause essen können.

ZWEITE WITWE Wenn er zu Hause gegessen hätte, hätte ihm das nicht geschadet.

ERSTE WITWE Und er wäre nicht gestorben.

Die Erste Witwe und die Zweite Witwe schlürfen die rosa Getränke mit den Strohhalmen. Pause.

ZWEITE WITWE Aber mit wem hat sich Ihr Mann duelliert?

ERSTE WITWE Was weiß ich? Das hat er mir nicht gesagt.

ZWEITE WITWE Sicher mit einem Kollegen.

ERSTE WITWE Na sicher mit einem Kollegen, mit wem denn sonst, das kommt alles von diesen Kollegen. Und Ihr Mann. Mit wem der?

ZWEITE WITWE Wenn ich das wüßte.

ERSTE WITWE Na sehen Sie, die haben immer irgendwelche Geheimnisse vor uns.

ZWEITE WITWE Na eben, nicht genug, daß sie sich duellieren, sie sagen noch nicht einmal, mit wem.

ERSTE WITWE Wenn sie sich schon duellieren, dann sollten sie es wenigstens sagen.

ZWEITE WITWE Oder sich nicht duellieren.

ERSTE WITWE Oder eben nichts sagen, aber sich auch nicht duellieren.

ZWEITE WITWE Na das wieder nicht. Am besten wäre es, sie sagten was und duellierten sich nicht.

Der Kellner bringt auf einem Tablett drei Karaffen mit Wasser, die er auf dem Tisch abstellt.

ERSTE WITWE Ich möchte gern eine Schokoladentorte.
ZWEITE WITWE Für mich auch.
ERSTE WITWE Ohne Sahne.
ZWEITE WITWE Für mich mit Sahne.

Der Kellner geht nach rechts ab.

ERSTE WITWE Warten Sie hier auf jemanden?
ZWEITE WITWE Auf meinen Cousin.
ERSTE WITWE Er scheint sich nicht blicken zu lassen.
ZWEITE WITWE Und Sie?
ERSTE WITWE Ich warte auf meinen Neffen.
ZWEITE WITWE Der scheint sich zu verspäten.
KELLNER *kommt auf das Proszenium von rechts.* Sehen wir mal in die Billetts, die die beiden Herren geruhten in meine Hände zu legen, jeder mit der Bitte, das entsprechende Billett der entsprechenden Dame auszuhändigen. Das ist das Billett, das für diese Dame bestimmt ist... *Er zeigt auf die Zweite Witwe, also nach rechts, liest das Billet laut vor* »Liebste Lotusblume, verzeih noch einmal, daß ich dich um ein Treffen am Abend gebeten habe und nicht am Vormittag wie gewöhnlich...« Na habe ich es nicht gesagt? »...am Vormittag wie gewöhnlich.« – »...Am Vormittag werde ich mich mit einem gewissen Tristan duellieren und werde mindestens bis mittags besetzt sein. Es ist nicht ausgeschlossen, daß ich am Nachmittag bei meiner Beerdigung anwesend sein muß. Also können wir uns nur am Abend oder nie treffen. Wenn nie, dann denk daran, daß ich immer nur dich geliebt habe. Dein Romeo.« Inter-

essant, interessant. Aber lesen wir mal das zweite Billett, was für die da bestimmt ist … *Er zeigt auf die Erste Witwe, also nach links, liest* »Rose von Charon, ich verstehe, daß für dich ein Treffen am Abend statt wie sonst immer am Nachmittag nicht gelegen ist. Aber ich kann dich am Nachmittag nicht treffen, weil ich nicht mehr lebendig, schwer verwundet oder zumindest nervös sein werde. Und das, weil ich mich am Vormittag mit einem gewissen Romeo duellieren werde. Wenn nachmittags mein Begräbnis ist, dann werde ich abends auch nicht kommen. In diesem Fall wisse, daß du für mich immer das geliebteste Wesen warst. Dein Tristan.« Auch interessant, obwohl es sich ein bißchen wiederholt. *Er händigt jeder Witwe ein Billett aus.*

ERSTE WITWE *liest den Brief.* Er schreibt, daß er immer nur mich geliebt hat.

ZWEITE WITWE Ihr Neffe?

ERSTE WITWE Nein, mein Mann, Romeo. Ich versteh nur nicht, weshalb er schreibt, daß er sich für heute abend mit mir verabredet hat. Ich kann mich nicht erinnern, daß er sich mit mir überhaupt verabredet hat.

ZWEITE WITWE Meiner hat auch irgendwas durcheinandergebracht. Da stimmt nichts außer: »Du warst immer das geliebteste Wesen für mich.«

KELLNER Augenblick! *Er kommt aufs Proszenium.* Es ist mir sehr peinlich, aber ich habe die Briefe verwechselt. *Er verteilt die Briefe entsprechend.* Quel métier! *Er geht rechts ab.*

Die Witwen lesen die Briefe.

ERSTE WITWE Entschuldigen Sie mich einen Augenblick, aber ich werde jetzt ohnmächtig.

ZWEITE WITWE Bitte genieren Sie sich nicht, mir ist auch irgendwie nicht gut.

Die Erste Witwe fällt in Ohnmacht und auf den Boden. Die Zweite Witwe ebenfalls. Von rechts kommt der Kellner und bringt auf dem Tablett zwei Teller, auf dem einen ein Stück Schokoladentorte ohne Sahne, auf dem anderen ein Stück Schokoladentorte mit Sahne. Der Kellner stellt die Schokoladentorte ohne Sahne auf den rechten Tisch, dann geht er nach links und stellte die Schokoladentorte mit Sahne auf den linken Tisch.

Der Kellner hebt die Erste Witwe vom Fußboden auf und setzt sie auf den Stuhl, nimmt ihr den Hut ab, klopft ihr auf die Wangen und bringt sie zu Bewußtsein. Die Erste Witwe kommt wieder zu sich.

ERSTE WITWE Für mich sollte es ohne Sahne sein.

Der Kellner nimmt die Erste Witwe unter den Arm und schleppt sie nach rechts, setzt sie auf einen Stuhl, und die Erste Witwe macht sich an das Konsumieren der Torte ohne Sahne. Der Kellner hebt die Zweite Witwe vom Boden und schleppt sie nach links, setzt sie auf einen Stuhl. Er nimmt ihr den Hut ab, klopft ihr auf die Wangen, bringt sie zu Bewußtsein. Die Zweite Witwe kommt wieder zu sich und macht sich an das Konsumieren der Torte mit Sahne. Der Kellner geht nach rechts ab.

ZWEITE WITWE Was sehen Sie mich so an …
ERSTE WITWE Ich kenne Sie von irgendwoher.
ZWEITE WITWE Woher?
ERSTE WITWE Von einem Foto.
ZWEITE WITWE Von was für einem Foto …
ERSTE WITWE Vom Foto, das ich nach dem Begräbnis meines Mannes gefunden habe.
ZWEITE WITWE Und wo haben Sie es gefunden?
ERSTE WITWE In der Schublade.
ZWEITE WITWE In welcher Schublade? …
ERSTE WITWE In der Schublade, die mein Mann immer mit dem Schlüssel verschloß.
ZWEITE WITWE Und wo haben Sie den Schlüssel gefunden?
ERSTE WITWE Im Aquarium.
ZWEITE WITWE Wo?
ERSTE WITWE Im Aquarium. Mein Mann hatte den Schlüssel im Aquarium zwischen den Wasserpflanzen.
ZWEITE WITWE Und wozu haben Sie da reingesehen?
ERSTE WITWE Weil er gedacht hat, daß ich ihn nicht finde.
ZWEITE WITWE Schämen Sie sich nicht, so gleich nach dem Begräbnis?
ERSTE WITWE Und wer sollte den Fischen Futter geben? Solange mein Mann lebte, hat er das gemacht.
ZWEITE WITWE Die Fischchen hätten ja ruhig noch etwas warten können, denen wäre schon nichts passiert. Sie haben in das Aquarium geguckt, weil Sie den Schlüssel gesucht haben.
ERSTE WITWE Nur daß Sie älter geworden sind und die Frisur vertauscht haben – gegen eine unvorteilhaftere. Auf dem Foto sahen Sie besser aus.

ZWEITE WITWE Wenn wir schon darüber reden, haben Sie sich auch verändert.

ERSTE WITWE Und woher wissen Sie das?

ZWEITE WITWE Auch vom Foto, obwohl ich Sie kaum erkannt habe. Sind Sie fett geworden!

ERSTE WITWE Von welchem Foto …

ZWEITE WITWE Von dem, das mein Mann in seiner Tasche hatte.

ERSTE WITWE Am Herzen!

ZWEITE WITWE An was für einem Herzen! Das war eine Seitentasche.

ERSTE WITWE Jedenfalls hat er mich nicht in einer mit einem Schlüssel verschlossenen Schublade gehalten.

ZWEITE WITWE Und was sagen Sie dazu?

ERSTE WITWE Ich sage, Sie sind selber schuld.

ZWEITE WITWE Ich bin selber schuld!

ERSTE WITWE Na sicher! Sie mußten ja nicht in Ihres Mannes Hosentaschen rumsuchen.

ZWEITE WITWE Was heißt, ich mußte nicht? Vor der Reinigung?!

ERSTE WITWE Und das mußten Sie gleich nach dem Begräbnis tun?

ZWEITE WITWE Ja wann denn? Vor dem Begräbnis habe ich es nicht geschafft, weil ich nur das Begräbnis im Kopf hatte. Ich habe Sie nicht gleich erkannt, weil Sie jetzt dicker sind als auf dem Foto. Sie haben sicher zehn Kilo Übergewicht.

ERSTE WITWE Sie sind wohl neidisch? Sie hätten gern wenigstens hundert Gramm mehr, ohne Verpackung, nicht wahr?

ZWEITE WITWE Jetzt weiß ich, warum Sie das ohne Sahne essen. Ich kann alles essen, ich werde nicht so dick wie Sie.

ERSTE WITWE Dabei täte es Ihnen ganz gut, zumindest für die Falten. Ich wußte nicht, daß mein Mann solche Runzeln liebte.

ZWEITE WITWE Er liebte sie, sicher liebte er sie.

ERSTE WITWE Ihr Mann dagegen nicht so sehr.

ZWEITE WITWE Nein? Wieso hat er sich dann meinetwegen duelliert?

ERSTE WITWE Wer hat sich duelliert?

ZWEITE WITWE Mein Mann hat sich mit Ihrem Mann duelliert, weil er eifersüchtig auf mich war.

ERSTE WITWE Umgekehrt, ich bitte Sie, mein Mann hat sich mit Ihrem Mann duelliert.

ZWEITE WITWE Ich bin neugierig, warum sich Ihr Mann mit meinem Mann duellieren mußte.

ERSTE WITWE Weil er auf mich eifersüchtig war.

ZWEITE WITWE Wer?

ERSTE WITWE Mein Mann.

ZWEITE WITWE Ihr Mann war überhaupt nicht eifersüchtig auf Sie, sondern auf mich.

ERSTE WITWE Mein Mann? Eifersüchtig auf Sie? Sie scherzen wohl.

ZWEITE WITWE Ist doch klar, daß Ihr Mann eifersüchtig auf mich war. Sonst hätte er sich ja nicht mit meinem Mann duelliert.

ERSTE WITWE Nicht mein Mann hat sich mit Ihrem Mann duelliert, sondern Ihr Mann mit meinem.

ZWEITE WITWE Ja? Und weswegen?

ERSTE WITWE Weil Ihr Mann eifersüchtig auf mich war.

ZWEITE WITWE Aber Sie haben doch selber gerade gesagt, daß sich Ihr Mann mit meinem Mann duelliert hat und nicht mein Mann mit dem Ihrigen.

Der Kellner kommt von rechts auf das Proszenium.

KELLNER Erbarmen! Diese gespenstische Symmetrie ist nicht auszuhalten. *Er wendet sich an die Zweite Witwe.* Entschuldigung, aber ich würde gern klarstellen, daß ich mich mit Ihrem Mann duelliert habe.

ZWEITE WITWE Aus welchem Grund?

KELLNER Och, ja, eigentlich nichts Besonderes. Eine gegenseitige Antipathie.

ERSTE WITWE Und mein Mann mit wem, in dem Fall?

KELLNER Das weiß ich nicht.

ZWEITE WITWE Bitte mischen Sie sich nicht in fremde Angelegenheiten ein, und bringen Sie mir einen Apfelkuchen.

ERSTE WITWE Für mich einen Krapfen.

KELLNER Ich bitte sehr um Entschuldigung. *Nach rechts abgehend.* Ich habe nicht geglaubt, daß es mir gelingt, aber ich habe getan, was ich konnte.

ZWEITE WITWE *weint.* Weshalb haben die beiden mir das angetan!

ERSTE WITWE *weint.* Und mir?

ZWEITE WITWE Ich werde ihnen das nie verzeihen.

ERSTE WITWE Ich auch nicht.

ZWEITE WITWE Nicht genug, daß sie sich duelliert haben, sie haben sich auch noch umgebracht.

ERSTE WITWE Sie hätten sich ja umbringen können, aber wozu sich gleich duellieren?

ZWEITE WITWE Ich wußte nicht einmal, daß sie sich kannten!

ERSTE WITWE Vielleicht kannten sie sich gar nicht?

ZWEITE WITWE Wenn sie sich nicht gekannt hätten, hätten sie sich nicht duelliert.

ERSTE WITWE Aber wenn sie sich kannten, dann hätten sie uns doch wenigstens sagen können, daß sie sich kennen.

ZWEITE WITWE Oder sich nicht duellieren.

Von rechts kommt der Kellner und bringt Apfelkuchen und Krapfen. Er serviert und geht nach rechts ab. Die Witwen fangen an zu essen.

ERSTE WITWE Woher konnte Ihr Mann meinen Mann kennen?

ZWEITE WITWE Und mein Mann Ihren – woher?

ERSTE WITWE Haben Sie Tristan was von Romeo erzählt?

ZWEITE WITWE Gott behüte, was unterstellen Sie mir? Vielleicht haben Sie Romeo was von Tristan erzählt.

ERSTE WITWE Sie wissen selber, daß man seinem Mann solche Sachen nicht erzählt.

ZWEITE WITWE Und Tristan haben Sie nichts von Romeo erzählt?

ERSTE WITWE Wozu sollte ich ihm was von meinem Mann erzählen? Da müssen Sie schon eher Romeo was von Tristan erzählt haben.

ZWEITE WITWE Ich? Woher denn? Ich bin nicht dümmer als Sie.

ERSTE WITWE Na woher konnte dann Romeo Tristan kennen?

ZWEITE WITWE Und Tristan Romeo?

Pause.

Ich sage Ihnen was: Wenn Romeo Tristan nicht kennen konnte …

ERSTE WITWE Und Tristan nicht Romeo …

ZWEITE WITWE Da Tristan mein Mann war …

ERSTE WITWE Und Tristan konnte Romeo nicht kennen, da Romeo mein Mann war …

ZWEITE WITWE Und Romeo nicht wissen konnte, daß Sie sich mit Tristan treffen …

ERSTE WITWE Und Tristan nicht wußte, daß Sie sich mit Romeo treffen …

ZWEITE WITWE Das heißt, daß sie sich von irgendwo anders her kannten.

ERSTE WITWE Woher?

ZWEITE WITWE Klar. Sie hatten beide irgendeine dritte.

Von links kommt die Dritte Witwe, eine große, gutgewachsene, vollbusige Frau in einem knöchellangen schwarzen Kleid mit langen Ärmeln, zugeknöpft bis an den Hals, in schwarzen Handschuhen, einem großen schwarzen Hut mit schwarzen Federn und einem grauschwarz melierten Schleier, der länger ist als die Schals der Ersten Witwe und der Zweiten Witwe, der ihr Gesicht ganz und gar verschleiert. Die Dritte Witwe setzt sich an den mittleren Tisch.

ERSTE WITWE *flüsternd* Glauben Sie, daß sie das ist?
ZWEITE WITWE *flüsternd* Ja.

Die Erste Witwe und die Zweite Witwe stellen ihre Stühle in den Raum zwischen die beiden seitlichen Tische, aber so, daß sie die Dritte Witwe nicht vor dem Publikum verdekken. Die Erste Witwe und Zweite Witwe setzen sich nebeneinander.

ERSTE WITWE Und wenn sie es nicht ist?
ZWEITE WITWE Ganz sicher ist sie es. Sehen Sie nicht, daß Sie in Trauer ist?
ERSTE WITWE In Trauer, aber um wen?
ZWEITE WITWE Um Tristan und um Romeo.
ERSTE WITWE Um Romeo und Tristan?
ZWEITE WITWE Ja, meine Liebe, um beide. Sie war ihre gemeinsame Geliebte.

Von rechts kommt der Kellner und nähert sich der Dritten Witwe.

KELLNER *zur Dritten Witwe* Womit kann ich dienen?

Die Dritte Witwe antwortet nicht.

Zur Dritten Witwe Wir haben Schokoladentorte mit oder ohne Sahne, Apfelkuchen, Pfannkuchen ...

Die Dritte Witwe antwortet nicht. Der Kellner wartet noch einen Augenblick, dann geht er rechts ab.

ERSTE WITWE Ich bin gespannt, wie sie aussieht.

ZWEITE WITWE Ganz sicher ist sie schöner als Sie.

ERSTE WITWE Und wieso?

ZWEITE WITWE Wenn sie nicht schöner wäre als Sie, dann hätte sich Ihr Mann nicht in sie verliebt.

ERSTE WITWE Und Ihr Mann hätte sich in sie verliebt, wenn Sie nicht häßlicher als sie wären?

ZWEITE WITWE Wissen Sie was? Mir scheint es fast, als wäre sie schöner als wir beide zusammen.

ERSTE WITWE Was Sie nicht sagen!

ZWEITE WITWE Wieso hätten sich sonst alle beide in sie verliebt?

ERSTE WITWE Na vielleicht haben sie sich gar nicht verliebt.

ZWEITE WITWE Wenn sie sich nicht verliebt hätten, dann hätten sie sich nicht ihretwegen duelliert.

ERSTE WITWE Glauben Sie, ihretwegen?

ZWEITE WITWE Wegen wem sonst? Schließlich nicht Ihretwegen und auch nicht meinetwegen. Romeo wußte ja nicht, daß Tristan Ihr Geliebter war.

ERSTE WITWE Und Tristan wußte nicht, daß Romeo Ihr Geliebter war.

ZWEITE WITWE Na eben. Und wenn nicht Ihretwegen, nicht meinetwegen, dann konnten sie sich nur um deretwegen duellieren.

Pause.

ERSTE WITWE Ich habe Romeo nie verdächtigt, daß er mich betrügt, er hatte zu Hause alles, was er brauchte.

ZWEITE WITWE Und außer Haus auch.

ERSTE WITWE Na eben. Wozu brauchte er da noch die dritte?

ZWEITE WITWE Tristan war auch nicht besser.

ERSTE WITWE Einer so viel wert wie der andere.

ZWEITE WITWE Beide haben uns betrogen mit dieser … mit dieser …

ERSTE WITWE Mit diesem Flittchen …!

ZWEITE WITWE Das haben Sie richtig erfaßt.

Pause.

ERSTE WITWE Wenn ich wenigstens sehen könnte, wie sie aussieht. Haben Sie ein Foto von ihr?

ZWEITE WITWE Nein, ich habe nur das eine gefunden, das, von dem Sie wissen.

ERSTE WITWE Ich habe auch kein anderes gefunden, nur Ihr Foto.

ZWEITE WITWE Ihre Fotografie haben sie besser versteckt als unsere.

ERSTE WITWE Ich habe wohl das Recht zu wissen, wie sie aussieht.

ZWEITE WITWE Sicher haben Sie das.

ERSTE WITWE Und Sie haben auch das Recht.

ZWEITE WITWE Wie auch nicht!

ERSTE WITWE Wir haben beide das Recht!

ZWEITE WITWE Genau, wir beide! Jede hat das Recht zu wissen, mit wem ihr Mann sie betrogen hat! *Sie steht auf.* Ich werde ihr sagen, was ich von ihr halte.

ERSTE WITWE *steht auf* Ich auch!

ZWEITE WITWE Wir werden ihr es beide sagen. Ich werde ihr schon zeigen, wer hier der Herr ist.

ERSTE WITWE Ja! Ja! Zeigen wir es ihr!

Die Erste Witwe und die Zweite Witwe schleichen sich von zwei Seiten auf Zehenspitzen an die Dritte Witwe heran. Die Dritte Witwe sitzt, seitdem sie auf die Bühne gekommen ist und sich an den mittleren Tisch gesetzt hat, unbeweglich da. Die Zweite Witwe steht an der rechten Seite, die Erste Witwe an der linken Seite der Dritten Witwe. Die Zweite Witwe hebt ein Stückchen des Schleiers der Dritten Witwe. Dann enthüllt sie den Schleier der Dritten Witwe. Es kommt ein Totenkopf zum Vorschein.

Na wissen Sie...

ZWEITE WITWE So etwas hatte ich nicht erwartet.

ERSTE WITWE Ich verstehe ja alles, aber sich in so was zu verlieben...

ZWEITE WITWE Ekelhaft.

ERSTE WITWE Was sagen wir ihr?

ZWEITE WITWE Mit der gibt es nichts zu reden. *Sie läßt den Schleier der Dritten Witwe fallen und verdeckt das Gesicht der Dritten Witwe.*

ERSTE WITWE Ja und was machen wir?

ZWEITE WITWE Nichts.

ERSTE WITWE Nichts?

ZWEITE WITWE Lassen Sie uns hier weggehen, meine Liebe, wir haben hier nichts zu suchen.

ERSTE WITWE Ja, gehen wir, meine Liebste, das ist kein Umgang für uns.

Die Erste Witwe und die Zweite Witwe gehen weg vom mittleren Tisch. Sie ziehen sich die Schuhe an und setzen die Hüte auf.

Die Männer sind merkwürdig.

ZWEITE WITWE Ja, merkwürdig. Man kann nie wissen, was ihnen gefällt.

ERSTE WITWE Aber sich in so etwas zu verlieben...

Die Erste Witwe und die Zweite Witwe umarmen sich. Sie gehen Arm in Arm nach links.

Ich verstehe wirklich nicht, was sie in der gesehen haben.

ZWEITE WITWE Ich auch nicht.

Die Erste Witwe und die Zweite Witwe gehen links ab. Von rechts kommt der Kellner.

KELLNER Wir haben ganz ausgezeichnete Windbeutel...

Die Dritte Witwe antwortet nicht. Der Kellner wartet einen Augenblick und geht links ab.

Blackout

Im Dunkeln hört man Metall an Glas schlagen. Licht. Am mittleren Tisch sitzt ein Herr, der Erste Herr – in einem T-Shirt, in Blue-Jeans mit Hosenträgern, schwere Schuhe mit Stiefelschäften bis zur Hälfte der Waden. Die Beine hat er auf dem Tisch, die Hände hinter dem Nacken verschränkt.

Pause.

Der Erste Herr beugt sich vor, schlägt mit dem Metallstiel der Pfeife an die Karaffe. Dann verschränkt er wieder die Arme hinter dem Nacken und nimmt die vorherige unbewegliche Position ein.

Pause.

Der Erste Herr schlägt energischer mit dem Löffel an die Karaffe.

Pause.

ERSTER HERR Kellner!

Von rechts kommt der Kellner.

KELLNER Was wünschen Sie?
ERSTER HERR *skandiert überdeutlich, nicht laut, aber nachdrücklich* Ein Bier!
KELLNER Unmöglich.
ERSTER HERR Ein Bier ist unmöglich?
KELLNER Ein Bier ist möglich, aber es ist unmöglich, daß ich Ihnen ein Bier bringe.
ERSTER HERR Und weshalb?
KELLNER Ich kann es bringen, aber nicht an diesen Tisch.

Der Erste Herr nimmt die Beine vom Tisch, sieht den Tisch an, guckt unter den Tisch, überprüft, ob der Tisch nicht wackelt.

ERSTER HERR Ist irgendwas nicht in Ordnung mit ihm?

KELLNER Der Tisch ist völlig in Ordnung, aber Sie sind an diesem Tisch nicht in Ordnung.

ERSTER HERR Nein?

KELLNER Nein.

ERSTER HERR Und wieso nicht?

KELLNER Weil dieser Tisch reserviert ist.

ERSTER HERR Für wen?

KELLNER Das möchte ich lieber nicht sagen.

ERSTER HERR Jemand Wichtiges?

KELLNER Das nehme ich an.

ERSTER HERR Wichtiger als ich?

KELLNER Das befürchte ich.

ERSTER HERR Für mich gibt es keine wichtigen Leute.

KELLNER In diesem besonderen Fall jedoch...

ERSTER HERR Für mich gibt es in keinem Fall wichtige Leute...

KELLNER Wenn Sie aber so freundlich wären und sich umsetzen würden...

ERSTER HERR *schlägt mit der Faust auf den Tisch* Ein Bier!

KELLNER Sehr wohl. *Er geht nach rechts, bleibt stehen, dreht sich um.* Darf ich Ihnen etwas sagen? Ganz privat.

ERSTER HERR Reden Sie.

KELLNER Mir ist es völlig gleichgültig, wo Sie sitzen. Aber der Tisch, an dem Sie sitzen... *Er dreht sich um, als fürchte er, es könne ihn jemand hören. Er nähert sich dem Ersten Herrn, beugt sich zu ihm nieder, vertraulich, fast flüsternd* Ich rate Ihnen ganz aufrichtig davon ab.

ERSTER HERR Warum?

KELLNER *beugt sich noch tiefer, sagt noch vertraulicher* Weil es hier sehr, sehr ungesund ist.

ERSTER HERR Bah! Unsinn!

KELLNER Wie Sie wünschen. Aber denken Sie daran, ich habe Sie gewarnt. *Er geht nach rechts ab.*

Der Erste Herr sieht auf die Uhr, steht auf, geht nach rechts und bleibt ganz rechts stehen, wo er eine pantomimische Szene mit einem öffentlichen Telefon spielt. Mit der rechten Hand sucht er nach Geldstücken in der Tasche, findet welche, nimmt den Hörer ab, wirft Geldstücke in den Apparat, legt den Hörer von der linken in die rechte Hand, hält ihn ans Ohr, wartet, hängt den Hörer wieder ein, greift mit der rechten Hand in die Tasche, sucht Geld, findet welches, mit der linken Hand . . . usw. Er wiederholt diese Tätigkeit viele Male.

Von links kommt ein Herr auf die Bühne, der Zweite Herr. Ein weißes Hemd mit langen Ärmeln, ein Stehkragen. Eine bunte, das heißt nicht zum Anzug passende Weste mit einem kleinen Knopfloch, das heißt einer kleinen Tasche auf der linken Brustseite. In der Tasche ein sorgfältig gefaltetes weißes seidenes Taschentuch. Helle cremefarbene Hosen aus den dreißiger Jahren des 19. Jahrhunderts. Der Zweite Herr geht auf den mittleren Tisch zu und will sich dorthin setzen. Von rechts kommt der Kellner und bringt auf einem Tablett ein Bier und einen Bierkrug.

KELLNER *als er sieht, daß sich der Zweite Herr an den mittleren Tisch setzen will* O nein! Der auch?

ZWEITER HERR *der den Kellner nicht bemerkt hat* Bitte?

KELLNER Ich wollte sagen: Bitte, mein Herr, setzen Sie sich, aber nicht an diesen Tisch.

ZWEITER HERR Ist er reserviert?

KELLNER Und wie!

ZWEITER HERR Schade.

KELLNER *zeigt auf den rechten Tisch.* Sie können sich hierher setzen... *Der Kellner zeigt auf den linken Tisch.* Oder dorthin. Ich empfehle den. *Er geht zum rechten Tisch, rückt den Stuhl heran und macht eine einladende Geste.*

ZWEITER HERR Nein.

KELLNER Ja dann... Der dort. *Der Kellner zum linken Tisch, rückt den Stuhl heran, lädt zum Sitzen ein.*

ZWEITER HERR Nein.

KELLNER Sehr solide Möbel, kaukasischer Nußbaum.

ZWEITER HERR Daran zweifle ich nicht.

KELLNER *schlägt mit der Faust auf den Tisch.* Die halten alles aus. *Er stößt mit dem Fuß an den Tisch.*

ZWEITER HERR Ganz sicher.

KELLNER Haben Sie schon mal so eine Tischplatte gesehen?

ZWEITER HERR Natürlich.

KELLNER Tische von allerhöchster Qualität. Sie können sich an den einen oder an den anderen setzen, sie sind gleich, ohne Unterschied.

ZWEITER HERR Genau deshalb bin ich von keinem der beiden begeistert.

KELLNER Ich kann eine Tischdecke bringen.

ZWEITER HERR Es gibt noch andere, nicht materielle Werte.

KELLNER Vielleicht ein Kissen?

ZWEITER HERR Nicht materielle Werte, das heißt solche, die nichts mit der Materie gemein haben.

KELLNER Und mit was?

ZWEITER HERR Sagen wir mit der Geometrie. Keiner dieser beiden Tische ist zentral.

KELLNER Ist was?

ZWEITER HERR Zentral, also zentral aufgestellt.

KELLNER Wie?

ZWEITER HERR Zentral, das heißt in der Mitte, im Zentrum. Das kann gar nicht anders sein, weil diese beiden Tische identisch aufgestellt sind im Verhältnis zu dem dritten, und dieser Tisch ist zentral im Verhältnis zu den beiden anderen aufgestellt. Also sind diese beiden Tische miteinander auswechselbar, aber der dritte kann von keinem der beiden ersetzt werden. Beide sind im Verhältnis zu ihm seitliche Nebentische.

KELLNER Was ist daran schlecht?

ZWEITER HERR Nebentische, also peripher. Marginal, verstehen Sie?

KELLNER *nicht sehr überzeugt* Aha...

ZWEITER HERR Es kann nur ein Zentrum geben. Der einzig zentrale Tisch ist... Dieser! *Zeigt auf den mittleren Tisch.*

KELLNER Tatsächlich.

ZWEITER HERR Na sehen Sie.

KELLNER Daß ich das noch nie gemerkt habe...

ZWEITER HERR Der einzige, weil er zentral ist, und zentral, weil er der einzige ist. Es kann keine Gleichheit zwischen ihm und den übrigen bestehen. Diese beiden sind natürlich untereinander gleich, aber keiner von ihnen ist diesem dritten gleich.

KELLNER *zu sich* Ich hab ja geahnt, daß es Schwierigkeiten geben wird.

ZWEITER HERR Und deshalb ist es der einzige Tisch, mit dem ich mich einverstanden erklären kann. Dieser oder keiner.

KELLNER Ich verstehe. Aber setzen Sie sich lieber nicht an den Tisch.

ZWEITER HERR Ich habe Ihnen doch wohl meine Gründe klar dargelegt.

KELLNER Klarer geht es nicht. Aber manchmal ist es besser, an der Seite zu sitzen.

ZWEITER HERR Die Wahl liegt bei mir, wie Sie selbst gesagt haben.

KELLNER Wie Sie wollen, aber ich übernehme hier keine Verantwortung.

ZWEITER HERR *setzt sich an den mittleren Tisch.* Das erwarte ich auch nicht im geringsten von Ihnen.

Der Kellner stellt die Flasche Bier und den Bierkrug vor dem Zweiten Herrn hin.

Bier?

KELLNER Schließlich ist es bestellt.

ZWEITER HERR Ich kann mich nicht erinnern, daß ich schon irgendwas bestellt habe.

KELLNER Sie nicht, der Herr dort.

ZWEITER HERR ... aber kein Bier.

KELLNER Was soll ich bringen?

ZWEITER HERR Champagner.

KELLNER Champagner?

ZWEITER HERR Weshalb wundert Sie das so?

KELLNER Weil bei uns die Gäste selten Champagner bestellen.

ZWEITER HERR Ja?

KELLNER Eigentlich nie.

ZWEITER HERR Und wieso das?

KELLNER Ich weiß noch nicht einmal, ob wir Champagner ...

ZWEITER HERR Und was weiter?

KELLNER Um die Wahrheit zu sagen, wir haben keinen.

ZWEITER HERR Wenn Sie keinen haben, ist das noch lange kein Grund, daß es keinen gibt. Für mich.

KELLNER Selbstverständlich, kein Grund, im höchsten Grade sogar, aber ...

ZWEITER HERR Im geringsten Grade sogar.

KELLNER Nicht einmal in einem mittleren ...

ZWEITER HERR Nicht im geringsten. Selbst im geringsten Grade ist es kein Grund.

KELLNER Im geringsten auch nicht. Ich bringe ihn gleich. *Nimmt die Karaffe vom Tisch, stellt sie auf das Tablett, geht nach rechts.*

ZWEITER HERR Und Baldrian.

KELLNER *bleibt stehen.* Entschuldigung, was?

ZWEITER HERR Baldriantropfen, Medizin fürs Herz.

KELLNER Fühlen Sie sich nicht wohl?

ZWEITER HERR Ich fühle mich sehr wohl, aber Alkohol schadet mir.

KELLNER Dann vielleicht nur Baldriantropfen?

Der Zweite Herr dreht sich um und sieht den Kellner an. Eine kurze Pause.

Jawohl, natürlich, Champagner, Baldriantropfen, Zyankali … *Er geht nach rechts ab.*

Auf dem Proszenium vollführt der Erste Herr einen letzten, ebenso erfolglosen Versuch mit dem öffentlichen Telefon. Den letzten, das heißt: Er greift in die Tasche und findet keine Geldstücke mehr. Er hängt den Hörer ein und versetzt dem imaginären Apparat einen Karateschlag, wobei er den entsprechenden Kampfruf ausstößt. Er dreht sich um und sieht seinen Platz an dem mittleren Tisch von dem Zweiten Herrn besetzt. Er nähert sich langsam dem Tisch und stellt sich dem Zweiten Herrn gegenüber auf. Pause.

ERSTER HERR Sind Sie der Wichtige?

ZWEITER HERR *antwortet nicht.*

ERSTER HERR Ich wollte schon immer mal eine wichtige Person sehen, aber es ist mir noch nie geglückt …

Pause.

Von welcher Seite sind Sie wichtig? Kann man mal sehen?

Der Erste Herr geht um den Zweiten Herrn herum. Der Zweite Herr dreht den Kopf nach ihm, er läßt ihn nicht aus den Augen.

Von hinten auch? *Er steht hinter dem Zweiten Herrn.*

Der Zweite Herr dreht sich zu ihm um.

Und von der anderen Seite? *Er geht auf die andere Seite des Zweiten Herrn.*

Der Zweite Herr dreht sich wieder zu ihm um und sieht ihm direkt in die Augen.

Wichtig, ach wie wichtig! Sie sind von allen Seiten wichtig. *Er geht um den Tisch und um den Zweiten Herrn herum. Der erste Herr befindet sich auf der rechten Seite des Tisches.* Darf man sich setzen?

ZWEITER HERR Bitte sehr.

Von rechts kommt der Kellner und hat auf seinem Tablett eine Flasche Champagner und ein Glas. Als er die Situation sieht, bleibt er stehen.

ERSTER HERR Ja sehen Sie, ich habe keinen Stuhl. *Er beugt sich vor und stützt sich mit beiden Händen auf den Tisch.* Dabei tun mir die Beine weh …

Kurze Pause.

Der Kellner eilt zum Tisch auf der rechten Seite und holt einen der beiden Stühle von da. Er trägt den Stuhl vom rechten Tisch zum mittleren Tisch und stellt ihn vor den Ersten Herrn. Der Erste Herr setzt sich mechanisch auf den Stuhl, ohne den Zweiten Herrn aus den Augen zu lassen. Der Kellner stellt die Flasche Champagner und das Glas neben das Bier und den Bierkrug zwischen die beiden Herren.

KELLNER *zum Zweiten Herrn* Soll ich ein zweites Glas holen?

ERSTER HERR Nicht nötig. Einen zweiten Bierkrug.

KELLNER Vielleicht einen zweiten Bierkrug und ein zweites Glas ...

ERSTER HERR Ich habe gesagt, es ist nicht nötig!

KELLNER Sehr wohl.

ERSTER HERR Nur einen zweiten Bierkrug.

KELLNER Sofort.

Der Kellner geht nach rechts ab. Der Zweite Herr steht auf, nimmt das Bier und den Bierkrug vom Tisch und geht zum rechten Tisch. Der Zweite Herr stellt die Flasche Bier und den Bierkrug auf den Tisch auf der rechten Seite und kehrt zum mittleren Tisch zurück. Er setzt sich.

ZWEITER HERR Worüber sprachen wir doch gerade?

Beide Herren stehen gleichzeitig auf. Zwischen ihnen erscheint im Hintergrund der Bühne eine Dame, das heißt die Dritte Witwe aus dem ersten Akt. In demselben Ge-

wand wie im ersten Akt: ein knöchellanges schwarzes Kleid mit langen Ärmeln, hochgeknöpft bis an den Hals. Schwarze Handschuhe, ein großer schwarzer Hut mit schwarzen Federn und mit einem grauschwarz melierten Schleier, der ihr Gesicht verdeckt.

Sind Sie das?

Von rechts kommt der Kellner und bringt auf dem Tablett einen Bierkrug. Er läuft eilfertig zur Dame.

KELLNER *verbeugt sich viele Male.* Meine Hochachtung, meine Hochachtung, gnädige Frau, bitte, wir lassen bitten, aber natürlich haben wir einen freien Tisch für Sie. Einen Augenblick. *Zu den beiden Herren* Na los, na los!

Der Erste Herr und der Zweite Herr gehen auseinander. Der Erste Herr zum Tisch auf der rechten Seite, der Zweite Herr zum Tisch auf der linken Seite. Sie setzen sich jeder an seinen Tisch.

Zu sich, aber mit ostentativer Begeisterung für die Dame Wird gleich gemacht, wird gleich gemacht ... *Er nimmt die Flasche Champagner und das Glas weg und stellt sie auf das Tablett neben den Bierkrug. Er geht zum linken Tisch, stellt die Flasche Champagner und das Glas vor den Zweiten Herrn. Er kehrt mit dem Bierkrug auf dem Tablett zum mittleren Tisch zurück, nimmt den Stuhl vom Tisch weg und trägt ihn zum rechten Tisch, wo er ihn nachlässig fallen läßt. Alle diese Tätigkeiten führt er im Laufschritt aus und mit übertriebenem Eifer, er demonstriert so seine Unterwürfigkeit der Dame gegenüber, seinen Feuereifer, ihr zu dienen.* Fertig. *Er läuft zum mittleren Tisch, steht hinter dem Stuhl, schiebt ihn weg und hilft der Dame, sich zu setzen.* Was habe ich die Ehre Ihnen zu bringen: Rosen, Nelken, Tulpen, Maiglöckchen …

Die Dame antwortet nicht.

Ach natürlich, ich bin aber auch dumm, entschuldigen Sie tausend Mal. Natürlich Chrysanthemen. *Er zieht sich rückwärtsgehend, sich tief verbeugend zurück. Als er sich in gebührender Entfernung befindet, richtet er sich auf, dreht sich um und geht mit dem Bierkrug auf dem Tablett nach rechts ab.*

Der Erste Herr blickt die Dame unverwandt an und öffnet dabei mechanisch die Bierflasche mit den Zähnen und trinkt direkt aus der Flasche.

Der Zweite Herr gibt ihm Zeichen, signalisiert ihm, daß es unangebracht ist, aus der Flasche zu trinken. Der Erste Herr versteht, worum es geht, und gießt das Bier in den Bierkrug. Er trinkt aus dem Bierkrug, wieder unverwandt die Dame anstarrend. Von rechts kommt der Kellner. Er trägt mit beiden Händen einen silbernen Stehkübel, eine Art silberner Kelch von übernatürlicher Größe, der normalerweise für Gäste da ist, die Champagner trinken. Neben den Speisetisch gestellt und mit Eis gefüllt, dient er zur Kühlung der Champagnerflaschen. In dem Kübel befindet sich ein großer Strauß Chrysanthemen. Der Kellner stellt den Strauß vor den mittleren Tisch, das heißt vor die Dame auf den Boden.

Zu Diensten. In alle Ewigkeit, Amen.
ZWEITER HERR *zum Kellner* Pssst...

Der Kellner nähert sich dem Zweiten Herrn.

Was ist mit dem Baldrian?
KELLNER Habe ich vergessen.
ZWEITER HERR *zeigt auf die Champagnerflasche.* Champagner ohne Eis?
KELLNER Ein andermal. Sehen Sie nicht, daß ich einen Gast habe?
ZWEITER HERR Sie kennen sie?
KELLNER Wie soll man das sagen...
ZWEITER HERR Ist sie oft hier?
KELLNER Zu oft.
ZWEITER HERR Eine sehr vornehme Person.
KELLNER Oho!...
ZWEITER HERR Könnten Sie ihr etwas von mir bestellen?
KELLNER Nein. *Er wendet sich ab und geht.*
ZWEITER HERR Augenblick!

Der Kellner bleibt stehen.

Und die Baldriantropfen?
KELLNER Bringe ich gleich. *Er geht nach rechts ab.*

Der Erste Herr versucht, die Aufmerksamkeit des Zweiten Herrn auf sich zu lenken. Er gibt einen nicht sehr lauten, nicht sehr artikulierten, aber bedeutenden Laut von sich.

ERSTER HERR He…

Der Zweite Herr, in Gedanken versunken, hört nichts. Der Erste Herr pfeift kurz und seiner Meinung nach diskret. Der Zweite Herr legt den Finger auf den Mund.

Krächzend flüsternd auf die Dame zeigend. Wer ist das?
ZWEITER HERR *flüsternd* Still!

Der Erste Herr trifft eine Entscheidung. Er trinkt den Rest Bier aus, steht auf, nimmt seinen Stuhl und nähert sich dem mittleren Tisch. Er stellt den Stuhl in einer gewissen Entfernung von der Dame ab, setzt sich, ohne sie anzusehen, er tut einfach so, als habe er sich ihr nicht genähert. Pause.

ERSTER HERR Erinnern Sie sich nicht an mich?

Kurze Pause.

Ich bin es.

Pause.

Der Zoo, damals…

Pause.

Na der Zoologische Garten, die Krokodile…

Von rechts kommt der Kellner mit einer kleinen Flasche mit Baldriantropfen auf dem Tablett.

Zum Kellner, als der an ihm vorbeikommt Ein Bier.

Der Kellner geht zum Zweiten Herrn, nimmt das Fläschchen vom Tablett und stellt es vor den Zweiten Herrn auf den Tisch. Dann geht er mit dem Tablett nach rechts ab. Nach einem Augenblick steht er auf und schiebt den Stuhl noch näher an die Dame heran. Er setzt sich wieder.

Dann will ich Sie daran erinnern. Das war so: Ich bin in den Zoologischen Garten gegangen. Weniger wegen der Tiere, sondern weil ich mich mit einem Kollegen verabredet hatte. Verstehen Sie, in so einer gewissen Angelegenheit. Im Zoologischen Garten kann man sich besser verabreden als sonstwo, weil man weniger auffällt. Der Kollege war noch nicht da, also denke ich, ich lauf mal ein bißchen rum und warte. Da bin ich ausgerechnet bei den Krokodilen gelandet. Nicht daß ich besonders was für sie übrig hätte, sondern nur so, um zu warten. Vor den Krokodilen fällt man weniger auf.

Während der Erzählung des Ersten Herrn hat der Zweite Herr die Flasche Champagner geöffnet und sein Glas halb voll gegossen. Dann gießt er den gesamten Inhalt des Baldrianfläschchens in das Glas, das dann voll ist. Er trinkt die Hälfte dieser Mischung aus.

Ich stehe vor dem Tümpel mit den Krokodilen und sehe, daß eins, so ein großes, mich anglotzt.

Von rechts kommt der Kellner und trägt eine Flasche Bier in der Hand. Er gibt die Flasche Bier dem Ersten Herrn. Der Erste Herr will den Kronkorken abbeißen, aber erinnert sich, daß sich das vor einer Dame nicht geziemt. Der Erste Herr gibt die Flasche dem Kellner, macht ihm ein Zeichen, er solle sie öffnen. Der Kellner zieht aus der Tasche einen dafür bestimmten Gegenstand heraus. Er öffnet die Flasche und gibt sie dem Ersten Herrn zurück. Der Erste Herr nimmt einen kräftigen Schluck aus der Flasche und fährt mit seiner Erzählung fort. Die Flasche hält er in der Hand auf dem Knie.

Wissen Sie, ich denke, ein Zoologischer Garten ist dafür da, daß der Mensch sich die Tiere ansieht und nicht die Tiere den Menschen. Aber was macht das schon. Soll es doch gucken. Es guckt und guckt und hört irgendwann mal auf. Aber das hörte nicht auf. Es vergeht eine Minute, es vergehen fünf Minuten, und es hört nicht auf, mich anzusehen. Und wissen Sie, ich mag es gar nicht, wenn mich jemand so ansieht. *Er nimmt einen Schluck aus der Flasche und schiebt sich mitsamt dem Stuhl an den Tisch der Dame.* Bis es mich nervös machte. Und ich sage ihm, du blödes Sauvieh, was …

Der Kellner räuspert sich bedeutungsvoll und zeigt auf die Dame. Dem Ersten Herrn wird klar, daß man in Gegenwart einer Dame keine Schimpfworte benutzt.

Ich sage ihm, was...

Der Kellner räuspert sich bedeutungsvoll.

Na schon gut, schon gut. *Zur Dame* Ich sage ihm, was... na ja, Sie wissen schon... guckst du so. Glauben Sie, daß es aufgehört hat? Iwo!

Währenddessen ist der Zweite Herr aufgestanden und hat sich mit dem Glas in der Hand langsam dem redenden Ersten Herrn genähert.

Aber ich habe es nicht ausgehalten. Ich bin ins Wasser gesprungen und habe sein Maul gepackt. *Er stellt die Flasche auf die Erde neben den Stuhl und steht auf.* Oh, so! *Er demonstriert seinen Kampf mit dem Krokodil.* Mit der einen Hand den unteren Kiefer, mit der anderen Hand den oberen Kiefer. Und ich ziiieehe...

KELLNER Sie ziehen?

ERSTER HERR Na sicher! Es ging schwer, weil es ein zähes Maul hat, eben wie ein Krokodil, besonders so ein großes. Aber Kraft habe ich ja, und schließlich... Krrrach!

Der Kellner bedeckt seine Augen mit den Händen.

Ich hab das Vieh in zwei Stücke gerissen, und es ist verreckt. Was sagen Sie dazu?

KELLNER Fantastisch. Aber ist es nicht schade um das Tier?

ERSTER HERR Schade? Und wieso hat es mich so angeglotzt?

KELLNER Vielleicht war es in Sie verliebt?

ERSTER HERR Wenn es in mich verliebt gewesen wäre, bräuchte es doch nicht so zu glotzen.

Der Erste Herr setzt sich. Das heißt, er fällt auf den Boden, weil der Zweite Herr, der sich inzwischen hinter ihm befindet, den Stuhl weggezogen hat. Der Zweite Herr setzt sich auf diesen Stuhl und schlägt die Beine übereinander. In der einen Hand hält er das Glas, mit der anderen wischt er sich den Staub von den Hosen am Knie.

ZWEITER HERR Und was weiter?

Der Erste Herr sitzt einen Augenblick wie betäubt auf dem Boden, dann steht er auf und geht nach links. Einen Augenblick lang steht er mit dem Rücken zum Zweiten Herrn. Plötzlich dreht er sich um und stürzt sich auf den Zweiten Herrn. Der Zweite Herr steht auf und hält ihm blitzschnell ein Glas entgegen.

Bitte seien Sie so freundlich...

Der Erste Herr bleibt stehen.

...das mal zu halten.

Pause. Der Zweite Herr sitzt unbeweglich mit dem Glas in der ausgestreckten Hand.

Der Erste Herr ebenfalls unbeweglich, im Angriff gestoppt. Er nimmt das Glas des Zweiten Herrn und hält es in der Hand. Der Zweite Herr zieht das seidene Taschentuch aus der Westentasche, führt es an den Mund, steckt es sorgfältig zurück.

Was hat das alles mit der Dame zu tun?
ERSTER HERR Die Dame war da.
ZWEITER HERR Wo?
ERSTER HERR Auf der anderen Seite des Tümpels mit den Krokodilen. Sie war die ganze Zeit da.
ZWEITER HERR Wenn Sie da war, dann hat sie auch Ihre Großtat gesehen. Es hat keinen Sinn, sie daran zu erinnern.
ERSTER HERR Vielleicht erinnert sie sich nicht mehr.
ZWEITER HERR Solche Helden vergißt man nicht.
ERSTER HERR Weshalb sagt sie dann jetzt nichts?
ZWEITER HERR Offensichtlich hat sie Ihnen nichts zu sagen. Hören Sie auf, so aufdringlich zu sein. *Er steht auf und nimmt sich das Glas vom Ersten Herrn.* Danke, das ist alles.

Der Erste Herr hebt mißmutig die Bierflasche vom Boden auf und geht nach links.

ERSTER HERR *jammernd, kindlich* Und wenn sie sich nicht erinnert? *Der Zweite Herr geht energisch auf ihn zu. Er nimmt einen Schluck aus der Flasche, begibt sich in den Hintergrund der Bühne und überläßt dem Zweiten Herrn das Feld.*

Der Kellner geht nach rechts ab.

ZWEITER HERR Vielleicht erinnern Sie sich an diesen merkwürdigen Vorfall, von dem wir vor einem Augenblick gehört haben. Aber ganz sicher können Sie sich nicht an mich erinnern.

Die Dame schweigt.

Die Umstände unserer Begegnung waren wesentlich undramatischer. Eigentlich überhaupt nicht dramatisch. *Er trinkt einen kleinen Schluck Champagner mit Baldriantropfen, versunken in eine Szene, die nur in seinem Gedächtnis real ist.* Obwohl das ebenfalls im Zoologischen Garten stattgefunden hat. Aber nicht in Gegenwart von Krokodilen. Ich befand mich da auf der Suche nach Einsamkeit, die man im Zoologischen Garten leichter finden kann als im Stadtpark. Im Zoologischen Garten beachten sich die Leute nicht, weil sie die Tiere betrachten. Für alle Fälle aber setzte ich mich weit entfernt von Menschen und Tieren auf eine Bank in einer Seitenallee.

Von rechts kommt der Kellner.

KELLNER *wendet sich an die Dame* Entschuldigen Sie bitte, aber ...

ZWEITER HERR *zum Kellner, bestimmt* Gleich.

Der Kellner geht nach rechts ab.

Ich seh so vor mich hin auf die Erde. Ich habe meine Umgebung nicht beachtet, weil ich tief in Gedanken war, sogar melancholisch. Ich bin oft melancholisch.

ERSTER HERR *zu sich* Erinnert sie sich, oder erinnert sie sich nicht...

ZWEITER HERR Deshalb habe ich den Vogel nicht gleich bemerkt. Es gibt nichts Natürlicheres als die Gegenwart eines Vogels in einer Gegend mit vielen Bäumen, insbesondere im Zoologischen Garten. Aber dieser Vogel war tot. Und – er lag auf der Erde direkt vor mir. *Er setzt sich auf den Stuhl am linken Tisch.* Oh, hier.

Kurze Pause.

Nicht in der Luft, nicht auf einem Zweig, nicht im Gras. Auf der Erde. Und er war ganz unbeweglich, was man gewöhnlicherweise von Vögeln ja nicht sagen kann. Er hatte stahlblaues Gefieder mit einer orangefarbenen Kehle. Frische Farben, noch ganz frisch...

Pause.

Ich bitte Sie zu beachten, daß dieser Vogel, jetzt tot, kein Bewohner irgendeines Käfigs war, von denen es so viele im Zoologischen Garten gibt. Dieser Vogel war ein freier Vogel. In dem Augenblick schien dieser Unterschied aber keinerlei Bedeutung zu haben.

Pause.

Ich hob den Kopf, und auf der anderen Seite der Allee, auf der Bank... *Er wendet sich direkt an die Dame, sieht sie an* habe ich Sie gesehen.

Kurze Pause.

Erinnern Sie sich an mich?

Der Erste Herr ist inzwischen hinten nach rechts gegangen und taucht von der rechten Seite her neben der Dame auf.

ERSTER HERR *zur Dame* Na gut. Mit diesem Krokodil, das habe ich ein bißchen übertrieben. Aber es ist wahr, daß ich es umbringen wollte. Die heilige Wahrheit, ich schwöre. Ich wollte es umbringen.

ZWEITER HERR *steht auf.* Kommen Sie schon wieder mit Ihrem Kram?

Von rechts kommt der Kellner mit dem leeren Tablett.

KELLNER *zum Zweiten Herrn* Darf ich?

Der Zweite Herr wendet dem Kellner den Rücken zu.

Zur Dame Entschuldigen Sie, aber das Lokal ist für ein Festessen vorbestellt, eine große Gesellschaft.

ERSTER HERR *zu sich* Ich schwöre, daß ich es wollte.

KELLNER Und ich wollte alleruntertänigst darum bitten, den Saal vorbereiten zu dürfen.

Der Erste Herr und der Zweite Herr drehen sich nach der Dame um und warten auf ihre Antwort. Der Kellner wartet in gebückter Haltung.
Pause.
Die Dame erteilt mit langsamem Kopfnicken die Erlaubnis.

Danke! Allerherzlichsten Dank! *Er läuft zum Tisch nach rechts. Er stellt die beiden leeren Bierflaschen und den Bierkrug, die sich auf dem Tisch befinden, auf das Tablett.*

Er geht nach links, nimmt vom linken Tisch die Champagnerflasche, das Glas und die Baldrianflasche. Er gibt das Tablett dem Zweiten Herrn zum Halten.

Er bringt den linken Tisch und stellt ihn neben den mittleren Tisch, zur rechten Hand der Dame. Er holt einen der Stühle von der linken Seite, bringt ihn hinüber und stellt ihn zur rechten Seite der Dame auf.

Er holt den rechten Tisch und stellt ihn mit dem mittleren Tisch zur linken Seite der Dame. Alle drei Tische zusammengestellt bilden nun einen langen Tisch. Den Stuhl, der in der Nähe des mittleren Tisches rechts steht, stellt der Kellner hinter den Tisch, zur linken Hand der Dame.

Er nimmt dem Zweiten Herrn das Tablett weg und geht nach rechts ab.

Der Erste Herr und der Zweite Herr gehen nach rechts und nach links und setzen sich auf die Stühle auf der rechten und der linken Seite.

Von rechts kommt der Kellner mit einem Ballen schwarzen Samts. Er legt den Ballen auf den rechten Rand des Tisches und rollt ihn über den Tisch von rechts nach links. Der schwarze Stoff ist eine Tischdecke.

Vom Publikum aus gesehen hängt die schwarze Decke bis auf den Boden.

Nachdem er seine Vorbereitungen beendet hat, wendet er sich an die beiden Herren Meine Herren…

Die beiden Herren stehen auf.

Wir lassen bitten. *Er lädt sie mit großer Geste zu Tisch.*

Die beiden Herren setzen sich an den Tisch. Der Erste Herr zur linken, der Zweite Herr zur rechten Hand der Dame. Der Kellner geht nach rechts ab. Pause.

ZWEITER HERR *vor sich hin, ohne die Dame anzusehen* Ich habe immer gewußt, daß wir uns noch einmal treffen.

Die Dame antwortet nicht.
Von rechts kommt der Kellner mit zwei Kerzen in Leuchtern.

ERSTER HERR *zum Kellner* Ein Bier!

KELLNER Wir schenken nicht mehr aus. *Er stellt eine Kerze vor den Ersten Herrn. Er holt Streichhölzer aus seiner Tasche und zündet die Kerze an. Dann stellt er die zweite Kerze vor den Zweiten Herrn und zündet sie ebenfalls an.*

Das Licht auf der Bühne wird schwächer, damit der natürliche Glanz der Kerzen nicht verlorengeht.

Er geht nach rechts ab.

ZWEITER HERR Ich wußte nicht, wo und wann. Aber ich wußte, daß wir uns ganz sicher wieder treffen. Deswegen habe ich Sie nicht gesucht. Diese Gewißheit hat auch bewirkt, daß ich mich, seitdem ich Sie damals dort gesehen habe, nur wenig in der Welt umgetan habe. Ich wußte, daß ich nicht muß, weil ich Sie früher oder später hier oder irgendwo anders wieder sehe und dann...

Pause.

Vielleicht ist unsere Begegnung dann nicht so flüchtig wie damals. *Er wendet sich an die Dame* Was sagen Sie dazu?

Die Dame antwortet nicht.

ERSTER HERR Und ich werde Sie heiraten!

ZWEITER HERR Das wird sich noch zeigen.

ERSTER HERR Ich heirate Sie, ich verspreche es! Sie sind

Witwe, da gibt es keine Hindernisse. Sie sind etwas traurig, aber ich werde Sie fröhlich machen. Das Leben, wissen Sie, ist eine schöne Sache. Ihnen fehlt ein Kerl, das ist alles. Sie werden sehen, mit mir wird das alles ganz anders. Sie werden noch auf Ihrer Hochzeit tanzen! ... Oh! ... Schei ...

Pause.

ZWEITER HERR Wieso sind Sie auf einmal so verstimmt?
ERSTER HERR Ich habe vergessen, daß ich verheiratet bin.
ZWEITER HERR Da sind sie nicht der einzige.
ERSTER HERR Aber das macht nichts, ich lasse mich scheiden. Ich rufe gleich meine Frau an ...

Pause.

Eigentlich muß ich das nicht, denn ich habe ja schon angerufen. Zwar in einer anderen Angelegenheit. Ich war zwei Jahre lang nicht zu Hause, weil ich ein bißchen gereist bin, hauptsächlich auf dem Seeweg. Heute bin ich gerade zurückgekommen und wollte ihr sagen, daß ich da bin und daß sie mir zwei Kasten Bier für den Abend kaufen soll, wenn ich nach Hause komme. Na, aber lassen wir das! ... *Er greift in die Tasche.*

Pause.

Enttäuscht Ich habe kein Kleingeld.

Von rechts kommt der Kellner. Ohne den Tisch und die Gäste zu beachten, geht er zur Mitte der Bühne.

Zum Kellner Haben Sie Kleingeld?
KELLNER *bleibt stehen.* Zum Wechseln?
ERSTER HERR Nein, nur borgen, zum Telefonieren.
KELLNER Nein, ich hab keins.
ERSTER HERR Was mache ich denn jetzt?
KELLNER Nichts. Das Telefon ist kaputt.
ERSTER HERR *freudig* Na dann ist es erledigt.

Der Kellner geht zur Rampe.

KELLNER Krokodile, Vögel... Krokodile – sie denken, daß nur sie im Zoologischen Garten waren. Und ich etwa nicht?

Kurze Pause.

Ich war auch da. Und überhaupt nicht, um mich zu amüsieren, sondern weil ich traurig war. *Er zeigt mit dem Daumen hinter sich. Ironisch, verächtlich* Melancholiker.

Kurze Pause.

Auch nicht, um mit Heroin zu handeln, wie der zweite Typ. Ich bin in den Zoo gegangen, weil ich Tiere liebe.

Kurze Pause.

Und am meisten liebe ich Affen. *Er holt sich einen Stuhl von links, stellt ihn in die Mitte der Rampe, steigt auf den Stuhl, hockt sich hin und bleibt mit gespreizten Knien, nach vorn gebeugten Schultern und lose baumelnden Armen so sitzen. Alle Lichter gehen aus außer dem Licht auf den Tisch.*

Warum ausgerechnet Affen? Weil ich sie gerne anschaue. Für die Gesundheit. Ich muß ja täglich Menschen ansehen.

Kurze Pause.

Acht Stunden lang muß ich täglich mit ansehen, wie sie sitzen und essen. *Er bedeckt seine Augen mit den Händen und bleibt so eine Weile hocken.*

Pause.

Er nimmt die Hände von den Augen. Außer wenn ich frei habe. Dann gehe ich in den Zoo.

Kurze Pause.

Ich sehe gern zu, wenn ein Affe eine Banane ißt. *Er holt aus der Seitentasche eine Banane. Er schält die Frucht behutsam und vornehm. Die Schale der Banane nimmt die Form eines Seesterns an.*

Es ist leicht, auf der Bühne »Sein oder nicht sein« zu

rezitieren, aber es ist schwer, eine Banane so zu schälen und zu essen, daß diese Tätigkeit zu einem Meisterwerk der Schauspielkunst wird. Nach Meinung des Autors sind solche unscheinbaren Schöpfungen aber ein Prüfstein der schauspielerischen Fähigkeiten. Es ist leichter, Hamlet scheinbar zu spielen, als einen Affen in Wirklichkeit, das heißt ohne aus dem Affen einen Affen zu machen.

Er ißt die Banane. Nachdem er sie gegessen hat, wirft er die Seesternschale irgendwo nach links, das heißt ins Dunkle. Er erhebt sich aus der Hocke, steigt vom Stuhl. Er wendet sich mit dem Gesicht zum Publikum. So, das wär alles. *Er nimmt den Stuhl und geht nach rechts.*

Licht auf der gesamten Bühne.

ERSTER HERR Ich würde gern was essen. *Zur Dame* Und Sie?

ZWEITER HERR Sie könnten aufhören, sich blöd zu benehmen.

ERSTER HERR Darf man nicht fragen?

Im Hintergrund ist Musik zu hören. Ein Klavier, eine Geige, ein Kontrabaß und rhythmische »Bürsten«. Als Modell dient die Instrumentierung, die Melodie und der Rhythmus des Liedes »Revancha« des mexikanischen Sängers Augustin Lara aus den vierziger Jahren: »Bolero« genannt. Der Autor will dem Regisseur kein ihm bekanntes Musikwerk aufzwingen. Ein und dasselbe

Werk können völlig verschieden sein, je nach Arrangement und Ausführung. Der Autor unterstreicht nur den Stil, die Art der Musik, die eingehalten werden sollte. Nämlich: Eine diskrete, sinnliche, deutlich rhythmische Musik zum Tanz »Cheek to cheek« im »Five-o'clock«-Stil, heute schon fast vergessen. Der Rhythmus: vom »Slow-Fox« (unter der Bedingung einer deutlichen Rhythmisierung) bis zum diskreten »Cha-Cha-Cha« (unter der Bedingung, daß er zurückhaltend, ohne Tanzschrittvorschriften getanzt wird).

Ausgeschlossen sind: Weitschweifigkeit, Rührseligkeit, Verwaschenheit, zu viel Feurigkeit, zu viel Gehopse, wie überhaupt jegliche Extravaganz.

Der Autor empfiehlt ein bereits klassisches, erprobtes Musikwerk zu verwenden, aus dem Repertoire der »Hits«, und nicht speziell eine Musik für das Theater zu komponieren.

ZWEITER HERR *steht auf und wendet sich der Dame zu. Er verbeugt sich.* Darf ich bitten?

Die Dame steht auf, hebt den rechten Arm und gibt ihm die Hand. Der Zweite Herr hebt den linken Arm und faßt ihre Hand.
Der Erste Herr steht auf und setzt sich wieder.
Der Zweite Herr und die Dame verlassen den Tisch, sie gehen nach links. Der Zweite Herr führt die Dame zur Mitte der Bühne. Der Zweite Herr legt steif, Distanz haltend, die rechte Hand um die Taille der Dame. Die Dame legt die rechte Hand auf seine Schulter. Der Zweite

Herr und die Dame tanzen. Die Distanz und eine gewisse Steifheit zwischen ihnen steht im Kontrast zu der Intensität, der Sinnlichkeit der Musik.
Der Kellner kommt von rechts.

KELLNER Ich entschuldige mich für den Lärm, aber das Orchester hat schon angefangen zu proben... *Er entdeckt das tanzende Paar. Zu sich* Zu spät.

ERSTER HERR *steht auf.* Aber könnten sie nicht aufhören?

KELLNER Ich habe Sie gewarnt, das Lokal ist abends besetzt.

ERSTER HERR *greift in seine Tasche.* Ich werde mich schon erkenntlich zeigen.

Kurze Pause.

Ich habe kein Kleingeld.

Der Kellner geht nach rechts ab. Der Erste Herr verläßt den Tisch. Er geht nach rechts, lehnt sich an die Wand, sieht auf die Tanzenden.
Die Dame verläßt ihren Partner, das heißt den Zweiten Herrn, und nähert sich dem Ersten Herrn. Der Zweite Herr bleibt allein zurück.

Ungläubig Ich?

Die Dame streckt die Hand nach ihm aus.

Ungläubig Mit mir?

Die Dame winkt ihn mit einer Handbewegung heran. Der Erste Herr löst sich von der Wand und legt seinen rechten Arm um die Taille der Dame. Die Dame legt ihre rechte Hand auf seine Schulter. Die Dame und der Erste Herr tanzen.
Der von der Dame verlassene Zweite Herr geht zur linken Wand. Er steht an der Wand und sieht auf die Tanzenden. Nach einiger Zeit löst sich der Zweite Herr von der Wand los, geht zu den Tanzenden und berührt die Schulter des Ersten Herrn.

Ich hab keine Zeit.

Der Zweite Herr kehrt an die Wand zurück. Nach einer Weile löst sich der Zweite Herr von der Wand und geht zu den Tanzenden. Mit der linken Hand zieht er die Hand des Ersten Herrn von der Taille der Dame, mit der rechten umarmt er die Dame.
Der Zweite Herr und die Dame tanzen.
Der Erste Herr packte den Zweiten Herrn am Genick und wirft ihn zu Boden.
Der Zweite Herr fällt um.
Der Erste Herr setzt sich rittlings das heißt breitbeinig auf den Zweiten Herrn und packt ihn mit der linken Hand an der Kehle. Die Musik hört auf.
Die Dame geht in den Hintergrund der Bühne. Sie dreht sich um. Sie steht unbeweglich da.
Der Erste Herr hebt die Hand zum Schlag, er holt weit aus, um möglichst viel Schwung zu bekommen. Dabei hebt sich aber auch sein Hintern und hört auf, den Zweiten Herrn

niederzudrücken. Der Druck der linken Hand des Ersten Herrn an der Kehle des Zweiten Herrn wird schwächer, weil der Erste Herr seine rechte Hand jetzt ausgestreckt hat.
Die ganze Körperlast des Ersten Herrn liegt jetzt nur noch auf seinem linken Knie, das rechte berührt kaum den Boden.
Der Zweite Herr greift mit beiden Händen das linke Handgelenk des Ersten Herrn und befreit sich von seiner Umklammerung. Gleichzeitig wälzt er sich nach links unter das rechte Knie des Ersten Herrn, der dadurch das Gleichgewicht verliert und nach links kippt.
Der Zweite Herr rollt unter dem Ersten Herrn weg und entfernt sich auf dem Boden rollend von ihm.
Der Erste Herr und der Zweite Herr schnellen gleichzeitig empor.

ZWEITER HERR Gut. Aber nicht so.
ERSTER HERR *nähert sich ihm, drohend.* Nicht so?… Nicht so?!
ZWEITER HERR Kellner, hallo!

Der Kellner erscheint sofort von rechts. In den hocherhobenen Armen hält er in jeder Hand einen Degen so, daß er ein V bildet.

KELLNER Hier bin ich, mein Herr!
ZWEITER HERR Zu mir!

Der Kellner kommt näher und steht zwischen dem Ersten Herrn und dem Zweiten Herrn, mit dem Gesicht zum Publikum.

Der Zweite Herr geht von links zum Kellner und nimmt den Degen aus dessen rechter Hand.

Der Kellner läßt den rechten Arm sinken, den linken hält er noch erhoben.

Der Zweite Herr entfernt sich nach links und probiert den Degen aus. Er schneidet zischend die Luft in komplizierte Figuren.

Der Erste Herr geht zum Kellner von rechts und nimmt den Degen aus dessen linker Hand. Der Kellner läßt den Arm sinken.

Der Erste Herr geht nach rechts. Der Degen baumelt in seiner Hand.

Der Erste Herr und der Zweite Herr stehen sich gegenüber. Der Kellner zieht sich einige Schritte in den Hintergrund zurück, immer noch mit dem Gesicht zum Publikum.

Der Hintergrund der Bühne wird dunkel. Das Proszenium bleibt hell.

Die Dame geht ab, verschwindet im Hintergrund der Bühne.

Der Zweite Herr salutiert vor dem Gegner mit dem Degen. Der Erste Herr hält den Degen gesenkt.

Der Zweite Herr steht in der ersten Fechtpose.

Der Erste Herr hält den Degen immer noch gesenkt.

Kurze Pause.

Der Zweite Herr greift an.

Der Zweite Herr hält die Kraft der Stöße des Ersten Herrn

nicht aus. Binnen kurzem ist er in der Defensive und weicht zurück.

Der nächste Stoß des Ersten Herrn reißt ihm den Degen aus der Hand.

Statt den Degen aufzuheben, steht der Zweite Herr regungslos dem Ersten Herrn gegenüber.

Der Erste Herr läßt den Degen sinken.

Der Zweite Herr wendet sich ab, geht nach links.

Der Erste Herr rührt sich nicht von der Stelle.

Man hört Musik, dieselbe wie vorher.

Der Erste Herr hebt den Degen, und mit dem langgezogenen Schrei eines Mörders stürzt er auf den Zweiten Herrn zu.

ERSTER HERR Aaaarrrgh! *Mit dem waagerecht ausgestreckten Degen läuft er auf den Zweiten Herrn zu, direkt auf dessen Herz zielend, um ihn zu töten. Als er den Zweiten Herrn fast erreicht hat, fällt der Erste Herr, schlägt mit dem Kopf auf den Boden auf, liegt unbeweglich da.*

Der blutrünstige Schrei des Ersten Herrn und die Musik hören gleichzeitig auf. Pause.

KELLNER Es scheint, er ist ausgerutscht.

Der Zweite Herr nähert sich dem Ersten Herrn, der regungslos daliegt. Er kniet nieder und hebt mit beiden Händen seinen Kopf hoch. Pause. Der Zweite Herr läßt den Kopf des Ersten Herrn los und steht auf.

ZWEITER HERR Er ist tot.
KELLNER Dabei habe ich ihn gewarnt.
ZWEITER HERR Sie?
KELLNER Ich habe ihm gesagt, er solle den Tisch wechseln.

Der Zweite Herr bückt sich und hebt eine Bananenschale vom Boden auf.

ZWEITER HERR Wie kommt die denn hierher?
KELLNER Ich weiß nicht. Die hat sicher jemand weggeworfen und nicht aufgehoben.

Der Zweite Herr wirft die Bananenschale fort und steht an der Leiche des Ersten Herrn.

ZWEITER HERR Armes Dickerchen. Du solltest ein Werkzeug sein und wurdest...

Kurze Pause.

Wer immer du geworden bist, du hast meinen Platz eingenommen, du Grobian.
KELLNER Beleidigen Sie nicht die Toten. Obwohl es wahr ist, daß er kein Kleingeld hatte.
ZWEITER HERR *über der Leiche des Ersten Herrn* Du hattest die Chance, ehrenvoll umzukommen, aber dein Schicksal erwies sich als stärker. Du bist zufällig und lächerlich umgekommen, weil du zufällig und lächerlich warst.
KELLNER Und Sie?

ZWEITER HERR Ich lebe immer noch, leider.

Der Kellner nimmt die Leiche des Ersten Herrn unter die Arme und versucht sie hochzuheben.

KELLNER Zum Glück, denn man muß ja was mit dem Körper machen, und ich allein schaffe es nicht, er ist zu schwer. Helfen Sie mir.

Der Zweite Herr bückt sich und packt die Füße des Ersten Herrn. Der Kellner und der Zweite Herr heben die Leiche des Ersten Herrn hoch. Der Zweite Herr läßt die Beine des Ersten Herrn fallen und greift sich ans Herz, er öffnet weit, aber stumm den Mund. Er taumelt.

Und jetzt der?!

Der Zweite Herr fällt auf den Boden und liegt unbeweglich da.

Er legt den Ersten Herrn auf den Boden und kniet bei dem Zweiten Herrn. Er legt sein Ohr an dessen Herz. Champagner und Baldriantropfen. Wenn hier ein Kind wäre, würde ich dem sagen: »Sieh her, mein Kind und lerne an dem schlechten Beispiel. Wenn du trinkst, darfst du keine Medikamente einnehmen.« *Er steht auf. Er besieht sich die Leiche des Zweiten Herrn.* Und ich habe dich so gebeten, du möchtest dich nicht setzen ... *Freudig* Sie ist gegangen! Er geht zum Tisch und steht dem leeren Stuhl gegenüber. Sie ist gegangen ... *Er wendet sich zum Publikum.* Vielleicht kommt sie nicht mehr wieder? *Er bläst die eine, dann die andere Kerze aus. Er bückt sich, um den silbernen Kübel mit den Chrysanthemen hochzuheben. Plötzlich bleibt erstarrt er, noch in gebückter Haltung mit dem Kübel in der Hand.* Kommt sie nicht zurück? *Er richtet sich mit dem Kübel in der Hand auf, wendet sich vom Publikum ab.* Sie ist immer zurückgekommen! *Er stellt eilig den Kübel mit den Chrysanthemen auf den Boden, wo er vorher war.* Ich bin doch kein Dummkopf! Ich bleibe hier keinen Augenblick länger! *Er geht nach rechts.*

Musik, dieselbe wie vorher. Der Kellner bleibt stehen.
Von links kommt die Dame.
Der Kellner wendet sich langsam zu ihr.
Die Dame streckt ihm die Hand entgegen. Der Kellner neigt den Kopf in tiefer Verbeugung.

Blackout

Deutsch von Christa Vogel

Die polnische Uraufführung des Stückes erfolgte 1992 in Warschau.

Sławomir Mrożek Gesammelte Werke im Diogenes Verlag

»Mrożek ist ein engagierter Schriftsteller – also hält er die Literatur nicht für eine erhabene Spielerei mit Worten, sondern für ein Mittel, auf die Menschen zu wirken. Er ist Humorist – also meint er es besonders ernst. Er ist Satiriker – also verspottet er die Welt, um sie zu verbessern. Er ist Surrealist – also geht es ihm um die Wirklichkeit, die er mit überwirklichen Motiven verfremdet, um sie zu verdeutlichen. Er ist ein Mann des Absurden – also zeigt er das Widersinnige, um die Vernunft zu provozieren.« *Marcel Reich-Ranicki*

Striptease
und andere Stücke

Aus dem Polnischen von Ludwig Zimmerer. Inhalt: *Polizei, Auf hoher See, Karol, Striptease, Das Martyrium des Piotr O'Hey, Der Truthahn.*

Tango
und andere Stücke

Deutsch von Christa Vogel und M. C. A. Molnar. Inhalt: *Eine wundersame Nacht, Zabawa, Der Kynologe am Scheideweg, Der Tod des Leutnants, Tango, Der Hirsch, Racket-baby.*

Der Botschafter
und andere Stücke

Deutsch von Christa Vogel und M. C. A. Molnar. Inhalt: *Der Botschafter, Ein Sommertag, Alpha, Der Vertrag, Das Portrait, Die Witwen.*

Die Giraffe
und andere Erzählungen

Deutsch von Christa Vogel und Ludwig Zimmerer

Weitere Werke in Vorbereitung!